In den Hügeln am Tennessee River: der junge Fleming Bloodworth ist ganz auf sich gestellt. Sein Vater hat ihn verlassen, die anderen Verwandten sind Loser und Sonderlinge in einem gottverlassenen Flecken Erde. Aber Fleming spürt, dass der langsame Rhythmus des Lebens im Alten Süden nicht seine ganze Zukunft bestimmen wird. Und dann lernt er am Fluss ein fremdes Mädchen kennen, Raven Lee.

»Voller Spannung und doch sehr poetisch, ein Hochgesang auf den Süden.«

DeutschlandRadio

»Ein Roman wie ein guter Bourbon: kräftig, rauh und etwas ungestüm.«

Net Business

William Gay lebt in Hohenwald, Tennessee. Er schreibt Kurzgeschichten für renommierte Magazine wie »Harper's«, »Atlantic Monthly« und »GQ«. Sein erster Roman »The Long Home« machte ihn in den USA schlagartig bekannt. Mit »Provinzen der Nacht« wurde er mit den großen Erzählern der Südstaaten wie William Faulkner und Harper Lee verglichen.

Unsere Adresse im Internet: www.fischer-tb.de

William Gay

Provinzen der Nacht

Roman

Aus dem Amerikanischen von
Susanne Goga-Klinkenberg

Fischer Taschenbuch Verlag

Veröffentlicht im Fischer Taschenbuch Verlag,
einem Unternehmen der S. Fischer Verlag GmbH,
Frankfurt am Main, Juli 2002

Lizenzausgabe mit Genehmigung des
Argon Verlags, Berlin
Die amerikanische Originalausgabe erschien 2001
unter dem Titel »Provinces of Night«
im Verlag Doubleday, New York

Satz: LVD GmbH, Berlin
Druck und Bindung: Clausen & Bosse, Leck
Printed in Germany
ISBN 3-596-15289-5

Gäbe es dunklere Provinzen der Nacht, er hätte sie gefunden.
Cormac McCarthy, *Child of God*, 1973

Sometimes I think you're just too sweet to die
Another time I think, you oughta be buried alive.
Richard »Rabbit« Brown, *James Alley Blues*, 1927

Pünktlich um sieben schnitt der Bulldozer das erste Stück aus der Tonschicht unter dem alten Hixson-Haus, und um neun schien bereits die Sonne von einem gänzlich wolkenlosen Himmel und hing über der verwüsteten Erde wie ein Fluch.

Der Aufseher ging zu einem weißen Pritschenwagen und lehnte seine nummerierte Messstange dagegen. Er füllte eine Pepsi-Flasche mit Eiswasser aus einem Kühlbehälter, der auf der Ladefläche stand, und trank. Er zog ein rotes Halstuch hervor und wischte sich über Gesicht und Hals. Hinter ihm erstreckte sich das abgeschabte Schwemmland, so weit das Auge reichte, eine leblose Wüste, Land, das niemand haben wollte. In der Luft hing ein blauer Rauchschleier, es wuchs kein Baum dort, keine Blume. Nicht einmal ein Vogel wäre darüber geflogen.

Ein Arbeiter namens Risner kam mit einem großen Einmach-

glas herüber. Es war mit Erde verkrustet, und Risner wischte es mit seinem Hemdzipfel ab.

»Was hast du da, Risner?«

»Hat der Dozer an dem Hang da unten ausgebuddelt«, sagte Risner. »Vermutlich Geld. Diese alten Leutchen haben ihr Geld früher immer in Einmachgläsern vergraben.«

»Diese alten Leutchen hatten nie Geld übrig, das sie in Einmachgläser hätten stecken können«, entgegnete der Aufseher. »Sieht aus, als hättest du ein antikes Glas grüne Bohnen gefunden.«

Risner hielt das Glas unter den Hahn des Kühlbehälters und ließ Wasser darüber laufen.

»Das Wasser muss bis drei Uhr reichen«, sagte der Aufseher.

Risner rieb wieder mit seinem Hemd über das Glas. Das Hemd war schmutzig. Er schaute blinzelnd in das Glas, dann schien ihm das nasse Glas zu entgleiten und zersplitterte zwischen seinen Arbeitsstiefeln.

»Was zum Teufel ist das«, sagte der Aufseher.

Inmitten der Glassplitter dieser transparenten Gruft lagen zierliche, wunderbar zarte Menschenknochen. Knochen, so zerbrechlich und dünn wie die eines Vogels, ein winziger Schädel mit schwarzen, blinden Augenhöhlen, dünn wie Papier, spröde wie Pergament. Verstreut wie von der Hand eines Geisterbeschwörers, als gäbe es ein Muster, eine Ordnung.

»Sieht aus, als wär da jemand drin gewesen«, sagte Risner kraftlos.

Erstes Buch

ES DÄMMERTE GERADE, ALS BOYD DEN KIESWEG ENTLANGKAM, hinter sich die Kette mit dem Gewicht, die das Tor zuzog, vor sich die Hütte, die sich schwarz und flach wie eine Kulisse vor dem verblassenden Licht abzeichnete. Der alte Mann im Schaukelstuhl auf der Vorderveranda starrte ihn mit ausgebrannten Augen an wie einen Geist aus der Vergangenheit.

Was er auch war, aber Boyd ging dennoch weiter. Hinter dem Schuppen erstreckte sich der Horizont wie eine schnurgerade Kreidelinie nach links und rechts, so weit das Auge reichte. Die gefurchte Erde strebte einem gehämmerten Himmel entgegen, der dem tosenden Wasser an einer Landspitze glich. Der alte Mann sah ihm einfach beim Näherkommen zu, ein alter Mann mit sepiabraunem Filzhut wie auf einem vergilbten Walker-Evans-Foto, spröde und zerbrechlich wie die Erinnerung.

»Komm her, Boyd«, sagte der alte Mann.

Boyd trat an die Ecke der Veranda. Er blieb einen Augenblick stehen, als warte er auf eine Einladung, setzte sich, als diese ausblieb, zog einen Beutel Country, Gentleman-Tabak aus der Hemdtasche, strich ein Blättchen glatt und begann, eine Zigarette zu drehen.

»Sieht aus, als würden sie dich umpflügen«, sagte er. Er hatte seit zwei Tagen nicht mehr laut gesprochen und schien beim Klang seiner eigenen Stimme beinahe aufzuschrecken. Er entzündete ein Streichholz und hielt es an die Zigarette. Er konnte den Fluss nicht sehen, aber spüren, er roch feucht und gelb, wälzte sich unsichtbar irgendwo durch die wachsende Dunkelheit.

»Es heißt, sie brauchen das ganze Land für Baumwolle«, sagte der alte Mann. Seine Stimme war dünn und flüsternd, wie raschelnde Maishülsen. »Ich schätze, wenn ich tot bin, machen die den Schrott hier platt und bepflanzen alles.«

Boyd rauchte schweigend. Der Impuls, der ihn tagelang, meilenweit, getrieben hatte, lastete auf ihm wie ein ungeheures Gewicht, Erschöpfung überfiel ihn. Nun, da er hier war, erkannte er, dass er kein Endziel erreicht hatte, sondern nur eine Zwischenstation, die ihn meilenweit in die falsche Richtung gelockt hatte. Wäre sie hier gewesen, hätte er es dem Gesicht des alten Mannes entnehmen können, doch nichts stand darin geschrieben, nicht einmal, was Boyd erwartet hatte; bittere Vorwürfe, was auch immer. Doch da war nur eine stoische Ruhe, mit der er nichts anzufangen wusste. Als habe der alte Mann eine Entscheidung getroffen. Dann betrachtete er das Gesicht genauer. Die gelbliche Haut saß straff über den Wangenknochen, das Gesicht wirkte eingefallen und hohl, der Nasenrücken wie eine Wachsskulptur, die unter dem kritischen Auge eines Bestatters entstanden war. Insgesamt erinnerte der alte Mann an etwas, das man wie durch ein grausames Wunder der Erde entrissen und zum Schaukeln auf diese Veranda inmitten eines Baumwollfeldes gesetzt hatte.

Boyd zog an der Zigarette. »Warst du krank, Ira?« Seine Stimme klang blau und belegt vom Rauch.

»Ich mach mich bereit zum Sterben. Ich habe Krebs.«

Na ja, ich nehme an, du hast endlich was bekommen, was noch keiner vor dir hatte, dachte Boyd. Ich hoffe, du bist jetzt zufrieden.

»Wo denn?«

»In der Lunge. Ich wünschte, du würdest die Zigarette ausmachen. Ich soll nicht rauchen, und jetzt kriege ich Lust drauf.«

Boyd trat die Zigarette auf der festgebackenen Erde aus, ein kleiner, boshafter, schwarzer Fleck. Drinnen brannte eine Lampe, er konnte das rußige Kerosin riechen. Er hatte die alte Frau vergessen, doch nun spürte er ihre Gegenwart, sah ihren massigen Körper, der sich verschwommen hinter der Fliegendrahttür abzeichnete.

»Du bist zu Fuß«, sagte der alte Mann. »Ich erkenne deinen Schritt, sobald ich dich sehe. Bist immer gegangen, als hättest du die Welt in deiner Hüfttasche. Ist aber nicht der Fall, was? Als ich dich zum letzten Mal sah, hattest du ein schickes Auto. Und große Pläne.«

»Harte Zeiten«, sagte Boyd.

»Für manche sind sie immer hart«, bemerkte der alte Mann.

Sie saßen schweigend da. Boyd betrachtete eine Zypresse, die verschwommen hinter dem Baumwollfeld zu sehen war, hinter ihr tauchte ein lautloser Blitz den Himmel in ein blasses, metallisches Rosa. Nach einer Weile ertönte der Ruf des Ziegenmelkers aus den Bäumen wie etwas, auf das Boyd unbewusst gelauscht oder das er sogar durch reine Willenskraft heraufbeschworen hatte, und ihm war, als habe er den ganzen Staat nur durchquert, um diesen einsamen Ziegenmelker zu hören, der ihn in der hereinbrechenden Dunkelheit verspottete, und als müsse er nun kehrtmachen und den Weg zurückgehen, den er gekommen war.

»Wie geht's dem Jungen?«, fragte die alte Frau durch die Fliegendrahttür. »Er muss schon erwachsen sein.«

»Knapp siebzehn.«

»Auf wen kommt er? Wir haben kein Bild und gar nichts.«

»Sieht ganz so aus wie seine Mama.«

»Sie ist nicht hier«, sagte der alte Mann unvermittelt. »Ich schätze, du hast die lange Reise umsonst gemacht.«

»Wenn sie nicht hier ist, ja. Habt ihr sie nicht gesehen?«

»Als ich sie das letzte Mal gesehen hab, hatte sie in ihrem dicken Bauch den Jungen, von dem du gerade gesprochen hast, und du hast ihr in das schicke Auto geholfen. Sieht aus, als hätte sich seitdem einiges geändert.«

Boyd stand auf. Er wischte trockene Tabakkrümel von seiner Arbeitsjacke und blickte in die Richtung, aus der er gekommen war. Eine undeutliche Wagenspur, die sich im Baumwollfeld verlor. »Ich muss weiter«, sagte er. »Wir sehen uns.«

»Pass auf den Jungen auf«, sagte die alte Frau. »Solltest lieber nach ihm sehen, statt dich herumzutreiben.«

Boyd hob zum Abschied die Hand, entlassen, und machte einen Schritt von der Veranda. Keiner hielt ihn zurück.

»Wenn du sie findest, sag ihr, dass ich Krebs habe«, sagte der alte Mann.

Boyd äußerte sich nicht dazu. Er trottete hölzern davon. Er schaute sich einmal um, niemand hatte sich gerührt, die ganze Szene verschmolz mit der violetten Dämmerung, die wie ein bläulich transparenter Dampf der Erde zu entsteigen schien, und glitt nun, da sie ihm nicht mehr nutzen konnte, ins Unsichtbare.

Nacht. Er kauerte unter einer Straßenbrücke und sah zu, wie die Regenperlen von dem Betonsims über ihm schräg abprallten. Durch diesen silbernen Vorhang beobachtete er die Lichter einer Stadt, die zu- und abnahmen wie etwas, das man durch tiefes Wasser nur verschwommen wahrnimmt. Der Donner hallte hohl über das flache Land. Sein Füße waren nass, das schmutzige Wasser stand einen Zoll hoch. Er versuchte, eine Zigarette zu drehen, doch seine Finger waren ebenfalls nass, das Blättchen zerriss. »Ich möchte dieses Land nicht mal haben, wenn sie es einpackten und irgendwohin schickten, wo ich es gebrauchen kann«, sagte er. »Nicht mal, wenn sie mir die Besitzurkunde in die Tasche stecken würden.« Autos fuhren vorüber, Wasser troff von den Reifen, die im Regen glänzend und neu aussahen, sie zeichneten sich in der surrealen Helligkeit der Blitze wie starke Bilder hinter seinen Lidern ab.

Die Betonbrücke war zu niedrig, um aufrecht darunter zu stehen. Seine Beine verkrampften sich, er stand gebückt, die Hände auf den Knien, und schaute in das schwarze Wasser zwischen seinen Füßen. Die Blitze zeigten ihm Zigarettenkippen, Papierschnipsel, ein entrolltes Kondom, das wie ein unheimliches Meerestier dahintrieb.

»Bei Gott, ich fürchte, es regnet sich ein«, sagte er zu sich selbst.

Doch es kam anders. Die Abstände zwischen den blendend weißen Blitzen wurden länger und länger, das tiefe Grollen schien sich zu entfernen, nach Osten, wo auch er hinwollte. Als der Regen sich in ein langsames Nieseln verwandelte, trat er unter der Brücke hervor, rieb sich die steifen Beine, stieg über das lose Gestein des abfallenden Banketts und ging auf die Lichter der Stadt zu.

Sofern sie den Namen Stadt verdiente. Alles schlief. Er trottete durch ein elegantes Viertel, eine Gegend, in der die Wachhunde auf den dunklen Veranden, die sie bewachten, ihn keines Blickes würdigten, als sei er gewissermaßen unsichtbar geworden. Oder ihrem Bezugsrahmen gänzlich unbekannt, der Sendbote einer fremden Rasse. Er steckte die Hände in die Taschen und zog die Schultern unter dem nassen Mantel zusammen. Er gelangte in die Einkaufszone der Stadt und suchte nach etwas, das noch geöffnet war. Ein Taxistand, eine Bushaltestelle, ein 24-Stunden-Restaurant. Die nassen Gehwege glänzten in den Lichtteichen der Straßenlaternen, und buntes Neon pulsierte wie ein fröhlicher Herzschlag durch die Straßen.

Die Reifen gluckstén auf dem nassen Asphalt. Ein Auto wurde langsamer, hielt beinahe mit ihm Schritt, der Fahrer schaltete hörbar herunter, und er dachte, *Polizei*, ohne auch nur hinzusehen. In der westlichen Ebene war eine leichte Brise aufgekommen, und die gelbe Regenkugel der Straßenlaterne schwang schräg durch silberne Gischt.

»He.«

Boyd wandte sich um. Ein blauweißer Streifenwagen schlich neben ihm her, das Fahrerfenster war heruntergekurbelt, ein fleischiges, rotes Gesicht spähte hervor. Backen wie eine Bulldogge. Bullenaugen, hart wie Achatsplitter unter dem Schlag eines Hammers.

»Kann ich Ihnen helfen?«

»Nicht, dass ich wüsste«, antwortete Boyd.

»Wo wollen Sie hin?« Boyd hatte seine Schritte beschleunigt, doch der Streifenwagen blieb auf seiner Höhe, der Blick des Polizisten war dabei so eindringlich, als wolle er sich sein Gesicht einprägen, damit er ihn im Zeugenstand identifizieren oder auf einem Fahndungsplakat, das er vor ewigen Zeiten in einem Postamt gesehen hatte, wieder erkennen könnte.

»Ins Trockene«, sagte Boyd. »Verstößt das gegen Ihre Gesetze?«

»Nicht, dass ich wüsste. Nur liegen die meisten Leute um drei Uhr morgens im Bett. Ich hab Sie gesehen und dachte, Sie wären vielleicht in Schwierigkeiten. Auf der Suche nach einem Arzt oder so.«

»Ich glaube, den brauche ich nicht«, meinte Boyd. Er holte tief Luft, hielt den Atem an, bezwang seinen Ärger. »Ich hab Leute draußen am Deich besucht«, sagte er. »Das Gewitter hat mich überrascht, und ich hab mich unter der Brücke da hinten untergestellt. Ich wohne östlich von hier, in Lewis County, und dachte, hier gäbe es vielleicht eine Greyhound-Station.«

»Hier gibt es keine richtige Station. Man kann im Bob-White Café Fahrkarten kaufen, der Bus hält kurz an. Aber nicht vor halb acht morgens.«

»Sonst hat nichts offen?«

»Vielleicht treibt sich jemand am Taxistand herum. Steigen Sie ein, ich setze Sie dort ab.«

Boyd kannte den Unterschied zwischen einem Befehl und einer Einladung. Er stieg ein. Er hielt den Türgriff umklammert. Denkt wohl, ich will seine beschissene Stadt klauen, dachte Boyd mit säuerlicher Belustigung. Als ob es hier etwas gäbe, das er haben wollte. Der Streifenwagen glitt durch die schlafenden Straßen, wobei Boyds Augen einen Kramladen, ein Schmuckgeschäft und das erwähnte Bob-White Café registrierten. Geschlossen, geschlossen, geschlossen, bitte kommen Sie später wieder. An diesem Aprilmorgen des Jahres 1952 war in ganz Tiptonville, Tennessee, der Zutritt verboten. Wenn er am Rathaus anhält, wird der Hundesohn ganz schön überrascht sein, dachte Boyd. Wird nicht wissen, wie ihm geschieht.

Der Cop sagte nichts mehr. Er hielt vor einem kleinen, schäbigen Schaufenster mit der Aufschrift TAXI, und Boyd wusste, nun sollte er aussteigen. Was er auch tat. Er schloss die Tür, der Streifenwagen glitt davon. Die Glasscheibe vor dem Taxistand zerlief in zahllose Sprünge, die mit Klebeband repariert waren, und das gesamte Fenster schien sich leicht nach außen zu wölben, als dränge eine Kraft von innen dagegen. An der Tür, von der die grüne Farbe abblätterte, hing ein Vorhängeschloss, doch am Straßenrand parkte ein Taxi, und Boyd konnte ein Paar Schuhsohlen am Fenster der Fahrerseite erkennen.

Als Boyd gegen das Glas klopfte, bewegten sich die Schuhe, und ein Mann erhob sich vom Vordersitz und sah ihn triefäugig an. Der Mann wischte sich mit der Hand übers Gesicht, als wolle er den Schlaf vertreiben, und kurbelte die Scheibe herunter.

»Wo wollen Sie hin?«

»Wissen Sie, wo ein Mann um diese Zeit einen Whisky bekommt?«

»Vielleicht. Steigen Sie ein, nein, hier vorn neben mir. Wahre Sintflut, was? Sieht aus, als hätten Sie ganz schön was abbekommen.«

»Bin überrascht worden«, antwortete Boyd, stieg ein und zog die Tür zu. »Wie weit ist es bis zu der Flüsterkneipe?«

»Bis zur nächsten Flüsterkneipe ist es nie weit«, sagte der Fahrer, ließ den Motor an und fuhr los. »Nicht weiter als fünfzig Cent.«

Sie überquerten die Bahnlinie. Eine Kette von Güterwagen und mit Eisenbahnschwellen beladenen Flachwaggons stand auf einem Rangiergleis, und Boyd sah nach hinten, bis sie verschwunden waren. Sie fuhren an Geflügelfarmen mit Reihen erleuchteter Fenster vorbei, lang wie Güterzüge, und an Baumwollfeldern, die im Scheinwerferlicht nass und schwarz aussahen, und über eine klapprige Brücke, die verdächtige Geräusche von sich gab, bis sie vor einem Ziegelgebäude inmitten eines baumlosen, lehmigen Gartens anhielten.

»Er verkauft nur Halfpint-Flaschen«, sagte der Taxifahrer. »Ich glaube, er nimmt anderthalb Dollar für ein Halfpint.«

Boyd ging im Licht einer nackten Glühbirne an einem Draht, der geradewegs aus den dunklen Himmeln über ihnen zu wachsen schien, auf die Veranda zu. Als er an eine winzige Tür klopfte, wurde diese sofort geöffnet, als habe man ihn erwartet. Ein Mann, der an einen Maulwurf erinnerte, sah ihn aus dem Kreis seiner aufgestapelten Flaschenkartons wohlwollend an.

»Ich hätte gern zwei Halfpints Whisky.«

»Hab nur Pfirsichbrandy da«, entgegnete der Mann. »Hab heute Nacht eine Menge Whisky verkauft. Jeder hier im Bezirk muss auf die Idee gekommen sein, sich zu betrinken.«

»Dann geben Sie mir, was Sie dahaben.«

Nachdem er den Brandy und den Taxifahrer bezahlt hatte, war Boyd noch ein Dollar geblieben. Er faltete ihn und schob ihn behutsam in die Uhrentasche seiner Jeans. Im Taxi öffnete er eine Flasche und trank und bot sie dem Taxifahrer an, der abwinkte.

»Gott, nein. Wenn ich beim Fahren das Trinken anfange, fahre ich glatt bis nach Asien durch. Trinken und Fahren passen nicht zusammen.«

»Der Mist ist es auch nicht wert. Widerlich süß. Ich wette, von dem Zeug kann man sich einen höllischen Kater holen.«

»Ich sag Ihnen, was Sie sich damit in Lake County holen«, meinte der Taxifahrer. »Ein paar Tage hinter Gittern. Wohin wollen Sie? Wenn Sie kein Geld haben, verhaften die Sie in der Stadt glatt wegen Landstreicherei.«

»Um die zweihundertfünfzig Meilen von hier«, sagte Boyd. »Ich nehme an, das kostet mehr als fünfzig Cent, was? Wie oft fährt dieser Zug?«

»Jeden Tag. Die Flachwaggons mit den Schwellen gehen irgendwann am Morgen nach Jackson. Irgendwo müssen Sie doch hin.«

»Dann lassen Sie mich an der Bahnlinie raus.«

Er war im Halbschlaf, als die Waggons an die Lok gekoppelt wurden, ein lautes, metallisches Verschiebegeräusch und eine Reihe ruckartiger Stöße, die er bis in die Zähne spürte. Er erhob sich von dem Stroh, auf dem er gelegen hatte, die dunkle Landschaft aus Licht und Schatten glitt an der offenen Tür vorüber. Er trank aus der offenen Flasche und steckte sie zu ihrer Schwester in sein Hemd, wo sie sich glatt und kalt an seinen Bauch schmiegte. Er holte seinen Tabak hervor und drehte eine Zigarette, sah im Licht des Streichholzes schlafende Häuser vorbeiziehen wie Inseln, die auf dem nächtlichen Meer dahintrieben. Der Zug wurde schneller, und Boyd überkam bei der bloßen Bewegung eine Welle der Heiterkeit.

»Ich hätte nichts gegen eine Zigarette«, sagte eine Stimme.

Boyd fuhr unwillkürlich zusammen; er hatte nicht gewusst, dass es sonst noch jemanden auf der Welt gab. Er konnte eine Gestalt ausmachen, einen dunkleren Schatten unter Schatten.

»Ich werde sie dir kaum bringen.«

Der Schatten bewegte sich, und Boyd konnte den Mann riechen, eine ranzige, saure Mischung aus Schweiß und Whisky. Er reichte dem Mann, der sich vor ihn hockte, den Tabak hinüber. Dieser nahm ein Blättchen und schüttete Tabak hinein, ein Lichtstrahl traf sein bärtiges Kinn, langes, glattes, strohblondes Haar, das wie ein Schatten über seine Augen fiel.

»Wenn ich Geld hätte, würde ich mir selber einen Beutel kaufen. Du hast nicht zufällig einen Vierteldollar, den du einem Mann überlassen würdest?«

»Ich besitze nur einen Dollarschein, den kann man nicht teilen. Wenn ich Kleingeld hätte, würde ich es dir geben.«

»Der Dollar würde schon reichen«, sagte der Mann. In der orange Flamme des Streichholzes wirkte sein Gesicht wölfisch, durch den Rauch, den er ausatmete, schien es irgendwie unwirklich, nicht wie ein Mann, sondern wie die boshafte Verkörperung eines Mannes, wie ein weiterer Stein, den ein zorniges Schicksal Boyd in den Weg geworfen hatte.

Boyd taxierte die Größe des Mannes und sagte nichts. Er vertraute auf seine eigene Größe und Stärke. Als er bei der Bahn arbeitete, hatte er wegen einer Wette einmal eine Schwelle von sieben mal neun Fuß auf jede Schulter genommen und war damit losmarschiert. Er spürte die angespannten Muskeln in seinen Oberschenkeln, den steinharten Bizeps, das ermutigte ihn. Was seine persönlichen Eigenheiten anging, war Boyd so wählerisch, wie es die Umstände erlaubten, und er dachte, wenn ich es aus seinem Geruchskreis schaffe, ist alles in Ordnung.

»Wie wär's mit einem Schluck von dem Whisky?«

»Ich hab keinen Whisky.«

»Komm mir nicht damit. Wenn es eins gibt, das ich erkenne, dann ist es das Geräusch, wenn jemand eine Whiskyflasche aufschraubt. Ist überall rauszuhören.«

»Warum haust du nicht einfach ab und lässt mich zum Teufel noch mal in Ruhe? Ich tu dir ja auch nichts.«

»Dann gib mir den Dollar, mit dem du so angibst.«

Boyd stieß ihn hart zurück, doch der Mann schien vorbereitet und ließ im Hochkommen wie aus dem Nichts ein Schildpattmesser aufschnappen. Boyd duckte sich und wartete auf den Stoß, und als er kam, packte er den Arm, so hart er konnte, und brach ihn über seinem Knie. Das Messer trudelte davon. Als er sich danach bückte, stieß der Mann einen tierischen Wutschrei aus und rammte ihn so fest, dass er rückwärts taumelte, bis seine Füße keinen Halt mehr fanden und er fiel. Da waren der albtraumhafte Anblick der Tür, die nicht nur nach oben, sondern auch brutal nach rechts verschwand, die klackenden Räder, das Getriebe, das wie Höllenzähne knirschte, und er rollte abrupt einen steinigen Hang hinunter, sein Körper schmerzte wie flüssiges Feuer, seltsame Lichter flackerten hinter seinen Lidern. Er fing sich am Fuß des Abhangs, hockte sich hin und sah dem verschwindenden Zug in ungläubigem Erstaunen hinterher.

Schließlich stand er auf, zog sein Hemd aus und schüttelte das Glas heraus. Blut, im Sternenlicht schwarz wie Teer, rann aus zahllosen Schnitten über seinen Brustkorb. Er prüfte, wie schwer die Wunden waren, und zupfte dann die Glassplitter aus seiner Haut. Das Hemd troff von Blut und Pfirsichbrandy, doch er hatte nichts anderes. Er zog es wieder an und knöpfte es zu.

Er ging nach links, nach rechts, versuchte, in der Finsternis die vier Himmelsrichtungen zu orten. Diese Welt war flach wie ein Billardtisch und ebenso uninteressant. Er verschwendete einige Minuten mit der Suche nach dem Tabak, hegte die schwache Hoffnung, dass nur eine der Flaschen zerbrochen sei, gab aber auf, als er beide Verschlüsse fand.

Es schien lange zu dauern, bevor der erste schwache Lichthauch am östlichen Himmel sichtbar wurde, er stand auf und ging darauf zu.

Fleming Bloodworth lag bäuchlings im ersten warmen Frühlingslicht auf einem Vorsprung aus Kalkstein, der Kuppe eines steilen Felsens oberhalb von Grinders Creek. Auf die Ellbogen gestützt beobachtete er die Straße durch das Fernglas seines Vaters Boyd. Die Straße war aus rotem Hornstein und schlängelte sich zwischen den Zedern hindurch, die den Felsen bedeckten. Eine Holzbrücke mit Betonpfosten überspannte stromabwärts den Fluss, und er konnte durch das starke Fernglas die Köpfe der langen, schweren Nägel, mit denen die Bohlen befestigt waren, und die Maserung des verwitterten Holzes erkennen.

Er wartete auf den Postboten. Im Grunde wartete er auf viele Dinge: Er wartete darauf, dass sein Vater, wo immer er auch sein mochte, zurückkehrte und dass seine Mutter, von der er ebenfalls nicht wusste, wo sie war, wieder auftauchte und dass er selbst entschied, ob er wieder zur Schule gehen würde oder nicht. Seine dringendste Sorge galt jedoch dem Postboten, denn die amerikanische Post arbeitete nach einem festen Plan, was man von seinem eigenen Leben nicht behaupten konnte. Sein eigenes Leben hing in der Schwebe, wartete auf ein Ereignis, das andere nach sich ziehen würde, auf ein erkennbares Muster, das aus wirbelndem Chaos erwuchs.

Er war an diesem Tag zeitig aufgestanden. Der Tag versprach warm zu werden, und die Überbleibsel eines Traumes, die noch in seinem Kopf tanzten, verliehen ihm eine gewisse Vorbedeutung.

Er hatte geträumt, der Postbote würde einen Scheck mit seinem Namen darauf bringen, einen Scheck der Zeitschrift *Country Gentleman*, und er war sich ziemlich sicher, dass irgendwo in der gut sortierten Tasche des Postboten, zwischen Düngemittelwerbung und Mahnschreiben von Sterbekassen, ein derartiger Scheck existierte, der ihm den Erwerb einer Schreibmaschine ermöglichen würde, die er im Fenster eines Kramladens in der Stadt Ackerman's Field gesehen hatte.

Einige Monate zuvor war er in den Besitz eines Stapels alter Ausgaben ebendieser Zeitschrift *Country Gentleman* gelangt. Er hatte sie von der ersten bis zur letzten Seite gelesen und dann eine derart zynisch durchgeplante Story verfasst, dass sie seiner Ansicht nach einfach einschlagen musste. Es war alles drin. Eine Liebesgeschichte zwischen einem Jungen und einem Mädchen aus verfeindeten Familien, ein Collie, den man fälschlich des Tötens von Schafen bezichtigte, ein sentimentales Finale, in dem der beschuldigte Hund ein Kind vor dem Ertrinken rettet. Es war Romeo und Julia unter Hinterwäldlern mit einem Schafe reißenden Hund und einem Hochwasser als Zugabe, und er wäre nicht überrascht gewesen, hätte er erfahren, dass sein Name nur so durch die Redaktionen von Atlanta, Georgia schwirrte, wo die Zeitschrift erschien.

Das Auto des Postboten tauchte zwischen den Zedern auf und begann sofort zu hupen. Der Junge rappelte sich hoch. Er war Mitglied diverser Buchklubs und bestellte gewohnheitsmäßig Kataloge und Probeausgaben von Zeitschriften, konnte sich aber beim besten Willen an keine Bestellung erinnern, die nicht in den Briefkasten gepasst hätte. Vielleicht musste man für einen Scheck von einer Zeitschrift eine Unterschrift leisten.

Er hangelte sich von Baum zu Baum den Schieferfelsen hinunter. »Schon gut, schon gut!«, rief er. Der Briefkasten stand am Fuß des Hügels neben einer riesigen Pappel. Der Postbote hatte davor geparkt und hupte wie ein Irrer, bis Fleming keuchend am Fahrerfenster auftauchte.

»Ich habe hier ein Päckchen für den jungen Mr. Bloodworth«, sagte der Postbote. Er hielt einen flachen Sackumschlag in der Hand und überflog den Absender. Der Junge betrachtete ihn mit dumpfem Abscheu. »*Country Gentleman*«, sagte der Postbote. »Wusste nicht, dass sie die so einpacken.«

Fleming nahm zögernd das Päckchen entgegen und schaute kläglich darauf, als wisse er nicht so recht, was er damit anfangen solle.

»Ist das alles?«

»Das war's«, antwortete der Postbote. »Ist deine Mama inzwischen zurück, Fleming?«

»Danke für das Päckchen«, sagte Bloodworth und wandte sich in Richtung Hügel. Der Wagen blieb noch kurz stehen, dann hob der Postbote die Hand und fuhr davon. Als er den Graben überquerte, hinter dem sich der steile Hang emporzog, öffnete er die Lasche des Umschlags. Als Erstes sah er seine eigene Handschrift, dann eine Notiz, die an das Manuskript geheftet war. *Leider können wir keine handgeschriebenen Manuskripte lesen*, hatte jemand in Atlanta geschrieben. *Alle Einsendungen müssen mit der Maschine getippt sein.* Er warf das Manuskript in den Graben und stieg den Hügel hinauf, kehrte aber nach wenigen Schritten zurück, holte den Sackumschlag und ging weiter.

Man kam auf zwei Wegen zum Haus. Von der Hornsteinstraße aus bog man am Fuß des Hügels ab und kletterte zwischen Kalksteinbrocken und einem Zedernwäldchen den Pfad entlang. Der Aufstieg war beinahe senkrecht, und das Haus kam stückweise in Sicht, zuerst ein Dach aus grüner Teerpappe, das von den vier Ecken aus in der Mitte spitz zusammenlief, dann verwitterte Holzwände, ein zusammengeschustertes Haus, selbst gemacht, willkürlich wie die Überbleibsel nach einem Hochwasser. »Es wird reichen, bis wir etwas Besseres finden«, hatte Boyd gesagt, doch damals war der Junge sechs gewesen.

Näherte man sich von der Rückseite, aus Richtung der dichten Wälder, nahm man einen Fußweg, der wiederum den geisterhaften Spuren einer alten Wagenstraße folgte, dem Geist einer Straße, dem Gerücht einer Straße. Dieses Haus war von Leuten und für Leute errichtet worden, denen auch ein Fußweg reichte, Leute, die mit Skepsis die Erfindung des Verbrennungsmotors betrachteten, die noch den Wert des Rades in Frage stellten.

Der Tag, der so viel versprechend begonnen hatte, klaffte nun wie eine ungeheure Leere, die er irgendwie füllen musste. Er holte eine Sense von der Veranda und begann, Unkraut zu jäten, säuberte den Hof, arbeitete sich vor bis zum Fleckchen Garten, während Unkrautschnipsel wie anomaler Schnee durch die Luft wirbelten. Der Tag wurde allmählich wärmer, und er zog sich das Hemd aus und stürzte sich wieder in die Arbeit, als wolle er die Welt ein für alle Mal von Unkraut befreien.

Am späten Nachmittag legte er die Sense schließlich beiseite und ging ins Haus. Drinnen war es dunkel und kühl, höhlenartig, die Fenster ließen kaum Licht herein. Er holte ein Buch und eine kalte Tasse Morgenkaffee, setzte sich an einer Stelle, wo Licht durch die Scheibe drang, auf einen Stuhl und begann zu lesen.

Der Tag kroch dahin, wurde von der Dämmerung verschluckt, schweigend. Kein Vogel war zu hören, kein Insekt. Leben in der Schwebe, die Welt stand still, wer wusste schon, was kommen würde. Das Licht vom Fenster wurde schwächer, doch er las weiter, als spiele der Übergang vom Tag zum Abend keine Rolle. Die Welt verrann und mit ihr der junge Fleming.

Sie war nachts gegangen, ohne ein Wort zu sagen, doch die Anzeichen waren sichtbar gewesen, wenn man nur hinschaute. Im Geiste sah er ihren heimlichen Aufbruch. Vielleicht trug sie ihre Schuhe in der Hand, schlich auf Zehenspitzen zur Tür, vorbei an den mondhellen Fenstern, vom Licht ins Dunkel, vom Licht ins Dunkel, bis sie verschwand. Bis die Nacht sie leugnete, durchsichtig machte wie den Schatten in der Geistergeschichte einer Großmutter, sie an den Ort saugte, wo das Licht hingeht, wenn man sich vorbeugt und eine Kerze ausbläst.

Sie war lange eine stille Frau gewesen, Anfang dreißig, aber vorzeitig gealtert, das Leben zog an ihr vorüber, die Welt drehte sich ohne sie. Sie hatte mit Worten gegeizt, ganze Tage in mürrischem Schweigen verbracht, als sei ihr Vorrat an Wörtern erschöpft, als müsse sie ihn einteilen.

Er hatte die fahle Maske beobachtet, die ihr als Gesicht diente, und sich gefragt, was dahinter vorgehen mochte. Vor einem Jahr hatte er sie überrascht, als sie eine Kiste mit seinen Büchern verbrannte, sie nacheinander in den Holzofen warf. Sie kämpften einen Moment um das Buch, das sie gerade dem Feuer übergeben wollte. Er entriss ihr die Kiste, und sie schleuderte das Buch, das sie in der Hand hielt, mit aller Kraft gegen seine Schläfe. »Du verträumter, kleiner Narr«, fuhr sie ihn an und legte ihre ganze Verachtung für das geschriebene Wort hinein, für jene, die es lasen, und jene, die es in spiralgebundene Notizbücher zu übertragen suchten.

In der Nacht, in der sie verschwand, hatte Boyd ihn wachgerüttelt, die Kerosinlampe in der Hand, einen seltsamen Ausdruck im Gesicht, der in seiner Stimme widerhallte, als er zu ihm sprach.

»Wo ist deine Mama?«

Fleming wusste keine Antwort. Er stand auf und folgte Boyd ins Vorderzimmer. Boyd suchte den ganzen Raum ab, obwohl sich dort nirgendwo Platz für ein Versteck bot. Sein Leid wirkte so grotesk, dass es ans Komische grenzte, und Fleming beobachtete ihn mit einer geradezu verächtlichen Distanz.

»Das schlägt wirklich dem Fass den Boden aus«, sagte Boyd.

Der Junge ging wieder zu Bett. Nach einer Weile hörte er, wie Boyd die Tür hinter sich schloss und später wieder öffnete. Er wartete auf das Quietschen der Bettfedern, vergeblich. Irgendwann drehte er sich mit dem Gesicht zur Wand und schlief ein.

Zwei Tage darauf hörte Fleming beim Einschlafen, wie Boyd pfeifend den Weg von der Scheune her kam. Das Pfeifen war erinnerungsträchtig, ein Artefakt seiner Kindheit, und er glaubte zuerst, er habe es nur geträumt. Er war aufgestanden, um Licht zu machen, als er Boyds schwere Schritte auf der Veranda hörte.

Gelbe Erleichterung durchflutete das Zimmer, als die Tür aufging und Boyd eintrat. Plötzlich war der Raum kleiner, das Haus weniger leer und tot. Boyd füllte es mit grobem, zerklüfteten Leben.

»Wer hat das ganze Unkraut geschnitten? Sieht aus, als wär ein Haufen Rasenmäher drüber hergefallen.«

»Ich. Hatte nichts anderes zu tun.«

»Du solltest lieber zur Schule gehen, wenn du nicht nächstes Jahr wieder auf demselben Platz hocken willst. Sieht allerdings besser aus. Hast vermutlich die Grundstückswerte in ganz Grinders Creek gesteigert.«

Fleming sagte nichts. Boyd trug ein Bündel, das in weißes Fleischereipapier gewickelt war, und einen Brotlaib. Er legte es auf den Küchentisch. »Mach Feuer, dann braten wir das Beefsteak hier«, sagte er. »Ich bin völlig ausgehungert.«

Er holte ein Taschenbuch aus der Gesäßtasche seines Arbeitsanzugs. »Hab ich dir mitgebracht. Weiß nicht, ob es was taugt.«

»Danke«, sagte der Junge. Er drehte dem Herd den Rücken zu, wo er Kienspäne angezündet hatte, nahm das Buch und hielt den Umschlag ins Licht. *Blondschopf* von Clay Fisher. Auf dem Umschlag war ein blonder Mann abgebildet, vermutlich George Armstrong Custer, der sich gegen eine Horde marodierender Wilder zur Wehr setzte. »Sieht gut aus«, sagte er. »Vielleicht fange ich heute Abend damit an.«

»Komm, hol Mehl für das Steak zum Braten. Ich habe es quer durchs Land geschleppt, dann soll es wenigstens schmecken.«

Während der Herd heiß wurde, schnitt Boyd das Steak, klopfte es mit der Kante einer Untertasse und panierte es mit Mehl, Pfeffer und Salz. Er schnitt Kartoffeln in eine Bratpfanne mit geschmolzenem Fett. Der Junge schaute zu. Er wartete auf die Frage, die Boyd unweigerlich stellen würde und die er schließlich auch stellte.

»Nichts von deiner Mama gehört?«

»Nein.«

»Wenn mir der Hundesohn unter die Finger kommt, mit dem sie abgehauen ist, schneid ich ihm die Kehle durch. Ihn will ich auch haben.«

Fleming schwieg, doch sein Magen zog sich dabei zusammen. Wenn ein anderer Mann diese Worte aussprach, konnten sie alles Mögliche bedeuten, doch bei Boyd hieß es schlicht und einfach, dass er tatsächlich jemandem die Kehle durchschneiden würde.

»Wo warst du?«

»In der Hölle, bin beinahe drin verbrannt. Ich hab gelernt, dass die Hölle eigentlich eine Ebene ist, und irgendjemand hat Baumwolle drauf gepflanzt. Wie kommt's, dass du nicht drüben bei Ma bist, wie ich dir gesagt hatte?«

»Weiß nicht. Manchmal ist mit Brady nicht gut auskommen.«

»Kann ich mir vorstellen. Und nicht nur manchmal. Gibt's noch ein sauberes Hemd hier?«

»In dem Kasten neben deinem Bett. Der alte Overbey hat dich gesucht. Will, dass wir ein paar Kiefern pflanzen.«

»Kiefern«, sagte Boyd. Er wendete das brutzelnde Steak, rührte in den Kartoffeln. »Müsste schon hart auf hart kommen, bevor ich für diesen knauserigen Schweinehund arbeite. Ist noch Kaffee da?«

»Es ist fast nichts mehr da.«

»Irgendwas wird sich schon ergeben.«

Sie aßen das Steak und die Kartoffeln bei Lampenlicht, verscheuchten mit einer Hand die Motten, die vom Licht angezogen durchs Fenster flatterten. Boyd wischte seinen Teller mit einer Scheibe Weizenbrot ab, stand kauend auf und füllte das Waschbecken mit Wasser aus dem Eimer. Er zog sein Hemd aus, knüllte es zusammen, hob die Herdplatte und warf das Hemd auf die Kohlen.

»Großer Gott«, sagte der Junge.

»Bin aus einem Zug gefallen«, erklärte Boyd.

Fleming ahnte eine Geschichte dahinter, doch es war gefährlich, Boyds Schutzschild zu durchbrechen. Er würde es ihm schon erzählen, wenn ihm danach war.

Nichts ergab sich, und am Montagmorgen kamen sie aus Hubert Overbeys Scheune und erkletterten einen Hang am Rand der noch nachtdunklen Wälder, auf den Schultern große Säcke mit Kiefernsämlingen. Die Hacken schwangen lose in ihren Händen. Sie nahmen die Arbeit an einem aufgewühlten Hang aus rotem Lehm auf, einer verdorrten Heide, auf der nichts zu gedeihen schien außer Dornengestrüpp und Gräben.

Die aufsteigende Sonne vertrieb die Morgenkühle, und Fleming verfiel mit dem Aufwärmen in einen mühelosen Arbeitsrhythmus, ein Hieb mit der Hacke, den Sämling setzen, Erde darüber, mit dem Stiefel fest treten. Boyd arbeitete zornig, jeder einzelne Sämling ein bitterer Groll, so, als wolle er der Erde Schmerz zufügen, wenn er die Hacke bis zum Ansatz in den roten Lehm bohrte.

Mittags nahmen sie schweigend ihr Essen ein, bestehend aus dem übrig gebliebenen Frühstücksspeck und Zwieback, und sahen zu, wie sich im Westen Wolken bildeten, eine Gewitterwolke, die sich auftürmte und wie ein Tumor über den düsteren Hügeln hing. Boyd warf den Rest von seinem Essen weg, goss den Kaffee aus und stand auf. »Wir werden besser fertig, bevor der Regen herzieht«, sagte er.

Als der Nachmittag zur Hälfte vorbei war, hatten sie kaum ein Viertel des Hangs geschafft, und Overbeys Vorrat an Sämlingen schien kaum zu schrumpfen. Sie legten das Werkzeug aus der Hand, als die Sonne nur noch ein wildes, chromatisches Rosa war, das hinter der Gewitterwolke aufflammte, und als sie die Straße erreichten, quoll die Nacht aus den Bäumen, und Nachtfalken stießen wie Steine aus einer Schleuder aus der violetten Dämmerung herab. Sie kamen in völliger Dunkelheit heim, drinnen war es kalt, finster und geheimnisvoll wie in einem verlassenen Haus, einem Haus, in dem niemand mehr wohnte.

Der Junge war beim Kochen, als sie vom Fuß des Hügels das Zuschlagen einer Autotür hörten. Boyd fuhr zusammen, und Fleming sagte: »Das ist nicht sie. Eher Dee Hixson.«

»Ich glaub, ich kann mich nicht den ganzen Tag mit Kiefern rumärgern und abends noch diesen neugierigen, alten Faulpelz ertragen. Ich glaub, ich schick ihn einfach weg.«

Fleming stand in der Tür und spähte in die Dunkelheit hinaus. Eine Form erklomm den Hügel, Ledersohlen klangen auf Steinen, die Form nahm Gestalt an, als erschaffe sie sich selbst aus den Schatten.

»Es ist Brady«, sagte Fleming.

»Dann lieber Dee«, meinte Boyd.

Brady Bloodworth war Boyds jüngerer Bruder, auch wenn man es ihm nicht ansah. Er war klein, sommersprossig und hitzig. Leicht gebeugt, als ziehe ihn eine gespannte Feder in die Mitte seines Körpers. Sein krauses, rotes Haar quoll unter dem Filzhut hervor, und seine Augen glühten wie die einer Katze bei Lampenlicht. Von einer Polioerkrankung in der Kindheit hatte er ein Hinken zurückbehalten, litt aber vielleicht noch unter anderen, weniger sichtbaren Behinderungen.

Er ließ sich auf einem alten Autositz nieder, der als Sofa diente, nahm den Hut ab und legte ihn auf sein Knie. Er fuhr sich mit der Hand durch das zerzauste Haar. »Noch immer allein?«, fragte er.

»Noch immer«, antwortete Boyd.

»Was kocht der Junge da?«

»Weiß nicht. Abwarten, bis es fertig ist. Wir würden dich einladen, aber unser Futter ist dir wohl ein bisschen grob. Bist ja an Mas Küche und all das gewöhnt.«

»Schon gut. Ich wette, er brät Motten und alles mit. Hab eine große in die Pfanne fliegen sehen, die ist bis jetzt nicht wieder rausgekommen.«

»Wir sehen das nicht so eng. Haben keinen Besuch erwartet.«

»Es ist wegen Pa. Er kommt endlich zurück.«

»Das kann ich kaum glauben.«

»Ist aber so. Hat einen Schlaganfall gehabt und weiß nicht, wohin.«

»Da hol mich doch«, sagte Boyd mit einem neugierigen Ton in der Stimme, bei dem Fleming sich umschaute und ihn ansah. »Muss ein schlimmer Schlaganfall gewesen sein, wenn er so was tut. Pa war immer stolzer, als ihm gut tat, und hat nie den Schwanz eingekniffen. Wie schlimm ist es?«

»Er wird nicht sterben, falls du das meinst. Ich hab mit ihm gesprochen, Ferngespräch aus Little Rock, Arkansas. Hat einfach angerufen. Zum Glück war ich da und bin drangegangen. Hätte ebenso gut Ma treffen können.«

»Davon wär die Welt auch nicht untergegangen«, meinte Boyd trocken. »Ich nehme an, sie hat inzwischen gemerkt, dass er weg ist. Sind ja schon zwanzig Jahre.«

»Er ist angeschlagen, hat aber seine Sinne und alles beisammen. Seine Fähigkeiten. Hinkt auf einer Seite und geht am Stock, sagt aber, er erholt sich. Denkt, er würde sterben, stimmt aber nicht.«

»Ach nein? Muss nett sein, Dinge zu wissen, über die sich andere nur wundern können. Wenn Gott sich zu einem runterbeugt und einem Geheimnisse ins Ohr flüstert.«

»Na ja. Ich hab die Karten gelegt, und er ist noch nicht zum Sterben bestimmt.«

»Jesus Christus. Du hast die Karten gelegt. Irgendwann stirbt jeder.«

Brady hatte unbemerkt das Spiel aus seiner Hemdtasche gezogen, holte die Karten aus dem Satinetui und ließ sie geschmeidig von einer Hand in die andere gleiten. Sie schienen ihm Kraft und Zuversicht zu schenken.

»Die Karten lügen nicht«, sagte er entschuldigend, aber dennoch ein wenig von oben herab. »Er kann später sterben, aber nicht an diesem Schlag.«

»Ich glaub, du bist froh, dass er einen Schlaganfall hatte. Scheinst die Vorstellung von ihm als Krüppel, als gebrochenem alten Mann, zu genießen.«

»Die Bibel sagt, was du gesät hast, sollst du auch ernten. Er hat es gesät, nicht ich.«

»Sie sagt auch, dass Hellseher und Wahrsager dem Herrn ein Gräuel sind.«

»Dann macht sie eine Kehrtwendung und sagt, du sollst dein Licht nicht unter den Scheffel stellen. Er hat mir das zweite Gesicht gegeben, das in gewisser Hinsicht ein Licht ist, und das werde ich nicht verstecken.«

»Ich geb's auf. Wieso ruft er dich an, wenn er weiß, wie du zwanzig Jahre lang über ihn gedacht hast?«

»Du hast kein Telefon. Ich nehme an, er wusste nicht, dass Warren die Show in Alabama macht. Er muss in all den Jahren, wo er das Banjo gespielt und den verrückten Mist gesungen hat, den keiner hören wollte, ein bisschen Geld verdient haben. Er schickt es mir telegrafisch, damit ich ihm einen kleinen Wohnwagen kaufe und irgendwo bei uns aufstelle.«

»Oh, Gott. Er schickt dir Geld und vertraut darauf, dass du das tust?«

»Pa hat mich immer am liebsten gemocht. Hat mich immer verhätschelt bis zu dem Tag, an dem er weggegangen ist, und dann zwanzig Jahre lang kein einziges Wort. Hat mir und Ma wehgetan, das weißt du auch. Einfach zu gehen, ohne ein Wort. Kein Lebwohl, kein ihr könnt mich mal. Nichts.«

»Nichts für uns, meinst du wohl.«

»Nichts für niemand. Ich kann nicht glauben, dass er den Nerv hat zurückzukommen. Den Mumm. Hat wohl geglaubt, er kann gleich zu Ma und mir ins Haus ziehen.«

»Hm. Ist ja ganz schön groß das Grundstück, zweihundertsiebzig Morgen. Und ich glaub, er hat es gekauft und bezahlt.«

»Ohne Warren hätte er es bei der Sache mit dem Gefängnis verloren. Hab den Rest selbst bezahlt.«

Brady erhob sich. »Ich dachte nur, du würdest wissen wollen, dass er zurückkommt«, sagte er. »Der Junge hat seinen Großvater noch nie gesehen.«

»Renn nicht weg«, sagte Boyd. »Das mit dem Essen war nur ein Witz, es ist genießbar. Bleib hier und iss mit uns.«

»Ich hab schon vor Stunden gegessen. Muss mich um Ma kümmern. Ich lass sie abends nicht gern allein. Sie wird alt und kindisch. Vergesslich.«

»Sie hat mehr Verstand als jeder von uns.«

»Sie ist aber auch über siebzig und hat es noch nicht kapiert. Ich hab immer Angst, sie fällt hin. Ich sag Bescheid, wenn ich wieder von Pa höre.«

»Gut. Komm wieder, Brady.«

Als Brady den Hügel hinunter verschwunden war und sie den Motor hörten, sagte Boyd: »Der Schlag muss Pa die Hölle heiß gemacht haben. Dass er sich überwindet und Brady anruft.«

Er nahm einen Tiegel mit Wasser vom Herd, stellte ihn auf den Tisch und einen Spiegel neben die Lampe. Er seifte sich das Gesicht ein und fing an, sich zu rasieren. Fleming konnte das leise Kratzen der Klinge an den Stoppeln hören.

»Armer alter Brady«, meinte Boyd. »Gerade hat er einem noch Leid getan, da fängt er mit dem wirren Zeug von Karten und Zaubern an, mit denen er Leute belegt, und dass die Juden die Welt an sich reißen und der Papst die Welt an sich reißt, und schon möchte man ihm den Hals umdrehen.«

Nach dem Abendessen war das Haus warm vom Herd, und Fleming ging nach draußen und setzte sich auf die Türschwelle, um sich abzukühlen. Der Wind zerrte wie ein lebendes Wesen an den Bäumen, schwaches Licht zuckte und erstarb, flammte auf und verschwand weit im Westen, und er wartete mit angehaltenem Atem auf den Donner. Schließlich kam er, nur ein schwacher Hauch von einem Donner, ein heiseres, zusammenhangloses Grummeln, ein Irrer, der auf den Dächern der Welt vor sich hin murmelt.

Der Regen setzte irgendwann in der Nacht ein, und es regnete noch, als sie in einem kalten, feuchten Dämmerlicht frühstückten, und es regnete noch immer, als sie mit den Hacken loszogen. Fleming dachte, Boyd werde auf eine Wetterbesserung warten, doch er sagte nichts dergleichen, und sie hüllten sich in alte Mäntel, setzten alte Hüte auf, bis sie wie lebende Vogelscheuchen aussahen, die die Straße entlangzogen. Das Wasser das Flusses zeigte schon einen gelben Hauch, zunehmende Eile, und der Regen rauschte stetig in den Bäumen.

Sie arbeiteten wie Irre auf dem schlammigen Abhang. Der Regen ließ nicht nach, nicht einmal ein bisschen, und der Tag schien immer kälter zu werden, und der Junge fühlte sich kalt und hölzern in der zu großen Kleidung. Er hasste die Berührung der triefnassen Kleider, fürchtete aber zu erfrieren, wenn er in der Arbeit innehielt.

Sie hatten kein Mittagessen mitgebracht, stellten sich um die Mittagszeit aber unter eine riesige Zeder und sahen zu, wie der Hang zerfloss, wie tausend rote Rinnsale über den schlammigen Hügel rannen. Boyd wirkte mit dem zerfledderten Hut, der um sein Gesicht schlappte, wie die Verkörperung menschlichen Elends. Ein blasses Rinnsal Hutfarbe sickerte über sein Gesicht, und er wischte es mit einem schiefen Grinsen ab. »Ich weiß nicht, warum es so verdammt kalt ist«, sagte er. »Der Brombeerwinter dauert doch nicht bis Mai.«

»Vielleicht ist es ein anderer Winter. Krötenwinter.«

»Wie auch immer, er ist schweinekalt. Und ich glaub, dass es unter dem Baum hier noch stärker regnet als da draußen.«

Der Junge betrachtete den Himmel in der schwachen Hoffnung auf einen Lichtstreif, doch er war einfach nur kalt und weinte schiefergraue Tränen, und wenn es irgendwo dahinter Sonne gab, zeigte sie sich nicht. »Warum hören wir nicht auf und gehen nach Hause«, schlug er vor.

»Wir bleiben noch hier«, sagte Boyd. Sein Gesicht wirkte kalt und entschlossen, als habe er sich ein Ziel jenseits menschlicher Grenzen gesetzt und wolle es um jeden Preis erreichen.

»Wenn nur zwanzig oder dreißig Bündel Sämlinge übrig blieben …« Boyd hielt inne und betrachtete sie sinnierend. »Ich sollte die verdammten Dinger in ein Loch werfen und es gut sein lassen. Aber ich habe mich verpflichtet, sie einzusetzen, und werde es bei Gott auch tun.«

Sie pflanzten die Letzten in den roten, glucksenden Schlamm, schulterten die Hacken und gingen zu Overbeys Farmhaus. Als sie die hohen Stufen zur Veranda hinaufstiegen, fühlten sich Flemings Beine wie eingeschlafen an, die Füße taub und hölzern. Sie standen auf der Veranda. Boyd klopfte und wartete. Um ihre Füße bildeten sich schlammige Lachen. Der Junge konnte das Rauschen des Flusses irgendwo zwischen den Bäumen hören.

Overbey öffnete die Tür und betrachtete sie mit belustigtem Erstaunen. Sie sahen aus wie Flüchtlinge, schlimmer noch, wie Leute, die man an die Ränder der menschlichen Gesellschaft verbannt hat. Wie etwas Schimärenhaftes, Körperloses, gezeugt von Wind und Regen.

Overbey rieb seine Brillengläser mit einem Hemdzipfel sauber. Er wirkte warm und trocken, behaglich wie ein Dachs in seinem Bau. Hinter ihm ein warmer Herd, das flackernde Feuer eines Kamins. Es duftete nach dampfendem Kaffee.

»Ich hab schon von fleißigen Leuten gehört, aber ihr beide übertrefft alles. So eilig war es nun auch wieder nicht. Habt ihr alle geschafft?«

»Ja, alle.«

»Gut. Wartet hier, ich hole euer Geld.«

Er ging wieder hinein und zog die Tür hinter sich zu. »Klar«, sagte Boyd. »Wir wollen doch nicht deinen verfluchten Teppich nass machen.«

Als Overbey zurückkam, wrang Boyd gerade seinen Hut aus. Overbey hielt ihm einen dünnen, blauen Papierstreifen hin.

Boyd schaute seine Hände an und wollte sie abtrocknen, wusste aber nicht, woran, da seine Sachen nur so troffen. Schließlich schob er sie unter seinen Mantel und wischte sie, so gut er konnte, unter den Achselhöhlen an seinem Hemd ab. Er nahm den Scheck behutsam entgegen, faltete ihn, schob ihn in einen Pergaminumschlag und dann in seine Brieftasche.

»Wollt ihr eine Tasse Kaffee?«

»Wir müssen los«, antwortete Boyd.

»Gerne«, sagte Fleming.

Boyd warf ihm einen scharfen Blick zu, wartete aber stoisch, bis Overbey den Kaffee brachte, und ungeduldig, bis er getrunken war. Fleming zitterte, und er hielt die Tasse mit beiden Händen, während er trank. Der Kaffee war heiß und stark, und er vermeinte zu spüren, wie er durch seine Adern floss und seine gefrorenen Körperteile wieder auftaute.

Overbey beobachtete sie und schüttelte den Kopf. »Ich würde euch fahren, aber es steht wohl schon über der Brücke. Letzte Nacht und heute ist eine Menge Wasser runtergekommen.«

»Was Sie nicht sagen«, meinte Boyd.

Fleming reichte Overbey die Tasse, und sie gingen die Stufen hinunter in den Regen. Der Tag neigte sich schon, hinter den grünenden Bäumen stieg weißer Nebel wie Rauch vom Fluss auf, und die Luft hing dicht wie Wasser in ihren Lungen.

Als sie zur Kreuzung kamen, war der Fluss weit über die Ufer getreten, man konnte den Standort der Brücke nicht mehr erahnen. Der Fluss war eine einzige rollende Masse aus Blättern und Ästen, einmal kam auch ein ganzer Baum, dessen ausgerissene Wurzeln sich am Ufer verfingen, sodass er wie ein Rad im wirbelnden, gelben Schaum rotierte. Man hörte nur das wütende Dröhnen des Wassers. Boyd betrachtete das alles mit Abscheu, als sei es ein weiteres Kreuz, das er zu tragen hatte, ein weiterer Stein auf seinem Weg.

Eine ertrunkene Kuh schwamm vorbei, die steifen Beine in

die Luft gereckt. »Die ist von Overbey«, sagte Boyd zufrieden. »Willst du die Hängebrücke probieren?«

Fleming entschied, sein Vater müsse verrückt geworden sein. Irgendetwas in seinem Kopf hatte ausgesetzt. Endlich sagte er: »Ich glaube, nicht.«

»Dann müssen wir hier schlafen oder zurück zu Overbey gehen und dann um den Felsen herum. Was ist dir lieber?«

Die Hängebrücke befand sich eine Viertelmeile flussabwärts. Im überfluteten Schwemmland ragten Platanen wie weiße Knochen aus dem aufgewühlten Wasser. Als sie die Plattform erreichten, von der aus die Brücke hinüberführte, stand ihnen das Wasser bis zu den Oberschenkeln. Die Leiter führte Schwindel erregend bis zur Oberseite der Plattform empor, wo sich Drahtseile von Baum zu Baum zogen. Die Brücke, ein Relikt aus früherer Zeit, wurde nur noch selten benutzt, und Teile des Bodens waren abgefallen. Der Rest wirkte verrottet und wenig Vertrauen erweckend.

Der Aufstieg zur Brücke schien weit. Noch endloser der Weg über das pendelnde Drahtseil zum anderen Ufer. Boyd ging zuerst hinüber, als wolle er dem Wasser die Stirn bieten. Fleming bewegte sich vorsichtig, testete jede Bohle, bevor er ihr sein Gewicht anvertraute, klammerte sich an die Seile, die als Griffe dienten, während die Brücke knirschte, trunken über dem verwandelten Fluss pendelte, der Schwindel erregend unter ihm dahinrauschte. Einmal sah er hinunter, und das tobende Wasser schien die Brücke in einer Verzerrung der Schwerkraft flussabwärts zu ziehen, und als sein Kopf sich mit dem kreisenden Wasser drehte, zwang er sich, ans andere Ufer zu sehen, bis die schwankenden Bäume zur Ruhe kamen.

Unten stand ebenfalls Wasser, sie mussten hindurchwaten, und als sie die Straße erreichten, fühlte sich Fleming wie ein schiffbrüchiger Seemann, der auf die Riffe einer fernen, unfruchtbaren Insel zutaumelt.

Im Haus zündete er die Lampe an, war aber zu müde zum

Essen und zu müde zum Feuermachen, zog seine tropfenden Kleider aus und trockene an und fiel ins Bett. Das Wort Erschöpfung gewann eine völlig neue Bedeutung. Er sank sofort in einen traumlosen Schlaf, wachte aber mitten in der Nacht auf, von einem plötzlichen Geräusch, wie er meinte, doch in Wirklichkeit hatte ihn die Stille geweckt. Es regnete nicht mehr.

Am nächsten Morgen bemerkte Fleming zuerst die Wärme. Er stand auf, ging ins Vorderzimmer und entdeckte, dass Boyd bereits auf war. Im Ofen brannte ein Feuer, und das Zimmer war erfüllt vom starken, üppigen Duft des Zichorienkaffees. Boyd war nirgendwo zu sehen.

Er nahm eine Tasse von der Arbeitsplatte, goss sich aus der Kaffeekanne ein und ging nach draußen. In der Nacht hatte es aufgeklart, und die Sonne schien hell, obgleich es noch kalt war. Über allem lag stahlgrauer Reif. Er konnte Boyd nicht entdecken und ging zurück ins Haus.

Als Erstes fiel ihm ein Brief auf, der neben dem Spiegel am Fenster klebte. Was zum Teufel ist das nun wieder, dachte er. Er nahm ihn ab und faltete den Bogen Propatriapapier auseinander:

»Ich hole deine Mama. Soweit ich weiß, ist sie mit diesem Hausierer in Detroit, Michigan. Das mit dem Geld tu ich ungern, aber ich kann nicht anders, ich muss es haben. Ich schicke es dir, wenn ich Arbeit finde. Ich bin bald zurück, aber du gehst rüber zu Ma und bleibst bei ihr. Ich meine, bleib da.«

Er stand eine Weile mit ausdruckslosem Gesicht da, den Zettel in der Hand. Dann ging er zum Ofen und öffnete die Tür. Er zerknüllte den Zettel und warf ihn in die Flammen.

Als E. F. Bloodworth durch das Betontreppenhaus aus dem Erdgeschoss hinaufstieg, den Banjokasten in der Hand, wartete sie wie vermutet auf der Schaukel am Ende der Veranda auf ihn.

Er konnte hören, wie die gepulten Erbsen in den Blecheimer neben der Schaukel fielen, aber sie hatte erst mit der Arbeit begonnen, als sie hörte, wie er die Tür seines gemieteten Zimmers schloss. Die Vorstellung, dass sie mit den Erbsen dasaß und auf seine Schritte wartete, schien ein wenig beunruhigend, und er fühlte sich eingesperrt, was ihm gar nicht behagte. Und was er nie lange ertragen hatte.

Am Tag, als er die Gitarre ins Frachtbüro gebracht hatte, um sie nach Ackerman's Field zu schicken, war sie bei der Arbeit gewesen, vermisste aber augenblicklich die alte Martin-Doppel-F und erkundigte sich danach. Er hatte die Gitarre vorausgeschickt, weil er nicht beide Instrumente gleichzeitig tragen konnte und sich nicht lange von seinem Banjo trennen mochte.

»Die Sonne bekommt dir nicht«, sagte sie. »Du weißt doch, was der Doktor gesagt hat.«

Bloodworth bog um die Ecke der Veranda, bahnte sich mit seinem Spazierstock den Weg durch den Eschen-Ahorn. »Das hat er gesagt, weil ich pleite war«, meinte er. »Mit zwanzig Dollar mehr wäre die Diagnose besser ausgefallen.«

Er ging zwischen dem Eschen-Ahorn und der Veranda hindurch. »Du hast dieses ganze Zeug gepflanzt, damit ich nicht weglaufen kann«, sagte er. Er stellte den Banjokasten auf den rissigen, schiefen Gehweg und ließ sich mit einiger Mühe auf dem Rand der Veranda nieder.

Sie entschotete weiter Erbsen. »Scheint nicht so gut zu laufen, was?«, fragte sie.

Er nahm den perlgrauen, weichen Filzhut ab und fuhr sich mit der Hand durch das lange, dunkle Haar. Die Sonne schien ihm ins Gesicht, er beschattete es mit der Hand. Sein Gesicht war zerklüftet, raubvogelartig. Seine schwarzen Augen unter den schweren Lidern waren halb geschlossen, aber wachsam wie die eines Raubtiers. Er sah sie lange aus diesen umschatteten Augen an.

Sie war so vierschrötig und solide und unattraktiv wie eine Holzkiste. Ihr rotes Mondgesicht verdankte seine Farbe dem hohen Blutdruck, unter dem sie litt, und ihr Haar war in einem leuchtenden Orange gefärbt, das in der Natur kaum zu finden sein dürfte. Doch sie saß im Schatten eines Rosenspaliers, und die Schatten der Rosen und ihrer Blätter kletterten über ihre weiße Schwesterntracht in ihr Gesicht, und ihre Augen leuchteten in einem klaren Blau, das den alten Mann an den Himmel in den Altweibersommern seiner Kindheit erinnerte. Dazu war sie der freundlichste Mensch, dem er je begegnet war, und er hatte sich diesen Schritt lange und gründlich überlegt.

»Du bist ein Narr«, sagte sie. »Aber das brauche ich dir wohl nicht zu sagen.«

»Wo warst du vor fünfzig Jahren?«, fragte er. »Hättest du es mir damals gesagt, hätte es vielleicht genützt. Ich wäre den geraden Weg gegangen.«

»Das könntest du nicht mal, wenn man ihn dir aufmalte. Du liegst erst gerade, wenn sie dich in die Kiste packen und deine Hände falten.«

»Du machst einem wirklich Mut«, sagte er. »Ich wette, in deiner Freizeit denkst du dir Sprüche für Grabsteine aus.«

»Ich verbringe zu viel Zeit damit, Leute zu pflegen, die dennoch sterben«, antwortete sie. »Es quält mich zu sehen, dass ein Mann sich umbringt, der noch eine Chance hätte. Du wirst in diesem Bus sterben. Sie schleppen dich auf einer Trage an einen Ort, wo sich keiner für dich interessiert. Ich finde, wenn ein Mann schon sterben will, sollte er es da tun, wo jemand ihn gern hat.«

»Ich will nirgendwo sterben«, entgegnete Bloodworth. »Und werde es auch nicht.«

»Du weißt, ich habe dich gern. Ich würde mich um dich kümmern. Und ich kann es auch, es ist mein Beruf.«

»Die Pflege, die ich brauche, wird weit überschätzt«, sagte

der alte Mann. »Ich glaube, ich kann ganz gut auf mich selbst aufpassen.«

Er schwieg, schaute sie an. Er wollte ihr nicht sagen, dass ihr Beruf Teil des Problems war. Cora arbeitete in einem Krankenhaus in Little Rock, in dem Flügel für die sterbenden Patienten. Es war Coras Aufgabe, ihnen dabei zu helfen, und er war überzeugt, dass sie es gut machte, sie starben alle, doch er wollte keine professionelle Hilfe. Die Aura des Todes umgab sie wie ein Pesthauch. Der Geruch Sterbender war in ihre Kleider gedrungen; ihre Lungen waren gesättigt von zu vielen letzten Atemzügen; wenn sie durchs Zimmer ging, rappelten sich die ruhelosen Toten, denen sie über den Styx geholfen hatte, auf und folgten ihr gehorsam. Sie war stets umgeben von einer Legion unsichtbarer Toter.

Der alte Mann hatte ständig Texte und Melodien von Liedern im Kopf, und er dachte an eines, das er früher gesungen hatte: *Who'll rock the cradle, who'll sing the song?* Und er fragte sich, wann die Zeit kommen würde, da jemand Coras schlaffe Kiefer zusammenbinden und sich vorbeugen würde, um ihre Augen für immer zu schließen.

»Ich muss es einfach tun«, sagte er. »Ich möchte das Land sehen, wo ich als Junge gelebt habe. Und vielleicht will ich auch sehen, wie lange ein Groll anhalten kann.«

»Lange«, sagte sie. »Du wirst es zweifellos erfahren, endlich.«

Er stand auf, nahm das Banjo. »Ich muss es verschicken, ich kann nicht den ganzen Tag mit dir herumsitzen und reden. Ich fahre ohnehin erst, wenn ich mich kräftiger fühle. Wahrscheinlich bleibe ich ein, zwei Monate und komme vor dem Winter zurück. Oder ich lasse dich nachkommen, Cora, wie wär's? Würdest du kommen?«

»Ich würde überall hingehen, wenn du mich rufst«, antwortete Cora mit einer Mischung aus Belustigung und Zorn. »Aber für wie dumm hältst du mich eigentlich? Du hast noch nie jemanden so sehr gebraucht, dass du nach ihm geschickt hättest.«

»Ich gehe in die Stadt, bevor die Hitze schlimmer wird«, sagte er und nahm den Spazierstock, den er gegen eine Verandastütze gelehnt hatte.

»Warte«, sagte sie. »Wenn du unbedingt los willst, rufe ich dir ein Taxi.«

Er ging weiter. Er wollte nicht in dieser Pension sterben. Cora war eine gute Frau, aber er wollte nicht, dass sein letzter Eindruck von dieser Welt ihr Mondgesicht wäre, das zu seinem herunterschwamm, sich vorbeugte, um das Passwort zu flüstern, mit dem er in eine Welt gelangte, die voraussichtlich noch seltsamer und dunkler war als diese.

Am Ende der Wälder begann unvermittelt das Feld.

Fleming Bloodworth trat aus einem dichten, berankten Unterholz, das von Vogelgezwitscher hallte, auf eine offene Wiese, die träge in der Sonne lag, unter ihm grasten seelenruhig Kühe, das junge Gras färbte die welligen Hänge frischgrün. Amseln sausten umher, glänzten wie Stanniol in der Mittagssonne, irgendwo hinter ihm gurrte eine Taube weich und trauervoll wie ein Verschollener.

Er blieb eine Weile auf dem Lattenzaun sitzen, der die Weide umgab, beobachtete untätig das Haus und die Nebengebäude, die diesen warmen Tag verschliefen. Ein großes, altertümliches Bauernhaus aus weißem Holz, das mit seinem steilen, grünen Dach und den Giebeln aussah, als habe man es aus Neuengland herversetzt, die Vorhänge und Läden geschlossen wie schläfrige Augen. Er wartete geduldig, dass sich Leben regte. Einige von Bradys Hunden liefen durch ihren Zwinger, eine wilde Meute seltsamer Hunde von unbestimmter Farbe und Rasse, vielleicht eine Rasse, die Brady selbst gezüchtet hatte. Oder aus den Teilen anderer Hunde, aus überfahrenen Tieren, zusammengesetzt, auferstanden wie Lazarus durch die schwarze Magie, mit der er sich brüstete. Fleming lächelte bei sich, er hatte es nicht eilig, die Sonne auf den Schultern, zögerte er den Moment hinaus, in dem er aufstehen und zum Haus seiner Großmutter gehen musste.

Plötzlich ging die Fliegendrahttür des Hauses auf, und seine Großmutter trat mit einem Besen auf die Veranda. Winzig, schweigsam, in heftiger Betriebsamkeit. Sie stieß einen Hund mit dem Besen an, und er hörte das erstaunte Jaulen, sah ihn wie wild von der Türschwelle zum Tor laufen. Das Tor musste verriegelt sein, denn er kletterte schließlich über das Geländer der Veranda und rannte zum Zwinger. Brady sah er nicht, doch er musste in der Nähe sein, da die Sonne auf seinen schwarzen Buick hämmerte, der wie eine glänzende Schildkröte unter der riesigen Kiefer stand, die dem Haus Schatten spendete.

Er stand gemächlich auf und schlenderte den Hang hinunter zum Haus, ließ den Tag in seine Poren dringen, nahm die Gerüche wahr und spürte seinen Empfindungen nach. Die warme Last der Sonne auf seinem Rücken am ersten Tag, der nach Sommer aussah. Der Zitrusduft der Kiefernwälder, die rohe, lehmige Erde, der Geruch eines Feldes, dunkel der Sonne zugewandt, von Bradys Traktor umgepflügt, der leise Ruf ferner Krähen, sonst durchdrang nichts die Stille.

Er kam am Zwinger vorbei, in dem wilder Lärm tobte, die Hunde jaulten und warfen sich wie irre gegen den schweren Maschendraht, der zwischen die robusten Eisenstäbe gespannt war. Frei umherlaufende Hunde umringten ihn, und er drehte sich fortwährend um, trat heftig nach ihnen und hielt seinen Rücken frei. Einige waren bissig, andere nicht, doch er hatte sie nie auseinander halten können. Die Hunde umgaben seine Füße wie schmutziges Wasser, eine Flut von Hunden, die ihn am Birnengarten vorbei in die Traubenpflanzung mit ihren knorrigen, armdicken Weinstöcken trug und bis vor die Küchentür spülte.

Die alte Frau war auf die Hinterveranda gekommen, um zu sehen, wer dieses Tohuwabohu ausgelöst hatte, und beobachtete ihn nun, die Hand schützend über die Augen gelegt. Sie sah Fleming mit gespielter Wildheit an.

»Mach, dass du ins Haus kommst«, sagte sie.

Er ging durch die Hintertür in die lange, schmale Küche, spürte wie immer den plötzlichen Ansturm der Zeit, war verzaubert von Myriaden Küchendüften: Kaffee und Gewürznelken und Zimt, dem schweren, fruchtigen Geruch der Äpfel in ihren Körben und dem leicht säuerlichen Duft getrockneter Pfirsiche und noch einem anderen Duft, üppig, dunkel und geheimnisvoll, dem Geruch der Zeit selbst, der Tage, die die alte Frau sorgsam zu Jahren gestapelt hatte wie der Maurer, der Stein auf Stein setzt, wenn er eine Mauer errichtet.

Die alte Frau kam von der Vorderveranda durchs Haus, umarmte ihn rau, und er spürte ihre drahtige Kraft, obgleich sie zerbrechlich wirkte und ihm nur bis zur Brust reichte.

»Was ist los mit dir? Ich sollte dich übers Knie legen. Ich habe Brady zwei Mal nach dir geschickt, und er ist beide Male mit leeren Händen zurückgekommen und hat behauptet, du wärst nicht da. Ich dachte, du hättest vielleicht mehr Verstand als Boyd, aber langsam kommen mir Zweifel.«

Sie hatte ihn losgelassen und lief unruhig um den Tisch, rückte Teller und Besteck zurecht, hob die Deckel geschlossener Töpfe, als wolle sie nachschauen, ob sie ihm deren Inhalt überhaupt vorsetzen könne. »Komm her und iss«, sagte sie. »Bei dir kann man jeden Knochen fühlen. Du warst immer ein dünnes Kind, aber von der Seite bist du gar nicht mehr da.«

»Ich esse gleich, Grandma. Was macht Brady?«

»Ich schätze, er ist bei der Scheune und macht dem Hund einen Stein. In dem Schrank in der Vorratskammer sind Pfirsichpasteten.«

»Er macht dem Hund was?«

»Einen Stein, einen Stein. Einen Grabstein, du weißt doch, was das ist, oder? Der Postbote hat Brownie überfahren und getötet, und seither ist Brady außer sich. Hat mich so nervös gemacht, dass ich glatt auch nach Detroit fahren würde, wenn ich die Richtung wüsste.«

Die alte Frau behauptete, sie habe Cherokee-Blut in den Adern, und als Fleming sie betrachtete, fand er keinen Anlass, daran zu zweifeln. Das dünne, graue Haar, das sie in einem straffen Knoten trug, war einmal schwarz wie Schuhwichse gewesen, die Augen blickten lebhaft und wild, ihr winziger Körper fasste kaum die Energie, die sie in jedem wachen Augenblick erfüllte. Mit dem ledrigen Gesicht und der Adlernase erinnerte sie weniger an eine Indianerfrau als an einen alten Häuptling, eine Fundgrube gesammelten Wissens, das seine Vorfahren im flackernden Schein der Palaver am Lagerfeuer weitergegeben hatten.

»Ich könnte mir ein Stück Pastete holen und mich mit Brady unterhalten.«

»Ärgere ihn bloß nicht. Er ist schon schlimm genug.«

»Sieht aus, als hätte er noch immer viele Hunde um sich.«

»Wir ertrinken bald in Hunden. Sie belegen alles mit Beschlag. Ich glaube, sie haben sich mit Kaninchen gepaart, so oft, wie sie werfen. Aber Brownie war sein Liebling. Hat ihn mit der Flasche aufgezogen.«

Er holte sich ein Stück Pastete aus dem Schrank und ging ins Wohnzimmer hinüber und nach draußen auf den Hof unter der Kiefer, lächelte, als er die Besenspuren auf der glatten Erde sah, wo die alte Frau wie in einem Zimmer gekehrt hatte.

Auf der schattigen Seite der Scheune entdeckte er Brady, der vor dem Grabstein kniete und die schon glatte Oberfläche mit Mörtel bearbeitete. Sein Gesicht wirkte konzentriert, er zeigte kein Zeichen des Erkennens, hatte den Jungen vielleicht gar nicht wahrgenommen. Seine blutunterlaufenen blauen Augen waren auf die Arbeit gerichtet, eine rote Locke hatte sich gelöst und fiel ihm in die sommersprossige Stirn. Behutsam wie ein Künstler träufelte er Wasser aus einer Schale auf den Stein, glättete ihn geschickt um die Buchstaben BROWNIE herum. Die rechteckige Form lag daneben, die umgekehrten Buchstaben waren aufwändig in das Holz geschnitzt.

»Ich mache es nass, aber wenn das Wasser trocknet, sieht es nicht so aus, wie ich es haben will«, sagte Brady.

»Du musst es trocknen lassen und dann mit einem Schleifer polieren.«

Brady legte die Kelle weg und betrachtete ihn eingehend. »Ich schätze, du hast schon viele davon gemacht.«

»Mir kommt es einfach logisch vor. Ich kenne mich nicht damit aus und habe es nicht so gemeint. Ich weiß, wie sehr du an Brownie gehangen hast.«

»Das möchte ich bezweifeln. Für dich war sie bloß ein Hund. Für mich gehörte sie zur Familie. Sie war wie mein Kind. Als die Autoreifen über ihren Bauch rollten, war mir, als würde ich überfahren. Etwas in mir hat sich verdreht und bis jetzt nicht gelöst.«

»Wie ist es passiert?«

»Harwood hat nicht gebremst oder so. Hat sie einfach überfahren. War vorher schon wegen meiner Hunde hinter mir her. Hat sogar mal einen Kerl vom Postamt hergeschickt, der mit mir reden sollte. Ich schätze, Harwood dachte, er könne mir eine Lektion erteilen. Aber wir werden sehen. Wir werden sehen.«

»Was meinst du damit?«

»Auch du wirst es sehen. Jedenfalls ist es ein böses Omen. Und alles nur, weil der alte Mann zurückkommen will.«

Dem Jungen lag auf der Zunge zu sagen, dass ein Mann, der so hellsichtig war wie Brady, den Hund am vergangenen Morgen einfach hätte einsperren sollen, doch ihm fielen die Worte seiner Großmutter ein, und er schwieg. Dann fragte er: »Wann ist die Beerdigung?«

Brady hielt nach Spuren von Häme oder Ironie Ausschau, doch Flemings Gesicht zeigte eine betonte Unschuldsmiene.

»Ich hab sie heute Morgen begraben und ein paar Worte gesprochen. Ein paar Worte aus der Heiligen Schrift, dann sagte ich ihr, sie würde gerächt. Jetzt kann sie in Frieden ruhen.«

»Wie denn gerächt? Willst du Harwood verklagen?«

»Ich bringe ihn vor ein höheres Gericht als das vom alten Richter Humphreys. Ich belege ihn mit einem Zauber, bin schon dabei. Er hat schwere Zeiten vor sich.«

»Was für einen Zauber?«

»Er ist über Brownies Bauch gefahren, und in ihr ist alles aufgeplatzt. Sie hat lange gebraucht zum Sterben. Ich hab es auf Harwoods Bauch abgesehen. Sein Stuhl wird in ihm zu Beton werden, seine Innereien werden versteinern wie Holz. Wenn du glaubst, dass ihn das nicht zum Nachdenken bringt über das, was er getan hat, dann weißt du nichts über die Vorgänge im menschlichen Körper.«

»Höllenfeuer«, sagte der Junge.

»Stimmt genau«, meinte Brady. »Ich weiß nicht, ob er stirbt oder wieder gesund wird. Ich kann damit anfangen, aber nicht aufhören. Es liegt dann nicht mehr in meiner Hand.«

Er ist verrückt wie eine Scheißhausratte, dachte der Junge. Und wenn ich nicht mache, dass ich hier wegkomme, steckt er mich noch an.

Brady stand auf und holte eine kleine Glasphiole aus der Tasche. Er hielt sie dem Jungen vors Gesicht, ohne sie aus der Hand zu geben. »Weißt du, was das ist?«

»Sieht aus wie eine kleine Pillenflasche.«

»Und was ist drin?«

Der Junge schaute genauer hin. »Eine Kippe von einer Lucky Strike«, sagte er.

»Ja und nein. Es ist Harwoods Kippe. Ich habe gesehen, wie er sie wegwarf, und bin sofort drauflos. Sie brannte noch. Harwood hat sie berührt, sie trägt seinen Geist in sich, mehr brauche ich nicht, um ihn zu verfluchen.«

Der Junge erhob sich, wütend auf Brady und dennoch angerührt von dem Kummer, der in seinem Gesicht zu lesen war.

»Ich muss drauf achten, dass ich nichts zurücklasse, wo du es finden kannst«, sagte er.

»Du hast nichts, was du zurücklassen könntest«, erklärte Brady.

Zum Abendessen hatte die alte Frau gebratenen Schinken und Rotaugensoße bereitet. Dazu gab es gebackene Süßkartoffeln und riesigen Zwieback, der einem aus der Hand zu gleiten drohte, und große Gläser kalte Buttermilch. Der Junge holte tief Luft und bestrich einen Zwieback mit Butter, fiel darüber her und konnte gar nicht mehr aufhören zu essen. Sogar die alte Frau schien von seiner Leistung angetan. »Wenn ich dich zwei Wochen hier behalten kann, siehst du danach fast wie ein Mensch aus«, sagte sie.

»Und wir landen im Armenhaus«, warf Brady säuerlich ein.

Nach dem Abendessen saßen sie auf der Vorderveranda und sahen zu, wie sich langsames, purpurrotes Zwielicht auf die Welt senkte, zuerst die ferne Baumlinie verschluckte und dann in violetten Wolken über die Felder auf sie zuwogte. Der Junge beobachtete, wie die bekannten Formen und Konturen der Welt verschwanden, als lösten sie sich langsam in Säure auf.

»Stört es euch, wenn ich Radio höre?«

»Gott, nein, Junge, bedien dich nur.«

Er fand die Grand Ole Opry in Nashville, Fiedeln und Gitarren und Werbung für Wundermedizin. Komiker vom Land entlockten ihm ein schwaches Lächeln, mit geschlossenen Augen saß er in einem alten Korbschaukelstuhl, hier im Haus der Toten und Sterbenden. Hier in diesen Mauern war die Zeit ohne Bedeutung. Die Wände waren mit Kalendern geschmückt, doch sie hatten Jahre gemessen, die schon dem Vergessen anheim gefallen waren, fünf Jahre, zehn Jahre alt. Das Haus war voller Uhren, doch einige waren stehen geblieben, und von denen, die noch liefen, zeigten keine zwei die gleiche Zeit an. Die schlichte Frage nach der Uhrzeit löste Verwirrung aus, ein ausgiebiges Vergleichen der Uhren, bis man zu einer ungefähren Einschätzung der Tageszeit gelangte. Hier spielte die Zeit keine

Rolle. Hier galten andere Regeln aus einem anderen Jahrhundert.

»Von dem Fenster aus hab ich damals die Warnung gesehen«, sagte die alte Frau. Er öffnete die Augen. Sie war leise hereingekommen und reichte ihm eine Tasse Kaffee, in der anderen Hand hielt sie ihre eigene. Der Kaffee war schwarz und so stark, dass er dickflüssig wirkte, Fleming stellte sich vor, der Löffel, mit dem er umrührte, verflüchtige sich von selbst.

»Du hast schon immer den stärksten Kaffee gekocht.«

»Wenn ich trübes Wasser will, kann ich trübes Wasser trinken.«

Er nippte daran. »Welche Warnung?«, fragte er, obgleich er es wusste, es längst verinnerlicht hatte.

»Es war, als der alte Mr. Bloodworth, Elberts Daddy, also dein Urgroßvater, zu Bett lag. Er hatte Lungenentzündung gehabt, aber in der Nacht, von der ich spreche, schien es ihm besser zu gehen. Er hatte an dem Tag ein paar Worte mit Elbert gesprochen. Er lag genau neben dem Fenster da, in genau diesem Bett.«

Als der Junge zu dem Ruhebett blickte, legte sich eine kalte Knochenhand auf seine Schulter, Eis kroch ihm in den Nacken. Die Nacht hatte das Fenster undurchsichtig gemacht, der Raum spiegelte sich darin wider und ein dunkler, spindeldürrer Junge und eine alte Frau mit Kaffeetassen in den Händen.

»Es war fast ein Uhr morgens. Alle schliefen, nur ich saß noch bei Mr. Bloodworth. Es war heiß, August, und so stickig, dass man kaum atmen konnte. Hitzegewitter im Westen. Es war, bevor Warren Elektrizität legte, und wir hatten keinen Ventilator, nichts. Ich schaute nach Mr. Bloodworth und dachte mir, ich könnte eine Minute an die Tür gehen, um Luft zu schnappen, und da hab ich sie gesehen.«

Brady las eine Landwirtschaftszeitschrift oder tat jedenfalls so, schien aber ebenfalls wie gebannt von der Stimme der alten Frau. Seine Brille war nach vorn auf die Nase gerutscht, und er blätterte nicht mehr weiter.

»Es war eine weiße Form. Wie eine Frau in einem weißen Kleid oder Gewand. Sie kam über das Feld da drüben, an der anderen Seite des Gartens, glitt irgendwie, bewegte sich schneller, als ein Mensch gehen kann. Aber als sie zum Gartenzaun kam, hielt sie inne, als wollte sie zwischen dem Maschendraht und dem oberen Rand aus Stacheldraht hindurch, der Maschendraht war damals lose, und es schien, als drücke ihn jemand runter und klettere durch. Mr. Bloodworth machte ein Geräusch, und ich kam wieder zu mir. Ich drehte mich um, und Mr. Bloodworth saß aufrecht im Bett und sah zum Fenster hin. Dann fiel er mit offenen Augen um. Er war tot.«

»Ich hab mich immer gefragt, wieso ein Gespenst oder eine Warnung durch einen Stacheldrahtzaun kriechen muss«, sagte Brady. »Ich würde sagen, so was lässt sich nicht aufhalten und geht einfach durch den Zaun.«

»Ich kenne nichts von der Welt«, sagte die alte Frau gereizt. »Ich weiß nicht, warum und wieso etwas so ist, wie es ist. Ich weiß nur, was ich gesehen hab.«

Bevor er auf dem Dachboden schlafen ging, trat er noch einmal in das tiefe Schweigen hinaus. Weit im Süden flammten Blitze auf und starben in fotoelektrischem Glanz, erleuchteten kurz die Wolken, bevor die Nacht sie wieder in die Finsternis sog. Aus dieser Entfernung war kein Donner zu hören, es war beinahe unwirklich. Er dachte an dunkle Höhlen, Blitze auf regennassem Laub, Regen, Boyd im Schutz einer tropfenden Zeder, sein wildes, zorniges Gesicht, das ungeduldig die Nacht nach einer Straße absuchte, die ihm der Blitz weisen würde.

Irgendwo in der tellurischen Dunkelheit rief eine Eule. Er malte sich Formen in den Schatten aus, eine weiße Gestalt, die aus der Nacht zu ihm hinwuchs, und er drehte sich um und ging schlafen.

Er würde in Onkel Warrens altem Zimmer schlafen, und die Treppe dorthin ging von dem Raum ab, den seine Großmutter als Vorratskammer bezeichnete. Er blieb einen Moment stehen und sah sich staunend um. Hier herrschte grenzenloser Überfluss. Regal um Regal mit Eingemachtem. Grüne Bohnen und Pfirsiche, Erdbeeren in üppig-bernsteinfarbenem Saft. An den Wänden hingen mit Zucker gepökelte Schinken, eine Speckseite, mit Rauch und braunem Zucker geräuchert, Eimer mit Kartoffeln und Äpfeln, ein Fass Mehl, ein Fass Schrotmehl. Boyd hatte den Wesenszug des Vorrätesammelns nicht geerbt, dachte er trocken, er schien nichts von dem zu wollen, was die Welt zu bieten hatte. Er wollte nichts als die Kleider auf seinem Leib, und auch die waren ihm ziemlich egal. Er schien zu glauben, die Anhäufung von Besitztümern könne ihm auf dem Weg durchs Leben nur hinderlich sein, ihn hemmen.

Das Zimmer, in dem er schlief, war dreieckig, die Seiten wurden von Balken gebildet, die das Dach einrahmten. Er entdeckte eine Kiste mit Zeitschriften und las die zweite Folge eines Fortsetzungsromans von George Sessions Perry; den ersten und dritten Teil konnte er nicht finden. Sanfter Regen setzte ein, er hörte ihn auf dem Dach, untermalt vom tröstlichen Murmeln fernen Donners. Er las weiter, Onkel Warren beobachtete ihn aus seinem goldenen Rahmen auf dem Schreibtisch, bis er die Zeitschrift sinken ließ und das Foto eingehend betrachtete.

Der hübsche Warren in seiner Armeeuniform, die Ehrenmedaille des Kongresses an der Jacke. Elegant gescheiteltes Haar, ein gestutzter Schnurrbart wie die Kinoidole aus den Vierzigern. Der Junge dachte an die Invasion in der Normandie, von der Warren ihm erzählt hatte, wie sie an den Stränden über die Gefallenen der ersten Welle gestiegen waren, Geschützfeuer, das die Nacht erhellte, explodierende Granaten, die wie Phosphorstreifen über den samtigen Himmel zogen.

Er schlief ein, erwachte aber vor Tagesanbruch in dem fremden Zimmer und wusste einen Moment nicht, wo er sich befand. Wie er hergekommen war. Er hatte keine Ahnung, wie spät es war. Das Zimmer fühlte sich an wie ein riesiger Mutterleib, der ihn mit seiner Wärme, seinem Trost am Leben hielt. Es wirkte lebendig, er stellte sich seinen röchelnden Atem vor, er spürte sein dunkles Herzblut in den Drähten und Rohren. Er stand auf und ging durch das schlafende Haus. In der Küche machte er sich Zwieback mit Schinkenscheiben, schnitt zwei Stücke Pastete mit Trockenpfirsichen ab und steckte alles in einen Mehlsack.

Er ging nach draußen und schlug am Hundezwinger vorbei den Heimweg ein. Der Regen hatte aufgehört. Einige Hunde erwachten, als er vorüberkam, standen auf und folgten ihm schläfrig einige Schritte. Er beachtete sie nicht. Seine Füße gingen sicher und zuversichtlich auf dem Weg, den seine Augen kaum sehen konnten. Sie kannten jede Biegung, jeden umgestürzten Baum, der ihn versperrte. Nacheinander blieben die Hunde zurück, als strebe er in eine Welt, mit der sie nichts zu tun haben wollten, wandten sich um und kehrten zurück zu Behaglichkeit und Zivilisation.

Es war ein sonderbarer und einsamer Frühling in diesem Jahr. An manchen Tagen fuhr nur das Auto des Postboten am Haus vorbei, es gab Wochen, in denen er kein Wort sprach oder hörte. Boyd kam und kam nicht, er erhielt keinen Brief, als habe sich die Grenze aus Bäumen, die er überschritten hatte, wie ein Vorhang hinter ihm gesenkt, der die Geheimnisse der einen Welt von denen der anderen Welt trennte. Man schickte Brady los, um nach dem Jungen zu sehen, doch Fleming kehrte nicht zu seiner Großmutter zurück. Man schickte ihn noch einmal los, diesmal beobachtete ihn der Junge aus dem Schatten der Bäume, gab sich aber nicht zu erkennen. Brady stand auf der Veranda, klopfte an und wartete, die Sonne ein Feuer in seinem hellroten Haar, dann ging er weg. Falls er wiederkam, bemerkte Fleming es jedenfalls nicht.

Das Haus war erfüllt von seltsamem Schweigen, von dunklen

Winkeln. Das Haus schien ihm zu lauschen. Schien zu warten. Als habe er eine Erzählung begonnen und es warte auf die Fortsetzung, höre die Geschichte geduldig bis zum Ende an. Doch er hatte den Faden verloren und kam nicht weiter.

Die Bücher, die er gelesen hatte, spendeten ihm keinen Trost mehr. Die Folge der Wörter hatte sich unmerklich verändert, sodass sie ihn täuschten, Sätze hatten sich wie Puzzleteile verschoben und zu Lügen angeordnet. Er vergaß zu essen, bis ihm die Dinge anders erschienen, bis eine blaugoldene Aura um ihre Kanten schimmerte. Die Adern eines Blattes bargen unergründliche Geheimnisse, mit heiterem Erstaunen betrachtete er das Licht, das durch einen dünnen Schleier auf eine Tischplatte fiel. Er sah zu, wie es über das rau gekörnte Kiefernholz fuhr, als wisse er nicht, woher es kam, wozu es dienen könne. Ihm kam der Verdacht, es gäbe eine andere, tiefere Zeitschicht, eine Zeit aus Stein, Wolke und Baum, in der die Zeit der Uhren und Kalender ein grober, von Wilden zusammengeschusterter Scherz war. Er spürte, dass die Lebensweise der Menschen von ihm abfiel wie gesprengte Ketten.

Er blieb dem Haus fern, verbrachte viel Zeit in den Wäldern, fühlte sich wie ein halb gezähmtes Tier, das dem wilden Leben im Wald letztlich nicht widerstehen kann. Die Frühlingsnächte waren fruchtbar, warm und lebendig, und in manchen Nächten ging er gar nicht heim.

Er folgte dem Bach, der sich zum Fluss wand, und blieb tagelang in den Wäldern. Er kam in Riverside an einem langen Streifen Schwemmland aus, gegenüber von einem Dorfladen. Er kaufte Schokoriegel, und seine Stimme kam ihm rostig und unbenutzt vor, wie ein raues Krächzen. Die Leute, die ihm begegneten, schauten ihn seltsam an. Er kehrte mit den Schokoriegeln in die Wälder zurück und lief weiter in Richtung Fluss. Wenn er ihn erreicht hatte, könnte er vielleicht schauen, wohin er führte, und immer weiter laufen. Auch die Gewitter schienen den Wasserläufen zu folgen, und er beobachtete aus dem

Schutz einer Höhle heraus, wie der Blitz dem Nachthimmel sein Brandzeichen aufdrückte, ein irreparabler Fehler in der Kuppel der Welt. Er trat auf Hagelkörner, die wie schimmernde Perlen am Boden lagen, von einem Alchemisten der elektrischen Nacht entrissen.

Er aß die Schokoriegel, fing in den Süßwasserteichen Fische mit einem Speer oder aß einfach gar nichts. Es schien, als strebe er einem inneren Punkt zu, bis nur noch der elementare Kern seines Wesens von ihm übrig bliebe. Schließlich kehrte er um. Er hatte die Grenze zu einer Welt erreicht, mit der er nichts zu tun haben wollte. Er wandte sich vom Fluss weg und wählte einen Rückweg über Hügel und Grate, die eine angenehme Vertrautheit besaßen, obgleich er sie nicht kannte, und gelangte so ohne jeden Umweg zur Spitze von Grinders Creek.

Als er über das lange Rückgrat der Hügelkämme unterhalb von Dee Hixsons Haus wanderte, fiel ihm ein unheimlicher Ort aus seiner Kindheit ein, und er stieg in eine tiefe Senke, die in grüngoldenes Licht getaucht war. Er folgte ihr, vorbei an einer alten Whiskybrennerei, von der nur noch verbogene Kupferrohre, zerbrochene Krüge und rostige, mit Äxten zerschlagene Fünfzig-Gallonen-Kessel zeugten. Vorbei an einem uralten Quellbecken, das in den Kalkstein gehauen oder gemeißelt war, und zu den Ruinen einer Blockhütte, die beinahe in ungezähmtem Geißblatt und Mimosen ertrank. Das Dach war halb eingefallen und mit dickem Moos begrünt.

Er bückte sich unter einem schiefen Türsturz und trat ein. Es war seltsam kalt, tief verschattet, völlig verlassen bis auf eine schwarze Schlange, die von einem Deckenbalken fiel, wie ein lebendiger Tintenstrich durch einen Spalt in den Dielen floss und verschwand. Er stieg eine steile, enge Treppe zum Obergeschoss hinauf. Nur das Summen der arbeitenden Grabwespen durchbrach die Stille. Er sah sich um. Durch die Spalten im Holz wirkten die nackten Bäume und der unwirkliche Himmel eindringlich und übersättigt, Farbe blutete in Farbe. Im

Schatten einer Wand lag wie ein Kunstwerk aus einem unbekannten Werkstoff ein alter Arbeitsschuh, hart wie Stein. Die hölzernen Wände waren mit alten Zeitungen beklebt. Er trat hin, um die Neuigkeiten zu lesen, doch das Papier war stockfleckig und zerfiel schon, und die Sätze, die er entziffern konnte, schienen kryptische Verweise auf Gewalttaten zu sein, abgesplittert von einem größeren und gewalttätigeren Ganzen. Sie wiesen eine so geringe Verbindung zu seinem eigenen Leben auf, dass es ebenso gut sonderbare mündliche Überlieferungen eines alten Ordens oder Rasereien aus dem Inneren eines Irrenhauses hätten sein können.

Dieser Ort war durchdrungen von archaischer Gewalt. Es hieß, er sei von Geistern heimgesucht, man spüre die Ausstrahlung eines unaussprechlichen Aktes, die wie Kreise auf einer Wasseroberfläche nach außen strebte.

Vor langer Zeit, das genaue Jahr wusste er nicht, war ein Pächter namens Parnell vom Feld heimgekommen, nachdem er seine Ernte eingebracht hatte. Vielleicht hatte er am Brunnen getrunken, sich das Gesicht im kalten Wasser gewaschen. Er war in diese schattendunkle Hütte getreten und hatte zu einem nicht genauer verzeichneten Zeitpunkt seine Frau und seine drei Kinder getötet und danach die Schrotflinte auf sich selbst gerichtet.

Der junge Fleming Bloodworth saß eine Zeit lang auf der obersten Treppenstufe und versuchte, dieses alte Rätsel zu lösen, die unvermeidliche Frage nach dem Warum zu stellen, dem Ereignis, das einen zuvor verbotenen Gedanken zuließ, dem Impuls, der Gedanken in Tat umsetzte. In der aufgeladenen Düsternis hörte er die Ketten am Zugriemen eines Pferdes rasseln, Hufe auf Stein klappern, schwere Schritte auf der Veranda, das helle Lachen spielender Kinder.

Er lief die Treppe hinunter und trat eilig ins heiße, grelle Licht. Er huschte durch Wände aus zuckendem Grün. Er fürchtete um seinen Verstand, spürte, dass der Wahnsinn ihm folgte wie ein herrenloser Hund, der auf ein freundliches Wort oder eine Geste hin sein Schicksal für immer an das seine ketten würde.

Es war eine Zeit heftiger Gewitter. Ein ungeheurer Donner riss ihn aus dem Schlaf, das Zimmer wurde von einem so starken fotoelektrischen Licht erhellt, dass alle Farbe davor verblasste. Der abgeschwächte Donner rollte über das Schwemmland, und er trat in eine Decke gewickelt auf die Veranda, um dem Gewitter zuzusehen, das von Südwesten herangeweht wurde. Blitze durchzuckten die Lichtkuppel, tauchten die wilde Landschaft aus aufgewühlten Bäumen und nassem, schwarzem Stein abwechselnd in Hell und Dunkel wie bei einer Reihe zusammenhangloser Schnappschüsse. Der Wind war steif und kühl auf seinem Gesicht, seinem Haar. Die blassen Unterseiten der Ahornblätter glitzerten wie Quecksilber. Bis auf den Wind in den Bäumen und den Donner war die Nacht still, hielt den Atem an. Der Wind führte Stöcke, Spreu und abgefallene Blätter mit sich, das Gefühl und den Geruch von Regen und Ozon. Der Blitz formte alles zu kühnen Reliefs, meißelte Bilder von surrealer Klarheit aus der Finsternis, und in seinem grellen Licht sah er, wie die Anspannung zerbarst, die erste Regenwelle herannahte, schräg und silbrig im Licht schwang, vom Wind verzerrt, dahinter Hixsons Haus und die Hügel, die es umrahmten und dann verschwanden. Der Regen hing jetzt in den Bäumen, und die ersten schweren Tropfen trafen das Dach wie Steine.

Fleming kam am Snowwhite Café vorbei, als ihn jemand grüßte. Er blieb stehen und drehte sich um. Sein Englischlehrer Kenneth Spivey hielt die Tür auf und winkte ihn mit seinem verkrüppelten Arm heran.

»Komm rein und trink eine Cola mit mir.«

»Ich muss weiter«, sagte Fleming. »Bin schon spät dran.«

»Spät wofür?«, fragte Spivey.

Tatsächlich hatte Fleming gar nichts vor und vermeinte, Spivey wisse dies. Ihm blieb nichts anderes übrig, als das Café zu betreten. »Für eine Cola wäre noch Zeit«, sagte er.

Spivey setzte sich in eine Nische am Spiegelglasfenster, und Fleming nahm ihm gegenüber an dem roten Resopaltisch Platz. Er kauerte sich auf die Ecke der Bank wie jemand, der nur einen Augenblick Zeit hat und bald wieder aufbrechen muss.

Eine Kellnerin in weißer Uniform trat auf ihn zu. »Ich nehme eine Lemon-Coke«, sagte Fleming. Sie schrieb die Bestellung auf.

»Redest du nicht mehr mit mir, Fleming?«

Er sah hoch. Er kannte das Mädchen aus der Schule und konnte sich für einen Schwindel erregenden Moment nicht an den Namen erinnern. »Ich wusste gar nicht, dass du hier arbeitest«, meinte er.

»Nur am Wochenende, ich gehe noch zur Schule.«

»Fleming kennt uns nicht mehr«, sagte Spivey und beugte sich über die Cherry-Coke, sein mädchenhafter Mund schmiegte sich wie ein Egel oder eine Schnecke um den Strohhalm. »Er hat jetzt andere Dinge im Sinn.«

Die Cola wurde in einem hohen Glas mit Eisstücken und einer Zitronenscheibe serviert. Er trank einen Schluck und betrachtete die zerkratzte Tischplatte. B. C. liebt E. M. Elise liebt Warren Bloodworth.

»Hast du die Schule verlassen, Fleming?«, wollte Spivey wissen.

»Keine Ahnung, eigentlich nicht. Bin nur in letzter Zeit nicht hingegangen.«

»Das ist wohl wahr. Es wäre eine Schande, wenn du aufhörtest. Es ist immer eine Schande, wenn ein junger Mensch aufgibt, aber auf dich trifft das ganz besonders zu. Du bist der vielversprechendste Schüler, den ich je hatte. Ich setze große Hoffnungen in dich und würde dich ungern verlieren.«

Fleming knabberte geistesabwesend an der Zitronenscheibe. »Davon hatte ich keine Ahnung.«

»Brauchst du auch nicht. Es ist meine Aufgabe, das festzustellen, ich bin der Lehrer. Was hast du vor? Irgendwie sehe ich dich nicht in der Schuhfabrik oder als Pächter. Vielleicht willst du ja in der Sägemühle Bretter schleppen und abends zu einem Frauchen vom Land und einem Haufen kleiner Bloodworths heimkehren.«

Er beugte sich über den Tisch, die hervorquellenden braunen Augen auf Fleming geheftet. Dieser fühlte sich in seiner Gegenwart stets unbehaglich und ganz besonders in diesem Moment. Die weichen, vorgewölbten Augen übten einen beinahe unerträglichen Druck auf ihn aus. Spiveys Augen waren nackte Gucklöcher in seine Seele, und ob er nun Schmerz, Zorn oder Enttäuschung empfand, alles war darin zu lesen. Fleming hatte keine Verwendung für dieses Wissen und schaute weg. Auf der anderen Straßenseite vor dem Billardsalon schienen ein Mann und eine Frau einen lautlosen Streit auszutragen. Ihre Münder bewegten sich, doch Fleming konnte nichts hören. Sie sprachen mit Gesicht und Körper wie wütende Pantomimen. Schließlich kehrte der Mann mit einer Geste der Verachtung in den Billardsalon zurück. Die Frau stand eine Zeit lang da und ging dann die Straße hinunter.

»Was hältst du von dem Buch, das ich dir geliehen habe?«

»Es ist das beste Buch, das ich je gelesen habe.«

»Es gibt noch eine Art Fortsetzung mit dem Titel *Von Zeit und Strom*. Darin wird die Geschichte von Eugene Gant weitergeführt. Mit einer sehr eindrucksvollen Szene, in der der alte Gant stirbt. Soll ich es dir bringen?«

»Ich würde es gerne lesen. Ich kann es mir ja irgendwo besorgen.«

»Nein, ich bringe es dir gerne. Ich habe eine Menge Bücher, und Bücher sind noch besser, wenn man sie mit jemandem teilen kann.«

Spiveys verkrüppelter Arm sah aus wie der eines missgebildeten Kindes, die Finger waren wie die Krallen eines grotesken

Vogels verkrümmt. Die winzige Hand griff in eine Hemdtasche und zog eine Schachtel Camel heraus, als vollführe sie einen Trick. Spivey nahm die Zigaretten mit der gesunden Hand, klopfte eine heraus und steckte sie zwischen seine fleischigen Lippen. Inzwischen hatte die verkrüppelte Hand ein Feuerzeug hervorgezaubert. Er zündete sich die Zigarette an, während sein Blick noch immer auf Bloodworth ruhte.

»Ich möchte dir helfen«, sagte er. »Ich bin in der Lage dazu. Ich kann mich in deine Situation hineinversetzen.«

»Meine was?«

»Deine Situation. Dein Familienleben. Ich möchte dir helfen.«

»Mein Familienleben ist verdammt noch mal in Ordnung«, entgegnete Fleming.

Spivey lächelte ein trauriges, schiefes Lächeln. Seine feuchten Augen wirkten verletzt, geschlagen. »Ihr Südstaatler«, sagte er. »Ich lebe seit fünfzehn Jahren hier und werde euch nie verstehen.«

»Wir kommen sehr gut allein zurecht«, meinte Fleming.

»Ich wohne in einem riesigen Farmhaus unten in Catheys Creek. Früher habe ich mit meiner Schwester zusammengelebt, aber sie ist vor einigen Jahren gestorben, und ich bin ganz allein dort. Ich streife in dem alten Haus umher. Es gibt jede Menge Platz. Du hättest dein eigenes Zimmer, könntest die Bibliothek benutzen, ich weiß, wie einsam man werden kann.«

»Ich bin überhaupt nicht einsam«, entgegnete Fleming, und ihm wurde urplötzlich klar, dass er die Wahrheit sagte.

»Vielleicht nicht«, sagte Spivey. »Du bist so jung. Ich vergesse manchmal, dass du ein Kind bist, weil du so belesen bist. Ich frage mich, ob ich je so jung gewesen bin.«

Fleming hatte sein Glas ausgetrunken und erhob sich. Er fühlte sich wie die Figur in einem Comic, über deren Kopf eine riesige Glühbirne erscheint. Das Gefühl war so intensiv, dass er die Hitze der Erkenntnis in seinem Gesicht spürte.

Spivey lächelte sein abgetragenes, verschlissenes Lächeln. »Es ist nicht so, wie du meinst«, sagte er.

»Ich meine gar nichts.«

»Das würde ich gern glauben.« Spivey schaute durch das in Sonne getauchte Glas auf die Straße, wo nichts zu sehen war. »Ich bringe dir trotzdem das Buch«, sagte er.

Aus dem Schatten von Itchy Mama Bakers efeubewachsener Veranda beobachteten alte Männer, die auf Stühlen mit Leiterlehnen und umgedrehten Cola-Kästen saßen, die heiße, schwarze Straße, die sich hügelaufwärts ins drei Meilen entfernte Ackerman's Field schlängelte. Sie saßen den ganzen Tag da und warteten, dass etwas geschah, irgendetwas, warteten, dass ihnen die Straße Unterhaltung bot.

Es waren alte Männer in sauberen, bunt gemusterten Hemden und so geräumigen Hosen mit Hosenträgern, dass noch ein zweiter Oldtimer hineingepasst hätte, dazu Schuhe mit Seitenschlitzen zum Zwecke größerer Bequemlichkeit. Sie saßen nachdenklich da, drehten ihre Country-Gentleman-Zigaretten und streckten vogelgleich den Kopf nach vorn, um den Kautabaksaft über die Kante der Bodenbretter in den Garten zu spucken. Sie erzählten von der entschwundenen Zeit und betrachteten ihr Leben so nüchtern, als handele es sich um Ereignisse, von denen sie gelesen, die andere erlebt hatten.

Die Fliegendrahttür ging auf und fiel mit lautem Klatschen wieder zu. Eine ungeheuer massige Frau war auf die Veranda getreten, eine Frau mit wildem Schildkrötengesicht und krausem, karottenrotem Haar. Sie trug ein leuchtend gelbes Kleid in Zeltgröße, unter den Achselhöhlen zeichneten sich dunkle Halbmonde aus Schweiß ab.

»Wenn einer von euch Kerlen auf meine Veranda spuckt, macht er sie sauber«, verkündete sie. Sie betrachtete die Männer in gespieltem Zorn, an den diese so gewöhnt waren, dass er keine Drohung mehr darstellte. Sie schenkten ihr kaum Beachtung.

»Ich spuck in den Garten«, sagte Ferris Walker.

»Wenn einer von euch mit Spucken fertig ist, könnt ich ihn zum Holzhacken brauchen.«

»Wär schon möglich«, meinte Walker. »Was ist für mich drin?«

»Hm, du bezahlst keine Miete für die Veranda.«

»Wie wär's mit einem kleinen Drink?«

»Da könnt noch ein Halfpint hinten in der Senke versteckt sein.«

»Ich könnt ein bisschen Holz hacken«, sagte Walker. Er stand auf und schlenderte gemächlich zu dem Holzstoß hinüber. Dann schaute er sich suchend nach der Axt um.

»Wer ist das mit dem Reifen da drüben?«, fragte einer der alten Männer.

Sie wandten sich um. Am Rande ihres Blickfelds tauchte ein schlaksiger junger Mann mit albinoweißem Haar auf, der einen Autoreifen den Hang hinaufrollte.

»Das ist der Albright-Junge«, antwortete Itchy Mama.

»Hat sein Auto verloren«, meinte ein Mann. »Nur ein Rad ist übrig.«

»Nein, das macht er immer«, sagte ein anderer. »Der Mantel ist kaputt, und er rollt ihn zum Reparieren. Ihm hat noch keiner gesagt, dass manche Leute einen Ersatzreifen im Kofferraum haben.«

»Ich würd spätestens drauf kommen, wenn ich einmal den Hang raufgelaufen wär«, sagte der erste Mann.

»Der Junge hat 'ne andere Meinung von sich als der Rest der Welt. Hält sich für 'n Ass, dabei ist er höchstens 'ne Sieben oder Acht.«

»Mag sein, dass er ein bisschen langsam ist, aber sein Daddy war noch viel verrückter. Hat die Bibel neu geschrieben, der alte Tut Albright. Schrieb sie neu und nahm die ganzen schweren Wörter raus, damit der einfache Mann sie kapieren kann. Hat mir mal was draus vorgelesen. Das hättet ihr hören sollen. Es ging um Engel im Himmel, die den Töchtern der Menschen beiwohnten, und er nahm das mit dem Beiwohnen raus und schrieb einfach, sie bumsten die Töchter der Menschen. Das Verrückteste, was ich je gehört hab.«

»Als junger Mann hat er Autounfälle verursacht«, sagte der erste Oldtimer.

»Er hat was?«

»Autounfälle verursacht. Er hatte eine lange, blonde Perücke, die setzte er auf, dazu ein kurzes, rotes Kleidchen. Er wohnte an dieser verdammt scharfen Kurve draußen bei Horseshoe Bend, zog also diesen Kram an und setzte sich mit gespreizten Beinen neben die Straße auf einen Gartenstuhl. Ich weiß nicht, wie viele schlimme Unfälle er verursacht hat. An einem Samstag fuhr eine ganze Wagenladung Betrunkener da lang, zwei von ihnen sind gestorben. Manche sagten, er hätte rote Unterhosen dabei getragen, aber das weiß ich nicht so genau.«

»Erzähl mir nichts von roten Unterhosen«, meinte der zweite Mann. »So früh am Tag möcht ich nicht über Tut Albright in Damenwäsche nachdenken.«

Junior Albright war vor sieben Uhr auf der Schulbaustelle. Er hatte seinen verbeulten Dodge auf dem Schotterplatz geparkt und die Tür angelehnt, um das letzte bisschen Kühle zu genießen. Die Sonne war rot und rauchig und boshaft über der gezackten Baumlinie aufgegangen, sog sofort den Tau von den Blättern und trieb ihn in die ausgedörrte Erde. Wieder ein heißer Tag. Er warf gelegentlich einen Blick aufs Handgelenk, obwohl er keine Uhr trug, da war nur ein blasser Streifen Haut, der Geist einer Uhr. Seine Uhr lag hinter der Theke des Billardsalons in einer Zigarrenkiste, zusammen mit ähnlichen Zeitmessern, da er sie für zwei Sixpacks Falstaff-Bier versetzt hatte. Er beschloss, die Uhr als Erstes auszulösen, sobald er seinen Gehaltsscheck bekommen hatte.

Nach einer Weile stieg er mit seiner Butterbrotdose in der Hand aus und setzte sich auf Baumstämme, die ein Bulldozer in Reihen angeordnet hatte. Die vom Sägeblatt vernarbten Bäume waren mit üppigen Geißblattranken bewachsen, deren Duft die Luft erfüllte. Er öffnete die Dose, wählte ein Sandwich und wickelte es aus. Gelegentlich schaute er die mit Hornstein gepflasterte Straße entlang und neigte aufmerksam lauschend den Kopf, hörte aber nur die Tauben, die trauervoll wie verlorene Seelen in einer rauchigen, noch im Schlaf befangenen Senke gurrten.

Er wandte sich hin zu einem plötzlichen Summen in der Luft und sah eine Hummel, die den Nektartropfen von der Kehle einer Geißblattblüte sog. Ein seltsames Geschöpf, nicht größer als sein Daumen. Er beobachtete es mit belustigter Konzentration, als wolle er in seine Geheimnisse eindringen. Als sei dies eine Fähigkeit, die zu erlernen sich lohnte. Als er den ersten Laster hörte, wickelte er den Rest des Sandwiches wieder ein, legte es in die Dose, verschloss sie und stand auf.

Der Laster näherte sich dem Rohbau, hielt an, zwei Männer stiegen aus. Türen schlugen zu. Sie standen da und betrachteten das Schulgebäude, als wollten sie prüfen, ob es den Plänen entsprach.

»Wird Zeit, dass ihr kommt«, rief Albright. »Hatte euch schon vermisst.«

Sie würdigten ihn keines Blickes. Sie hatten diesen Trottel schon öfter gesehen. Nun hockte er bereits den dritten Tag auf den aufgereihten Stämmen, verdiente nichts, wartete wie ein Geier, dass jemand schlappmachte, nicht zur Arbeit kam, starb.

»Meint ihr, sie stellen heute jemanden ein?«

»Da musst du Woodall fragen«, sagte einer der Männer.

Der andere Mann zündete sich eine Zigarette an. Er betrachtete Albright durch den Rauch. »Wenn es noch heißer wird als gestern, kannst du meinen Job haben.«

»Ich würd ihn nehmen«, sagte Albright.

Der Mann schaute ihn an. »Du wüsstest gar nicht, was du machen sollst.«

»Soll vierzig Grad im Schatten werden, und Schatten gibt's hier nicht«, meinte Albright.

Weitere Arbeiter trafen in zerbeulten Lastern und klapprigen Autos ein, ein Mann kam sogar zu Fuß, stolperte durch das kniehohe Riedgras, der Behälter mit dem Mittagessen schwang in seiner Hand. Die Männer holten Werkzeug hervor und zogen Kabel. Jemand warf einen Betonmischer an und füllte ihn mit Wasser aus einem Schlauch. Ein anderer entfernte die Plastikfolie von Paletten voller Mörtelmischung.

Als der weiße Laster mit der Aufschrift *Woodall Construction* eintraf, war Albright schon auf dem Weg zum Büro in einem winzigen, metallenen Wohnwagen ohne Räder, der auf Betonblöcken aufgebockt war. Stufen aus unbearbeitetem Holz führten zur Tür. Der Laster hielt vor dem Wohnwagen, und ein Mann stieg aus. Ein schwer gebauter Mann in Khakikleidung und breitkrempigem, grauem Cowboyhut. Er nahm den Hut ab und legte ihn vorsichtig auf den Sitz, setzte einen weißen Helm auf und zog ihn schräg über ein schläfriges, graues Auge. Anscheinend hatte er Albright nicht bemerkt.

Dieser räusperte sich. »Ich wüsste gern, ob's Arbeit gibt.«

»Heute brauche ich wohl keinen«, antwortete Woodall. Er betrachtete die Arbeiter, als prüfe er sie auf Vollzähligkeit.

Albright spielte seine Trumpfkarte aus. »Gestern Abend haben sie Clyde Edmonds eingebuchtet.«

»Ehrlich?«

»Cleve Garrison hat ihn gestern Abend bei Baxter wegen Trunkenheit und Ruhestörung verhaftet. War voll wie tausend Russen. Hätte 'nen Blindenhund gebraucht, um über die Straße zu kommen.«

»Er hat die Zahnwalze bedient«, meinte Woodall gedankenverloren.

»Das wird er heute nicht tun, außer sie hat ein verdammt langes Kabel. Darum dachte ich, Sie könnten jemanden brauchen.«

»Ich brauche nicht irgendjemanden, ich brauche jemanden, der eine Zahnwalze bedienen kann.«

»Verdammt, ich kann's lernen. Hab 'nen Traktor gefahren, als ich zehn war. Und die Heupresse bedient. Im Vergleich dazu ist die Zahnwalze Kinderkram.«

Woodall dachte nach. Sein linkes Auge schielte, es schien, als sähe er mehr als andere, und Albright war sich nie sicher, welches Auge ihn betrachtete.

»Eigentlich ist nicht viel dabei«, sagte er schließlich. »Ich hab niemanden, den ich dafür abstellen kann, also kriegst du deine Chance.«

»Ich werde Sie nicht enttäuschen.«

»Du brauchst einen Helm aus dem Wohnwagen. Wir müssen auch Papiere ausfüllen. Das hier ist ein Job von der Regierung, da muss alles fünf oder sechs Mal aufgeschrieben werden.«

Er stieg die Stufen hoch und schloss die Tür zum Büro auf. Albright schaute sich um, ob jemand seine Einstellung bemerkt habe. Sie gingen hinein. Die Luft war heiß und stickig, ihm brach am ganzen Körper der Schweiß aus. Woodall ließ ihn Formulare ausfüllen und stöberte in einer Holzkiste mit Helmen und Gummistiefeln. Dann legte er einen blauen Helm auf den Schreibtisch.

»Du musst den Helm immer tragen, wenn du auf der Baustelle bist.«

»Haben Sie nicht einen weißen wie Ihren?« Albright leckte die Spitze seines Stiftes ab und betrachtete Woodalls Helm.

»Die blauen Helme sind für die Arbeiter. Den hier tragen nur Vorarbeiter. Ist vielleicht noch ein bisschen früh dafür. Ich bin seit zwanzig Jahren dabei, und mir gehört die Firma.«

»Na gut, blau ist in Ordnung.«

»Hör zu, du musst den Helm wirklich immer tragen. Das ist ein Regierungsjob, und die Schweinehunde schicken Prüfer los, die mich bei etwas Illegalem erwischen sollen. Finden sie einen

Mann ohne Helm, brummen Sie mir eine höllische Strafe auf, und das ist bloß der Anfang, kapiert?«

Albright setzte schwungvoll seinen Namen auf das Formular. »Kapiert«, sagte er.

»Dann mal los.«

Woodall war schon die Treppe hinunter und ging auf das hohe Ziegelgebäude zu. »He«, rief Albright ihm nach, »wo ist diese Zahnwalze überhaupt?«

Woodall drehte sich um. »Auf dem Dach, wo sonst? Weißt du etwa nicht, wovon wir hier reden?«

»Klar doch, ich wusste nur nicht, ob sie schon oben ist oder wir sie rauftragen müssen.«

Sie standen vor einer Leiter, die aufs Dach führte. Albright schaute hoch. Die Leiter vor der steilen Ziegelmauer verlor sich teleskopartig im Nichts des heißen Messinghimmels. Er schätzte sie auf zwölf bis fünfzehn Meter.

»Ist 'ne verdammt lange Leiter«, sagte er.

»Geht nur vom Anfang bis zum Ende«, erklärte Woodall, »und jetzt los. Wir verschwenden Zeit, da oben wartet jede Menge Metall aufs Walzen.«

Albright holte tief Luft, straffte die Schultern und legte die Hände an die Leiter. Er kletterte los. Die Leiter schwang bei jedem Schritt leicht, aber beunruhigend hin und her. Er hörte, wie sie hoch über ihm an der Ziegelbrüstung schabte. Er spürte Woodall hinter sich. Auf halbem Weg blieb er stehen. Seine Hände umklammerten weiß und blutleer die Sprossen. Seine Knie zuckten wie im Krampf, er bekam sie nicht unter Kontrolle. Die Leiter begann zu vibrieren.

»He«, rief Woodall.

Albright sagte gar nichts. Er schaute durch ein Fenster in einen Raum, in dem Männer Trockenmauern zogen. Wie sich wohl der fest aussehende Boden unter ihren Füßen anfühlen mochte?

»Die Leiter ist oben angebunden. Sie fällt nicht um.«

»Ich dachte eher dran, dass ich falle, nicht die Leiter«, meinte Albright. »Gibt es keinen anderen Weg nach oben?«

»Nein. Den Aufzug haben wir noch nicht eingebaut, und der Hubschrauber ist gerade unterwegs. Warum hast du mir nicht erzählt, dass du Höhenangst hast?«

»Hab's nicht gewusst. Bin noch nie so hoch gewesen.«

»Eine Sprosse nach der anderen, und sieh nicht runter. Sieh auf die Mauer.«

Albright legte das Gesicht auf seine verkrampften Knöchel. Er schloss die Augen. Nach einer Weile kletterte er weiter.

Als er das Ende erreicht hatte, stieg er über die Brüstung auf ein weitläufiges Metalldach. Vorn und an den Seiten war das Dach von der mit Stein gedeckten Ziegelmauer eingefasst, doch die Rückseite war offen. Albrights Füße schienen in den offenen Bereich zu rutschen. Das Dach unter seinen Füßen fühlte sich fest und zuverlässig an, als er vorsichtig aufstampfte. Nun, da er in Sicherheit war, kehrte seine übliche Keckheit zurück.

Bei der Zahnwalze handelte es sich um ein flaches Metallgerät mit vier kurzen Fortsätzen, die jeweils in einer Walze endeten. An der Rückseite befand sich ein Griff, der an ein Geschirr erinnerte, Albright kam es wie ein ausgewachsener Dackel vor. Um diesen Eindruck zu vervollständigen, war das Gerät mit einem Kabel versehen, das wie eine Leine um den Griff geschlungen war.

»Das Metall ist ausgelegt und an der Verschalung festgeschraubt«, sagte Woodall. »Es kann nicht verrutschen. An den Nahtstellen befinden sich zwei L-förmige Kanten. Die Zahnwalze drückt einfach die Nahtstelle flach und falzt die lange über die kurze Kante. Dadurch wird es wasserdicht. Hier, ich zeig's dir.«

Woodall hob die Zahnwalze an und setzte sie quer über eine Naht. Albright sah zu. Woodall betätigte einen Kippschalter, und die Walze erwachte mit lautem Klack-klack zum Leben, zog sich wie von selbst über die zu falzende Kante, während die kleinen Rollfüße zügig über das Metall glitten. Woodall wickelte Kabel von der Trommel und hängte es über seinen Arm. Als er zwei, drei Meter gewalzt hatte, packte er die Maschine am Griff, hob sie hoch, setzte sie in umgekehrter Richtung auf die nächste Naht und begann zu walzen. Dann schaltete er sie ab.

»Siehst du? Jetzt weißt du auch, wie man wendet. Du lässt sie bis zum Ende einer Naht walzen, hebst sie hoch und setzt sie andersherum auf die nächste Naht. Du brauchst sie nur auszuschalten, wenn du fertig bist. Gib ihr genügend Kabel und lass sie rollen. Pass hinten auf, wo keine Brüstung ist. Dort hat schon ein Mann mit der Hand gewalzt, damit man nicht wenden und sich über die Kante beugen muss. Noch Fragen?«

»Wessen Flugzeug ist das?«, fragte Albright.

»Was?«

Albright starrte über die Ziegelbrüstung auf ein ausgedehntes, grünes Feld. In der Ferne war eine einmotorige Maschine mit Halteseilen befestigt, und die Sonne brach sich glitzernd an den Spanndrähten, mit denen die Tragflächen gesichert waren. Kühe, die aussahen wie winzige Keramikfiguren auf einem Nippesregal, grasten träge unter der Last der Sonne.

»Wessen Flugzeug ist das?«, wiederholte Albright.

»Meins«, antwortete Woodall. »Hast du gehört, was ich über die Zahnwalze gesagt habe?«

»Sicher, schon verstanden.«

»Ich musste den ganzen Weg bis North Carolina fliegen, um sie zu bekommen. In Tennessee gab es keine. Versuch mal ein oder zwei Nähte.«

Albright betätigte den Schalter und ging neben der Walze her, wobei er Kabel nachgab. Am Ende der gefalzten Naht drehte er die Walze um und folgte ihr in die andere Richtung. Woodall nickte grimmig. Er legte die Hand auf den Kopf. »Behalt den Helm auf«, brüllte er, um das Klack-klack zu übertönen. Er wandte sich um und stieg die Leiter hinunter.

»Ich führe den Hund aus«, sagte Albright und gab Kabel zu. Leicht verdientes Geld, dachte er und stellte im Geiste eine Einkaufsliste zusammen.

Um zehn Uhr war die Hitze auf dem Dach entsetzlich. Sie entströmte ihm mit üblem Geruch wie die Ausdünstungen eines Sumpfes, und das Sonnenlicht auf dem spiegelglatten Blech blendete ihn. Albright war in Schweiß gebadet. »Hundesohn«, sagte er. Es war wie der Vorhof, der Brennofen der Hölle. Er wischte sich mit dem Hemdsärmel ständig den Schweiß aus den Augen, und als er über die Mauer zum Horizont blickte, wirkte die Landschaft verzerrt und zerronnen, als schaue man durch schmelzendes Glas. Er fühlte sich so schwindlig und leicht, als könne er in das heiße, blaue Firmament schweben, und ahnte, dass ihn nur das Kabel, das er ständig abwickelte, einholte, abwickelte, auf dem Dach hielt.

Er schaltete die Walze aus. »Gott, ist das heiß«, sagte er. »Ich würde fünf Dollar für einen Schluck kaltes Wasser geben.«

Doch hier gab es kein Wasser, schon gar kein kaltes, und der Gedanke an die Leiter war wenig verlockend. Er suchte nach Schatten. Es gab keinen. Er zog sein Hemd aus, faltete es und legte es mitsamt Helm auf das Dach. »Der Scheißhelm zieht die Hitze an wie Eisen den Blitz«, sagte er. Er schüttelte die Schweißtropfen aus seinen fein gesponnenen, weißgoldenen Locken, wischte sich wieder die Augen und zog eine Schachtel Camel aus der Tasche, doch sie waren durchgeschwitzt, und er warf sie über die Kante. Einen Moment lang hielt er die Luft an. Sie war so heiß, dass sie seine Lungen zu versengen schien. Dann schaltete er die Walze wieder ein.

Er walzte vor sich hin, als ihn jemand rief. Er hatte die Rufe im Unterbewusstsein wohl schon eine Weile gehört, und als er sich schließlich umdrehte, stand Woodall auf dem Dach und brüllte ihn an. Er klopfte auf seinen Helm und deutete auf Albrights unbedeckten Kopf, bis dieser verstand, verwirrt das Kabel fallen ließ und den Helm holen ging.

Die Walze schob sich weiter zum abschüssigen Rand des Daches. Albright setzte den blauen Helm auf und rannte hinterher. Woodall schrie ihm etwas zu. Als Albright das Kabel erwischte, stand die Walze am Rand des Daches. Das Kabel hatte zu viel Spiel, und sie kippte über die Kante wie ein Taucher, walzte die Luft und entschwand ihren Blicken. »Komm zurück«, schrie Albright. Das Kabel straffte sich einen Augenblick in seinen Händen und erschlaffte dann. Das Klack-klack erstarb, tief unten auf dem Beton erklang ein Aufprall, und Albright konnte die erschreckten Rufe der Arbeiter hören.

Er hob die Hand, um Woodall zu beschwichtigen, eine beiläufige Geste der Zuversicht, keine Sorge, nur eine Minute, ich hole sie.

Er ging zur Leiter, stieg sie Sprosse um Sprosse hinunter, ohne einen Gedanken an die Höhe zu verschwenden, ließ sich die letzten zwei, drei Meter fallen, kam sofort wieder hoch und rannte zum Dodge, vorbei an den Überbleibseln der Walze, Metallteilen, die unglaublich weit verstreut auf dem Beton lagen, und an einer Gruppe von Männern, die, Hände auf die Knie gestützt, die Überreste der Zahnwalze betrachteten wie einen in der Schlacht gefallenen Kameraden. Er hielt den linken Arm ausgestreckt, um die Wagentür zu öffnen, während die rechte schon nach dem Zündschlüssel suchte.

Er warf den Motor an, kuppelte und schaltete in einem fließenden Bewegungsablauf und bog in einer weiten Drehung vom Schotter auf die Straße. Die Tachonadel ging stetig höher, hinter ihm stieg eine Wolke aus hellem Staub auf.

An einem schönen, warmen Maimorgen kam Fleming Bloodworth mit einem Spieß voller Sonnenbarsche um eine Flussbiegung und entdeckte dort ein blondes Mädchen, das gerade einen großen Stein auf ein riesiges, graues Hornissennest schleudern wollte, das vom Ast einer Platane baumelte.

»He«, rief er.

Das Mädchen sah ihn überrascht an, warf den Stein aber dennoch und riss damit ein faustgroßes Loch in das Nest. Sofort war die Luft voller Hornissen, die genau zu wissen schienen, woher der Stein gekommen war. Bloodworth ließ die Fische fallen und rannte los. Mit einer Hand schlug er nach den Hornissen, packte mit der anderen das Mädchen um die Taille und zog sie im silbernen Wasser flussaufwärts. Er wurde in den Hals gestochen, spürte die Tiere in seinem Hemd und wie sie wild durch seine Haare summten, das Mädchen setzte sich mit einer Hand gegen ihn zur Wehr und wollte mit der anderen die Hornissen vertreiben. Die Hornissen stürzten sich gleich Kamikazefliegern auf sein Gesicht, das Mädchen hatte sich in seiner linken Wange festgekrallt und versuchte, ihn wegzustoßen.

Sie war den Tränen nahe. »Lass mich los, zum Teufel«, sagte sie.

Wo das Flussbett in einen oberschenkeltiefen Teich mündete, tauchte Fleming unter und zog das Mädchen mit sich. Unter Wasser öffnete er die Augen, und er sah die ungezügelte Panik in ihrem Gesicht, als ertrinke sie. Sie versuchte verzweifelt, ihre Bluse aufzuknöpfen. Sie tauchte prustend und würgend an die Oberfläche und spuckte Wasser. Sie wollte noch immer die Bluse ausziehen, doch ihre Hände zitterten. Fleming ergriff beide Kragenecken und riss, dass die Knöpfe absprangen, sie streifte die Bluse ab und tastete nach dem Verschluss ihres BH. In ihren Achselhöhlen glänzten kupferne Stoppeln, an den Seiten ihres Körpers sah man anschwellende rote Striemen.

Sie schwamm zum Ufer, setzte sich hin und begann zu weinen. Die Hornissen schienen verschwunden zu sein, doch Fleming konnte sie flussabwärts sehen, wo sie ihr zerstörtes Heim umkreisten und die Luft mit wütendem Summen erfüllten.

Sie hörte auf zu weinen und starrte ihn an. »Du könntest wenigstens wegsehen.«

Er sah weg, und als er sich wieder umdrehte, fegte sie gerade zerquetschte Hornissen aus ihrem BH. Ihre Brüste mit den rosigen Warzen und dunklen Höfen hoben sich weiß von dem gebräunten Fleisch an Bauch und Schultern ab. Sein Mund war trocken, in den Ohren spürte er ein fernes Klingeln.

»Du solltest doch wegsehen.«

»Wie oft haben sie dich erwischt?«

»Weiß nicht. Oft. Ich kann es nicht aushalten, sie haben mich überall gestochen.« Sie schöpfte Wasser mit den Händen und rieb es auf ihre Brüste.

»Du bist nicht allergisch, oder?«

»Woher zum Teufel soll ich das wissen? Ich weiß nicht mal, welche Käfer das waren.«

»Das waren keine Käfer, sondern Hornissen. Wie bist du nur auf die Idee gekommen, ein Hornissennest zu zerstören?«

»Ich habe doch gesagt, ich wusste nicht, was es war. Mir kam es wie ein großes, graues Ding aus Papier vor, und ich wollte wissen, was passiert, wenn ich einen Stein drauf werfe.«

»Jetzt weißt du es.«

»Na ja, ich bin aus Michigan. In Detroit hängt so was nicht an Laternenpfählen.«

Das Mädchen hatte sich notdürftig mit der Bluse bedeckt und saß unglücklich zusammengekauert am Boden. Flemings Stiche taten auch weh, doch die bloße Tatsache, dass er das Mädchen sah und mit ihr sprach, tröstete ihn darüber hinweg. Ihr Haar war blond mit einem Kupferschimmer, die Augen waren von einem klaren, arglosen Blau, und das Licht spielte auf interessante Weise mit den Winkeln ihres Gesichts. Sie war in gewisser Weise hübsch, kam ihm irgendwie vertraut vor, und er fragte sich, ob er wirklich sie oder nur jemanden, der ihr glich, schon einmal gesehen hatte.

Sie trug eine Latzhose, die über den Knien abgeschnitten war. »In deine Shorts sind sie nicht gekrochen?«

Sie sah ihn an wie eine wütende Katze. »Hättest du wohl gern«, sagte sie.

»Ich muss meine Fische holen«, meinte er. Er ging vorsichtig zum Fluss zurück, doch die Hornissen schienen damit beschäftigt zu sein, den Schaden an ihrem Heim einzuschätzen, und schenkten ihm keinerlei Beachtung. Er fand die Fische an einer flachen Stelle in einem Büschel Schilf. Einige waren von dem gegabelten Stock gerutscht, und er sammelte sie auf und reihte sie wieder Kieme an Kieme auf den Stock. Dann kehrte er zu dem Mädchen zurück.

Sie hatte BH und Bluse angezogen, die Bluse am Bauch verknotet. Sie schien bereit zum Aufbruch.

»Was tust du in Grinders Creek, wenn du aus Michigan bist?«

»Wir machen hier Urlaub. Dad arbeitet bei Ford in Detroit, aber mein Großvater Dee Hixson lebt in der Nähe.«

»Ich wohne genau neben Dee. Auf dem Hügel jenseits der Straße.«

»Ich wusste gar nicht, dass da oben ein Haus ist, man kann es von der Straße aus nicht sehen. Wie heißt du?«

Er sagte es ihr. Sie wateten durch das seichte Wasser zur Straße. Jetzt wusste er, weshalb sie ihm bekannt vorkam. »Und wie heißt du?«, fragte er.

»Merle. Daddy hat mich nach dem Filmstar Merle Oberon benannt. Findest du, ich sehe ihr ähnlich?«

»Einen Moment lang habe ich gedacht, sie hätte den Stein geworfen.«

Sie stieß ihn leicht in die Rippen. »Was hast du mit den Fischen vor?«

»Sollten mein Abendessen werden. Du könntest heute Abend rüberkommen und mir helfen, sie zu essen.«

»Wie, mit dir und deinen Leuten?«

»Ich lebe allein. Meine Leute sind in Detroit, Michigan.«

»Ehrlich? Wo denn da?«

»Keine Ahnung. Sie suchen Arbeit.«

»Du meinst, du lebst hier ganz allein?«

»Ganz allein.«

»Gott, ich wünschte, meine Familie würde auch irgendwo was suchen und mich in Ruhe lassen.«

Plötzlich wollte Fleming sich nicht von ihr trennen. Er wollte nicht in das stille Haus zurückkehren und auf Boyd oder andere Dinge warten, er schien seine ganze Zeit mit Warten zu verbringen. »Komm heute Abend rüber«, sagte er. »Wir essen die Fische und hören dabei Radio.«

»Ich stehe nicht so auf Radio. In Detroit haben wir einen 21-Zoll-Fernseher von Crosley. Es ist wie ein Kino im Haus. Außerdem mag ich keinen Fisch, ich habe immer Angst, an einer Gräte zu ersticken.«

»Ich hole sie für dich raus.«

»Schön reden kannst du ja«, meinte sie. »Jungs haben mir schon viel versprochen, aber du bist der Erste, der mir je die Gräten aus dem Fisch holen wollte.«

Der Fluss wurde breiter und seichter, bevor sie zur Brücke kamen. In Ufernähe war das Wasser nur noch knöcheltief und dort, wo ein Dickicht aus Rohrkolben wuchs, sogar lauwarm. Mit dem Taschenmesser schnitt er eine Hand voll Schilf ab und gab es ihr. »Die Rosen wuchsen am Wegesrand«, sagte er.

»Zuerst zerreißt du meine Kleider, dann schenkst du mir Blumen. Was für ein Mann.«

»Kommst du?«

»Ich weiß es nicht, vielleicht. An diesem gottverlassenen Ort gibt es niemanden, mit dem man reden kann. Mal sehen.«

Ich kann es, dachte er, ich muss mich nur so normal verhalten wie alle anderen. Ich darf jetzt bloß nicht den Kopf verlieren. Ich muss einfach Wörter auswählen und sie aneinander reihen wie ein Baby, das die ersten Schritte macht, wie ein Betrunkener, der mit besonderer Vorsicht die Straße überquert.

Plötzlich streckte er die Hand aus und berührte ihren Arm. Sie riss ihn weg, als habe die Berührung sie verbrannt, lächelte ihn dann neugierig an und schlang ihren Arm durch seinen.

»Warum hast du mich so berührt?«

»Ich dachte einen Moment, du wärst nicht echt«, antwortete er.

Er hatte die Fische gebraten und aß einen Teller voll davon, den Rücken an die Hauswand gelehnt, sah zu, wie die Dämmerung hereinbrach, und trank eine Coca-Cola, die er im Quellbecken gekühlt hatte. Im Winter hätte er die Lichter von Dee Hixsons Haus sehen können, doch die Bäume wucherten im sommerlichen Grün, und er hätte ebenso gut im einzigen Haus auf Erden leben können.

Vielleicht kam sie, vielleicht auch nicht, doch je später es wurde, desto mehr bezweifelte er es. Würde sie im Dunkeln kommen? Vielleicht hatte sie Angst vor der Dunkelheit, vielleicht wurde es in Detroit nicht dunkel. Dort gab es zwar 21-Zoll-Fernseher von Crosley, aber keine Hornissennester an Laternenpfählen.

Wie lächerlich käme er sich in den Straßen von Detroit vor. Er lächelte, als er sich vorstellte, wie vier Menschen dort umherliefen, Boyd auf der Suche nach seiner Frau, er auf der Suche nach Boyd und Merle, wobei sie sich alle durch ein Labyrinth aus Ziegelhäusern und dunklen, verschlungenen Gassen bewegten, nie ganz im Gleichschritt, ein jeder allein im elektrischen Dunkel und immer an einem Ziel, das ein anderer soeben verlassen hatte.

Er stellte den Teller beiseite und lehnte den Kopf gegen die Wand. Er empfand eine seltsame, einsame Zufriedenheit. Die Welt, von der er gehört hatte, wirkte ungeheuer groß, Straßen nach überallhin standen ihm offen, und jede führte zu einem Ziel.

Im Westen zwinkerte ein Stern, nicht mehr als ein Nadelstich, durch die unvollkommene Dämmerung hinüber zu einem größeren Licht. Dann noch einer. Fledermäuse segelten aus dem düsteren Purpurdämmerlicht, und im nächsten Tal erscholl der brüderliche Ruf eines Ziegenmelkers.

In den zwei Tagen nach dem Absturz der Zahnwalze hielt der weiße Firmenlaster dreimal vor dem kleinen Holzhaus, in dem Junior Albright wohnte. Jedes Mal erstarrte Junior, wagte kaum zu atmen. Jedes Mal ertönte ein dreifaches Hupen, dann wurde gewartet. Eine Tür schlug zu, Albright verhielt sich mäuschenstill, hörte mit stockendem Atem die schweren Schritte vor der Tür, das gleichmäßige Hämmern, das die Tür beinahe aus den Angeln hob, das Glas im Schieberahmen klirren ließ.

Beim dritten Mal hatte Albright sich in der Küche verkrochen und hörte, wie Woodall den Knauf an der Tür zu drehen versuchte, die er in weiser Voraussicht verriegelt hatte. Dann schrie Woodall frustriert: »Du machst es nur noch schlimmer. Verdammt, bist du nicht Manns genug, die Tür zu öffnen? Irgendwann erwische ich dich sowieso.«

Was er auch tat. Albright lümmelte in einem Sessel im Billardzimmer und sah zu, wie Clyde Sharp Big Shaw beim Straight Pool von der Platte putzte. Er trank eine Büchse Falstaff, auf die er Salz gestreut hatte. Er hatte gerade einen Schluck Bier genommen und leckte am Salz, als er einen schweren Arm auf der Schulter spürte.

»Du warst schwer zu finden«, sagte Woodall.

»Ich wusste nicht, dass ich verloren gegangen war.«

»Und ob. Ich war dreimal bei dir, aber du scheinst nie zu Hause zu sein.«

»Einmal war ich draußen und hab noch Ihren Laster wegfahren sehen. Ich hab gerufen, aber Sie sind weitergefahren.«

»Egal, jetzt sind wir beide hier.«

»Ich dachte, Sie hätten meinen Scheck gebracht, für den Tag, an dem ich gearbeitet habe. Ich hab beschlossen, dass ich wegen der Sache mit der Walze drauf verzichte.«

»Nein«, sagte Woodall, »deswegen war ich nicht da. Im Gegenteil, ich habe eine Quittung in der Tasche über das Geld, das ich der Gerätevermietung für die Walze gezahlt habe, von der du gerade sprichst. Achthundertsechzig Dollar. Den Betrag schuldest du mir. Dir ist wohl klar, dass ich nicht einfach drauf verzichten kann.«

Big Shaw bückte sich und schaute trunken an seinem Billardqueue entlang, Albright unmittelbar ins Gesicht, ein Auge verschwörerisch geschlossen. Albright beugte sich vorsichtshalber zur Seite. Beim Anstoß hatte Shaw einmal einen Mann namens Jess Cotham derart ausgeknockt, dass man ihn auf den Betonboden legen und ihm Wasser ins Gesicht spritzen musste. Diesmal tippte der Stoßball nur sanft die Sieben an und verschwand in einer Ecktasche. Als Big Shaw zurücktrat, entdeckte Albright plötzlich einen gefalteten Zwanzig-Dollar-Schein, der unter Shaws poliertem Schuh gelegen hatte. Die kleinen aufgeprägten Zahlen 2 und 0 am Rand waren deutlich zu erkennen, magisch wie ein Geheimsymbol der Freimaurer, und Junior sah sich um, ob sonst noch jemand den Schein bemerkt hatte. Er suchte nach einem Plan, um an den unerwarteten warmen Regen zu gelangen, ohne von Clyde Shaw mit einem Billardqueue erschlagen zu werden.

»Hörst du mir zu?«

»Hm?«

»Ich habe einen Zettel in meinem Wohnwagen aufgehängt. Ich habe nie geglaubt, dass du achthundertsechzig Dollar besitzt. Ich habe auch nie geglaubt, dass du jemals achthundertsechzig Dollar besitzen wirst, und daher einen Zettel geschrieben, auf dem steht, dass du mir zwanzig Monate lang dreißig Dollar pro Monat und zwanzig Dollar im letzten Monat bezahlen wirst.«

»Gottverdammt, das sind fast drei Jahre.«

»Na ja, wenn du sechzig im Monat bezahlst, bist du's schneller los.«

»Manchmal hab ich nicht mal dreißig Dollar im Monat. Außerdem war was nicht in Ordnung mit der Walze, sonst hätte sie sich nicht so verhalten. Ist einfach von allein abgehauen. Ich glaub, die Drosselklappe war kaputt oder so. Jedenfalls bin ich nicht derjenige, der dafür bezahlen muss.«

»Du wirst mir diese achthundertsechzig Dollar bezahlen! Wir sprechen nicht über das Ob, sondern über das Wie. Du musst morgen früh vorbeikommen und den Zettel unterzeichnen, damit wir ihn beim Notar offiziell machen können.«

»Ich unterzeichne den Scheiß nicht«, antwortete Albright. »Und nehmen Sie gefälligst den Arm von meiner Schulter.«

»Wenn du bis Feierabend nicht da bist, verklage ich dich. Ich bringe dich vor Gericht. Was du auch hast, ich nehme es dir weg. Falls du je was haben solltest, heißt das. Du wirst dein Auto verlieren. Wenn du arbeitest, lasse ich deinen Gehaltsscheck pfänden. Du wirst bezahlen, egal wie. Bis morgen.«

Albright schloss die Augen und lauschte Woodalls Schritten, die sich entfernten. Er würde drei Jahre in Knechtschaft leben, wäre verschuldet, ohne einen Gegenwert zu besitzen. Sein Leben war hier nie richtig ins Gleis gekommen, und nun wollte Woodall drei Jahre davon mit einer Hypothek belegen.

Er stand auf, streckte sich mit gespielter Lässigkeit und schlenderte zur Toilette am Ende des Billardzimmers. Als er am Tisch vorbeikam, ließ er ganz in der Nähe des Zwanzig-Dollar-Scheins sein Feuerzeug fallen, bückte sich und hob beides mit einer eleganten Bewegung auf. Auf der Toilette stank es nach Urin und Erbrochenem, doch das störte ihn nicht. Minutenlang betrachtete er den Schein im Licht der nackten Glühbirne und rieb ihn zwischen Daumen und Zeigefinger, als wolle er dessen Echtheit prüfen. Das zerknitterte Papier fühlte sich fest und Vertrauen erweckend an, offizielle Landeswährung, gedruckt in Washington, D. C. Er schob ihn in die Tasche und ging hinaus.

An der Bar holte er ihn wieder hervor und strich ihn auf der Resopaltheke glatt. »Ich gebe eine Lokalrunde«, erklärte er.

»Eine Lokalrunde?«, fragte der Barkeeper. »Verdammt, außer dir und Sharp und Big Shaw ist doch keiner hier.«

»Dann gebe ich eine Runde für uns«, entgegnete Albright.

Sie kam weder am ersten noch am zweiten Abend, und Fleming hatte die Hoffnung schon aufgegeben, aber am dritten Abend rissen ihn Schritte auf der Veranda aus dem Halbschlaf. Er wartete auf ein Klopfen, doch die Tür wurde ganz zwanglos geöffnet, und ein verzerrtes Rechteck aus Mondlicht fiel ins Zimmer.

»Fleming?«

»Wer ist da?«

Dann konnte er den dunklen Umriss ihres Körpers vor dem blasseren Dunkel draußen erkennen. Eine Hand ruhte noch auf dem Türknauf, und sie beugte sich vor, um ins Zimmer zu spähen. Sie trat aus dem Mondlicht, und er hörte, wie sich leise Schritte dem Bett näherten. Er setzte sich auf und tastete nach seinen Schuhen, als ihr Gewicht die andere Bettseite niederdrückte.

»Stehst du auf?«

»Hm, ich dachte, ich stehe auf, und wir reden ein bisschen.«

»Ist das dunkel hier drinnen. Und kühl. Wir können auch hier reden.«

»Ich habe irgendwo Streichhölzer, ich mache die Lampe an.«

»Lass die Lampe. Es gefällt mir so, meine Augen gewöhnen sich schon an die Dunkelheit.«

Sie war ins Bett gekrochen und lehnte sich an ihn. »Ich dachte schon, die gehen nie schlafen«, sagte sie. »Ich wollte schon die letzten Abende kommen, aber sie haben mich beobachtet wie die Luchse. Heute Abend war Daddy endlich betrunken und ist auf der Couch eingeschlafen, sodass ich raus konnte.«

Fleming hatte über diese Situation nachgedacht. Er hatte zaghaft Pläne geschmiedet, deren wildeste Spielarten sie beide in einem Bett sahen, doch dass es gleich damit anfangen sollte, brachte alles durcheinander. Er lag schweigend neben ihr und überlegte, was er sagen sollte. »Sag nichts«, meinte sie. Er spürte ihren warmen Atem auf seiner Wange und das kühle Gewicht ihrer Hand auf seiner nackten Schulter. Dann presste sie ihr

Gesicht an das seine und küsste ihn auf den Mund, zuerst sanft, dann fester, öffnete den Mund, sodass er ihre Zunge und die scharfen, kleinen Zähne spüren konnte. Heiß fühlte er ihren Atem und ihr Fleisch an seinem Körper. Sie schob eine Hand bis zu seiner Hüfte und fuhr dann zusammen.

»Du hast ja deine Hose an. Warum schläfst du in Kleidern?«

»Hm, wer weiß, wer mitten in der Nacht auftaucht.«

»Zieh sie aus. Komm, ich helfe dir.« Sie knöpfte seine Jeans auf, und als er den Unterleib anhob, um sie abzustreifen, hörte er das leise Geräusch eines Reißverschlusses.

»Warte«, sagte er.

»Worauf?«

»Stell dich ins Licht und zieh dich aus.«

»Warum nicht«, meinte sie. »Was soll's. Du hast ohnehin schon alles gesehen.«

Einen Moment posierte sie wie eine parodistische Ballerina in dem länglichen Lichtfleck, zog sich dann das Kleid über den Kopf und ließ es auf den Boden fallen. Sie schob ihr Höschen hinunter und hielt es kurz mit einem Zeh fest, stieg heraus, wandte sich dann mit hüpfenden Brüsten zur Tür. Sie verschwand. Er hörte den Riegel. Sie schien eine Ewigkeit zu brauchen, um von der Tür zum Bett zu gelangen, eine Zeitspanne, in der Menschen geboren wurden, lebten und starben, in der ganze Generationen dahinschwanden.

Als sie wieder neben ihn glitt, wollte er ruhig bleiben und all diese Augenblicke für trübe Zeiten aufbewahren, jeder Moment ein Schnappschuss, eine gepresste Blume zwischen den Seiten einer Bibel. Doch als sie seine Hand ergriff und auf ihr Geschlecht legte, wirbelte sein Verstand davon, und Bilder purzelten durcheinander wie zusammenhanglose Szenen aus einem Film. Er war dieses Drängen nicht gewöhnt und dachte, Mädchen aus Michigan seien vielleicht anders, vielleicht mache man es in Detroit auf diese Weise. Sie zog ihn auf sich, sagte: »Hier, Baby, ich mach es«, und er spürte, wie er in sie hineinglitt, und sie flüsterte in sein Ohr: »Nein, Baby, ganz ruhig, langsam, wir haben noch die ganze Nacht.«

»Hast du eine Freundin?«

»Nein, letztes Jahr hatte ich eine Art Freundin, aber sie hat was mit einem Footballspieler angefangen.«

»Hast du das schon mal gemacht?«

»Klar, schon oft.«

»Lügner.«

»Du denn?«

»Nein. Hol die Streichhölzer, ich hab eine Zigarette. Möchtest du auch eine?«

»Nein.«

»Wieso nicht?«

»Hab einfach nie damit angefangen.«

»Du hast einfach nie damit angefangen«, wiederholte sie. »Komisch, wie du redest. Wie ein Hinterwäldler und auch wieder nicht. Du klingst so ernsthaft, so feierlich. Warum bist du so feierlich, geht die Welt in den nächsten Minuten unter? Du wirkst immer, als würdest du über was nachdenken. Hast du dir Notizen gemacht?«

Er hatte die Streichhölzer gefunden, zündete eins am eisernen Kopfende des Bettes an und gab ihr Feuer.

»Ich denke nie über was nach«, sagte sie durch den Rauch. »Ich tu einfach, was sich als Nächstes ergibt, was immer es auch sein mag.«

»Und was ist jetzt das Nächste?«

»Na ja, ich muss nach Hause, bevor er aufwacht. Außer, du möchtest es noch mal versuchen. Ich bin seit beinahe zwei Wochen hier, und wir sind gerade erst zusammen. Überleg mal, wie viel Zeit wir verschwendet haben.«

Als er sie bis in Sichtweite von Dee Hixsons Haus begleitete, konnte er die Uhrzeit nicht einmal erahnen. Sie ging dicht neben ihm im schwindenden Mondlicht und hielt seine Hand.

Er konnte ihre Schritte auf dem Kies hören, ihren Atem, seinen eigenen Atem, der sich dem ihren anglich. Als sie sich am Fuß des Hangs trennten, krähten die Hähne vor Hixsons Scheune. Er blieb einen Moment unschlüssig stehen, dann beugte er sich vor und küsste sie. Er wusste nicht, ob er sagen sollte, dass er sie liebe, wusste nicht, ob es wirklich so war, folgte letztlich ihrem Beispiel und sagte gar nichts.

Nachdem er zum Fluss zurückgekehrt war, verspürte er keine Lust, wieder ins Bett zu gehen. Daher blieb er eine Weile auf der Brücke sitzen und ließ die Beine über dem dunklen Wasser baumeln. Irgendwann begann ein Vogel in den Wäldern zu singen, ein anderer nahm den Ruf auf. Schon verblasste das blaue Dämmerlicht, und der Tag wuchs aus der Dunkelheit hervor. Im Osten erschien ein Riff aus lachsrosa Wolken, dessen Umrisse in einer hellen, metallischen Farbe leuchteten, für die er keinen Namen wusste.

In alten Büchern hatte er gelesen, wie die Helden sich unter Qualen selbst kasteiten, nachdem sie den Verlockungen des Fleisches erlegen waren, nachdem ihre Lust den Geist besiegt hatte. Vielleicht müsste auch er sich so fühlen, doch er fühlte sich nur lebendig, als hätten sich seine Sinne gewandelt, sodass die Farben leuchtender wirkten, das kleinste Geräusch von glockenheller Reinheit war. Ihm war, als könnten seine Fingerspitzen ein Buch so mühelos entziffern, als sei es in Blindenschrift verfasst. Man hatte ihm für kurze Zeit den Zugang zu einer Welt sanfterer und wärmerer Gefühle gestattet, und er plante schon die Rückkehr dorthin.

Sie kam noch zwei Nächte, in der darauf folgenden Nacht nicht mehr. Er ging schließlich zu Bett, stand aber wieder auf, trat vor die Tür und verharrte lauschend auf der obersten Stufe. Er stellte sich gerade ihre Füße vor, die knirschend auf die Steine des Hangs traten, und als eine Wolke rasch am Mond vorüberzog, vermeinte er sie auf der Brücke zu sehen. Irgendwann ging er wieder ins Bett, doch es dauerte lange, bis er einschlief.

Am nächsten Morgen stand er zeitig auf und wanderte quer durch ein steiniges Fleckchen Riedgras und ein Dickicht aus halbhohen Zedern. Dee Hixsons Haus lag an der Mündung eines Tales, das Blechdach war zu einem warmen Dunkelbraun gerostet. Das einzige Fahrzeug auf dem Hof war Dees Kleinlaster. Dee selbst saß auf der Kante der Veranda und schälte frische Gartenerbsen über einer Schüssel.

»Komm her, junger Bloodworth. Was gibt's?«

Fleming setzte sich auf die Verandakante. »Ich wollte nach unten zum alten McNally-Haus. Mal sehen, ob der Ginseng schon kommt.«

»Er ist schon da. Prachtscharte auch. Ehrenpreis gibt's da in Massen.«

»Mir geht allmählich das Geld aus. Ich dachte, ich könnte mir damit ein paar Dollar verdienen.«

Dee war ein kleiner, drahtiger Mann, verrunzelt und dunkel wie ein schrumpeliger Apfel. In jüngeren Jahren hatte er als gefährlich gegolten, doch auf Fleming wirkte er zu klein, um einen derartigen Ruf zu verdienen. Dennoch war sein Gesicht eine Landkarte voll alter Gewalt. Ein Messerschnitt auf seiner Wange war so ungeschickt genäht worden, dass die verheilte Narbe und die Punkte der Einstiche wie ein blasser, fleischiger Tausendfüßler in Richtung Haaransatz krochen. Vor langer Zeit hatte ihn ein Mann namens Scrapiron Steel festgehalten und ihm die Nasenspitze mit einem Taschenmesser abgetrennt. Eine Woche darauf war Steel verschwunden und wurde weder in Ackerman's Field noch sonst wo jemals wieder gesehen. Fleming kannte die Version, nach der er sich am Boden eines Brunnens befand, begraben unter den Steinen, mit denen Dee ihn bedeckt hatte, doch als er nun dem alten Mann beim Erbsenschälen zusah, konnte er die Geschichte kaum glauben.

Fleming erhob sich von der Veranda. »Hm, ich gehe wohl besser los, wenn ich was ausgraben will.«

»Gut, aber du brauchst einen Sack. Nimm dir einen von den Jutesäcken aus dem Maisspeicher.«

»In Ordnung. Was ist eigentlich aus Ihrem Besuch geworden?«

»Haben zusammengepackt und sind losgefahren. Zurück in den Norden.«

»Bis bald, Mr. Hixson.«

»Kannst jederzeit kommen.«

Es folgte die Heimsuchung der Einsamkeit, in der ihn der Verlust wie ein Fieber quälte. Das Haus war leer und tot ohne sie. Ein Ort aus Eis, ein Ort ständigen Sturms. Er hörte ihre Stimme zu seltsamen Zeiten, ein Echo der Dinge, die sie gesagt hatte. Einmal wachte er nachts auf, und ihr weiches Lachen war gerade zu Schweigen verblasst. Einmal spürte er deutlich ihre Hand auf seiner Schulter. Bevor sie sein Bett geteilt hatte, war das Leben stumpf gewesen, doch nun war es unerträglich. Sie war aus dem Nichts aufgetaucht und ins Nichts verschwunden, hatte aber sein Leben erobert, ihn mit einem Pfand auf seinen Körper verlassen, einer Hypothek auf seine Seele.

Er versuchte, sich an das zu erinnern, was sie über das Schreiben gesagt hatte, über die Weihnachtsferien. Es Wort für Wort zu wiederholen. »Ich werde dich mit Briefen zuschneien«, hatte sie gesagt. »Du wirst den Postboten fürchten lernen.« Er hörte, wie sie ihm in ihrer Silben verschluckenden Yankee-Sprechweise sagte, wie sehr sie ihn liebe. Er hatte den Briefkasten belagert, seit Boyd verschwunden war, doch nun verdoppelte er seine Bemühungen. Der leere Briefkasten verspottete ihn. Er verschwendete viel Zeit mit Berechnungen der Entfernung, schätzte die Laufzeit eines Briefes von Detroit, Michigan, bis Ackerman's Field, Tennessee.

In den letzten Wehen der Verzweiflung durchsuchte er auch Dees Briefkasten nach einem Brief mit einer Marke aus Michigan, mit einer festen, mädchenhaften Schrift voller Schnörkel und Kringel auf dem I.

Dann eines Tages kam Dee selbst die Auffahrt herunter, und Fleming ging neben ihm her, als sähen sie gemeinsam die Post durch.

»Haben Sie von Merle gehört, seit sie nach Norden gefahren ist?«, fragte er beiläufig.

»Von wem? Oh, nein, Merle war nie eine große Briefeschreiberin. Ehrlich gesagt, bin ich froh, dass der Haufen verschwunden ist. Ich lebe wohl schon so lange allein, dass ich mich an Ruhe und Frieden gewöhnt habe. Wenigstens hat sie sich mit Randy versöhnt, bevor sie wegfuhren.«

»Mit wem?«

»Randy. Ihrem Mann. Großer Rotschopf. Sie haben eine Woche lang wie Katz und Hund gekämpft. Dann ist sie für ein oder zwei Nächte verschwunden, da hat er wohl seine Lektion gelernt. Als sie fuhren, konnten sie gar nicht die Hände voneinander lassen. Mir wär beinahe schlecht geworden.«

Fleming war einfach davongegangen. Er überquerte völlig geistesabwesend die Brücke. Dann drehte er sich um und sah Dee, der ihm nachschaute, am Briefkasten stehen.

»Hinterhältige, kleine Schlampe«, sagte er laut. Es würde keine Briefe geben, keine Weihnachtsferien. O Geist, verloren und vom Wind betrauert, kehr zurück. Doch als er den Fuß des Hügels erreicht hatte, fühlte er sich schon besser, und sein Gesicht zeigte eine sonderbare Mischung aus Zorn und wehmütiger Belustigung. Er fand ein wenig herben Trost in der Gewissheit, dass Randy ein mindestens ebenso großer Trottel war wie er.

Es bedeutet nichts Gutes, wenn ein Streifenwagen auf deinem Hof parkt. Dieses Wissen war Generationen von Albrights seit den Tagen, in denen das Gesetz hoch zu Ross nahte, in Fleisch und Blut übergegangen, gehörte zu ihrer genetischen Grundausstattung.

Wenn zudem noch ein Deputy in Khaki mit einem Dokument in der Hand aussteigt und den Namen auf dem Briefkasten mit dem auf dem Haftbefehl vergleicht, multiplizieren sich die Schwierigkeiten zu einer unberechenbaren Macht.

Als der Vorhang vor die Scheibe fiel, schlich Albright in die Küche, als er den offiziellen Schritt vor der Tür und das erste Klopfen vernahm, entschwand er durch die Hintertür, vorbei am Schweinestall und den Bäumen, eine verzweifelt lange Strecke bis hin zu den Wäldern, wobei die gezackte Linie der Kiefern bei jedem Schritt vor seinen Augen tanzte, die Finsternis hinter ihren Stämmen war ein Land, das eine eigene Art von Absolution verhieß, ein Land aus Holz und so tiefen Senken, dass ihm dort keine Auslieferung drohte.

Der junge Fleming Bloodworth stand, den Verdienst von zwei Wochen Kräutersammeln zusammengefaltet im tiefsten Winkel seiner rechten Vordertasche, vor Breeces Kramladen und betrachtete eine riesige, alte Remington-Schreibmaschine hinter Tafelglas. Nach einer Weile trat er ein, ging zwischen Reihen von Kleiderständern und Eimern mit Spielzeug und Kosmetikregalen auf eine Verkäuferin zu, die gerade Preise auf winzige, weiße Schilder schrieb und an Blusenärmel heftete.

»Wie viel kostet die Schreibmaschine im Fenster? Es steht kein Preis dran.«

»Ich weiß nicht, wie viel Mr. Breece dafür haben will. Du müsstest ihn fragen. Mir hat er nie was darüber gesagt.«

»Ist er nicht hier?«

»Doch, irgendwo hinten im Lager. Geh einfach durch die Tür und ruf ihn.«

Breece war ein hoch gewachsener, ausgemergelter Mann mit Drahtgestellbrille und schütterem, grauem Haar, das er hinten lang trug und vorn in der vergeblichen Hoffnung, seine Glatze zu verdecken, sorgfältig frisiert hatte. Er packte Glaswaren aus einem Pappkarton aus, der mit Papierfetzen gefüllt war, und als

Fleming ihm sein Anliegen vortrug, nickte er, zog einen grauen Pullover an, knöpfte ihn zu und befestigte eine schwarze Fliege an seinem Hemdkragen. »Sehen wir sie uns mal an«, sagte er.

»Ich habe die Erfahrung gemacht, dass in Ackerman's Field kein großer Bedarf an Schreibmaschinen besteht«, sagte er. »Wenn eine im Gericht kaputtgeht, kaufen sie die Neue im Großhandel. Das Gleiche gilt für die Schule.«

»Wie viel soll sie kosten?«

»Ich verlange sechzig Dollar dafür. Es ist eine Achtzig-Dollar-Maschine, aber ich habe sie schon zu lange und möchte sie loswerden. Es ist ein Spitzenmodell. Funktioniert wie ein Schweizer Uhrwerk.«

Er klappte den Deckel hoch und hob sie heraus. »Siehst du? Wie eine teure Uhr.«

Fleming musste ihm zustimmen. Glänzende Zahnräder aus Kupfer und Stahlfedern und helle Hebel, die die Tasten bewegten. Die Maschine erweckte einen nüchternen, geschäftsmäßigen Eindruck, sie sah aus, als dulde sie keinen Unsinn. Das war kein Spielzeug. Fleming erschien sie wie das Werkzeug eines Alchemisten aus einer untergegangenen Epoche, fähig, Leben in säuberlich gestapelte Manuskripte zu verwandeln. Sie sah aus, als habe sie tausend Geschichten zu erzählen und brauche nur seine Komplizenschaft, um das Wort zu ergreifen.

»Sie könnten sie wohl nicht reservieren?«, fragte er.

»Gott, warum nicht? Sie steht schon zwei Jahre hier herum, ohne dass sie mir auch nur einen Nickel eingebracht hätte. Wie viel möchtest du anzahlen?«

»Heute könnte ich Ihnen fünfzehn geben.«

»Ich hänge ein Verkauft-Schild dran und stelle sie ins Lager. Du kannst kommen und etwas bezahlen, wann immer du willst.«

Fleming trat aus dem Laden hinaus auf den Gehweg, auf dem sich die Samstagsschwärmer trafen. Sie schienen von überall her gekommen zu sein, um ein Volksfest zu besuchen, von dem sie gerüchteweise gehört hatten. Manche kamen aus derart entlegenen Winkeln, dass sich Eulen und Hühner dort aus lauter Langeweile gemeinsam schlafen legten. Aus Teerpappe-Schuppen, die nach öligem Rauch und Kerosin rochen. Junge Pächter mit stoischen Gesichtern und Kindfrauen mit unzufriedenen Augen, die ihn ansahen und sofort wieder wegschauten. Ganze Familien, alte Frauen, die Tabak kauten, und alte Männer in sauberen Overalls, die lauschten, wie der Sand in der Uhr verrann. Babys, die auf dem Arm getragen wurden und große, erstaunte Augen machten. Gemeine Huren aus den Kaschemmen an der Bezirksgrenze und aalglatte Romeos vom Land mit Brillantine in den Haaren und Messern in den Taschen oder Rasierklingen, die sie wie Anhänger an Lederriemen um den Hals trugen. Mit Schlehenwhisky-Atem, einem Hang zu sinnloser Gewalt und dem Talent, diese aufzuspüren, bevor der Samstagabend vorbei war. Sie erwachten in Seitenstraßen mit der Sonne im Gesicht, im Gefängnis, an Orten, an die sie sich nicht erinnern und an denen sie nicht sein wollten. An manch einem Sonntagmorgen wachte einer von ihnen gar nicht mehr auf.

Der Samstag zog diese Leute an wie ein Magnet die Eisenspäne. Sie waren in Lastern oder alten, klapprigen Autos gekommen, die entgegen aller physikalischen Wahrscheinlichkeit zusammenhielten, in Limousinen, die mit der Axt in Laster verwandelt worden waren und Ladeflächen aus Spanplatten besaßen, in von Maultieren gezogenen Karren, zu Fuß, wie Flüchtlinge auf der Straße verstreut.

Verrückte Propheten gaben an Straßenecken ihre eigene verzerrte Auslegung der Evangelien zum Besten, die so weit von ihrer Quelle entfernt war, dass es sich ebenso gut um eine mündlich überlieferte, entstellte Volkssage hätte handeln können. Oder selbst verfasste Schriften, die sie am Abend zuvor im Schein einer Petroleumlampe auf Big-Chief-Tafeln festgehalten hatten. Einer hatte einige Herumlungerer angelockt, und Fleming blieb stehen, um zuzuhören. Dieser Prediger trug eine

Gitarre um den Hals, mit der er das Ende seiner Sätze in dissonanter Weise untermalte.

»Die Bibel sagt, die Haare auf dem Kopf eines Mannes seien gezählt«, verkündete er in schwülstigem Ton. »Aber höre, Bruder, wo bleibt dann der Kahlköpfige? Ist er von allem ausgeschlossen? Gilt er denn gar nichts? Treibt er ziellos umher, ist sein Name nicht im großen Buch verzeichnet? Das gute Buch sagt: Sein Auge sieht den Sperling. Verdient dann ein haarloser Mann nicht ebenso seinen Blick wie die Vögel des Himmels?«

Er sprudelte über von derartigen Fragen, schien aber wie alle anderen keine Antwort darauf zu wissen, und Fleming schlenderte bald weiter.

Im Billardsalon trank er eine Coca-Cola, die so kalt war, dass sie sich in Eismatsch verwandelte, als der Kronenkorken absprang, und sah zu, wie Junior Albright sein letztes Geld in den Flipper warf. Er fütterte ihn mit Fünf-Cent-Stücken, bis die Freispiele beinahe die Anzeige sprengten. Bei der dritten Kugel kam das Aus.

»Er geht schnell auf Aus, wenn man so viele Freispiele hat«, sagte Fleming.

Albright sah ihn an. »Und ob der Arsch das macht«, sagte er und trat so fest dagegen, dass der Flipper gegen die Wand prallte und die Bälle hohl durch seine Eingeweide kullerten. Carlton Baxter kam hinter der Theke hervor und betrachtete Albright mit wütendem Gesicht.

»Füße von der Maschine, sonst kannst du sie bezahlen und mit nach Hause nehmen«, sagte er.

»Ich hab die verdammte Hure schon zehn Mal bezahlt«, gab Albright zurück. Er wandte sich an Fleming. »Lass uns in die Show gehen, die Mädchen kommen gleich raus.«

Als sie am Snowwhite Café vorbeikamen, fragte Fleming: »Sollen wir einen Cheeseburger essen?«

»Nein«, meinte Albright, »ich kann da nicht rein. Heute Morgen hab ich einen Deputy durchs Fenster gesehen, vielleicht wartet er noch auf mich. Ich verhalte mich im Moment ganz still. Bestimmt kommen sie bald mit einem neuen Haufen Papier angerannt.«

»Ich habe dein Foto im Postamt gesehen«, sagte Fleming.

»Das ist nicht witzig. Für mich jedenfalls nicht. Ich träum schon von den Scheißbullen. Wenn sie dich erst mal auf dem Kieker haben, kannst du gleich einpacken.«

»Ich dachte, er hätte dich schon verklagt.«

»Ich bin nicht hingegangen. Bin nie im Gericht aufgetaucht, und sie haben die Sache ohne mich durchgezogen. Sie sagen, ich müsste die achthundertsechzig Dollar und Woodalls Anwalt bezahlen. Dazu noch was ans Gericht. Ich glaub, der Richter ist auf meine Kosten nach Florida gefahren.«

»Warum bist du nicht zum Gericht gegangen und hast alles erklärt?«

»Ich hatte keine handfesten Beweise, also hab ich die Sache einfach laufen lassen. Da waren an die vierzig Leute, die gesehen haben, wie das Scheißding durch die Luft geflogen ist. Konnte mich schlecht herauswinden.«

Er schwieg eine Weile. Sie hatten das Strand-Kino erreicht und betrachteten die Schwarzweißfotos von Rex Allen und Durango Kid. Fleming roch das ölige Aroma von Butterpopcorn und hörte ferne Schüsse.

»Sieh dir die blöden Klamotten an«, meinte Albright. »Hab mal gesehen, wie eine Kutsche durchging und Kid über das Zuggeschirr ganz nach vorn geklettert ist. Die fuhr neunzig Meilen die Stunde, und ihm ist nicht mal der blöde Hut weggeflogen. Außerdem kam sie immer an demselben Felsen vorbei.«

Er verfiel wieder in Schweigen. Schließlich sagte er: »Ich muss mir diesen verdammten Woodall vom Hals schaffen. Er wird mich mein Leben lang verfolgen. Sollte ich je einen anständigen Job finden, lässt er mich pfänden. Wenn ich ein Auto kaufe, nimmt er es mir weg. Wenn ich heirate, bumst er meine Frau. Mein ganzes Leben ist verpfändet.«

Fleming grinste. »Jemand sollte ihn mit einem Zauber belegen.«

»Einem was?«

»Einem Zauber, einem Fluch. Mein Onkel Brady kennt sich mit Voodoo aus. Er hat Harwood, den Postboten, verhext, gerade eben. Harwood hat einen seiner Hunde überfahren, und jetzt sollen sich seine Eingeweide in Beton verwandeln oder so.«

»Funktioniert das denn?«

»Keine Ahnung, was weiß ich? Natürlich funktioniert es nicht, Brady ist verrückt wie eine Scheißhausratte. Er sagt Witwen die Zukunft voraus. Erzählt ihnen über ihr Liebesleben, was sie hören wollen, und nimmt fünf Dollar dafür. Inzwischen glaubt er selbst schon dran.«

Die breite Doppeltür des Kinos ging auf, und die Leute strömten heraus in den Spätnachmittag, zuerst die Kinder mit sonderbar abwesenden Blicken, nachdem man sie zu abrupt aus den purpurnen Bildern des Films auf den Gehweg des zwanzigsten Jahrhunderts gestoßen hatte. Kichernde Gruppen junger Mädchen kamen heraus, leuchtend wie Sommerblumen. Albright betrachtete sie mit an Wahnsinn grenzender Gier. Eine blieb stehen und warf Fleming unter einem Saum schwarzer Wimpern einen kühl prüfenden Blick zu, drehte sich dann um und folgte ihren Freundinnen. Albright ergriff seinen Arm. Verwundert schaute er den Mädchen nach.

»Stell dir bloß vor, Fleming, alle haben eine. Verdammt noch mal, jede Einzelne von ihnen.«

»Du kennst dich mit Anatomie aus«, stimmte Fleming ihm zu.

Vor Einbruch der Dunkelheit machte Fleming sich auf den Heimweg. Auf der Park Avenue South kam er an einer Bürotür vorbei, aus der ihn ein schwer gebauter Mann im Zahnarztkittel grüßte.

»Tag auch, junger Bloodworth.«

»Hallo, Doc.«

»Ich hab ein paar Zeitschriften für dich aufbewahrt. Willst du sie haben?«

»Klar.«

»Komm rein, ich bring sie dir.«

Er ging ins leere Wartezimmer, ein kieferngetäfeltes Kuriositätenkabinett, ein Miniatur-Museum. Während der Zahnarzt Exemplare von *True, Colliers* und *The American Magazine* zusammensuchte, ging Fleming langsam durch den Raum. Er hatte alles schon gesehen, schaute es sich aber noch einmal an. Die Zeit war hier gefangen wie eine Fliege im Bernstein. Schwerter aus dem Bürgerkrieg, eine Colt-Muskete mit Drachenkopf. Alte zahnärztliche Instrumente, barbarisch wie mittelalterliche Foltergeräte. Pfeilspitzen. Eine lange, tödliche Speerspitze, mit ungeheurem Geschick aus Feuerstein gemeißelt. Der Schädel eines uralten Indianers, zerschmettert von einer Kugel, deren Wucht noch heute in Wellen durchs Zimmer wogte.

»Hier, bitte. Ich hab nichts, wo ich sie hineintun könnte. Kannst du sie unter den Arm klemmen?«

»Kein Problem. Vielen Dank, Doc.«

»Keine Ursache. Pass auf dich auf, Speedo.«

Er ging hinaus und die Straße entlang, doch die Zeitschriften rutschten ihm ständig weg, dabei hatte er noch einige Meilen vor sich. Er überquerte die Straße und bog in eine Gasse, die zum Futterlager führte. Dahinter fand er einen Haufen grober Säcke. Er nahm einen und schüttelte die Körner heraus, steckte die Zeitschriften hinein und warf ihn über die Schulter.

Er stand gerade erst am Highway, als ihn auch schon jemand mitnahm, ein alter Bursche mit Filzhut, in dessen Kleinlaster sich Maissäcke stapelten. Sie fuhren schweigend und hörten die Grand Ole Opry im Radio. Ein Komiker vom Land erzählte eine Geschichte über einen Bauerntölpel, der einen Lackaffen aus der Stadt ausgetrickst hatte. Die Sonne war im Westen fast untergegangen und schwelte dort, wo sie auf den Horizont traf, wie ein kosmischer Brand.

»Ist das nicht Rod Sowieso? Und auch diese Minnie. Sind die beiden nicht das Größte?«

»Ganz schön komisch«, stimmte der Junge zu und zeigte wie zum Beweis ein schwaches Grinsen.

»Was macht ein junger Bursche wie du zu dieser Tageszeit hier? Die Nacht hat noch nicht mal angefangen.«

»Mir fiel nichts mehr ein, was ich machen könnte.«

»Als ich in deinem Alter war, hatte ich immer was zu tun. In den warmen Nächten hätte mich auch keine Kette gehalten. Ich war zu allem fähig. Ich wachte in Alaska auf, verkatert und den Bart am Boden angefroren.«

Der Junge sagte nichts. Hinter dem dunklen Glas glitten Felder und Bäume und Häuser vorbei, so verwischt, dass sie wie die Geister einer Landschaft wirkten, bloße Symbole einer Welt. Der Laster war abgebogen, sie fuhren jetzt bergab, die verschlissenen Bremsen kreischten, als Metall auf Metall traf.

»Ich würde zu der Show gehen und mir eins der jungen Mädchen schnappen, die da rumlaufen. Sie mit zum Bahngelände nehmen und ihr mein Werkzeug zeigen.«

»Ich steige hier irgendwo aus.«

»Was?«

»Ich steige hier aus.«

Der Fahrer hielt. Er sah ihn an. »Hier ist nichts.«

»Da hinten ist ein Forstweg. Ich wohne hinter den Hügeln.«

»Dann renn besser los, ist bald sackdunkel.«

Fleming lief die Böschung hinunter, watete durch einen schmalen, schnell fließenden Bach, der geräuschvoll über die Steine tanzte, folgte einem Fußweg durch ein Dickicht aus Holunder und Sumach und erreichte einen alten Forstweg, der sich zu dem bewaldeten Kamm hinaufschlängelte. Alles versank in einer indigoblauen Dunkelheit, nur die Straße schien ein leicht phosphoreszierendes Licht zu verströmen, gleich dem Zauberpfad in einem Hexenwald, dem die Kinder bis zu dem Häuschen ganz am Ende folgten.

Er stapfte hölzern weiter, den Sack über der linken Schulter. Er schien vom Schweigen umhüllt, Nachtvögel und Insekten verstummten beim Näherkommen und meldeten sich erst wieder, wenn er vorbeigegangen war. Er fragte sich, wie oft er diese Straße mit Boyd gegangen sein mochte, wie oft die Finsternis sie eingeholt hatte, bevor sie die Kreuzung erreichten. Boyd vorn, den Sack mit Lebensmitteln über der Schulter. Dahinter der Junge mit gefalteten Comics in der Gesäßtasche. Aus seinem Gedächtnis tauchten Kennmarken auf. Ein Stumpf, ein Baum. Die Art, wie sich der Horizont gegen den Himmel presste. Hier hatten sie einmal seine Schuhe verloren und mussten anderthalb Meilen zurücklaufen, bis sie sie fanden. Den blassen Schuhkarton im welken Laub. »Ich dachte schon, wir hätten sie gleich vor dem Laden verloren«, hatte Boyd gesagt.

In ihm wuchs das Gefühl, dass Mann und Junge noch immer irgendwo durch den Farn liefen, und ließ sich nicht vertreiben. Sie bewegten sich im Gleichschritt mit ihm durch den stillen, schwarzen Wald, glitten wie Geister durch die Stämme. Ein elfenbeingelber Mond kroch aus der Wiege der Dunkelheit, und er konnte sehen, wie sie sich durch die Bäume bewegten, durchsichtig wie Wasser, körperlos wie eine Hand voll Rauch.

Er ging weiter. Als er die Kreuzung erreichte, war der Mond ganz aufgegangen, und die sich kreuzenden Straßen schimmerten silbern vom Staub, bis sie mit den samtenen Bäumen verschmolzen. Er setzte sich hin, um zu rasten. Er wusste nicht genau, welchen Weg er nehmen sollte. Bog er nach links ab, würde er bei seiner Großmutter landen. Geradeaus führte der Weg über den Kamm nach Hause. Kreuzungen haftete etwas Mystisches an, sie verdoppelten die Möglichkeiten, verwirrten Verfolger und Verfolgten. Er wusste nicht, was von beiden er war, stapelte nach einer Weile die Zeitschriften zu einem Kopfkissen und verbrachte die Nacht an der Kreuzung.

Zweites Buch

BOYD WOHNTE GEMEINSAM MIT ANDEREN MÄNNERN, DEREN LEBEN er vielleicht besser verstand als sein eigenes, in einer Pension. Er wusste weder ihre Namen, noch achtete er auf ihre Gesichter, sondern nickte nur, wenn sie sich auf dem verschlissenen Teppich im Flur begegneten. Dennoch hatte er sie sein Leben lang gekannt, kannte sie so gründlich, als sei er bei jedem ihrer Gespräche der unsichtbare Lauscher gewesen, habe ihre Post gelesen, wäre durch die verbrannte Landschaft ihrer unruhigen Träume getrampt. Es waren allesamt Männer wie er, sie waren auf der Suche nach etwas Besserem nach Norden gekommen und hatten gemerkt, dass sich die Schwierigkeiten, vor denen sie geflohen waren, dort noch vergrößerten, ihr Leben auf der Stelle trat.

Abends trat er aus dem Haus auf die neonbeleuchteten Straßen und ging zu den lärmenden Kneipen, in denen er zahllose andere traf, die sich aufzehrten, bis sie in einen traumlosen Schlaf fielen. Er sah betrunkene Männer, die sich in Nebenstraßen, in Kneipen, bewusstlos schlugen, blieb für sich, hielt den Mund und machte einen großen Bogen um Kneipenschlägereien, die Massen von Körpern, Huren und umherwirbelnden Billardqueues, für die er nur ein verächtliches Lächeln übrig hatte.

Und dann in die Nacht. Die verregneten Straßen spiegelten das flackernde Neonlicht, als setzten die Geister eines Gelages ihr Fest lautlos und unterirdisch fort. Die Luft war elektrisiert von Klängen: von Musikboxen und dem Klicken der Billardkugeln, dem Zischen der Autoreifen im Regen, Polizeisirenen, dem Heulen der Feuerwehr. Immer war jemand verletzt, starb, verbrannte bei lebendigem Leib. Sie starben in Wirtshäusern an Schusswunden oder wurden durch die Windschutzscheiben von Autos geschleudert, die urplötzlich von Pfählen, Bäumen oder den Betonbögen von Unterführungen gestoppt wurden, sie starben an Messerstichen, die einfach nicht aufhörten zu bluten.

Er staunte, welche Jobs manche Leute hatten, diese seltsamen Wiederhersteller der Ordnung. Es gab Leute, die zur Stelle waren, als sei Gewalt ihr Geschäft. Sie schleppten die zermalmten Wracks ab, kehrten das Glas zusammen, spülten das Blut weg. Gemeinsam flickten sie das Tuch der Nacht an jener Ecke, in der die Gewalt sich eingenistet hatte. Alles veränderte sich, und alles war immer gleich.

Auf dem Rückweg zu seinem Zimmer kam er jeden Abend an einem Hund vorbei, der ihn anbellte. Er rannte ein ganzes Stück Gehweg zwischen Eschen-Ahornbäumen entlang, glänzend und schwarz im Licht der Straßenlaternen. Zwischen zwei Betonpfeilern hing ein schmiedeeisernes Tor. Die Pfeiler waren von Wasserspeiern gekrönt. Der Schäferhund tappte unter zornigem Gebell über den Beton, blieb an dem verschlossenen Tor stehen und betrachtete ihn mit wildem, wachsamem Blick. Die Haut an Nase und Oberlippe kräuselte sich bei den kurzen, wütenden Lauten.

Eines Abends stand das Tor offen, und der Hund hielt inne, als wisse er nicht, ob er auf die Straße laufen solle. Boyd beobachtete ihn und blieb stehen, als er das Tor unerwartet offen sah. Er tastete nach seinem Schildpattmesser. Wenn er loslief, würde der Hund ihn verfolgen. Das Tier schien unsicher, betrachtete Boyd, dann das Tor.

Boyd zeigte ihm das Messer. »Hau ab, du Hundesohn«, sagte er.

Auf der Veranda regte sich etwas. »Hierher, Jack«, rief eine Männerstimme. »Sie da, was machen Sie mit dem Hund?«

»Ich wollte dem Hundesohn gerade den Kopf abschneiden«, sagte Boyd.

Er konnte den Mann auf der obersten Stufe stehen sehen, eine dunkle Gestalt vor dem blasseren Hintergrund des Hauses.

»Tu das, und ich prügle deinen Hinterwäldlerarsch um alle vier Ecken«, antwortete der Mann.

»Warum machst du es nicht, statt damit zu prahlen?«, fragte Boyd.

Seit Wochen hatte sich etwas in ihm aufgestaut, jetzt fühlte er, wie es barst, wie das Gewebe zerriss und die Gewalt ihn wie eine warme, faulige Flüssigkeit durchströmte. Bist du derjenige?, fragte er sich. An dir könnte ich üben. Den ersten Zug machen. Mit dir könnte ich anfangen und mich zu diesem Vertreter vorarbeiten.

»Ich sehe das Messer, aber das kümmert mich nicht«, sagte die Gestalt. »Ich hab ein Gewehr im Haus.«

»Im Haus? Dann hol es doch. Ich weiß nicht, warum ihr immer glaubt, Winchester hätte ein einziges gottverdammtes Gewehr gebaut und dann damit aufgehört.«

Schweigen breitete sich aus, zerfloss, erschöpfte sich, zerfranste.

Nach einer Weile drehte sich die Gestalt um und ging ins Haus. Die Tür fiel zu. Boyd wartete, doch die Tür blieb geschlossen. Schließlich sah er noch einmal den Hund an und ging weiter. Nicht einmal der Hund kam ihm nach.

Vier Tage lang hatte Fleming Rauch gesehen, der am südlichen Horizont stand, und als der Wind aus dieser Richtung kam, konnte er ihn auch riechen, ein wenig beißend, manchmal gemischt mit dem Geruch von brennendem Zedern- und Kiefernholz. Über den Bäumen, irgendwo in Flussnähe, hing ein Schleier.

Spät am Tag ging er mit einer Decke, einer Kaffeekanne und gemahlenem Kaffee in einer Papiertüte los und stieg auf eine steile Anhöhe über dem Fluss. Auf dem Gipfel bildete der Fels eine schroffe Kuppel, die die Welt zu überblicken schien. Dort wuchs nichts außer einer ungeheuren Zeder, vom Wind gebeugt und geformt, deren Wurzeln im rissigen Gestein nur karge Nahrung fanden.

Als die Dämmerung hereinbrach, machte er Feuer und setzte die Kaffeekanne zwischen die Kohlen. Er lehnte sich gegen den Zedernstamm und sah zu, wie die Fledermäuse auf einer geraden, lotrechten Linie aus dem Zwielicht stießen, als sei ihr Kurs vorherbestimmt. Als es dunkler wurde, flog eine Eule über ihn hinweg, mit schwerem, kaum sichtbarem Flügelschlag, nur eine blasse Form vor dem schwarzen Himmel.

Mit Einbruch der Nacht war es kühler geworden. Als der Kaffee fertig war, zog er sich die Decke um die Schultern und trank eine Tasse, wobei er den glühenden Feuerstreif des südlichen Horizonts betrachtete, eine schwache Linie, die wie ein rot glühender Draht pulsierte. Im schwankenden Dunkel schien sie vor- und zurückzuwogen, zitterte und flackerte in einem Wind, den er nicht spürte. Später in der Nacht konnte er nur die wechselhafte Feuerlinie sehen, einen Kurzschluss in den Drähten der Welt, als verbrenne die Nacht selbst und krieche immer näher auf ihn zu.

Er bog an der Straße nach Grinders Creek ab und ging zurück zum Fluss. Es war nur ein Forstweg, doch schwere Fahrzeuge hatten ihn kürzlich geglättet und verbreitert und den harten, weißen Lehm zu einem blassen, dicken Staub zermahlen, der unter seinen Schritten aufwirbelte. Fahrzeuge hatten das Dornengestrüpp und das Geißblatt, das die Straßenränder säumte, weiß gepudert. Die Straße schien bis zum Fluss unentwegt anzusteigen, und Fleming blieb einmal stehen, um sich auszuruhen. Ihm fiel eine Quelle ein, die hier in einer Bodensenke entsprang. Er schob das nasse, schwarze Laub beiseite, wartete, bis das Wasser klar wurde, und trank aus der Schale seiner Hände. Es schmeckte süß und kalt.

Nach einer Weile hörte er die Geräusche von Maschinen, Lastwagen und etwas, das wie Bulldozer klang, dann das stotternde Geheul der Kettensägen. Noch hielt der Wald stand, eine dichte, grüne Mauer, doch er konnte den Rauch jetzt deutlich riechen und sehen. Er hatte den Gipfel des lang gestreckten Hügelkamms erreicht. Die Welt wurde flacher, das Gehen fiel ihm leichter. Er hatte vergessen, wie weit der Fluss entfernt war.

Am späten Nachmittag folgte er den Windungen der Straße durch ein Gebiet, das von Schwungsägen und Bulldozern kahl gefressen wurde. Gefällte Bäume lagen überall verstreut und wurden von Bulldozern zu Reihen geschichtet. Über allem waberte ein blauer Dunstschleier. Fleming befand sich auf dem Rückgrat des Kamms, hinter dem der Hang zum Fluss hinunter abfiel. Die Hügel und Täler sahen aus wie geschwärzte Asche. Neben der Straße parkten Laster und Tieflader, und er konnte Männer sehen, die ameisengleich in alle Richtungen strömten. Er folgte eine Zeit lang der Straße, vorbei an der ganzen Zerstörung, bis diese in einem Feld aus bebender Asche verschwand. Er hockte sich hin und betrachtete voller Staunen die Landschaft. Nicht ein Schössling oder Zweig, keine Blume schien überlebt zu haben. Ab hier gab es nur noch Asche.

Als er auf dem Rückweg an den Lastwagen vorbeikam, füllte ein Mann gerade eine Cola-Flasche mit Wasser aus einem Fünf-Gallonen-Kanister, der auf einem Baumstumpf thronte. Er trank, setzt die Flasche ab, ergriff eine gelbe Kettensäge, setzte sie auf einen Stumpf und begann, an der Kette zu feilen.

»Wie wär's mit einem Schluck Wasser?«

Der Mann drehte sich um und sah hoch. Er trug einen gelben Helm und wirkte kaum älter als Fleming. »Bedien dich, Kumpel«, sagte er.

Fleming füllte die Flasche und trank, füllte sie wieder und ging damit zu dem Mann, der sie ihm angeboten hatte.

»Was passiert denn hier?«

»Wir roden jede Menge Land«, antwortete der Mann. »Trink besser aus, bevor dich ein Vorarbeiter entdeckt. Hier dürfen keine Unbefugten rein. Haben die noch nicht die Warnschilder aufgestellt?«

»Hab keine gesehen.«

»Wenn jemand verletzt wird, gibt's einen Riesenprozess. Die Tennessee Valley Authority ist nicht scharf auf Klagen.«

»Da hinten wächst gar nichts mehr, kein Busch, kein Baum. Warum macht ihr es so gründlich?«

»Weißt du das wirklich nicht?«

»Nein.«

»Da drüben wird ein Staudamm für einen See gebaut. Einen Riesensee, wie es heißt. Wir roden alles so sauber, dass man vom Boden essen kann. Ich dachte, jeder wüsste Bescheid. Natürlich lebt da keiner, das gehört alles den Firmen. Aber wir rücken immer weiter vor. Wo wohnst du?«

Fleming deutete mit der Flasche. »Wie weit reicht der See in diese Richtung?«

»Keine Ahnung«, sagte der Mann. »Ich fälle nur die Bäume, die man mir zeigt. Aber es wird ein Riesensee. Ich würde mal ans Umziehen oder Schwimmen lernen denken.«

Seit drei Tagen kam eine unbekannte Postbotin zu Junior Albright, was er mit mehr als nur beiläufigem Interesse konstatierte. Am vierten Morgen schlenderte er zu der Purpurweide und lungerte neben dem Briefkasten herum, bis der staubfarbene Plymouth um die Ecke bog.

Es war die massige Frau mit dem Kiefer einer Bulldogge und kurz abgesäbeltem Haar. Albright hielt drei Cent bereit. »Ich brauche eine Briefmarke«, sagte er.

Sie riss behutsam eine einzelne Marke aus einem Heft, steckte sie in einen kleinen Pergamin-Umschlag und tauschte ihn gegen das Kleingeld ein.

»Was ist aus Harwood geworden?«, fragte er.

»Mr. Harwood ist krank«, antwortete sie. »Ich bin die Vertretung. Er liegt in Nashville im Krankenhaus.«

»Was Sie nicht sagen. Was fehlt ihm denn?«

»Das weiß noch keiner«, sagte die Frau. »Sie untersuchen ihn dauernd, holen neue Spezialisten dazu. Hat was mit seinem Bauch zu tun.«

»Was Sie nicht sagen«, wiederholte Albright vergnügt.

Gelbes Licht bewegte sich in Wellen durch das Bartgras, und zeitig erwachte Krähen meldeten sich aus der Reihe der Zedern, wo es noch kühl und nass vom Tau war. Sie machten sich kurz nach sieben auf den Weg, doch schon hing eine blutrote Sonne drohend am Himmel, der in ruhiges, wolkenloses Blau gekleidet war.

Fleming hatte erwartet, dass sie die Straße nehmen würden, doch der Laster rumpelte querfeldein, da Brady eine Abkürzung gewählt hatte. Die Ackerfurchen rüttelten ihn derart durch, dass seine Zähne aufeinander schlugen. Fleming hatte den Wasserkrug und einen Eimer mit Proviant, die seine Großmutter ihm mitgegeben hatte, auf den Knien, konnte beide aber kaum festhalten, da die Beifahrertür fehlte. Im Grunde wirkte der Laster, als sei er vom Fließband eines Irrenhauses gerollt, zusammengeschustert von jemandem, der gerüchteweise von Lastern gehört, aber nie einen gesehen hatte, das Zerrbild eines Lastwagens. Die meiste Zeit hatte er als Säge gedient, nachdem ein Hinterrad entfernt und durch eine an der Achse befestigte Riemenscheibe ersetzt worden war. Die Motorhaube und die vorderen Kotflügel fehlten, und auf der Fahrerseite prangte in verblichenen, handschriftlichen Buchstaben die Aufschrift JOLIE BLON.

Die hölzerne Ladefläche war mit Betonblöcken, Schaufeln, Hacken, Winden und anderem Werkzeug gefüllt, das sie brauchen würden, um den Wohnwagen des alten Mannes aufzustellen. Brady hatte Fleming als Helfer herangezogen, und er war neugierig, wie die Sache vonstatten gehen mochte. Am Ende des Feldes krochen sie auf eine Straße und bogen nach links ab. In der Ferne entdeckte Fleming ein Glitzern von Sonne auf Metall, dann konnte er den Wohnwagen sehen, ein kurzer Zigarrenstummel mit abgerundeten Enden. Brady parkte davor und stellte den Motor ab. »Home sweet home«, sagte er.

Fleming stieg aus und rieb sich den Rücken. »Wo ist der Rest davon?«

»Was?«

»Scheint nicht viel dran zu sein.«

»Na ja, er ist nur ein alter Mann, wird ohnehin nicht mehr lange leben. Wer arm ist, kann nicht wählerisch sein, oder?«

»Wieso ist er arm? Ich denke, er hat dir das Geld für den Wohnwagen geschickt.«

»Und den siehst du vor dir«, entgegnete Brady. »Lass uns das abladen. Ich habe noch mehr zu tun als diesen Mist hier. Such eine schattige Stelle für den Wasserkrug.«

Schatten schien Mangelware zu sein, und Fleming fragte sich im Stillen, weshalb Brady gerade diese Stelle ausgewählt hatte. Um den Wohnwagen wuchsen keine Bäume, nur brusthohes Schwarzeichen-Gestrüpp.

»Warum roden wir nicht ein bisschen von dem Gestrüpp und versetzen ihn unter die Bäume da hinten?«

»Versetzen? Willst du ihn etwa hochheben und hintragen?«

»Vielleicht könnten wir ihn mit dem Laster ziehen.«

»Vielleicht. Oder auch umdrehen, dass er wie ein Ei zerplatzt. Keine Sorge, vielleicht zeigt der Herr Erbarmen mit einem Sünder und wirkt ein Wunder, auf dass eine Klimaanlage an dem Fenster da vorn erscheine.«

Brady wies ihn an, ein Loch für eine improvisierte Faulgrube auszuheben. Er selbst brachte eine Winde am hinteren Ende des Wohnwagens an und hob ihn, während er einen Betonblock nach dem anderen darunter schob. Gelegentlich prüfte er den Unterboden des Wohnwagens mit einer Wasserwaage. Nachdem Fleming sich durch die oberste Lehmschicht gegraben und die Baumwurzeln herausgehackt hatte, fiel ihm das Graben leichter, und er begann, die Arbeit zu genießen. Er lockerte die Erde mit einer Breithacke und beförderte die losen Brocken mit einer Schaufel aus dem Loch. Gegen elf türmte sich ein enormer Erdhaufen über ihm am Rand, und er stand bis zur Brust in einem Loch, in dem man ein Pferd hätte bestatten können.

»Hey.«

Brady kam herüber.

»Wie tief muss das hier werden?«

»Noch ein bisschen tiefer als so. Wir können doch nicht dulden, dass ein weltberühmter Musiker sein Geschäft im Wald erledigen muss wie ein Heide.«

»Woher bekommt er Wasser?«

»Das muss ich ihm wohl bringen. Falls du ihm nicht einen Brunnen graben möchtest, wenn du mit dem Loch fertig bist.«

Fleming wischte sich den Schweiß aus den Augen und stützte sich auf die Schaufel. Für ihn gab es keine schlimmere Vorstellung, als in diesem Blechei zu hocken, das in der prallen Sonne stand, und von Bradys Trinkwasser abhängig zu sein.

»Der alte Mann wird vertrocknen wie eine Spinne in der Sonne«, sagte er. Dann grub er weiter.

Am Mittag war die Hitze tückisch geworden, und sie gingen in den Schatten hinter dem Wohnwagen und aßen das Mittagessen der alten Frau, Roastbeef-Sandwiches und hart gekochte Eier. Der Junge schloss die Mahlzeit mit einem Stück Apfelkuchen, das er mit lauwarmem Kaffee aus einem Einmachglas hinunterspülte.

»Wie kommt es, dass du den alten Mann so hasst, Brady?«

»Wenn du ihn kennen würdest, brauchtest du mich das nicht zu fragen.«

»Na ja, tu ich aber nicht. Keiner von euch redet über ihn, jedenfalls keiner aus der Familie.«

»Boyd und Warren hassen ihn nicht so wie ich. Lass ihn zurückkommen, haben sie gesagt. Dir wird auffallen, dass Warren sich in Alabama befindet und Boyd sich Gott weiß wohin verdrückt hat, so dass ich diese Schweinerei allein ausbaden darf.«

»Ich habe von fremden alten Männern mehr über ihn erfahren, als du oder Pa mir je erzählt haben«, sagte Fleming, »ihr benehmt euch, als sei er in ein Loch gefallen und spurlos verschwunden.«

»Na ja«, meinte Brady, »ungefähr so ist es auch gewesen. Nur dass er jetzt wieder aus dem Loch hervorkriechen will. Wenn es nach mir ginge, würde ich am Rand vom Loch stehen und ihm jedes Mal auf die Finger treten. Er hat Ma einfach sitzen lassen und ist fortgegangen. Einfach fortgegangen. Hatte nicht mal ein Auto. Er wäre lieber geritten, aber notfalls ging er auch zu Fuß. Kannte ja dieses ganze Pack, an das er sich wenden konnte. Hatte immer die Gesellschaft, die er wollte. Aber vom Blut kann man sich nicht lösen, Blut strebt immer wieder zu Blut. Man kann seine Familie nicht verleugnen.«

Er schwieg eine Weile, das scharfe, ausdrucksvolle Gesicht von tiefer Konzentration geprägt. »Ich nehme an, es lag vor allem an der Musik«, sagte er schließlich. »Habe lange drüber nachgedacht und eine Zeit lang geglaubt, es sei der Whisky. Aber ich habe dann begriffen, dass es die alten Lieder waren. Er empfand sie als wirklich, wie es niemand sonst tat. Wann immer er das alte Banjo aus dem Kasten nahm und alleine loszog, wusste man, er ist für ein paar Tage weg. Wie ein Mann, der auf Sauftour geht, nur betrank er sich an den alten Liedern. Seine Stimme klang wie ein Fingernagel auf einer Schiefertafel. Es heißt, er hätte was damit verdient, der liebe Himmel mag wissen, wer etwas dafür bezahlt hat. Für mich war der Gesang keine fünfzehn Cent wert.«

Der Junge saß da und hörte schweigend zu. Er kippte den Rest des Kaffees aus. Der Boden war trocken und weiß gebacken und von winzigen Rissen gezeichnet, als berste die Erde von innen her, befinde sich im Embryonalstadium der ultimativen Katastrophe. Die Erde saugte den Kaffee sofort auf, er hinterließ keine Spur. Fleming dachte über Bradys Worte nach. Instinktiv spürte er, dass alles zwei Seiten hatte, und dies war nur die eine Seite. Im Billardsalon und auf Itchy Mama Bakers Veranda hatte er eine andere Geschichte gehört. Nachdem die Leute wussten, wer er war, gaben sie stets eine Geschichte über seinen Großvater zum Besten. Sie schienen ihn als überlebensgroße Figur zu betrachten, als habe er sie irgendwie erlöst, indem er in einem größeren Rahmen lebte, als ihnen gestattet war oder sie sich vielleicht selbst gestatteten. Er hatte Geschichten über einen Mann gehört, der sich gelegentlich außerhalb des Gesetzes bewegte, aber hoch zu Ross einen reißenden Fluss durchquert hatte, um ein Darlehen von zwei Dollar zurückzuzahlen. Jedoch, so fügte der Erzähler hinzu, habe E. F. möglicherweise nur prüfen wollen, ob er den Fluss durchschwimmen konnte. Er war ein Mann, der nur schwer den Erwartungen anderer entsprechen konnte, vor allem den Erwartungen der Behördenvertreter. Nur mit Mühe schien er die Rolle auszufüllen, die ihm das Leben zugedacht hatte.

»Als er das letzte Mal verschwand«, sagte Brady, »war er gerade erst aus dem Knast gekommen. Er hatte damals Whisky gebrannt und einen Hilfssheriff erschossen. Ich war nicht dabei, aber er muss wohl durch die Haustür rein- und durch die Hintertür wieder rausgegangen sein. Und das war alles.«

Er sagte eine Weile gar nichts, schien seine Schuhe zu betrachten. Er betrachtete sie so eindringlich, als sei ihm diese Machart nie zuvor untergekommen.

»Ich hätte mich nicht auf dieses Thema einlassen sollen«, sagte er schließlich. »Solange ich nicht an ihn denke, läuft alles glatt. Mein Verstand beruhigt sich. Fange ich an von ihm, ist es, als hätte jemand einen Stock in meinen Kopf gesteckt und alles umgerührt. Mein Verstand ist dann wie trübes Wasser. Manchmal hätte ich ihn wie eine Mokassinschlange im Wald töten und einfach zurücklassen können. Komm, lass uns das hier fertig machen und abhauen.«

»Gibt es keine Elektrizität?«

»Solange du sie nicht selbst legst, wohl nicht. Siehst du etwa Drähte? Also los. Wir können auch ohne Strom die Leitungen für die Faulgrube legen und den Deckel draufmachen.«

Sie standen auf. »Meinst du, du könntest hier wirklich Wasser finden?«, fragte Fleming.

»Wenn es welches gibt. Auf einem trockenen Kamm wie diesem müsste man tief danach graben.«

»Lass mal sehen.«

»Wieso? Du würdest nicht mehr wissen als jetzt. Man kann es nicht sehen. Du spürst nur, wie die Gabel in deinen Händen zittert und zuckt. Wenn der Strom stark genug ist, zieht er sie gerade runter, wie ein Magnet das Eisen. Ich hab schon erlebt, dass die Rinde davon abgeplatzt ist.«

»Ich habe noch nie gesehen, wie jemand mit einer Wünschelrute nach Wasser sucht. Falls es nicht zu tief ist, könnten Junior Albright und ich einen flachen Brunnen graben.«

»Ich würd ja beinahe Geld dafür bezahlen, um dich und Junior Albright buddeln zu sehen«, sagte Brady. »Ich glaube, ich würde mir das Geld sogar leihen, um das zu erleben.«

Er schlenderte über die Lichtung, bückte sich und schnitt einen gegabelten Spross ab. »Die Leute sagen, er müsste von einem Pfirsichbaum sein. Oder von einer Weide, aber das ist Quatsch. Es geht nicht um den Stock, sondern um einen selbst. Wenn du die Gabe hast, könntest du auch mit dem Griff einer Breithacke Wasser finden.«

Er ging auf der Lichtung umher, den Stock an den Gabelenden vor sich ausgestreckt. An der Ecke des Wohnwagens zuckte es heftig, als sei ein elektrischer Strom hindurchgeflossen. Er ging weiter und schritt das Gebiet in einem gitterförmigen Raster ab. Als er dieselbe Ecke erreichte, vibrierte der Stock erneut.

»Darf ich es mal versuchen?«

Brady blieb stehen und gab ihm den Stock. »Ich hab bloß hier was gemerkt, und die Stelle ist nicht mal sicher. Vielleicht hast du mehr Glück. Kann sein, dass wir ein, zwei Fuß tiefer praktisch ertrinken würden.«

Fleming hielt den Stock, wie er es bei Brady gesehen hatte. Er ging zum Wald hinüber und zurück. Die Gabel rührte sich nicht. An der Ecke des Wohnwagens zuckte sie jedoch in seinen Händen. Brady schaute zu. Verwundert schüttelte er den Kopf. »Vielleicht ist da was«, sagte er. »Du könntest was entdeckt haben.«

Fleming entfernte sich, kam dann zurück. An der bewussten Stelle zuckte der Stock erneut. Brady folgte ihm. »Kann sein, dass du die Gabe hast«, meinte er. »Zeigt sich in jeder Generation unserer Familie, ich hab's zurückverfolgt. Vielleicht bist du derjenige in deiner Generation.«

»Kann schon sein«, stimmte ihm der Junge zu.

Er näherte sich dem tieferen Wald. An einem Dickicht aus Amberbäumen schien die Gabel eine Art Anfall zu erleiden. Sie zuckte und wand sich, wollte seinem Griff entfliehen. Dann neigte sich die Spitze zur Erde.

Der Junge warf sie weg und holte den Wasserkrug aus dem schattigen Grün. »War gar nicht so weit«, sagte er. Brady schaute finster zu, wie Fleming den Deckel abschraubte und trank. Er setzte den Krug ab. »Und auch noch so gutes Wasser«, meinte er.

»Du gemeiner kleiner Scheißer«, sagte Brady zu ihm. »Kein Wunder, dass deine ganze Familie auf Nimmerwiedersehen abgehauen ist.«

Auf dem Weg zum Busbahnhof geriet E. F. Bloodworth in eine Flut von Menschen, die irgendein Fest besuchten. Er war erst einige Blocks von Coras Pension entfernt, als er schon von der dicht gedrängten Menge mitgerissen wurde. Jede soziale Schicht von Little Rock schien hier vertreten zu sein, von Pächtern bis hin zu wohlhabenden Farmern in Panamahüten. Selbst die abgestumpften Kaufleute standen in den Türen ihrer Läden, nestelten an ihren Uhrketten und beobachteten erwartungsvoll die Straßen, als stehe ein Ereignis von ungeheurer Bedeutung unmittelbar bevor.

Schließlich fand er Schutz unter der Markise eines Schmuckgeschäftes, einer stillen Bucht im reißenden Strom. Er stützte sich auf seinen Gehstock, ein handgeschnitztes Exemplar aus Walnussholz, das mit Sternen, Monden und rätselhaften Hieroglyphen geschmückt war. Der geschwungene Griff hatte die Form eines Schlangenkopfes. Der alte Mann überragte die wimmelnde Menge um Haupteslänge und erinnerte mit seinem wilden Blick und der gereizten Stimmung an einen müden, alten Bären, der von einer Hundemeute gehetzt wird. Er zog ein Taschentuch hervor, wischte sich den Schweiß vom Hals, faltete es sorgfältig und steckte es in die Tasche seiner schwarzen Anzugjacke. Er trug weite, ausgebeulte, graue Hosen und ein gestärktes, weißes Hemd, dazu eine breite, braune Krawatte mit dem Bild eines Longhorn-Bullen. Auf dem Kopf hatte er den perlgrauen, weichen Filzhut mit gerollter Krempe, den er in schiefem Winkel in die Stirn gezogen hatte. In einer anderen

Umgebung als diesem schwitzenden Gewimmel wäre er mit seiner Größe, Haltung und dem Stetson eine auffallende Erscheinung gewesen.

Eine kleine Frau, die an eine Ente erinnerte, war ebenfalls unter den Schutz der Markise gespült worden. Sie hielt drei Kinder mit weit aufgerissenen Augen umklammert wie Überlebende, die sie einer Flutwelle entrissen hatte.

Der alte Mann hörte Musik, den scheppernden, grellen Klang einer Marschkapelle. Er überlegte, an welchem Feiertag eine derartige Parade abgehalten wurde, konnte sich aber an keinen erinnern.

»Wenn ich so groß wäre wie Sie, könnte ich auch was sehen«, sagte die Entenfrau mit gereizter Stimme zu dem alten Mann, als trage er die Schuld an ihrem Größenunterschied. »Was gibt es da draußen zu sehen?«

»Köpfe von Leuten«, meinte Bloodworth. »Was hat das alles zu bedeuten?«

»Sehen Sie noch keine Maultiere?«

»Maultiere?«, fragte er ungläubig.

»Ja, Maultiere. Heute ist der Arkansas-Maultiertag, und ich will mit den Kindern näher heran, damit sie was sehen können.«

»Ich kann nicht begreifen, weshalb jemand ein Maultier aus der Nähe sehen will«, sagte Bloodworth.

»Das sind alles preisgekrönte Maultiere«, sagte sie verächtlich, als habe er den Verstand verloren.

»Ein preisgekröntes Maultier ist nichts als ein Maultier mit einer Schleife dran. Wenn Sie hinter so vielen Pflügen hergelaufen wären wie ich, würden Sie kein Maultier mehr sehen wollen, selbst wenn es das Letzte auf Erden wäre.«

Doch sie achtete nicht auf sein Lästern und drängte die Kinder wieder in die Mauer aus Menschenkörpern längs der Straße.

In der Tat waren nun die ersten Maultiere in Sicht gekommen, ein Trio, geschmückt mit roten, weißen und blauen Tüchern, auf dem Mädchen in flitterbesetzten Badeanzügen ritten, die in der Sonne glitzerten. Dahinter folgte eine Phalanx Stöcke wirbelnder Majoretten und eine Kapelle, die eine entstellte Version von *Stars and Stripes Forever* spielte. Hinter der Kapelle trieben Clowns auf Dreirädern ihr Unwesen, einer fuhr sogar auf einem Einrad und winkte mit beiden Händen in die Menge. Dann wieder Maultiere und noch mal Maultiere wie eine Herde auf dem Weg nach Oklahoma. Bloodworth beachtete sie nicht, sondern betrachtete amüsiert die glatten, gebräunten Schenkel der marschierenden Majoretten, wobei sein ledriges Gesicht unbewegt blieb. Nur die schläfrigen Lider zuckten gelegentlich wie bei einer uralten Meeresschildkröte, die sich auf einem Felsen sonnt.

Als die Hauptgruppe von Maultieren vorbeigezogen war, folgte ihr die Menge, als wolle sie nicht von dem Zauber lassen. Nach einer Weile konnte der alte Mann seinen Weg fortsetzen. Er hatte vor, sich an diesem Tag am Trailways-Busbahnhof nach den Fahrpreisen zu erkundigen, doch als er gerade eintreten wollte, fiel sein Blick auf etwas, und er ließ die Tür los und ging die Straße hinunter. Ein Lastwagen, der in einer Nebenstraße geparkt war, hatte seine Aufmerksamkeit erregt, eigentlich nicht der Lastwagen selbst, sondern das Kennzeichen aus Tennessee, das geformt war wie der Staat. Er stützte sich auf den Stock, betrachtete es eine Weile und versank in der Geographie der Form, als sei sie eine Landkarte, das Bild einer Landschaft, die er vor langer Zeit durchquert und in der er seine Spuren hinterlassen hatte.

Er umkreiste den Lastwagen und begutachtete ihn eingehend, als erwäge er einen Kauf. Es war ein roter Diamond-T-Laster neueren Baujahrs, der auf den Türen die weiße Aufschrift *Coble Cattle Company, Memphis, Tennessee* trug. Die Ladefläche war von schwarzen Latten eingefasst und mit Stroh und Kuhmist bedeckt.

Bloodworth sah sich um. Das nächste Geschäft war ein lang gestrecktes, verputztes Gebäude, an dem ein Schild mit der Aufschrift WILD BILLS BILLARD prangte. Nebenan gab es einen Imbiss. Könnte in beidem sein, aber ich tippe auf den Billardsalon, dachte der alte Mann. Dann hinkte er zum Busbahnhof zurück.

Drinnen trank er durstig aus einem Trinkbrunnen. Das Wasser schwang wie eine eisige Kugel in seinem Körper, als er sich der Theke näherte, hinter der eine junge Frau saß und in einem Taschenbuch las.

»Wie teuer ist es bis Ackerman's Field, Tennessee?«

Das Mädchen legte das Buch mit dem Umschlag nach oben auf die Theke. Darauf war eine halb nackte Frau zu sehen, der eine behandschuhte Hand mit einer riesigen Automatik Kaliber 45 in den Bauch schoss. Das Mädchen sah zu dem alten Mann hoch und strich unbewusst ihr Haar glatt. Dann suchte sie in einer Tabelle mit Städtenamen.

»Steht nicht drin«, sagte sie schließlich. »Was liegt denn in der Nähe? Vielleicht können wir es so ausrechnen.«

»Es liegt nah bei Schubert«, antwortete der alte Mann. »Aber ich möchte bezweifeln, dass das drinsteht. Haben Sie Nashville?«

»Natürlich«, sagte sie. Ein roter Fingernagel fuhr über die Zahlenreihe bis zum Ende der Tabelle. »Kostet sieben achtzig. Möchten Sie einfach oder eine Rückfahrkarte?«

»Lassen Sie mich kurz überlegen.«

Sie lächelte ihn an. »Selbstverständlich«, sagte sie. »Da drüben ist es kühl, setzen Sie sich doch.«

Der alte Mann besaß eine auffällige Ausstrahlung, eine höfliche Würde, die Leute dazu brachte, ihm mit einer gewissen unbewussten Hochachtung zu begegnen. Er war seit langem daran gewöhnt und amüsierte sich manchmal, wenn man ihn irrtümlich für jemand Wichtiges hielt.

Er zog den Hut vor dem Mädchen und ging zu einer Reihe von Sitzen, die wie Kirchenbänke aussahen. Er setzte sich neben einen schlafenden Soldaten und lehnte den Rücken gegen die harte Rückwand. Das Mädchen hatte das Buch wieder genommen und las weiter, schaute aber gelegentlich über den Rand der Seiten zu Bloodworth hinüber. Er schloss die Augen. Sie denkt, ich hätte kein Geld, überlegte er und spürte die schwache Hitze der gefalteten, grünen Scheine in seiner Vordertasche. Ich habe jede Menge Geld. Ich habe genügend Geld, um ein nasses Maultier zu verbrennen. Sogar ein preisgekröntes Maultier, dachte er lächelnd. Er überlegte, ob er in die Pension zurückkehren und den Rest seiner Habseligkeiten holen sollte, verwarf die Idee aber rasch. Wenn Bloodworth zum Aufbruch bereit war, war er zum Aufbruch bereit, und als er im Geiste seine Besitztümer auflistete, fiel ihm nichts ein, das er nicht ebenso gut wegwerfen, in die Tasche stecken oder anziehen konnte.

In Wahrheit misstraute der alte Mann den Busbahnhöfen. Man hatte ihm einmal ein Gibson-Mastertone-Banjo in einem Busbahnhof in Shreveport, Louisiana, gestohlen, und sein Zorn war selbst für seine Verhältnisse ungeheuer gewesen. Er hatte wochenlang den Busbahnhof heimgesucht und die Rückgabe des Banjos verlangt, bis die Leute schon die Flucht ergriffen, wenn sie ihn von weitem kommen sahen. Er war sein Leben lang Banjo-Spieler gewesen, und noch immer wanden sich Banjoklänge wie bunte Perlenschnüre durch seinen Kopf.

Er erhob sich und setzte den Hut auf. Er winkte dem Mädchen höflich zu, trat hinaus in den Sonnenschein und ging zum Billardsalon hinüber. Bald hörte er raues Gelächter, das Klacken der Kugeln. Als er eintrat, tauchte er ins Dunkel wie in einen tiefen, sommerlichen Schatten. Er setzte sich an die Theke, an der es kühl und einsam war wie in einem Kloster, und legte den Hut vor sich hin, nachdem er mit dem Jackettärmel eventuelle Bierränder weggewischt hatte.

»Was darf's sein?«, fragte der Barkeeper.

»Ein Bier vom Fass«, sagte der alte Mann. »Hauptsache, es ist kalt.«

Der Mann ergriff einen enormen Humpen und füllte ihn unter einem Hahn, wischte den überschüssigen Schaum ab und schob ihn über die Theke. Er ließ Bloodworths Dollar in der Kasse klingeln und knallte drei Vierteldollarmünzen auf die Theke. »Sind die Idioten weg?«, fragte er.

»Die meisten«, antwortete Bloodworth und sah zu, wie die Blasen in seinem Bier aufstiegen. »Hätte nie geglaubt, dass Maultiere so hoch im Kurs stehen. Hab sie vielleicht nie richtig gewürdigt.«

Er nahm den Humpen und trank, wobei es aussah, als pumpe sein Adamsapfel das Bier hinunter. Als er ihn geleert absetzte, wirkten seine Augen leicht entrückt, und seine Oberlippe trug einen Schnurrbart aus Schaum. Er wischte ihn mit dem Jackettärmel ab und sah sich im Raum um: Da waren zwei Billardspieler und ein untersetzter Mann mit einem breitkrempigen, weißen Strohhut, der ihnen zuschaute. Dies musste Coble Cattle Company, Memphis, Tennessee sein. Während er noch überlegte, wie er ihn am besten ansprechen sollte, löste sich das Problem von allein. Der Mann mit dem Strohhut beugte sich vor und flüsterte dem Billardspieler auf der Bank neben ihm etwas zu, stand auf, kam über den Betonboden zu Bloodworth und setzte sich auf den Hocker nebenan.

»Pass auf, Alter«, sagte er. »Gleich können wir was erleben.«

Er deutete mit der Krempe des weißen Strohhutes zu den Billardspielern hin, dort schien sich eine Auseinandersetzung anzubahnen. Sie hatten Kugeln auf den Tisch gekippt und wiesen sie einander zu. Einer der Männer fuchtelte dem anderen mit dem Finger vor dem Gesicht herum. Als dieser die Hand beiseite schlug, holte der Erste aus und schleuderte seinen Gegner in ein Regal mit Billardqueues, die unter lautem Geschepper herunterfielen. Der Gestürzte rappelte sich mit einem Queue in der Hand wieder auf und schüttelte den Kopf, als wolle er ihn klarbekommen.

Coble hatte zwei Bier bestellt, von denen er Bloodworth eines aufnötigte. Sie hatten sich auf den Hockern umgedreht, um einen besseren Blick zu genießen.

»Die streiten sich wegen der Kugeln«, erklärte Coble bereitwillig. »Die Eins und die Sechzehn fehlen und sind in der Tasche von seinem Queue aufgetaucht. Der Einsatz war nur ein Dollar pro Spiel, aber es geht wohl um die Ehre.«

»Sie meinen, er hat Kugeln zurückgehalten?«

»Sicher, nachdem ich sie in seine Tasche gesteckt und dem anderen Bescheid gesagt hatte«, antwortete Coble mit einem unangenehm glucksenden Lachen.

Der dürre Mann strebte zu den Billardqueues, musste aber ständig dem Stock ausweichen, mit dem der Fette nach ihm schlug. Schließlich schnappte er sich eine Hand voll Billardkugeln und schleuderte sie los wie Basebälle.

»Verdammt noch mal!«, brüllte der Barkeeper.

»Sie meinen, Sie haben das angezettelt und sich dann verdrückt?«

»Hat mich keinen roten Heller gekostet und vertreibt einem die Zeit«, meinte Coble.

»Kann ganz schön brenzlig werden, wenn man so eine Billardkugel an den Kopf kriegt«, sinnierte Bloodworth.

»Ich würde aufpassen, Alter«, meinte Coble. »Er scheint nicht gerade Zielwasser getrunken zu haben.«

Schon sauste eine Kugel an Bloodworth vorbei und zerschmetterte den Spiegel hinter der Bar. »Teufel noch mal«, sagte der alte Mann. Er ergriff seinen Hut und legte ihn auf den Schoß.

»Ich habe gesagt, ihr sollt aufhören, Himmelherrgott«, schrie der Barkeeper. Er hatte den Telefonhörer an sich gerissen und wählte, was seine Finger hergaben.

Eine Billardkugel hatte den Fetten mitten auf die Stirn getroffen. Er ließ den Queue fallen, umklammerte das Gesicht mit den Händen, ging langsam in die Knie und sank zu Boden. Der große Mann schleuderte seine Bälle nun mit willkürlicher Bosheit. Die Tür ging auf, und ein Mann wollte eintreten, doch als ein Ball an ihm vorüberzischte und die Musikbox mitten im Lied verstummen ließ, grinste er nur kopfschüttelnd und verschwand wieder. Bloodworth sah ihn durchs Fenster davoneilen.

»Ganz schön lebhaft heute, was?«, fragte Bloodworth.

Der Barkeeper zog eine Zigarrenkiste unter der Theke hervor und holte eine kleine, schwarze Pistole heraus. Beim ersten Schuss in die Decke setzte Bloodworth den Hut auf, ergriff seinen Gehstock und hinkte zur Tür.

»Vielleicht komme ich besser mit, Alter«, sagte Coble. »Wird ein bisschen brenzlig hier drinnen.«

Draußen hörten sie Sirenengeheul in der hitzeflirrenden Luft. »Ziehen wir doch in den Imbiss um«, schlug Coble vor. »Ich glaube, ich höre einen Ventilator.«

Als sie mit einem kalten Bier in einer Nische saßen, bemerkte Coble: »Verdammt schicker Hut, den Sie da tragen, Alter.«

»Das stimmt«, meinte Bloodworth. »War eigentlich zu teuer, aber ich wollte ihn unbedingt haben. Ich habe den Hut bei Miller Stockman in Wyoming bestellt.«

»Ich hatte Sie gleich für einen Viehzüchter gehalten«, sagte Coble.

Der alte Mann betrachtete ihn eingehend. Sein Gesicht war rund und langweilig, die Schweinsäuglein leuchteten in selbstzufriedener Dummheit über den Streit, den er angezettelt hatte. Warum kann man Narren nur so schwer widerstehen?, fragte Bloodworth sich verwundert.

»Ich habe so gut wie aufgehört«, sagte er. »Bin dabei, meine Kühe für ein Butterbrot zu verkaufen, um meine Arztrechnungen zu bezahlen.«

»Ich habe gemerkt, dass Sie hinken, ansonsten wirken Sie eigentlich sehr gesund.«

»Oh, es geht nicht um mich«, meinte Bloodworth und spürte eine beinahe körperliche Spaltung, als gäbe es für einen Moment zwei Bloodworths, von denen einer die Größe der Lüge, die Coble schlucken würde, zu ermessen versuchte und der andere, ein winziger, zynischer Bloodworth, erwartungsvoll der Neuigkeiten harrte.

»Wie heißen Sie, Alter?«, fragte Coble.

»Rutgers«, antwortete Bloodworth wie aus der Pistole geschossen und fragte sich sofort, wie er auf diesen Namen gekommen war. Dann fiel ihm ein, dass er ihn auf dem Katalog einer Samenhandlung gelesen hatte.

»Mit welchem Vieh geben Sie sich ab?«

»Black Angus«, antwortete Bloodworth. »Aber ich sage Ihnen was. Im Winter haben wir ein neues Silo gebaut, dabei hat sich das Gerüst gelöst, und mein Junge ist gestürzt. Ist nicht tiefer als acht oder zehn Fuß gefallen, aber ein Laufbrett schwang an einem Seil und hat ihn am Kopf getroffen. War völlig weggetreten.«

»Gott im Himmel«, meinte Coble.

Bloodworth nickte. »Das war noch nicht das Schlimmste. Er war nie ganz richtig im Kopf, aber dieser Sturz hat ihm den Rest gegeben. Zwei Wochen schlich er durch die Gegend wie ein krankes Kalb und hat dann eines Sonntags beschlossen, zur Kirche zu gehen. Er war nie ein großer Kirchgänger, wie alle von uns. Jedenfalls zog er einen Anzug an und ging hin, und dann höre ich, dass er ein wahres Affentheater veranstaltet hat. Ist über die Bänke gesprungen und hat sich mit Schaum vor dem Mund wie ein tollwütiger Hund am Boden gewälzt. Hat einen Jesus-Anfall bekommen und in fremden Zungen geredet. Von da an hat er sich aufs Predigen verlegt. Predigt allem und jedem, ob die Leute nun zuhören oder nicht. Er predigt den Kühen und Baumstümpfen und allem, was ihm in die Quere kommt. Und den Hühnern. Er hat fast alle meine Hühner getauft und einen Haufen Allen-Roundhead-Kampfhähne ertränkt. Natürlich konnte ich nicht viel machen, weil ich die Lähmung im linken Bein hatte, war steif wie ein Priesterpimmel. Dann schickte mich der Doktor nach Hot Springs in die Bäder, da bin ich bis jetzt gewesen.«

Bloodworth hielt inne und trank aus der bernsteinfarbenen Bierflasche. Er warf Coble einen verstohlenen Blick zu, um zu sehen, wie er reagierte. Vielleicht hatte er ein wenig zu dick aufgetragen. Doch Cobles Schweinegesicht zeigte keinerlei Anzeichen von Zweifel, nur eine dünne Schicht gespielten Mitleids, das seinen Opportunismus verbarg. Bloodworth schöpfte neuen Mut. Coble schien die Weisheit nicht mit Löffeln gegessen zu haben, und ihn überkam der boshafte Wunsch zu sehen, wie weit er gehen konnte, ohne dass Coble etwas merkte. Zudem hatte der alte Mann seit seinem Schlaganfall keinen Alkohol mehr getrunken und empfand ein angenehmes Summen im Kopf, das seine Zunge irgendwie zu ölen schien. Er fuhr fort und ließ seiner Fantasie freien Lauf.

»Ich saß also in Hot Springs fest und nahm Bäder, als ich ein Telegramm wegen des Jungen erhielt. Jetzt hatte er es zu weit getrieben. Wollte mein Vieh von der Paarung abhalten. Nannte es Unzucht. Er konnte sie aber nicht davon abhalten, also hat er sie getraut. Hat Zeremonien vor ihnen abgehalten, aus der Bibel vorgelesen. Hat immer Bulle und Kuh zusammengeführt, doch es gab mehr Kühe als Bullen. Schlimmer noch, sie blieben nicht so zusammen, wie er sie getraut hatte. Er nannte es Ehebruch, weil sie es mit Kühen trieben, mit denen sie nicht verheiratet waren. Machte ihn völlig fertig. Nachts hat er sie beobachtet. Als er es nicht mehr aushielt, hat er ein Gewehr genommen und vier meiner besten Bullen erschossen. Er wollte einen kleinen Texas-Bullen mit bloßen Händen von einer Kuh zerren, doch der Bulle hatte wohl die Nase voll, stieg von der Kuh und hat ihn übel zugerichtet. Jetzt liegt er oben in Vanderbilt, von Scheitel bis Sohle aufgerissen, und die Ärzte haben nicht viel Hoffnung. Nicht mehr Leben in ihm als in einer Steckrübe, sagen sie.«

»Guter Gott«, meinte Coble, »das ist ja das Schlimmste, was ich je gehört habe.«

»Hat mich ruiniert. Ich darf gar nicht an die Arztrechnungen denken.«

»Wo leben Sie, Mr. Rutgers?«

»Siebzig Meilen von Nashville entfernt.«

»Ich selbst bin aus Memphis. Ich könnte Ihnen die Kühe abkaufen. Bin nämlich Viehhändler. Haben Sie nicht gewusst, was? So ein Zufall. Ich bleibe in dieser verdammten Parade stecken und muss hier warten.«

»Das gibt es ja gar nicht«, sagte Bloodworth. Er zog eine flache, goldene Taschenuhr hervor und öffnete den Deckel. »Ich muss den Bus kriegen«, sagte er. »Rufen Sie mich an, dann besprechen wir das Geschäft mit den Kühen, wenn ich sie bis dahin nicht verkauft habe.«

»Warum nicht gleich«, schlug Coble vor. »Ich nehme Sie im Laster mit. Wir fahren bis zu Ihnen durch, und wenn mir die Kühe gefallen und der Preis stimmt, kommen wir ins Geschäft. Wie hört sich das an?«

»Darauf bin ich gar nicht gekommen. Tolle Idee.«

»Ich wollte mich ohnehin verabschieden«, sagte Coble. »Maultierparaden und Leute, die sich mit Billardqueues prügeln ... noch nie habe ich eine so dämliche Stadt erlebt.«

Der Tag war weiter fortgeschritten, als Bloodworth gedacht hatte. Als Coble ihm in das hohe Fahrerhaus des Lasters half, wurden die Schatten länger, und die Sonne hing wie ein glühender Ball im Westen. Coble fuhr nach Osten zum offenen Highway, während Little Rock als Kaleidoskop an den Fenstern vorbeizischte und die Straße vor ihnen lag wie ein Versprechen. Als sie auf die Staatsgrenze von Tennessee zurollten, überkam den alten Mann eine Welle des Übermuts. »T wie Texas«, sang er laut, als sich der große Laster in die Kurven legte, »T wie Tennessee.«

Er kam mit einem Eimer Wasser vom Brunnen, als er hörte, wie ein Motor am Fuß des Hügels verstummte. Eine Autotür schlug zu, dann hörte er nichts mehr. Fleming stellte den Eimer ab und wartete. Er wusste, dass es nicht Boyd sein konnte. Wäre er mit einem Taxi gekommen, hätte der Fahrer nicht den Motor abgestellt. Vermutlich war es Brady, und was der zu sagen hatte, wollte er ohnehin nicht hören. Er näherte sich dem Haus, beobachtete durch die Zedern den felsigen Sims.

Ein Kopf tauchte auf, mit Pomade geglättetes, kupferrotes Haar. Spivey. Spivey im kurzärmeligen Nylonhemd, eine braune Papiertüte unter den verkrüppelten Arm geklemmt. »Gottverdammt«, sagte der Junge. Er hockte sich wartend hin.

Er hörte Spivey an die Haustür klopfen. »Fleming«, rief er. Zum Teufel mit dir, hau bloß ab, dachte der Junge. Er fragte sich, wie hartnäckig Spivey sein mochte, wie stur. Er saß hier draußen ohne Vorräte oder Waffen, in irgendeinem fernen Winter würde ein Jäger seine gebleichten Knochen unter welkem Laub aufstöbern.

Er schaute wieder hin. Spivey stand auf der Veranda, seine Gestalt zeichnete sich vor dem harten Kobalthimmel ab, dem elektrischen Himmel auf einem misslungenen Gemälde. Er hatte die Tüte nicht mehr in der Hand. Unentschlossen stand er da. Dann wandte er sich um und ging den Hügel hinunter. Als rechne er mit einer Falle, wartete der Junge nicht nur ab, bis der Wagen ansprang, sondern bis er am Briefkasten gewendet hatte und das Geräusch auf der Straße verklungen war. Dann nahm er das Wasser und ging weiter.

Die Tüte lehnte an der Tür. Drei Bücher. *Neun Erzählungen* von J. D. Salinger, *Andere Stimmen, andere Räume* von Truman Capote und ein Riesenband von Thomas Wolfe mit dem Titel *Von Zeit und Strom*. Als er den Wolfe-Roman aufschlug, entdeckte er einige Geldscheine, zwei Zwanziger und einen Zehner, die mit durchsichtigem Klebeband auf der ersten Seite befestigt waren.

Albright parkte vor einem Maschendrahtzaun und tastete sich daran entlang, bis er zu einem Tor kam. Er hatte die Hunde schon gehört, als er den Motor abstellte, und sie waren lauter geworden, ein kakophonisches Gebell und Geheul und langes, klagendes Jaulen, als riefen Wölfe einander etwas zu. Er wusste nicht, ob die Hunde hinter Gittern gehalten wurden, doch ihre Stimmen hörten sich so wild an, dass Vorsicht geboten schien. Dies hier war unbefugtes Betreten, niemand hatte ihn eingeladen, er hatte noch nicht einmal eine Tür erreicht, an die er klopfen konnte. Vermutlich hätte er besser bei Tage kommen sollen, doch sein Instinkt sagte ihm, dass solche Dinge besser bei Nacht geschahen. Er schaute sich um, spähte nach einem Fluchtweg, einer Hintertür, malte sich aus, wie er am Maschendrahtzaun zappelte, während sich Hundezähne in sein Hinterteil bohrten.

Das gelb erleuchtete Haus lag hinter dem tintenschwarzen Schatten der großen Kiefer, er schlenderte darauf zu, wobei ihm der heiße, stechende Geruch in die Nase drang.

»Wer ist da?«, fragte eine Stimme aus der Dunkelheit.

Albright schrak zusammen und wandte sich um. Ein Mann saß, kaum sichtbar in der Finsternis, in einer metallenen Hollywoodschaukel und beobachtete ihn.

»Ich heiße Junior Albright und suche Brady Bloodworth.«

»Dachte ich mir doch, dass du das bist. Ich habe dich in der Stadt und auf den Straßen draußen gesehen. Was willst du von Brady Bloodworth?«

»Ich muss mit ihm reden«, sagte Albright.

»Das tust du gerade. Nimm die zweite Schaukel, setz dich. Ich sitze gern am frühen Abend hier draußen, um zur Ruhe zu kommen. Mein Verstand ist rastlos, er gehorcht mir nicht immer. Womit kann ich dir helfen? Falls du etwas verkaufst, werde ich es nicht nehmen, und falls du dich um ein Amt bewirbst, werde ich dich vermutlich nicht wählen.«

»Darum geht es nicht. Ich brauche Sie für etwas.«

»Ich arbeite nur noch selten für andere. Soll ich dir die Karten legen?«

Albright hatte sich in die andere Schaukel gesetzt. Es war

ein milder Abend, doch das Metall war schon nass vom Tau und lag kühl an seiner Haut. »Ich will nicht die Zukunft wissen«, sagte er, spürte vielleicht, dass ihn das Gesamtbild seiner Zukunft überwältigen könnte, dass er sie lieber nach und nach erfahren würde.

»Nun, ich kann Dinge sehen, aber du musst die Karten abheben, damit ich sie sehen kann. Du kannst mir auch gleich sagen, was du willst.«

»Harwood bringt nicht mehr die Post«, setzte Albright vorsichtig an.

»Nein, tut er nicht.«

Albright fiel auf, dass die Hunde verstummt waren. Ihm kam es vor, als hätten sie sich beruhigt, nachdem Brady aus der Finsternis »Wer ist da?« gefragt hatte, als seien ihre Ohren auf ihn abgestimmt und warteten auf seine Stimme, die ihre Welt wieder ins Lot brachte.

»Es gibt da einen Kerl«, fing Albright an, und während Brady in respektvollem Schweigen zuhörte und Juniors Stimme einen kummervollen Ton anschlug, erzählte er die Geschichte von der Zerstörung der Zahnwalze. Ihm fiel ein, wie die Hitze auf dem Blechdach getanzt hatte, er erinnerte sich an das Gewicht von Woodalls Arm, der im Billardsalon auf seinen Schultern gelastet hatte, an seinen Namen, der so säuberlich auf den offiziellen Papieren erschien, die man ihm zugestellt hatte.

»Er hält den Rest meines Lebens als Pfand. Ich werde niemals achthundertsechzig Dollar auf einmal besitzen, und er verlangt Zinsen, durch die es immer noch mehr wird. Wahrscheinlich brauchen die bei Gericht schon Helfer für die ganzen Papiere, das muss ich bestimmt auch bezahlen. Ich will ihn loswerden. Ich will nicht, dass er Krebs oder so was kriegt, aber er soll mich in Ruhe lassen. Vielleicht könnte er einfach eines Morgens aufwachen und kapieren, dass er einen großen Fehler begangen hat.«

»Komm ins Haus, wir trinken einen Kaffee«, meinte Brady.

Sie saßen am Küchentisch mit der Wachstuchdecke, die so verblichen und verschlissen war, dass an den Tischecken das Gewebe durchschimmerte. Auf dem glatten Tuch waren noch Schatten von aufgedruckten Kaffee- und Gewürzmühlen zu erkennen. Einmal kam eine winzige alte Frau ins Zimmer, die wie eine Indianerin aussah, sie sagte nichts, sondern nickte Albright mit ihrem Raubvogelkopf zu und ging weiter ins Vorderzimmer.

Brady zog ein Kartenspiel aus einem purpurroten Beutel aus Sämischleder. Er mischte die Karten. Seine Finger waren lang und feingliedrig wie die einer Frau, die Nägel rosig und glatt, als maniküre er sie. Sie bewegten die Karten mit fließendem Geschick und klatschten sie vor Albright auf das Wachstuch.

»Heb ab«, sagte er.

»Ich will mir nicht die Karten legen lassen.«

»Dann sage ich nichts darüber. Abheben musst du auf jeden Fall.«

Albright hob ab und schob die Karten wieder zu Brady. Brady teilte sie in drei Stapel, schob sie fächerförmig auseinander und betrachtete sie mit vergnügter Konzentration. Es dauerte lange. Albright hockte in gequältem Schweigen da, ganz wie ein Mann beim Arzt, der auf die Diagnose wartet. Er betrachtete die verblassten Blumen, die über die Tapete rankten, die Fenster, die ihm in einer drückenden, klaustrophobischen Spiegelung das Zimmer zeigten und nicht die Welt da draußen.

Schließlich nahm Brady die Karten auf, stapelte sie wieder und schob sie in den weichen Beutel. Schweigend sah er Albright an, die blauen Augen so konzentriert und eindringlich, dass dieser einen Moment lang glaubte, Brady schaue mit klinischer Objektivität direkt in seine Seele, blättere um zu den hinteren Seiten, wo seine dunkelsten und schändlichsten Geheimnisse in kryptischen Lettern verzeichnet waren. Er drehte sich leicht auf seinem Stuhl, als wolle er Brady den Blick verstellen.

»Das wird knifflig«, sagte Brady.

»Was?«

»Ich sagte, die Karten haben mir gezeigt, dass es knifflig wird. Harwood hat den Hund absichtlich überfahren. Er hat mir gesagt, ich soll ihn abschaffen, und das hab ich nicht getan, da hat er ihn überfahren. Damit war die Sache natürlich sonnenklar. Deine Lage ist verschwommener. Du hast sein Dingsbums, seine Zahnwalze, zerstört, für die er Geld bezahlt hatte. Ob es nun achthundertsechzig Dollar waren, kann ich nicht sagen. Die Karten sind undeutlich, ich glaube, er will Geld aus dir herausholen. Er mag dich nicht. Ich glaube, er hat dich schon lange auf dem Kieker.«

»Dann geht es also nicht?«

»Doch, das schon. Ich habe nur gesagt, es wird knifflig.«

»Sagen Sie mal, wieso können Sie so etwas überhaupt?«

»Ich weiß es nicht. Hatte schon immer das zweite Gesicht. Ich wurde mit einer Glückshaube geboren, hab immer gewisse Dinge gewusst. Es kommt mir natürlich vor. Ich würde eher fragen, wieso du es nicht kannst. Ich sehe wohl einfach mehr Dinge als die meisten anderen. Andere sehen nur die Dinge, ich erkenne die Verbindung zwischen ihnen. Als ich acht war, hab ich für einen Burschen unten in Grinders Creek Baumwolle gehackt. Auf dem Heimweg begegnete mir mein Hund, der den Rest der Strecke neben mir herlief. Erst später fand ich heraus, dass er seit zwei Tagen tot war, aber was bedeutet das schon? Er war so real wie du und ich. Ein Collie mit langem Fell, das voller Kletten hing. Unterwegs blieb ich stehen und zog sie heraus. Ich sehe noch, wie sie sich lösten, lange Fellsträhnen blieben daran hängen. Kannst du einen Sinn darin erkennen? Ich nicht. Ich kann es nur hinnehmen und weiterleben. Ich kann Wasser aufspüren. Pa hat ein Loch gegraben, das vierzig Fuß tief war und fünf Fuß Durchmesser hatte, weil ich gesagt hatte, dort gäbe es kein Wasser. Als er schließlich an der Stelle grub, die ich ausgesucht hatte, stieß er bei achtzehn Fuß auf Wasser, den Brunnen benutzen wir noch heute.«

Seine Stimme war in den eindringlichen Singsang eines fundamentalistischen Predigers verfallen. Albright wurde nervös dabei, Brady erinnerte ihn an seinen verrückten Vater, doch er blieb sitzen. Zum ersten Mal glaubte er, dass dieser Mann tatsächlich zu solchen Dingen fähig war.

»Was meinen Sie mit knifflig?«

»Ich kann nicht kontrollieren, was geschieht. In meinem Kopf hatte ich eine Vorstellung von Harwood, der sich den Bauch hält und schreit, aber das ergibt noch kein klares Bild. Da ist etwas mit einer Maschine, vermutlich, weil du sagst, du hättest eine Maschine auf dem Gewissen. Es ist wie ... wie eine Wand, aber meine Hand geht durch das Holz, und auf der anderen Seite sind die Dinge, die geschehen können, aber noch nicht geschehen sind. Sie wirbeln einfach umher. Passieren vielleicht nie. Aber wenn ich eins packe, kann ich es nicht immer erkennen. Verstehst du? Wenn ich es durch die Wand in diese Welt hole, mag ich zwar nicht wissen, was es ist, aber es geschieht dennoch, darauf kannst du Gift nehmen.«

Albright saß schweigend da. Brady beobachtete ihn. Das Schweigen dauerte an, bis es sich zu einem dünnen, gespannten Draht geschliffen hatte, der ein schwaches Summen von sich gab. Bradys Augen zwangen ihn auf seinen Platz. Albright spielte mit dem Gedanken, sich eine Zigarette anzuzünden, nur um etwas zu tun zu haben, blieb aber reglos sitzen.

»Soll ich ihn verhexen?«

»Ja. Ich muss ihn loswerden, mir Erleichterung verschaffen. Er macht mich wahnsinnig, steht vermutlich irgendwie drauf. Tun Sie's.«

»Dann geht es auf deine Kappe. Hast du fünfzig Dollar?«

Albright hatte das Geld, fünf gefaltete Zehner, in seiner Vordertasche und legte es auf den Tisch. Brady nahm es nicht in die Hand, als spiele es nun, da sein Vorhandensein bewiesen war, keine Rolle mehr, als zähle der bereitwillige Tausch mehr als der eigentliche Besitz.

»Ich brauche was von ihm. Etwas, das er angefasst hat.«

Albright stand auf und ging durchs Vorderzimmer hinaus. Die alte Frau spähte durch ihre Brille auf die gefaltete Zeitung und schaute nicht hoch. Der Garten war mit Licht und Schatten gefleckt, der Mond stand am Himmel, und geronnene Wolken jagten, wie von einem ungeheuren Lunarwind getrieben, über ihn hinweg.

Er holte den blauen Helm unter dem Bodenbrett im Fond des Wagens hervor und blieb einen Moment stehen. Er fragte sich, ob Brady ihn gebrauchen könne, versuchte, etwas von Woodall in der glatten Metallfläche zu erahnen. Er setzte den Helm auf und erinnerte sich an das heiße Metall, das durch seine Schuhe glühte, das Klacken der Zahnwalze. Er versuchte, wie Woodall zu denken. Dann erkannte er im Bruchteil einer Sekunde, welch ein Narr er war. Er spürte den ungeheuren Drang, in den Dodge zu steigen und unverzüglich davonzufahren, nahm dann aber den Helm ab und ging damit zum Haus zurück.

Er hörte ein hohles Pochen und ging im Traum von einem Zimmer ins nächste, um nach der Quelle des Geräuschs zu suchen, doch es drang immer aus der Wand, die er gerade verlassen hatte oder als Nächste erreichen würde. Dann wurde alles still. Er öffnete die Augen. Er sah die Leuchtzeiger der Uhr.

»Würdest du die verdammte Tür aufmachen?«

Fleming stand auf und tastete nach seinen Schuhen.

Das Klopfen ging wieder los. »Ich weiß, dass du da drinnen bist«, sagte eine Stimme.

»Schon gut, ich komme«, rief er.

Als er die Tür öffnete, betrachtete ihn sein Onkel Warren Bloodworth mit sanfter Geduld, die sein heftiges Klopfen Lügen strafte. Das Mondlicht fiel auf sein gut geschnittenes, aber von Ausschweifungen gezeichnetes Gesicht, das wohlwollende Gelassenheit verströmte. Er zwinkerte gelegentlich, als warte er, dass der Junge eine bereits gegebene Anweisung erfülle.

»Hast einen gesunden Schlaf, was?«

»Na ja, es ist zwei Uhr morgens, da schlafe ich meistens. Bist du betrunken?«

»Ich denke, schon. Darum geht es aber nicht. Ich bin irgendwie von der Straße abgekommen und schaffe es nicht mehr zurück. Könntest du mir helfen?«

»Sicher doch. Was soll ich tun?«

»Alles wäre besser als das, was ich bis jetzt gemacht habe. Hast du ein Maultier oder so was?«

»Weder ein Maultier noch so was.«

»Boyd hat die Farm wohl aufgegeben.«

»Kann man so sagen.«

»Na ja, vielleicht fällt uns was anderes ein.«

Sie nahmen den Weg durch den Wald, wobei Warren zwei Mal stürzte, bevor sie den Erddamm oberhalb der Straße erreicht hatten. Fleming sah den Wagen, der schräg in einem Sumachdickicht hing, das sich an einem dreireihigen Stacheldrahtzaun entlangzog.

»Kannst du Auto fahren?« Warren war den Damm halb hinuntergerutscht, halb gefallen und kämpfte sich nun auf die Straße hinauf.

»Brady lässt mich seinen Traktor steuern. Junior Albright hat mich mal mit seinem Wagen fahren lassen, aber es lief nicht besonders gut.«

»Teufel, du scheinst ja die Chauffeurlizenz praktisch in der Tasche zu haben. Steig ein und sieh nach, ob du etwas machen kannst.«

Er versuchte, den Wagen zu rütteln, schaltete vom ersten in den Rückwärtsgang, trat die Kupplung, doch das rechte Hinterrad schien keinen Halt zu finden und rotierte hilflos, bis der dicke, beißende Qualm von heißem Gummi aufstieg. Er schaltete Motor und Scheinwerfer aus und stieg aus.

Auf Dees Feld fand er einen Stapel Zaunpfähle. Drei davon warf er über den Zaun und zwängte sich durch den Stacheldraht. Er rammte einen Pfahl so weit wie möglich unter das Hinterrad, verkeilte die beiden anderen darunter und stieg wieder ein. Der Wagen roch nach neuem Leder, Whisky und Parfüm, doch da war noch ein anderer Geruch, moschusartig und irgendwie unangenehm.

Er warf den Motor an, und als er die Kupplung kommen ließ, spürte er, wie sich das Heck bewegte und vom Zaunpfahl rutschte, dabei aber auf harten Hornstein traf. Der Wagen schlitterte auf die Straße, der Stacheldraht riss und schnellte ins Dunkel, und Fleming drehte hilflos das Steuer hin und her. Der rote Hornstein der Böschung ragte im Scheinwerferlicht empor. Er trat so fest er konnte auf die Bremse und schlitterte seitwärts in den Graben, während irgendetwas gegen den Sitz prallte, ihn vor das Lenkrad presste und mit einem dumpfen Laut auf den Boden hinter dem Fahrersitz plumpste. Als er sich umdrehte, sah er eine Frau in BH und Unterhose, die sich vom Boden aufrappelte und lange Haarsträhnen aus dem Gesicht schob, als kämpfe sie sich durch dichtes Laub.

»Du kleiner Mistkerl«, nuschelte sie. »Ich kratz dir die Augen aus. Was hassu mit Warn gemacht?«

Fleming kurbelte die Scheibe herunter und rief: »Warren!«

Der trat neben den Wagen. »Diese Kiste neigt dazu, in die Luft zu gehen. Du musst sie ein bisschen sanfter behandeln.«

»Wer ist das?«

»Keine Ahnung«, meinte Warren. »Mach die Tür auf.«

Als er sie geöffnet hatte, ging die Innenbeleuchtung an. Die Frau hatte sich wieder auf den Rücksitz gelegt, schien eingeschlafen zu sein. Ihr Mund stand offen, und sie hatte einen Arm als Kissen unter den Kopf geschoben.

»Oh, das ist Hazel, meine Buchhalterin. Möchtest du mal?«

»Was?«

»Ob du mal möchtest?«

Fleming sah hin. Ihr Fischgeruch stieg ihm in die Nase, aus ihrem schlaffen Mundwinkel rann ein Speichelfaden bis zu ihrer Kehle. Er bemerkte den Packen Banknoten, der in ihrem Höschen steckte. Unter dem Gummiband lugte die Ecke eines Zwanzigers hervor.

»Im Moment nicht.«

»Egal, du kannst wohl zwei und zwei zusammenzählen.«

»Buchhalterin?«

»Mal sehen. Ich bin hergekommen, um zwei Grundstücke in der Stadt zu verkaufen und die Steuern auf etwas zu zahlen, das irgendjemand für sich beanspruchen wollte. Ich habe Hazel im Billardsalon aufgegabelt, damit sie mir bei der Arbeit hilft.«

Plötzlich hielt er inne und setzte sich auf die mondhelle Straße. Nacheinander leerte er alle Taschen und hielt sich einige Papierstreifen unmittelbar vors Gesicht. »Hab ich nun diese verdammten Steuern bezahlt?«, fragte er.

»Ich glaube, du solltest mit ins Haus kommen und deinen Rausch ausschlafen, bevor du irgendwohin fährst. Deine Buchhalterin kannst du mitbringen. Allmählich wird es kalt hier draußen, außerdem wird jemand früher oder später die Polizei rufen.«

»Scheiß drauf, ich muss sofort nach Alabama. Eigentlich sollte ich schon heute Morgen dort sein. Besser noch gestern. Du musst fahren. Wahrscheinlich haben sie schon einen Suchtrupp losgeschickt, und ich muss Neals Wagen zurückbringen.«

Er erhob sich mühsam von der Straße. »Mal sehen, ob was kaputt ist.«

Sie gingen um den Wagen herum. Warren holte eine Schachtel Streichhölzer aus der Tasche und versuchte vergeblich, eins zu entzünden. Schließlich gab er sie Fleming. »Sieh mal zu, ob du die ans Laufen kriegst«, meinte er.

Fleming entzündete ein Streichholz, hätte es aber gar nicht gebraucht. Das Mondlicht zeigte ihm drei Kratzer, die so tief waren, als hätten stählerne Krallen am Scheinwerfer angesetzt und wären mit boshafter Gewalt über die gesamte Wagenlänge gefahren. Irgendetwas, vermutlich ein Zaunpfahl, hatte die Beifahrertür getroffen und eine faustgroße Beule hinterlassen.

»Ein bisschen Wasser und Seife und eine ordentliche Schicht Wachs, dann merkt er nichts«, sagte Warren. Er holte eine dicke Rolle Banknoten mit einem Gummiband darum aus der Tasche und überreichte sie Fleming. »Steck das ein und pass drauf auf«, sagte er.

»Guter Gott, das möchte ich nicht bei mir tragen. Sonst verliere ich es noch.«

»Schneller als ich wirst du das nicht schaffen. Wo ich heute Abend auch gewesen bin, die Leute haben sich immer gefreut, mich zu sehen, und waren traurig, als ich gegangen bin. Ich habe so viele Freunde ausgehalten, dass ich mit dem Fusel eine baptistische Fußwaschung veranstalten könnte. Vermutlich sehe ich keinen von denen jemals wieder. Meinst du, du kannst mich nach Alabama bringen?«

»Ich habe keinen Führerschein.«

»Meinen haben sie eingesogen, eingezogen meine ich, und wenn sie mich erwischen, bin ich dran. Ich zahle notfalls deine Strafe. Du hast nicht getrunken, oder?«

»Nein.«

»Das ist schon mal ein Anfang. Du steuerst die Nüchternheit bei und ich den Wagen und das Geld. Dann kommen wir schon ins Geschäft.«

»Was wird aus der Buchhalterin?«

»Hm, die steuere ich auch bei.«

»Nein, ich meine, was machen wir mit ihr?«

»Keine Ahnung, aber irgendwas müssen wir wohl mit ihr machen. Hat mich heute Abend im Goblin's Knob beinahe das Leben gekostet. Fing was mit einem riesigen Holzfäller aus Beech Creek an. Ich setze nie wieder einen Fuß in diese Ecke des Bezirks, darauf kannst du Gift nehmen.«

Unterwegs lehnte sich Warren nach hinten und rüttelte die Frau wach. »Wo musst du hin?«, fragte er.

»Ich brauche einen Cheeseburger. Halt am DariDip.«

»Heute gibt es keine Cheeseburger mehr«, sagte Warren. »Du hast schon den ganzen gottverdammten Wagen voll gekotzt.«

»Dann bring mich zu Early's«, sagte sie. »Wir trinken ein Halfpint, und ich kann da bleiben.«

»Nimm die Dial Holler Road«, wies Warren Fleming an, lehnte das Gesicht an die Scheibe und schloss die Augen.

Als die Nacht sich mit Fetzen von Bodennebel näherte, die über die Motorhaube strichen und sich an der Windschutzscheibe brachen, und sein Vertrauen in sein Fahrvermögen wuchs, dämmerte Fleming allmählich die Ungeheuerlichkeit seiner Lage. Er begann die seltsamen Kurven und Zickzacklinien zu genießen, die die Straße des Lebens für ihn bereithielt. Vor einer Stunde noch hatte er schlafend im Bett gelegen. Konnte nicht einmal fahren. Jetzt dröhnte er in einem Acht-Zylinder-Buick durch die Nacht, eine Rolle Geld in der Tasche und den Wagen voll Betrunkener. Zu allem Überfluss befand er sich auch noch auf dem Weg nach Alabama, wo er nie zuvor gewesen war.

Warren hatte die Augen geöffnet und ließ die gelb erleuchtete Landschaft an sich vorüberziehen. »Weißt du, wo Early wohnt?«

»Klar.«

»Lass sie da aussteigen.«

Early lebte in einem kleinen Holzhaus neben der Straße, ganz am Ende von Dial Hollow. Fleming parkte vor dem Haus. Die Frau stieg unsicher aus und stand schwankend im Garten, während sie sich ein Kleid über den Kopf streifte. Als ihr Kopf wieder sichtbar war, sah sie aus wie die Karikatur einer wilden Dirne und starrte Fleming mit der Parodie entfesselten Zornes an. »Wenn du genug geglotzt hast, kannst du den Rest in den Mund nehmen«, sagte sie. Er hatte Warrens Frau Juanita immer für ziemlich attraktiv gehalten und fragte sich, weshalb er bei Hazel, der Buchhalterin, gelandet war.

»Gib mir Geld«, sagte sie zu Warren.

»Greif mal in deine Unterhose« antwortete dieser. »Fang mir jetzt bloß nicht mit der Arme-Leute-Tour an.«

Sie stolperte den abschüssigen Garten hinauf und stieg die Treppe zur Veranda hoch. Warren lehnte den Kopf an die Lehne. »Verdammt, ist ein langer Weg bis Alabama«, sagte er.

Der Junge betrachtete ihn eingehend. Mit seinem gestutzten Schnurrbart und dem seidigen braunen Haar sah er aus wie ein alternder Filmstar aus den vierziger Jahren. Sein klares, römisches Profil zeigte erste Erschlaffungen, verursacht durch zu viel Alkohol, Buchhalterinnen und Nächte, in denen er schnelle Autos in Stacheldrahtzäune gesetzt hatte. Fleming vermutete, dass alles gut gegangen wäre, wenn der Krieg ewig weitergegangen oder Warren gefallen wäre. Als er mit seinen Auszeichnungen und Schrapnellnarben keimkehrte, fand er eine Welt vor, die ganz anders als jene war, die er verlassen hatte.

Die Buchhalterin war durch die Haustür eingetreten, wurde aber postwendend auf die Veranda zurückgestoßen, dann schlug ihr jemand die Tür vor der Nase zu. Sie stand fluchend da und drohte der Tür mit erhobener Faust, trat dagegen und zeigte ihr dann den Mittelfinger.

»Großer Gott«, stöhnte Warren. »Ich habe schon immer gesagt, dass es nichts Heiligeres gibt als die holde Weiblichkeit des Südens.«

Als sie wieder im Auto saß, sagte sie: »Early lässt mich nicht rein. Bringt mich zu meinem Ex-Mann draußen in Drake's Lane.«

»Sieh mal«, meinte Warren, »ich fahre dich, wohin du willst, aber ich kann nicht die Touristenroute durch den Mittleren Süden nehmen. Ich muss nach Alabama. Wir müssen irgendwie zu Potte kommen.«

»Dann fahrt mich nach Drake's Lane.«

»Wo zum Teufel soll das sein?«, fragte der Junge.

Auf halber Strecke zum Highway fiel dem Jungen plötzlich Warrens Autokino in Alabama ein. Vielleicht würde er ihn für ein paar Tage zu sich einladen, dann konnte er sich Filme ansehen. Er versuchte gerade, sich an neue Filme zu erinnern, die noch laufen mochten, als er eine lebensgefährliche Haarnadelkurve glatt ignorierte und den Wagen durch ein Erlenwäldchen steuerte. Die Äste peitschten wie Schmiedehämmer gegen den Wagen, der Junge kurbelte verzweifelt am Lenkrad und fragte sich, wo die Purpurweiden geblieben waren. »Großer Gott«, sagte Warren. Die Buchhalterin hatte mit dem Gesicht gegen die Scheibe geschlafen, hieb beim Aufwachen wie eine Wahnsinnige nach dem Buschwerk, das gegen das Glas schlug, und fing an zu schreien. Die Erlen hatten sich gelichtet, und er brauste mit sechzig Meilen durch ein Feld aus wogendem Riedgras. Die Frau hämmerte mit den Fäusten auf Flemings Kopf und Schultern, und Warren brüllte: »Bremsen, bremsen!«

Hinter der Kurve rutschte der Wagen wieder auf die Straße, der Junge erinnerte sich an die Bremse und trat darauf. Der Wagen blieb quer zur Fahrtrichtung stehen, die Silhouetten kahler Bäume zeichneten sich im Scheinwerferlicht ab. Der Junge zitterte, eisiger Schweiß rann ihm über die Rippen. Der Motor lief glatt, und ein Ansager im Radio verkündete: »Nun, Freunde, das nächste Stück spiele ich für alle Kranken und Knastbrüder.« Dann begann ein Gospelquartett zu singen.

»Jetzt mal langsam«, sagte Warren. »Dieses flache, schwarze Ding ist zum Fahren da. Ich glaube, du solltest den Wäldern und dem ganzen Scheiß möglichst fernbleiben.«

»Wir haben uns im Wald drei oder vier Mal überschlagen, und ich lebe noch«, meinte die Frau in ehrfürchtigem Ton.

Fleming schob die Hände unter seine Oberschenkel, um das Zittern zu stoppen. »Wir haben uns überhaupt nicht überschlagen«, sagte er.

»Red keinen Scheiß«, sagte sie. »Du gemeiner, kleiner Lügner, du wolltest uns umbringen. Wir haben uns im Gebüsch drei oder vier Mal überschlagen, das habe ich durchs Fenster genau gesehen. Ich hab mir in die Hose gepisst und fahre keine Sekunde länger mit Verrückten wie euch.«

Warren stieg aus und riss die Hintertür auf. Die Frau verharrte einen Moment und stieg ebenfalls aus. Warren kletterte wieder in den Wagen hinein, dann regnete es Kleider, Handtaschen und leere Whiskyflaschen, die mit hohlem Klang auf den Asphalt rollten. Er stieg erneut aus und setzte sich wieder nach vorn. »Los«, sagte er.

Fleming setzte zurück und fuhr vorsichtig davon. Er schaute einmal in den Rückspiegel, sah aber dort, wo die Rücklichter verloschen, keine Hazel, sondern nur Dunkelheit. Er beschloss, sich aufs Fahren zu konzentrieren, und lockerte den Druck aufs Gaspedal, als der Tacho fünfundvierzig Meilen anzeigte. Warren lehnte sich in den Sitz und schloss die Augen, schlief aber nicht. Er schien allmählich nüchtern zu werden.

Fleming schaltete das Radio ab. »Willst du fahren?«

»Nein, du machst das prima. Ich hab nur Angst vor dem Nachhausekommen. Juanita bekommt einen Anfall, und ich bin zu müde dafür. Ich kapiere einfach nicht, was mit den Frauen los ist. Juanita zum Beispiel. Ich habe sie aus einem Haus geholt, wo man die Hühner durch die Risse im Boden sehen konnte und drei Mal am Tag Mehlpampe auf den Tisch kam. Hab ihr Teppiche unter den Füßen geboten und eine elektrische Heizung und T-Bone-Steaks, aber glaubst du, sie wäre dankbar dafür? Keine Spur. Wahrscheinlich darf ich heute Abend auf den billigen Plätzen schlafen, wenn überhaupt.«

Er holte eine Zigarette hervor und zündete sie an. Er hielt Fleming die Schachtel hin, doch dieser winkte ab.

»Ich weiß nicht, ein Sofa ist nicht der schlechteste Schlafplatz. Ich habe auf Friedhöfen, in Baumwollfeldern und Heuschobern geschlafen. Als ich die ersten Jahre nach dem Krieg umherzog, habe ich mir immer einen Friedhof gesucht, wenn ich bei Einbruch der Nacht kein Dach über dem Kopf hatte.«

»Was war der schlimmste Ort, an dem du je geschlafen hast?«

»Ein Gefängnis in Meridian, Mississippi«, antwortete Warren. »Am zweitschlimmsten war das Gefängnis in Sicorro, New Mexico. Du siehst, es gibt da ein Muster. Ein junger Mann wie du, dessen Leben gerade erst anfängt, sollte einen möglichst großen Bogen um Gefängnisse machen. Die Bullen lieben dich, wenn du gut drauf bist, und treten nach dir, wenn's dir mies geht. Einmal haben sie mich wegen Landstreicherei ins Gefängnis gesteckt, das war in Arizona. Ein ganzer Trupp von uns, die meisten waren Mexikaner, mussten auf einer großen Salatfarm Kopfsalat ernten. Als ich meine Zeit abgesessen hatte, ließen sie mich raus. Und was passierte? Bevor ich die Stadtgrenze erreicht hatte, schnappten sie mich schon wieder. Hab wohl zu gut gearbeitet. Durfte wieder Salat ernten. Bis heute kann ich keinen Kopfsalat mehr essen. Wenn ich wollte, könnte ich mir einen Wohnwagen kaufen und die Gegend ansehen. Aber ich werde es wohl nicht machen. So was verdirbt einem den Geschmack an einer Gegend.«

Der Junge fuhr schweigend, neben der Straße stieg weißer Frühnebel aus den nassen Büschen auf wie Geister, die seinen Weg verfolgten. Er fuhr nach Süden auf der U.S. 43, der östliche Himmel links von ihm war schon rot gesprenkelt. Er stellte sich vor, wie Warren einen deutschen Bunker oder etwas Ähnliches stürmte, sich durch hüfttiefes Wasser an den Strand der Normandie kämpfte. Er hatte Warren nie gefragt, wie er sich seine Auszeichnungen verdient hatte, doch fürs bloße Erscheinen hatte er sie sicher nicht bekommen. Er sah im Geiste, wie Warren, die Medaille um den Hals, in Arizona Kopfsalat erntete.

»Ma sagt, Boyd wäre nach Norden gezogen. Hast du von ihm gehört?«

»Nein.«

»Verdammt, allmählich glaube ich, er ist genauso drauf wie Pa.«

»Was meinst du damit?«

»Ich habe mich immer gefragt, wieso Pa manche Dinge getan hat. Er verschwand, kam irgendwann wieder. Aber es war wie verhext, man konnte ihm einfach nicht böse sein. Er war immer froh, einen zu sehen, und dann war es, als wäre er nie fort gewesen. Als hätte er es tun müssen. Hing wohl mit Straßen zusammen. Konnte keiner Straße fernbleiben. Dann ging er eines Tages weg und kam nicht mehr wieder. Machte Musik. Schließlich wurde mir klar, dass er einfach anders gepolt war als andere Leute. Er brauchte mehr Bewegung, mehr Tempo. Nachdem mir das klar geworden war, hab ich mir keinen Kopf mehr deswegen gemacht.«

»Er wollte schreiben. Pa, meine ich. Aber ich habe es aufgegeben, drauf zu warten. Ich bin es leid, immer alles auf die Post zu schieben.«

Warren zündete sich eine neue Zigarette an der alten an, kurbelte die Scheibe hinunter, und die Kippe flog in einem Strom von Funken davon. »Boyd wird auftauchen, wenn er alt und pleite ist und dich braucht, um ihm über die Straße zu helfen«, sagte er. »Scheiß auf ihn, bring lieber Ordnung in dein Leben. Was hast du vor?«

Der Junge grinste. »Im Moment sind meine Pläne noch reine Spekulation«, antwortete er. »Sie scheinen immer von den Plänen anderer Leute abzuhängen. Es ist, als wäre alles in Bewegung, und ich warte, dass es sich setzt. Als ob ich warte, dass die Scheibe klar wird, damit ich sehen kann, was ich tue.«

»Kein Schritt ist der falsche Schritt.«

»Was?«

»Manchmal ist irgendein Schritt besser als gar keiner. Wenn du Recht hast, bist du eine Stufe weiter. Wenn nicht, fängst du wieder von vorne an. Dieses Rumsitzen und Warten, dass jemand anders zu einer Entscheidung gelangt, bringt dich nicht weiter. Du musst dein Leben selbst in die Hand nehmen.«

Der Tag nahte mit breiten Schilden aus Licht, die sich über die Welt im Osten legten, über die dampfenden Felder rückten. Eine Halbkugel aus blutrotem Sonnenlicht brannte hinter den Bäumen. Fleming war über die Grenze von Alabama gefahren, in eine fremde Welt. Die Hügel und Täler lagen hinter ihm, und er fuhr in ein flaches, eintöniges Land voller Baumwollfelder, die sich unglaublich weit am Highway entlangzogen, kam vorbei an vereinzelten Pächterhütten, die gleich neben großen Herrenhäusern aus Backstein mit schmiedeeisernen Toren und Marmorsäulen standen, riesigen Plantagen, deren Besitzer vielleicht nicht wussten, dass der alte Süden vor langer Zeit untergegangen war, die ungerührt Sklaven gegen Pächter getauscht hatten.

»Ich konnte aus Pa nie schlau werden«, sagte Warren. »Man kapierte einfach nicht, warum er etwas tat. Er verriet einem nichts. Entweder dachte er, man könne seine Gedanken lesen, oder glaubte, es gehe einen nichts an. Ich weiß noch, wie einmal zwei Burschen zu uns kamen und nach mir suchten. Ich war nicht da. Sie wollten mich verprügeln. Ich war nur ein Junge und die beiden erwachsene Männer, um die dreißig oder älter. Es hatte irgendwas mit ihrer Schwester zu tun. Pa fragte sie, was sie mit mir vorhätten. »Da ist ein Kerl unten an der Straße, der mit Warren reden will«, sagten sie. »Wartet, ich hole meinen Hut«, sagte Pa. »Vielleicht will ich diesen Kerl selber treffen.« Er trug damals ständig einen alten, grauen Filzhut. Den musste er immer dabeihaben. Er holte ihn also, und sie gingen die Straße runter, und er hat die ganze Bande grün und blau geschlagen. Ich wusste nie, ob er es für mich getan hat oder weil er einfach jemanden fertig machen wollte. Vielleicht beides, wie bei allem.«

»Wer ist Elise?«

»Wie bitte?«

»Elise. Ich habe deinen Namen auf dem Tisch im Snowwhite Café gesehen. Elise liebt Warren Bloodworth. Sah so aus, als hätte jemand es vor langer Zeit hineingeritzt.«

»Ich will verdammt sein. Ich bin mit einem Mädchen namens Elise Warf zur Schule gegangen, aber nie mit ihr zusammen gewesen. Wir waren nur Schulkameraden. Hübsch war sie schon. Hat nie gesagt, dass sie mich mag. Warum nicht? Scheiße. Meinst du, das Angebot steht noch?«

In einer Stadt, die gerade groß genug für ein Postamt und ein Café war, parkte Fleming vor dem Restaurant. Der Verkehr hatte zugenommen, einige Autos und Lastwagen standen auf der Straße, zwei oder drei verbeulte Kleinlaster vor dem Imbissrestaurant.

»Willst du ein Sandwich?«

»Im Moment ist mir nicht danach. Hol du dir eins. Du hast ja das Geld. Bring mir ein Glas Tomatensaft, wenn sie das haben. Mit einer halben Flasche scharfer Soße drin.«

An der Theke bestellte Fleming ein Sandwich mit Speck und Ei, einen Kaffee zum Mitnehmen und den Tomatensaft für Warren. Als er neben der Kasse stand und auf seine Bestellung wartete, fiel ihm auf, dass er keine Socken trug, doch die Leute im Restaurant sahen dem neuen Tag so schläfrig und angstvoll entgegen, dass sie dies gar nicht zu bemerken schienen. Er schaute durch das Tafelglas auf den glänzenden Wagen. Warren war im Sitz zusammengesunken, die Hand vor den Augen. Fleming fragte sich, ob die Leute gesehen hatten, lässig wie er dem weißen Buick Roadmaster entstiegen war. Ob sie glaubten, er gehöre ihm. Ob sie sich fragten, wohin es ihn mit bloßen Füßen und einer Hand voll Geld an diesem schönen Sommermorgen treiben mochte.

Er zahlte und ging mit der Tüte hinaus. Auf dem Fahrersitz wickelte er das fettige Sandwich aus und biss hinein. Warren sah weg, kurbelte die Scheibe hinunter und starrte aus dem Fenster, während er an seinem Tomatensaft nippte.

»Kannst du gleichzeitig fahren und essen?«

»Sicher doch.«

»Dann fahr los.«

»Kein Schritt ist der falsche Schritt.«

»Verdammt Recht hast du.«

Als sie durch eine Gegend fuhren, die so flach und monoton wirkte, dass eine ungeheure Wasserwaage keine Abweichung angezeigt hätte, erschien in der Ferne plötzlich ein langes, metallisches Gefährt auf dem sonnengrellen Highway, schoss auf sie zu und entpuppte sich allmählich als grüner Sedan, der so schnell fuhr, dass die Tachonadel am Anschlag kleben musste. Im Vorbeirauschen nahm Fleming ein Gesicht war, das er sofort als das seines Cousins Neal erkannte. Im Rückspiegel sah er die Bremslichter, dann sauste der Sedan rückwärts mit qualmenden Reifen von der Straße. Statt wie andere Menschen auf dem Highway zu wenden, war Neal einfach in ein Baumwollfeld gefahren und brauste parallel zur Straße in einer roten Staubwolke dahin.

Fleming parkte den Buick am Straßenrand und stellte den Motor ab. Warren hatte gedöst und fuhr hoch. Er öffnete ein blutunterlaufenes Auge. »Was ist los?«

»Neal«, sagte der Junge.

»Oh, Scheiße, hat er Juanita dabei?«

»Sah nicht danach aus.« Fleming fingerte mit der Geldrolle. »Hier, steck das besser selbst ein.«

»Nimm dir was davon. Haben alle anderen auch getan, du hast es wenigstens verdient.«

»Ich brauche es nicht.«

Warren stopfte ihm das Geld in die Hemdtasche, als bedeute es ihm nichts, und schloss die Augen. Neal hatte den Ford wieder auf die Straße gelenkt, hielt wie ein Highway-Polizist, der einen Verkehrssünder zur Strecke bringt, hinter dem Buick und stieg langsam aus. Fleming kurbelte das Fenster herunter und ließ den warmen Tag hereinfluten, den Geruch der Felder, der fernen Wälder. Die arsengrünen Felder schienen sich ohne sichtbare Grenzen endlos auszudehnen.

Neal legte die Hände auf das Dach und beugte sich vor, um in den Wagen zu schauen. Er trug eine Sonnenbrille, und

Fleming konnte seine Augen nicht sehen. Er schien Warren zu betrachten, der zusammengekauert und mit geschlossenen Augen am Fenster lehnte.

»Hallo, Vetter. Warst du mit meinem alten Herrn auf Sauftour?«

»So in der Art.«

»Wo hast du ihn getroffen?«

»Er tauchte einfach mitten in der Nacht bei mir auf.«

Neal zog eine Schachtel Luckys aus der Hemdtasche, klopfte eine heraus und zündete sie an. Fleming konnte ihn riechen, Aftershave, Mundwasser und die Pomade in seinem Haar. Neals sandfarbenes Haar lag oben flach an, während er die Seiten lang trug und zu einen Entenschwanz nach hinten gekämmt hatte.

»Mama sitzt ganz oben auf der Palme. Er sollte schon seit zwei Tagen zurück sein. Zuerst dachte sie, er wäre im Gefängnis, dann vermutete sie, er wäre bei einem Autounfall draufgegangen. Je mehr sie nachdachte, desto mehr drehte sie durch, und im Moment ist sie in Mordlaune. Hatte er eine Frau bei sich?«

Fleming öffnete den Deckel des Styroporbechers, den er ganz vergessen hatte, und nahm einen Schluck. »Ich habe bloß Warren gesehen«, antwortete er.

Neal war fünf Jahre älter als Fleming und einen halben Kopf größer. Er galt als wild und war von jedem College geflogen, das dumm genug war, ihn aufzunehmen. Er hatte sich umgedreht und ging um den Wagen herum, wobei er ihn prüfend betrachtete. Als er an der Beifahrerseite ankam, schaute Fleming über das Feld zum Himmel empor. Er war absolut wolkenlos und so blau, dass er durchsichtig wirkte. Davor schwebte ein Amselschwarm wie formloser Rauch.

»Gottverdammt«, sagte Neal und trat so fest gegen die Tür, dass der Wagen schaukelte. Er inspizierte Kühlergrill und Scheinwerfer.

»Ich nehme an, das war er.«

Warren hatte sich aufgerappelt. »Ich bin gegen einen Zaun gefahren. Irgendjemand hatte einen Stacheldrahtzaun quer über eine öffentliche Straße gezogen. Komische Leute da unten in Tennessee.«

»Zum Teufel, warum hast du nicht deinen Wagen genommen? Meiner verträgt einen Sturz in den Graben nicht besser als deiner. Der Wagen war nagelneu.«

»Nun, ich habe beide bezahlt. Dann kann ich auch die Reparatur bezahlen.«

»Klar doch. Komm schon, Dad, was ist los mit dir? Warum machst du solchen Mist? Mama ist auf hundertachtzig und wird explodieren, sobald wir vor dem Haus ankommen. Ich glaube, ich lasse dich lieber am Briefkasten aussteigen und fahre weiter.«

»Wir nehmen Fleming mit«, meinte Warren hoffnungsvoll. »Ihn hat sie immer gemocht. Vielleicht beruhigt es sie, wenn er dabei ist.«

»Ich glaube, das müssen wir Fleming nicht antun«, sagte Neal. »Vielleicht fliegen Gegenstände an die Wand, da wäre er vermutlich lieber woanders.«

Er wandte sich an Fleming. »Fahr du meinen Wagen zurück nach Tennessee. Lass ihn bei Brady, ich hole ihn dort ab. Und versuche, wenn möglich, den Zäunen auszuweichen.«

»Klar.«

»Du hast nicht zufällig ein Bier im Auto?«, fragte Warren.

»Nein.«

Warren kletterte aus dem Buick. »Na gut«, sagte er. »Immerhin liebt mich Elise.«

»Wer immer das auch sein mag, du solltest froh drüber sein«, meinte Neal. »Elise ist heute Morgen der einzige Mensch, dem es nicht egal ist, was aus dir wird.«

Sie stiegen in den grünen Ford. Warren lächelte und winkte Fleming reuig und resigniert durch die Scheibe zu. Dann fuhren sie davon. Fleming sog eine Zeit lang die sonnenwarme Luft ein, wendete auf dem Highway und fuhr den Weg zurück, den er gekommen war. Er schaltete das Radio ein. Kurz vor Wheeler Dam begegnete ihm ein Wagen der Alabama Highway Patrol, doch der Cop hob nur grüßend die Hand und rollte weiter Richtung Süden.

Im Traum des alten Mannes träumte Brady ebenfalls, sprach im Schlaf mit Phantom-Maultieren, wobei seine Hände auf der Bettdecke zuckten, als hielten sie einen Pflug. In seinem Traum beugte sich der alte Mann zu ihm und schüttelte Brady so heftig, dass dieser orientierungslos hochschreckte, sich wild im Schlafzimmer umsah, während ihm der alte Mann beruhigend die Hand auf die Schulter legte und »schsch, Junge«, sagte, »schsch, Junge, du bist nicht beim Pflügen, du liegst in deinem Bett, ich habe dich heute bloß zu hart arbeiten lassen. Schlaf weiter, du bist völlig erschöpft.«

Bloodworth erwachte und dachte einen Moment lang, auch Brady sei vom geisterhaft grünen Licht des Armaturenbretts erwacht. Er konnte nur Cobles dunkle Gestalt erkennen, die sich vor einer unsichtbaren, schlafenden Landschaft abzeichnete. Seine Zigarette vibrierte, als er daran zog. Er sah sich um, doch im Laster war niemand außer Coble und ihm selbst. Dennoch hielt ihn der Traum gefangen. Er besaß eine derartige Stärke und Klarheit, dass er ihn in eine andere Zeit, in die Vergangenheit, versetzt hatte, sodass Brady, der nur ein vom Pflügen erschöpfter Junge war, echter wirkte als der Sitz, gegen den sein Kopf lehnte, wahrhaftiger als die gelb erleuchtete Straße, die von den Scheinwerfern aufgesogen wurde. Er hatte Bradys Herzschlag unter seiner Hand gespürt, gesehen, wie sich seine Brust beim Atmen hob und senkte.

»Sind sie wach, Alter?«

Die Stunden vor dem ersten Tageslicht waren gnadenlos. Man konnte nicht mehr schlafen, doch es war zu früh zum Aufstehen. Dinge, die man getan hatte oder auch nicht, lagen einem wie missgestaltete Bilder aus Stein auf der Seele. Diesen Stunden konnte man nicht entkommen. Sie machten keine Gefangenen, keine Kompromisse, und die Dinge, die man getan hatte, konnten nicht zu etwas Vernünftigem geformt werden, sondern waren einfach nur Dinge, die man getan hatte. Die Vergangenheit schmeckte bitter und trocken, wie Asche in seinem Mund, ihr Knochenarm umklammerte ihn wie eine alt gewordene Geliebte, die er nicht loswurde.

»Sagen Sie, Alter, dieser Ort, zu dem wir fahren, warum heißt der Ackerman's Field?«

»Weiß nicht genau. Ich vermute, das erste Gericht oder Gefängnis hat auf einem Feld gestanden, das einem Mann namens Ackerman gehörte.«

Er wünschte, die Vergangenheit wäre ein Ort, an den man zurückkehren konnte, zu dem man in eine Nebenstraße bog, die man in der Eile übersehen hatte, an dem man jemanden aus einem bösen Traum wecken konnte.

»Wie groß ist der Ort?«

»War nichts Besonderes, als ich wegging«, meinte E. F. Er wurde mit einem Schlag hellwach und dachte, verdammt, Bloodworth, was ist los mit dir?

»Da hol mich doch, Alter, wie lange waren Sie fort?«

Der alte Mann gluckste vor sich hin. »Die Leute rennen in Scharen nach Detroit, um Autos zu bauen«, entgegnete er. »Man weiß nie, wer am nächsten Tag verschwunden ist.«

»Meine Rede. Wo ich herkomme, läuft es genauso. Was um alles in der Welt machen die wohl da oben mit den ganzen Hinterwäldlern und Niggern?«

Der alte Mann schwieg und versuchte, die Fäden seines Traums wieder aufzunehmen, doch er hatte seine Intensität verloren. Vermutlich hatten ihn die ganzen preisgekrönten Maultiere an Brady erinnert, der einst mit Maultieren gepflügt hatte. Er saß da und betrachtete das dunkle Glas, die Häuser, die aus der Nacht auftauchten und verschwanden, als seien sie auf unsicherem Grund erbaut, einsame Häuser, die sich wie Wächter vor den schwarzen Hügeln abzeichneten, einmal auch eine Stadt, die auf einem Berg lag, die Lichter erdwärts verstreut, als sei dort etwas ungeheuer Großes und Helles zerbrochen und über den ganzen Berg geflossen.

Neal tauchte mit einer Geschichte auf, nach der man ihn aus einen Greyhound-Bus entführt habe. Er kam um sieben Uhr früh, als Fleming auf der Schwelle in der Sonne saß und seinen Morgenkaffee trank. Er ging hinein, goss eine zweite Tasse ein, die Neal im Garten stehend trank.

Neal trug ein schwarzes T-Shirt, die Luckys-Packung in den Ärmel geschoben, dazu eine Sonnenbrille mit Spiegelglas, die die Welt zurückwarf und in deren Gläsern Fleming sein eigenes Grinsen erkennen konnte, als Neal ihm von der Entführung berichtete.

»Ich traf diese vier Mädchen im Bus«, sagte Neal. »Wirkten nett und freundlich. Sagten, sie wären auf dem Heimweg von einem baptistischen Jugendcamp. Sie stiegen in Iron City aus und überredeten mich, ebenfalls auszusteigen; sagten, wir würden zu einem Picknick der Sonntagsschule gehen. Na, du kennst mich ja, ich konnte nicht Nein sagen. Eine von ihnen hatte ein Auto in Iron City, und wir haben uns reingequetscht und sind zu einem riesigen Kalksteinbruch gefahren. Ein Riesenloch in einem Hügel, wie eine Höhle. Mir fiel auf, dass sie gar keinen Picknickkorb dabeihatten. Eine von ihnen hatte ein Sixpack. Um es kurz zu machen, sie haben mich vergewaltigt. Hielten mir ein Springmesser unter die Nase und haben es nacheinander mit mir getrieben. Ich fühlte mich beschmutzt. Gedemütigt. Würde mich nicht überraschen, wenn ich ein Trauma davon kriege.«

Fleming schüttelte nur grinsend den Kopf und wandte sich ab.

»Schreibst du immer noch Geschichten und schickst sie weg?«

»Ich warte, bis ich eine Schreibmaschine bekomme.«

»Ich dachte, wir könnten uns zusammentun und auf diese Weise ein paar Dollar verdienen. Ich würde alle Ideen sammeln, ich komme am Tag problemlos auf drei Ideen. Du könntest sie dann für uns aufschreiben.«

»Ich glaube, so einfach ist das nicht«, meinte der Junge lachend.

»Wir könnten die Geschichte von meiner Vergewaltigung durch die Baptistinnen aufschreiben. Wäre schmerzhaft, aber ich bin bereit, meine Würde zu opfern. Ich brauche das Geld, nun da ich in dieser grausamen Welt auf mich allein gestellt bin. Irgendeine Zeitschrift würde sie schon kaufen. *Sports Afield* vielleicht, wäre genau ihre Linie.«

»Neal, verdammt, kannst du nicht ein Mal ernst sein?«

»Nur, wenn es unbedingt sein muss.«

»Wieso bist du ganz auf dich allein gestellt?«

»Zu Hause wurd's mir einfach zu ungemütlich. Dieses ständige Streiten, ich konnte nicht mehr schlafen. Hab mir gedacht, ich hau ab und helfe dir beim Erwachsenwerden. Ich weiß nicht, was aus Mom und Dad wird, werden sich wohl trennen. Sie sind beide verrückt, ich kann mich nicht länger um sie kümmern.«

»Mir beim Erwachsenwerden helfen?«

»Dich in die Welt einführen. Dir diesen Nat-King-Cole-Naturburschen-Scheiß austreiben und dich richtig bumsen lassen.«

»Ich komme ganz gut allein zurecht.«

Neal stellte seine leere Kaffeetasse auf die Veranda. Er ging die Stufen hinauf. Sah sich um. Schaute ins Haus hinein.

»Das nennst du zurechtkommen? Was hast du getan, einen Armutseid abgelegt? Der armseligste Pächter würde bei diesem Anblick die Nase rümpfen.«

»Ich halte nicht viel von Äußerlichkeiten«, sagte der Junge.

»Komm schon, mach dich stadtfein, und dann auf sie mit Gebrüll.«

»Lieber nicht.«

»Komm schon, leiste mir Gesellschaft. Ich weihe dich in den Plan ein, wie wir ein paar Mäuse verdienen können. Hast du nicht gesagt, du brauchst eine Schreibmaschine? Ich sage dir, wie du sie bekommst.«

»Na gut, warte einen Moment.«

»Auf sie mit Gebrüll«, wiederholte Neal.

Sie stürmten die hohen Stufen vor dem Goblin's Knob hinunter. Fleming stolperte und rollte den Rest des Weges, kam auf allen viere hoch und spurtete los, um Neal einzuholen, der zum Wagen sprintete.

Hinter ihnen hielt die breite Doppeltür des Knob einen Moment lang dem Gewicht drängelnder Körper stand, bevor sie explosionsartig aufflog und eine Horde Betrunkener auf die Veranda spuckte. Ein Mann prallte hart gegen das Geländer, das mit einem Quietschen abriss, und stürzte zehn Fuß tief auf die festgetretene Gartenerde.

Neal betätigte die Zündung, als Fleming in den Wagen hechtete und die Tür zuschlug. »Spring an, du Sau«, sagte Neal mit konzentriertem Gesichtsausdruck.

Ein schwer gebauter Mann in einem Overall und bunten Baumwollhemd hatte sich von der kämpfenden Menge gelöst und rannte die Stufen in den Garten hinunter, stürmte auf den Wagen zu, als wolle er ihn in die Erde trampeln und zerlegen, um an sie heranzukommen.

Neal trat das Gaspedal durch, und als der Motor ansprang, fuhren sie mit qualmenden Reifen davon. Der Kies spritzte, faustgroße Steine flogen in alle Richtungen, und Fleming prallte so fest gegen die Rücklehne, dass er sich auf die Zunge biss. Er drehte sich mühsam nach hinten: Die Szenerie taumelte schwindlig davon, als stehe Fleming noch auf der Stelle, und alles andere strebe in ungeheurem Tempo von ihm weg. Der Mann im Overall kauerte mit gespreizten Füßen am Boden, seine Hände umklammerten etwas. Man hörte ein leises Pop, Pop, Pop.

Fleming tauchte ab und schaute in Panik zu Neal empor. »Schießt der etwa auf uns?«, fragte er ungläubig.

Neals Augen im Rückspiegel wirkten riesig. »Darauf kannst du Gift nehmen.«

Er schaltete in den zweiten Gang und ließ die Kupplung kommen. Das Lenkrad war schon bis zum Anschlag nach links gedreht, sodass das Heck unvermittelt hin und her schlitterte, die Reifen im Wechsel quietschten und schwiegen, wenn sie die Bodenhaftung verloren. Fleming hatte sich wieder auf den Sitz gewagt, um zu sehen, wohin sie fuhren, und dachte, Jesus, der verrückte Hundesohn fährt tatsächlich zurück.

Der Mann stand wie festgefroren da, die Pistole vor sich ausgestreckt, als könne er nicht glauben, dass ein Auto genau auf ihn zufuhr. Das Magazin musste leer sein, da er die Waffe wegwarf und die Stufen zur Veranda hinaufstürmte. Er bewegte sich in einem unglaublichen Tempo, als hätten ihn eine aberwitzige Verkehrung der Schwerkraft oder die Hände unsichtbarer Gefährten dort hinaufgeschleudert. Er konnte gerade noch seine Füße aus dem Weg ziehen, als der Buick in schrägem Winkel gegen die Stufen prallte, der Kühlergrill sich im Geländer verhakte und es in einer Explosion von Metall und Holz abriss. Das Geländer schlitterte über die Motorhaube, gegen die Windschutzscheibe, über das Dach und verschwand hinter dem Wagen.

Neal hatte Blut geleckt, der Wagen wurde nicht einmal langsamer, als sie auf den Highway bogen. Er bremste erst bei der Steilkurve an der Bezirksgrenze.

Flemings Kiefer schwoll bereits an, und er stieß versuchsweise mit der Zunge gegen einen Backenzahn, um dessen Festigkeit zu prüfen. Erstaunt stellte er fest, dass der gesamte linke Ärmel seines Hemdes fehlte, fein säuberlich an der Schulter abgetrennt, als müsse es so sein.

»Ich hab den Leuten doch gar nichts getan«, sagte er.

Neal zuckte die Achseln und konzentrierte sich aufs Fahren. »Manche Leute sind einfach überempfindlich«, meinte er.

Sie hatten Neals Wagen auf einer Seitenstraße, ein ganzes Stück von Early Dials Haus entfernt, versteckt, waren durch das Tal gelaufen, über den Hügelkamm und durch das bewaldete Hügelland bis kurz vor Earlys Haus. Der Morgen eignete sich gut für ihre Zwecke. Es regnete, ein langsames Nieseln in der Dämmerung, das aus einem unsichtbaren Himmel fiel. Blauer Nebel quoll aus dem Tal hervor, so dicht, dass die triefenden Zedern gespenstisch und körperlos wirkten, die Eichen und Hickorybäume schuldbewusst und ohne Charakter, ihre Stämme bloße dunkle Striche, die aus dem Nebel ragten.

Wie Verschwörer kamen sie die Hügelflanke hinunter. Neal hatte die Finger an die Lippen gelegt. Sie näherten sich dem Haus so weit wie möglich, jeder von ihnen trug einen Stock, mit dem er den Boden nach Unebenheiten absuchte. Sie tasteten unter dem nassen Laub nach Löchern von Baumstümpfen und Gruben, die ausgehoben und mit Blättern gefüllt worden waren. Neal stieß beinahe sofort auf einen Krug, als sein Stock ins Laub glitt und von der glatten Oberfläche des Glases abrutschte. Er fiel auf die Knie, schob die nassen, modrigen Blätter mit beiden Händen weg und hob einen Gallonenkrug klaren Whiskys aus dem Loch. Schon bald hatte er zwei davon in jeder Hand, hielt sie an den Griffen an ihren Hälsen fest und tanzte ausgelassen über den Hang. »Wie beim Eiersuchen«, flüsterte er. »Wir sitzen hier auf einer verdammten Goldmine. Komm, wir bringen sie nach oben.«

Sie hatten sechs Gallonen oben am Hang gebunkert und suchten weiter, als Fleming unvermittelt innehielt und lauschte. Jemand kam aus dem Haus: Eine Fliegendrahttür klappte zu, Schritte raschelten im nassen Laub. Urplötzlich tauchte ein Mann wie ein Geist aus dem Nebel auf. Fleming und Neal pressten sich hinter einer riesigen Kiefer, die der Wind entwurzelt hatte, auf den Boden und krochen in das Loch, das der Baum hinterlassen hatte. Vorsichtig spähte Fleming zwischen den Wurzeln hindurch.

Ein großer, magerer Mann kam durchs Gebüsch, in seiner Hand schwang eine Schrotflinte. Er trug zu weite karierte Hosen und einen schwarzen Derby-Hut, den er über ein Auge gezogen hatte. Er sprach mit sich selbst.

»Wenn er uns sieht, greifen wir an«, sagte Neal. »Wir machen den Arsch kalt und rennen den Hang rauf.«

Der Junge nickte. Der Mann ging unmittelbar an ihm vorbei. Fleming konnte das Gewebe seiner Hose, die Adern an seinen mageren Knöcheln erkennen. Er trug Pantoffeln. Er schien sich eine Geschichte über irgendeinen Streit zu erzählen. »Ich hab dieser Hure gesagt, Hure, hab ich gesagt«, murmelte er im Vorbeigehen, bevor sein Monolog zu einem sinnlosen Murmeln verschwamm.

Der Mann blieb stehen und stocherte mit dem Lauf der Schrotflinte in der Erde, kniete sich hin und fegte die Blätter über einem leeren Loch beiseite. Er knurrte. Dann stand er auf, schob die Blätter mit dem Fuß zurück und schaute sich um. Er ging ein Stück den Hügel hinauf, stocherte willkürlich in der Erde, bis er einen Krug fand, und trug ihn zum Haus zurück, wobei er ihn wie ein Findelkind in den Armen wiegte.

Neal wischte sich imaginäre Schweißperlen von der Stirn. »Bin ich froh, dass wir das hinter uns haben«, sagte er sanft. »Hätte ungern zu dieser Tageszeit einen Mann getötet. Lass uns noch vier oder fünf holen, dann machen wir die Fliege.«

Schließlich hatten sie zwölf Gallonenkrüge beisammen und trugen sie über den Hügel zum Buick. Sie mussten zweimal gehen, dann setzten sie sich hin, um sich auszuruhen.

Neal schraubte einen Verschluss ab und nahm einen Schluck. Er spie einen feinen Strahl aus, der explosiv aussah. Er schüttelte den Krug und beobachtete die kleinen, öligen Perlen aus Nitroglyzerin, die in den rauchigen Tiefen schwammen.

»Dieses Zeug ist praktisch ungenießbar«, sagte er. »Schmeckt wie Franzbranntwein mit Karbolsäure.«

Er stand auf und holte aus seinem Auto eine kleine Flasche mit einer schwarzen, öligen Flüssigkeit.

»Was ist das?«

»Zuckerkulör«, sagte er. »Hab ich diesem alten Schmuggler in Hickman County abgekauft. Am Geschmack wird es nicht viel ändern, aber die Brühe sieht dann schöner aus. Irgendwie echter.«

Neal hatte die Verschlüsse der Gallonenkrüge abgeschraubt und goss mit prüfendem Blick in jeden Krug etwas von der Farbe. Er stellte die Flasche beiseite, hob einen Krug an und schüttelte ihn. Die teerdunkle Farbe verteilte sich im Alkohol, wolkte wie Tinte in Wasser. Als der Whisky einen warmen Bernsteinton angenommen hatte, war er zufrieden. »Sieh dir das an«, meinte er. »Noch ein paar Steuermarken, und man könnte schwören, der Fusel sei echt.«

»Was hast du damit vor?«, fragte Fleming.

»Ich will es Early wieder verkaufen.«

»Ist das nicht ein bisschen riskant? Wir könnten es auch in Halfpints hinter dem Billardsalon verkaufen. Oder an Itchy Mama.«

»Itchy Mama hat mir nichts getan. Aber Early hat mich letzte Nacht rausgeworfen. Wollte mir die Polizei auf den Hals hetzen. Kannst du dir das vorstellen? Ein verdammter Alkoholschmuggler, der mit einem Fuß im Knast steht, will mir die Polizei auf den Hals hetzen. Ich war außer mir. Ich weiß nicht, wieso ich überhaupt gegangen bin. Na ja, er zielte mit der Schrotflinte auf mich und sah so wahnsinnig aus, dass ich glatt geglaubt habe, er würde sie auch benutzen.«

»Warum hat er dich rausgeworfen?«

»Kennst du die verrückte Hure, mit der er verheiratet ist? Das Mathis-Mädchen? Ich trank gerade von seinem selbst Gebrauten und spielte Poker. Alles war in Butter, bis sie anfang, mir schöne Augen zu machen. Stand hinter mir und rieb sich an mir und sah mir in die Karten. Und hast du nicht, kannst du nicht waren wir im Hinterzimmer, sie ohne Hose, und ich hatte Early am Hals. Hat mich rausgeworfen. Verdammt, es ist keine sechs Monate her, da habe ich in der Gasse hinter Baxter's zehn Dollar für sie bezahlt. Das hab ich Early auch gesagt. Du redest über meine Frau, sagte er. Ist der Preis dadurch rauf- oder runtergegangen?, hab ich ihn gefragt.«

Neal hob den Kofferraumdeckel schwungvoll hoch und deutete mit dramatischer Geste auf den Inhalt, wie ein Marktschreier, der seine Ware anpreist, oder ein Scharlatan seine Wundermedizin.

»Woher hast du das?« Early beugte sich darüber und stützte sich vorsichtig auf sein Holzbein, an das er sich nie richtig gewöhnt hatte. Sie drängten sich im Nieselregen um den Kofferraum, der Junge wischte sich mit dem Hemd das Wasser aus den Augen. Die erwähnte Hure stand im Trockenen auf der Veranda und beobachtete Neal schmollend, die Augen zu katzenartigen Schlitzen verengt.

Der Hof, auf dem sie den Buick geparkt hatten, wimmelte von Vögeln aller Arten, Enten, Kampfhähnen und Perlhühnern, die durchnässt und freudlos durch den Regen liefen. Ein dreistes Perlhuhn flatterte wiederholt auf das Dach des Buick, als wolle es sich dort zur Ruhe begeben, und wurde jedes Mal von Fleming vertrieben.

»Dieser Whisky kommt aus dem Herzen des Whiskylandes«, verkündete Neal. »Hickman County. Ich arbeite für einen Burschen da drüben, Herman Tiptoe, und der war letzte Nacht ein bisschen klamm und hat mich mit Whisky bezahlt. Ich kann nicht so viel von dem Zeug gebrauchen, aber Geld kommt mir immer gelegen.«

Early rieb sich das graue Stoppelkinn. »Ich nehme an, du willst mir erzählen, er hätte in Eichenfässern gelagert.«

»Nein, ich weiß nicht, worin er gewesen ist, möchte aber bezweifeln, dass er je ein Eichenfass gesehen hat. Ich weiß aber, dass er um Längen besser ist als dieses Höllengesöff, das Sie verkaufen. Nehmen Sie einen Schluck.«

Fleming sah zu, wie Early einen Krug zum Mund führte und trank. Sein Hals war dünn und sehnig wie der eines Truthahns, der faustgroße Adamsapfel schien den Whisky hinunterzupumpen. Seine Augen waren aufgerissen und wild wie die eines verschreckten Tieres. Fleming wandte sich ab und schaute das Mädchen an. Ihr Gesicht zeigte den verblüfften, leeren Ausdruck, den man aus Irrenhäusern kennt, als habe ihr das Leben Karten ausgeteilt, die sie nicht beherrschen konnte, die ihren Verstand entsetzt hatten zurückschrecken lassen.

Early setzte den Krug ab. Seine Augen blickten nicht ganz parallel. »Nicht so übel«, knurrte er. Neal verdrehte die Augen und wandte sich lachend ab. »Was willst du dafür haben?«, fragte Early.

Neals Lachen wich einer geschäftsmäßigen Nüchternheit. »Zwölf Dollar«, sagte er.

Early klappte den Kofferraumdeckel zu. »Ist mir zu viel«, meinte er. »Ich nehme fünfundsiebzig Cent für ein Halfpint.«

»Dann gehe ich auf zehn runter. Verkaufen Sie das Zeug für einen Dollar, sagen Sie, er wäre unverzollt, die merken ohnehin keinen Unterschied.«

Sie einigten sich auf zehn Dollar und halfen Early sogar, die Krüge zum Rand des Abhangs zu tragen. »Von hier aus mache ich es selbst«, sagte er. »Ich würde euch reinbitten, aber ich möchte euch nie wieder in meinem Haus sehen. Es geht nicht gegen dich, junger Mann«, meinte er zu Fleming, »du bist jederzeit willkommen.«

Fleming wusste nicht, was er sagen sollte, und schwieg daher. Auf dem Rückweg zum Wagen rief Early Neal hinterher: »Pass auf die Hühner auf! Gestern Abend hast du eine Ente überfahren. Die Leute haben einfach keinen Respekt vor den Hühnern eines einbeinigen Mannes.«

Wenn man von Westen her in den Bezirk kommt, fährt man einen lang gezogenen Hügel hinunter, der zum Fluss hin abfällt. Schwarzes Schwemmland führt zu dem schnell fließenden, gelben Wasser des Buffalo. Man überquert eine hohe Stahlbrücke, die der Rost zu einem warmen Orange-Braun getönt hat, und schon klettert die Asphaltstraße zwischen steilen, schroffen Hügeln empor. Manchmal sieht man ein Boot auf dem Fluss oder Kinder, die mit Rohrstöcken angeln.

Am Tag, als E. F. Bloodworth heimkehrte, war ein alter Mann in einem Skiff in das ruhige Wasser fern der Strömung gerudert und hatte seine Angel in der Nähe eines Rohrkolbendickichts ausgeworfen. Ein alter Mann mit Strohhut, in dessen Brillengläsern sich das Licht spiegelte, als er zu dem Viehtransporter aufsah und freundlich die Hand zum Gruß hob. Bloodworth winkte zurück. Schon war der alte Mann zwischen den Balken der Brücke verschwunden, doch Bloodworth nahm das Winken als Omen und hatte den vagen Eindruck, man heiße ihn bei der Rückkehr aus dem Exil willkommen.

Sie fuhren bergauf, Coble schaltete zurück, da die Straße zudem eine scharfe Rechtskurve machte. Sie erklommen den höchsten Punkt des Bezirks, und Bloodworth wandte sich nach hinten, um die Landschaft durch die Heckscheibe zu betrachten: Sie neigte sich in sanften, grünen Hügeln hinab, durch die sich der Fluss wand, im Westen verschmolz der Horizont mit dem Himmel.

Bloodworth war fast zu Hause und verspürte eine so durchdringende Freude, dass es beinahe schmerzte. Auf den letzten fünfzig Meilen war die Landschaft vertraut gewesen, hatte eine stille Behaglichkeit verströmt, und er vergaß beinahe, dass er in einer halben Stunde eine Herde Black-Angus-Rinder herzaubern musste.

Er sah nach hinten auf die Straße, dann zu Coble, der neben ihm saß. Er bereute, dass er nicht den Bus genommen hatte. Hunderte von Meilen hatte er Cobles Autobiografie gelauscht, bis er vermeinte, Coble und dessen Ahnentafel besser zu kennen als dieser selbst. Coble redete offensichtlich gern, sein Lieblingsthema war er selbst. Er hatte mit nichts angefangen, doch mit Hilfe seines Verstandes ein kleines Vermögen verdient und war immer am Ball geblieben. Niemand konnte es mit ihm aufnehmen, er war ein ausgeschlafener Bursche. Angesehen in seiner Heimatstadt. Obgleich er es nicht sagte, hinterließ er doch den Eindruck, jubelnde Mitbewohner trügen ihn dort auf den Schultern durch die Straßen. Als versinke die Stadt in Untätigkeit, bis er zurückkehrte. Frauen fanden ihn geradezu unwiderstehlich. Sie rissen sich die Kleider vom Leib, sobald er in Fickweite kam, und ließen sich nicht mit halben Sachen abspeisen. Hätte der alte Mann eine Waffe besessen, wäre er irgendwann im Lauf der Nacht über Coble hergefallen und hätte ihn bewusstlos geprügelt. Der Laster konnte ihm gestohlen bleiben.

»Da oben links muss ich mal kurz raus«, sagte Bloodworth und dachte, da oben links war vor zwanzig Jahren ein Ort, an dem ich mal rausmusste. Mag sein, dass nur noch geschwärzte Ruinen dort stehen, ein von Bulldozern planiertes Stück Land, eine Baptistenkirche.

»Wieso raus? Wir müssen weiter, Alter. Ich muss das Vieh aufladen und dann nichts wie weg.«

»Da oben ist eine Kneipe, in der man das kälteste Bier im Bezirk bekommt. Hab schon seit fünfzig Meilen Durst.«

»Wir kaufen in der Stadt ein Sixpack und trinken es auf dem Weg zu Ihrer Farm.«

»Ich muss mal pinkeln«, meinte Bloodworth. »Oder wollen Sie in die Stadt schwimmen?«

Die hohe Holzveranda von Goblin's Knob kam hinter einem Wäldchen aus Weihrauchkiefern in Sicht, und dem alten Mann wurde beinahe schwindlig vor Erleichterung.

»Verdammt«, sagte Coble. Er steuerte den Laster auf den Parkplatz. Es war das einzige Fahrzeug, und der alte Mann spähte hinüber, um zu sehen, ob die Kneipe geöffnet hatte. Falls sie überhaupt noch in Betrieb war. Das graue Holzgebäude wirkte heruntergekommen, doch so hatte es schon ausgesehen, als der alte Mann vor zwanzig Jahren in entgegengesetzter Richtung daran vorbeigefahren war.

Er nahm seinen Stock und stieg aus, sah sich um, ob er auch nichts vergessen hatte. Nein. Reise leicht, reise schnell.

»Bringen Sie mir was von dem Bier mit, mit dem Sie geprahlt haben«, rief Coble ihm nach.

Bloodworth nickte und ging zum Knob. Vielleicht gehört Sharp der Laden gar nicht mehr, mahnte er sich zur Vorsicht. Doch drinnen merkte er es sofort. Er merkte immer, wenn er auf der richtigen Fährte war.

Als die Tür aufging, blickte Sharp von dem zerfledderten *Outdoor*-Heft hoch, in dem er las. Er schaute wieder auf die Zeitschrift und sah dann noch einmal mit einem Ausdruck erstaunten Wiedererkennens zu Bloodworth hin. »Du Hurensohn«, sagte er. »Wo kommst du denn her?«

»Von der Veranda«, antwortete Bloodworth. Er legte einen Fünf-Dollar-Schein auf die Theke. »Gib mir zwei Flaschen Bier.«

»Welches?«, wollte Sharp wissen und schob den Deckel der Kühltruhe zur Seite.

»Kaltes«, sagte Bloodworth. »Hör zu, ich kann das jetzt nicht alles erklären, das mache ich später, aber du hast mich nicht gesehen. Ich bin nie zur Tür reingekommen und auch nicht hinten rausgegangen. Klar?«

Sharp stellte zwei langhalsige, braune Flaschen auf die Theke. »Du scheinst wirklich zurück zu sein«, meinte er. »Und schon läuft alles wie früher.«

Bloodworth nahm das Bier, ging durch den Raum und einen schmalen Gang, der zur Hintertür führte. Er verließ das Haus, stieg die Stufen hinunter und war sofort im Wald, einem dichten Kieferngehölz, das im Laufe der Jahre den Boden mit einem dicken Teppich aus kupfernen Nadeln überzogen hatte. Er zögerte nicht, eilte zwischen den Bäumen hindurch, erinnerte sich vergnügt an frühere Zeiten, als die Inhaber des Knob die Gäste hinten rausgelassen hatten, während vorn die Ordnungshüter hereinkamen, Männer und Frauen waren wie wild durch das dunkle Labyrinth der Bäume geflüchtet, in dem man sie nur mit Hilfe eines Bluthunds hätte aufspüren können. Einmal jedoch, erinnerte er sich grinsend, hatten sie einen Hilfssheriff an der Hintertür postiert, der die flüchtenden Übeltäter aufhalten sollte. Er hatte sie verhaftet oder verbläut, wie ihm gerade der Sinn stand.

Er stieg vorsichtig über Scherben von Flaschen, leere Büchsen, verrottende Kondome bis dorthin, wo die Wälder noch sauber und dichter waren, tastete sich einen Hügel hinunter, an dessen Fuß ein Quellenarm floss, und folgte ihm ins sommerliche Grün, füllte seine Lungen mit den Gerüchen: dem heißen, knisternden Kiefernduft, dem zarten Aroma der Mimosen, die wild über den Hügel wucherten.

Er legte eine Pause ein, sein Atem ging schwer. Ihm war der Schweiß ausgebrochen, er spürte ihn unter dem Hemd, doch das störte ihn nicht. Es fühlte sich gut an. Er setzte sich mit dem Rücken gegen einen Kiefernstamm, holte sein Taschenmesser hervor und öffnete die Flaschen.

Sharp hatte einen Artikel über einen Mann, den ein Eisbär übel zugerichtet hatte, zur Hälfte gelesen, als die Tür erneut aufging. Er hatte gelegentlich hochgeschaut und den Laster durchs Fenster beobachtet. Wer immer da draußen saß, musste entweder ungeheuer geduldig oder eingeschlafen sein.

»He, Kumpel, wo ist der alte Mann?«

Sharp sah sich um. »Hier bin nur ich«, sagte er. »Sie nicht mitgezählt. Welcher alte Mann?«

»Er sagte, er heißt Rutgers.«

»Kann mich nicht erinnern, je einen Rutgers gekannt zu haben.«

»Sie müssen ihn ja nicht kennen. Wo ist er hin?«

»Wer?«

»Der alte Mann, der hier hereingekommen ist.« Coble spähte in alle Winkel. »Ein alter Mann mit Gehstock, ist wie eine Schlange geschnitzt. Trägt einen grauen Stetson.«

»Hab ich nicht gesehen«, meinte Sharp und wandte sich wieder seiner Zeitschrift zu.

Lange Zeit blieb es still. Sharp las die Seite zu Ende und blätterte weiter. Schließlich sagte Coble: »Lassen Sie uns Klartext reden. Ich habe gesehen, wie er die grüne Tür da geöffnet hat und durchgegangen ist und sie hinter sich zugemacht hat. Sie waren auf dieser Seite der Tür und haben ihn nicht gesehen? Was zum Teufel ist aus ihm geworden? Ist er durch ein Loch in der Welt gefallen? Er war kein Zwerg, maß weit über einsachtzig. Ich kann mir nicht vorstellen, dass Sie ihn übersehen haben.«

Sharp klappte die Zeitschrift zu und ließ sie hinter der Theke verschwinden. »Schauen Sie«, sagte er, »ich habe keine Zeit, mit Ihnen zu streiten. Vielleicht war es eine andere grüne Tür in einer anderen Kneipe. Warum sehen Sie nicht mal nach?«

Cobles Gesicht war unter der Krempe des weißen Strohhuts ziegelrot angelaufen. »Warum packe ich nicht einfach deinen mageren, kahlen Arsch und wische damit den Boden auf?«

»Weil das Holz von der Theke keinen Zentimeter dick ist und ich eine abgesägte Flinte mit 00-Schrot in der Hand halte«, antwortete Sharp. »Sie sollten mal drüber nachdenken, wo Sie sind. Das ist mein Laden. Für die Polizei wird es aussehen, als hätten Sie versucht, mich auszurauben, und ich hätte mir das nicht gefallen lassen.«

Coble ließ die Arme sinken und trat ein paar Schritte von der Theke zurück. »Ich weiß nicht, welche Nummer ihr hier abzieht«, sagte er, »aber ihr solltet wissen, dass ihr euch mit dem Falschen angelegt habt. Wenn ihr glaubt, dass ich einen Umweg von vierhundert Meilen gefahren bin, um einen alten Mann in irgendeiner Kaschemme abzuliefern, habt ihr euch schwer geirrt. Ich werde der Sache auf den Grund gehen.«

Sharp holte die Schrotflinte hervor und legte sie auf die Theke. »Bin ganz dafür«, meinte er. »Aber ich kann dein Gewäsch einfach nicht mehr hören.«

Coble fuhr sich mit der Hand über den Mund. »Bestell dem alten Mann, dass er es für den Rest seines Lebens bereuen wird.« Dann drehte er sich um und ging hinaus. Die Tür schloss sich knarrend hinter ihm.

Sharp schüttelte den Kopf. Was hat der alte Bursche jetzt schon wieder vor?, fragte er sich.

Albright arbeitete seit drei Tagen in der Daubenfabrik, als der Vorarbeiter in den Schuppen kam, in dem er gerade Bündel handlanger Dauben stapelte, und ihn beiseite nahm.

»Dieser Woodall versucht, deinen Gehaltsscheck zu pfänden«, sagte der Vorarbeiter. »Er hat irgendeinen Wisch vom Gericht, mit dem er dich festnageln kann. Ich dachte, du solltest Bescheid wissen, am Freitag ist Zahltag.«

Albright füllte einen Pappbecher mit Eiswasser aus dem Kühlbehälter. »Wie viel bleibt übrig?«, fragte er.

»Verdammt wenig.«

Albright hörte mitten in der Arbeit auf und verschwand. Es war die zweite Stelle in zwei Wochen, die er wegen Woodalls Gerichtspapieren verloren hatte. Es war, als folge Woodall ihm auf Schritt und Tritt, schlafe nur, wenn er schlief, wache mit ihm auf, um ihn weiter zu verfolgen. Er ertappte sich bei vorsichtigen Blicken über die Schulter und stellte beim Abendessen einen Teller für Woodall auf den Tisch.

Im Eisenwarenladen kaufte er einen großen Eimer gelbe und eine kleine Dose rote Farbe und einen Pinsel. Er fuhr heim und parkte seinen Wagen unter dem Seifenbaum vor dem Haus. Nachdem er gebadet und eine Kanne Kaffee aufgeschüttet hatte, ging er hinaus, öffnete den Farbeimer und rührte die Farbe mit einem Stock um. Er tauchte den Pinsel hinein und fing an, den Wagen gelb zu streichen.

Als das fluoreszierende Gelb halbwegs getrocknet war, nahm er eine Rolle Klebeband und benutzte es als Schablone, um den Schriftzug TAXI auf beiden Vordertüren auszusparen. Er trat einen Schritt zurück und betrachtete zufrieden sein Werk. Er öffnete die Dose mit roter Farbe und malte die Buchstaben aus.

Bei Einbruch der Dämmerung war die Farbe noch klebrig, und er musste bis zum nächsten Tag warten, um ins Geschäft einzusteigen. Zunächst passierte wenig, doch am Samstag sah es anders aus. Nur wenige der Pächter und Sägewerksarbeiter aus dem Bezirk besaßen ein eigenes Auto, und er kutschierte ganze Familien mit ihren Wocheneinkäufen von Long's Lebensmittelladen in die Hügel und Täler, in denen sie lebten. Er transportierte Betrunkene ins Goblin's Knob, lud dort andere Betrunkene ein und fuhr sie, wohin es sie trieb. Am Ende des Tages beulte sich seine Hosentasche von Viertel- und Halbdollarmünzen und Geldscheinen. »Fick dich, du Arsch«, sagte er laut.

An den Wochentagen lungerte er vor dem Snowwhite Café herum und wartete auf eine gelegentliche Fuhre. Er kannte eine Kellnerin, die dort arbeitete, sie nahm manchmal Anrufe für ihn entgegen und schickte Kunden zu ihm hinaus. Am Dienstag saß er vor dem Wagen und las in einem Witzbuch, als sie in Begleitung eines alten Burschen mit Gehstock herauskam, der trotz der Hitze einen grauen Hut zum schwarzen Anzug trug. Die Kellnerin hatte einen missgebildeten Fuß und hinkte, sie gaben ein schönes Paar ab.

»Junior, das ist Mr. Bloodworth. Er möchte mit dir reden.«

Albright fragte sich, weshalb sie den alten Mann nicht einfach zum Wagen geschickt hatte, ohne mit ihm hinauszuhinken. Einen leuchtend gelben Wagen mit roten Lettern konnte man schlecht übersehen. Dann schaute er genauer hin und bemerkte, dass Doris mit dem alten Herrn sprach. Sie war für gewöhnlich mundfaul und bissig, schien ihn aber wie ein großes Tier zu behandeln.

Der alte Mann betrachtete das Taxi eingehend. »Schätze, du bist der Besitzer der Yellow Cab Company«, sagte er. Er nahm den Gehstock in die andere Hand und streckte Albright die Rechte zum Gruß entgegen. Junior ergriff sie und schüttelte sie auf und ab, als betätige er eine Pumpe.

»Ich glaube, ich kannte deinen Daddy«, sagte der alte Mann. »Bist du nicht Tut Albrights Junge?«

»Stimmt«, sagte Albright. »Ich hab ihn nur noch selten gesehen, seit er mich rausgeschmissen hat. Daddy ist ein bisschen verrückt.«

»Das sind wir alle«, meinte Bloodworth. »Was ich brauche, erfordert kein großes Maß an geistiger Gesundheit. Ich möchte nur zum Frachtbüro und ein paar Sachen abholen und danach zu meinen Leuten. Den Bloodworths.«

»Sind Sie mit Fleming und den anderen verwandt?«

»Keine Ahnung. Wie heißt sein Daddy?«

»Er ist der Sohn von Boyd Bloodworth.«

»Dann dürfte er ein ziemlich enger Verwandter sein, da Boyd einer meiner Söhne ist.«

Er hatte zwei Dollarnoten herausgeholt und drückte sie der hinkenden Kellnerin in die Hand. »Danke für die Hilfe, junge Dame«, sagte er und tippte grüßend an den Hut. »Kaufen Sie sich was Hübsches.«

Der alte Mann wischte ihren Protest beiseite, und sie hinkte daraufhin zögernd ins Restaurant zurück.

»Einen Moment lang habe ich geglaubt, sie kommt mit«, sagte Albright. »Wollen Sie zu dem Wohnwagen, den Brady da draußen aufgestellt hat?«

»Fürs Erste schon«, meinte der alte Mann. »Wir fahren raus und sehen uns die Sache mal an.« Der alte Mann öffnete die Hintertür des Dodge und stieg ein. Da er Mühe hatte, das linke Bein nachzuziehen, hob er es einfach mit beiden Händen an und stellte es in den Wagen. »Ich bin kaputt«, sagte er. »Bin ein bisschen mehr gelaufen als geplant. Viehzucht ist nichts mehr für einen Mann in meinem Alter.«

Albright fuhr langsam zum Frachtdepot an der Bahnlinie hinunter. Im Rückspiegel betrachtete er verstohlen den alten Mann. Sein ganzes Leben lang hatte er von E. F. Bloodworth reden hören. Bloodworth würde einen notfalls töten, Bloodworth trat einem schneller in den Arsch als jeder andere; er konnte ein Banjo zum Sprechen bringen; hatte im Staatsgefängnis von Brushy Mountain gesessen; hatte einmal einen Hilfssheriff erschossen, der Bloodworths Frau bei einem Verhaftungsversuch als Schutzschild benutzte. Im Augenblick sah er nach keiner dieser Geschichten aus. Er hatte den Stetson abgenommen und sich mit geschlossenen Augen zurückgelehnt. Er sah einfach aus wie ein alter Mann, der endlich ein weiches Plätzchen für seinen Kopf gefunden hat.

Fleming hatte Albrights Dodge seit der Verwandlung in ein Taxi nicht mehr gesehen und war ein wenig überrascht, als ein leuchtend gelber Wagen vorfuhr. Albright stieg aus und hielt jemandem die Tür auf. Ein alter Mann, der nichts bei sich hatte als einen Gehstock, stieg aus und kam näher, wobei er das Gewicht auf sein linkes Bein verlagerte, blieb stehen, schob den grauen Filzhut nach hinten und betrachtete den Jungen.

Fleming hatte auf der Schwelle des Wohnwagens gesessen und gelesen. Er klappte das Buch zu, erhob sich und ging auf das Auto zu. Albright hatte den Kofferraumdeckel geöffnet und packte gerade eine Wagenladung Musikinstrumente aus.

Bloodworth stützte sich auf den Stock und schaute sich um wie zur Orientierung. Dann sagte er zu dem Jungen: »Zum Haus geht es eine Viertelmeile die Straße entlang und dann durch das lange Feld mit der Reihe Zedern.«

Fleming nickte. Der alte Mann war größer und weniger gebrechlich als erwartet. Im Hinterkopf hatte er sich das Bild eines verschrumpelten Greises ausgemalt, vom Schlag gelähmt, doch Bloodworth war eine imposante Erscheinung. Seine wilden, schwarzen Augen blickten einen durchdringend an, und das Haar, das über den weißen Hemdkragen fiel, war schwarz wie ein Krähenflügel. Er fragte sich, ob Bloodworth es färbte, wohl kaum. Irgendwie sah dieser alte Mann nicht aus wie jemand, der sich die Haare färbte.

Der alte Mann hatte seine große, wettergegerbte Hand ausgestreckt und schien eine Begrüßung zu erwarten. Fleming ergriff die Hand und schüttelte sie. Ein ganz schön fester Handschlag für einen Krüppel.

»Mein Name ist E. F. Bloodworth. So wie du aussiehst, dürftest du einer meiner Enkel sein.«

»Woher wissen Sie das?«

»Hab nicht immer so ausgesehen wie heute. Du hast Ähnlichkeit mit mir als jungem Mann. Du musst Boyds Junge sein.«

Fleming nickte. Albright war mit dem Gitarrenkoffer in der einen und dem Banjo in der anderen Hand um den Wagen gekommen und schien auf Anweisungen zu warten.

»Stell sie einfach in den Wohnwagen«, sagte Bloodworth. »Gehen wir rein und machen uns bekannt.« Der alte Mann blieb stehen und betrachtete den Wohnwagen, wobei sein Gesicht die ersten Zweifel verriet. »Ist nicht gerade groß, was?«

»Nein«, entgegnete der Junge. »Und heiß. Brady hat einen Schlüssel dagelassen, und ich habe heute Morgen Wasser gebracht. Aber man kann sich erst drin aufhalten, wenn die Hitze vorbei ist.«

»So im Oktober«, meinte der alte Mann mit einem Nicken und schwieg. Er betrachtete den silbernen Wohnwagen, auf dessen Dach die Sonne prallte. Es waren keine elektrischen Leitungen zu sehen. »Du hast Wasser gebracht«, sagte er, als erfasse er erst jetzt die Bedeutung dieses Satzes. »Na ja, wir können nicht den ganzen Tag hier draußen stehen. Gehen wir rein, ich bin hart im Nehmen. Könnte notfalls auch draußen im Wald leben. Ist auch das eine oder andere Mal vorgekommen. In einer Woche wird es hier richtig gemütlich.«

Fleming setzte sich auf die Couch im Wohnzimmer und sah den alten Mann an. Bloodworth schien es an der notwendigen Ausstattung zu fehlen, um auch nur eine Nacht hier zu verbringen. Er hatte kein Essen mitgebracht, einen Herd gab es ohnehin nicht. Die Dunkelheit quoll aus den Wäldern, im Wohnwagen fand sich nicht einmal eine Kerosinlampe. Er überlegte gerade, ob er den alten Mann zu sich nach Hause bitten sollte, als Albright sich zu Wort meldete:

»Sie könnten bei mir übernachten«, sagte er. »Falls Sie nicht wählerisch sind. Morgen könnten wir uns auf das Ding hier stürzen und es in ein, zwei Tagen auf Vordermann bringen.«

Der alte Mann schien darüber nachzudenken und sagte schließlich: »Danke für das Angebot, aber ich falle anderen Leuten nicht gern zur Last. Ich habe vor, hier zu leben, wo ich aufgewachsen bin. Allerdings müsste ich ein Bad nehmen, ich komme mir vor, als hätte ich eine Woche im Viehtransporter verbracht. Gibt es hier mittlerweile ein Motel?«

»Ja, das Cozy Court im Norden der Stadt.«

»Klingt gut für ein Bad. Wir schließen ab und suchen uns jemanden, der uns ein Abendessen verkauft.«

Im Taxi erkundigte sich Bloodworth nach Warren und Boyd, und der Junge vermutete, dass er erwartet hatte, ihnen hier zu begegnen. Er sprach es allerdings nicht aus und erkundigte sich mit keinem Wort nach Brady.

»Sieht aus, als wären nur wir beide übrig geblieben«, sagte er zu dem Jungen.

Binnen einer Woche hatte der alte Mann mit Hilfe von Albright und Fleming sein Leben beträchtlich umgestaltet. Albright fügte sich ebenso mühelos in die Rolle des Chauffeurs und Faktotums, wie er Taxifahrer geworden war. Fleming empfand den alten Mann als angenehme Gesellschaft, und die Arbeit am Wohnwagen vertrieb ihm die Zeit, die er in diesem Sommer ohnehin im Übermaß zu besitzen schien.

Bloodworth hörte von einem Mann in Beaver Dam, der in den Genuss des Programms zur Verbesserung der ländlichen Stromversorgung gekommen war und daher eine Delco-Anlage zu verkaufen hatte. Dabei handelte es sich um ein System aus Speicherbatterien und einem Generator, der sie auflud. Es lieferte Gleichstrom für Beleuchtung und kleinere Geräte, und der Farmer verkaufte Bloodworth auch noch einen Ventilator und einen kleinen Herd, der ebenfalls mit Gleichstrom funktionierte, da er keine Verwendung mehr dafür hatte.

Der alte Mann sagte, er könne sich keinen Brunnen leisten, brütete aber über Plänen für eine Zisterne mit Pumpe. Fürs Erste trieben sie einen Stahltank auf, der von einer Milchfarm stammte, und bockten ihn mit viel Mühe hoch, sodass Albright die Leitungen des Wohnwagens durch eine behelfsmäßige Gravitationsströmung mit Wasser versorgen konnte. Sie bestellten einen bezirkseigenen Tanklaster, der den Behälter füllte. Mit Wasser in den Leitungen und Licht, das die Finsternis vertrieb, wurde der Wohnwagen beinahe gemütlich.

In der ersten Nacht war sein Schlaf unruhig und voller Unterbrechungen, wie es bei alten Menschen oft der Fall ist, und irgendwann träumte er von Wölfen. Der Traum war lebhaft, beinahe greifbar, er hätte das silberne Fell an der Kehle des einen Wolfes mit den Fingern berühren können. Er schaute über eine weite Fläche aus Eis und Schnee hinüber zu einem anderen riesenhaften Wolf, der den Mond anheulte. Er zeichnete sich vor dem vollen Mond ab, der tief an einem indigoblauen, mit geronnenen Wolken übersäten Himmel stand. Die Wolken waren wie Schaum auf meergrünem Wasser, und der Atem des Wolfes hing als eisiger Rauch in der Luft.

Beim Aufwachen spürte er, dass etwas gegen die Tür geprallt war, das Geräusch verhallte in der Sekunde, in der er erwachte. Hunde jaulten. Sie schienen den Wohnwagen von allen Seiten zu umringen, und er stand auf und schaltete das Licht ein. Die Kakophonie aus Heulen und Gebell hielt auch bei Licht an, und der alte Mann öffnete die Tür. Ein Hund sprang von der Schwelle zu Boden. »Haltet das Maul«, rief der alte Mann. Es schien kein Mond, und er konnte nur verschwommen die Gestalten der Hunde ausmachen, Wiedergänger aus Nacht und Schatten, die auf dem Stellplatz auf und ab liefen. »Ich habe nicht vor, mir die ganze Nacht diesen Lärm anzuhören«, sagte er zu sich.

Er zerrte den Gitarrenkoffer unter dem Bett hervor, klappte ihn auf, holte die Gitarre heraus und zog aus dem Fach, das für Schlagblättchen und Ersatzsaiten vorgesehen war, einen kurzläufigen Smith & Wesson Kaliber 38. Er kehrte zur Türschwelle zurück und stellte sich mit der Waffe in der Hand auf die oberste Stufe. Die Hunde umkreisten noch den Wohnwagen, und am Rand des Waldes konnte er eine geisterhafte menschliche Gestalt ausmachen, einen undeutlichen, blassen Schimmer vor einer undurchdringlichen Finsternis, vielleicht ein Mann im hellen Hemd.

»Wer ist da?«, rief er.

Er hörte die jetzt weichen, beinahe verstohlenen Laute der Hunde, die in Richtung Wald verklangen. Er bekam keine Antwort, und die Gestalt verschwand vor seinen Augen, nicht abrupt, sondern als versinke sie allmählich in tiefblauem Wasser oder wie ein Licht, das gedämpft wird, bis nichts von ihm bleibt.

»Brady?«, rief er.

Sie war unter harten, aber nicht unerträglichen Bedingungen aufgewachsen. Es war jedenfalls schlimmer, in dieser ungewissen Angst zu leben, zu wissen, dass die Ordnungshüter früher oder später mit Haftbefehlen kommen würden. Beim Schlafengehen wuchs die Angst noch, da es wahrscheinlicher schien, dass sie nachts kommen würden. Selbst E. F. musste irgendwann schlafen.

Es war schlimmer, als hinter ihr die Tür aus den Angeln gerissen wurde, während sie gerade, den heißen Kochtopf in beiden Händen, vom Herd zum Tisch gehen wollte. Die Tür wölbte sich nach innen, Männer stolperten herein, Julia wandte sich zur Seite, der Topf kippte, sie spürte noch die glühenden Spritzer der kochend heißen Suppe auf den Füßen.

Julia saß im Schatten der Kiefer auf der metallenen Liege. An ihrem Knie lehnte ein Besen, auf der Erde sah man frische Besenspuren, wo das Stroh verschwunden war. Die Luft war trunken vom Duft der Sonne auf den heißen Kiefernnadeln; eine Brise kam auf, die den Geruch noch verstärkte, eine Windhose wirbelte wie ein träger Geist von der Scheune herüber und durch die Auffahrt, über sie hinweg, ließ ihre Kleider rascheln. Der kreiselnde Wind strich kühl über ihr verschwitztes Gesicht.

Sie nahm ihre goldgefasste Brille ab und polierte die Gläser an ihrer Schürze aus Sackleinen, die so oft gewaschen war, dass das Muster verblichen und der Stoff weich wie Sämischleder geworden war. Eine Spottdrossel rief vom Baum herunter, doch der Vogelruf war nicht wirklicher als die Schritte der Hilfssheriffs, die vor so langer Zeit in ihre Küche gekommen waren, nicht realer als ein Krähenschrei von einem fernen Feld. Sie hörte den Aufprall des gusseisernen Kessels auf dem Hartholzboden, sah Tomatensuppe wie Blut von der Wand triefen.

E. F. saß an einem breiten Kieferntisch, der die Waffe in seinem Hosenbund verdeckte. All dies war in einem Augenblick konzentriert, hatte sich in ihr Gedächtnis geätzt wie Säure in Stahl: Vor Bloodworth stand eine Schale Milch, er hielt Maisbrot in der Hand, das er gerade hineintunken wollte. Seine Augen weiteten sich kurz, verengten sich dann zu Schlitzen, sein Gesicht wirkte schläfrig und wachsam zugleich, und sie kannte ihn so gut, dass sie seine Gedanken beinahe hören konnte, was tun, was tun.

Jemand packte sie hart von hinten, presste ihren Hals und Kopf in seine Armbeuge, sie sah ein Stück eines bläulichen Gewehrlaufs in der oberen Ecke ihres Sichtfeldes, spürte den rauen Sergemantel an ihrem Hals. Sie schlug nach ihm, doch er war so stark, so aufgewühlt vom Adrenalin, dass sein Arm wie ein Stahlband über ihrer Kehle lag. Sie spürte, wie ihr die Luft wegblieb, und rang nach Atem.

E. F. stand auf, den Männern zugewandt, die Hände erhoben, und trat unvermittelt den Stuhl hinter sich weg. Er prallte von der Wand ab und schlitterte über den Boden.

Plötzlich gaben ihre Beine nach, das Sergetuch kratzte über ihre Wange, ihr Gesicht verschob sich gegen den Arm, der sie umklammerte, die Augenlider wurden gedehnt, bis sie unfreiwillig die Augen aufriss, wobei der sandpapierraue Stoff über ihren Augapfel fuhr. Der Boden kam ihr langsam entgegen. Ihr Haar verfing sich in den Mantelknöpfen des Mannes, der es mit der Faust packte, um sie als Schutzschild vor sich zu ziehen.

Als sie sich auf halber Höhe des Mannes befand, feuerte E. F. Der hohle Knall war ungeheuer laut, die Erschütterung kam in spürbaren Wellen, die Faust rutschte aus ihrem Haar, riss aber noch einige Strähnen aus der Kopfhaut. Ihr Kopf schlug auf den Boden, und als sie sich auf den Rücken rollte, ragte der Mann wie eine riesenhafte, verwundete Gottheit über ihr empor. Er fasste sich ans Schlüsselbein, zog die Hand weg und schaute verwundert seine blutige Handfläche an. Ein Rauchwölkchen schwebte davon.

Nun sah sie, dass die Männer zu dritt waren. Sie hatte mit mehr gerechnet und fragte sich, ob draußen Verstärkung wartete. Die Hilfssheriffs hielten wie erstarrt die Gewehre schräg vor dem Körper. An ihren Gesichtern konnte sie erkennen, dass sie eine Verhaftung ohne Tote erhofft hatten und wie gering diese Chance nun geworden war. E. F.s Gesicht verriet, dass es ihn nicht kümmerte, ob sie getötet wurden oder nicht, dass er sie vielleicht sogar ganz gern töten würde. Er zielte mit dem

Revolver auf den Kopf des verletzten Mannes, sie sah, wie sich der Zylinder langsam drehte, der Hahn halb gespannt wurde.

»Lehnt die Knarren an die Wand«, sagte E. F. »Nein, werft sie besser in den Garten.«

Sie gehorchten.

»Rüber in die Ecke«, sagte er, »und zwar nacheinander, sonst landet ihr in der Hölle.«

Er half ihr auf, führte sie nach draußen in den hellen Sonnenschein. Wind war aufgekommen, Schatten huschten durch den Garten, als blase der Wind sie vor sich her.

»Nein«, sagte sie und zupfte an seinem Arm. Was mochte er denken? Ist ein Mann besiegt, kommt schon bald der nächste Gegner, dachte sie. Die Jungen würden gleich aus der Schule kommen. In ein leeres Haus, in dem es nach Pulver roch, mit Blut an den Wänden, Blut auf dem Boden.

»Nein«, sagte sie, »ich kann so nicht mehr leben, Schluss. Geh weg, geh, wohin du willst.«

»Ich kann dich nicht verlassen«, sagte er.

»Du hast mich schon vor langer Zeit verlassen.«

Er löste den Hahn des Revolvers und steckte die Waffe in den Hosenbund. »Es ist nicht meine Schuld«, meinte er.

»Es ist allein deine Schuld«, sagte sie. »Das war es schon immer.«

Sie stand an die Wand gelehnt. Ihr Hals fühlte sich wund an, das rechte Auge tat weh. Sie war einer Ohnmacht nahe. Die Welt flimmerte, zuckte, als schwebe sie zwischen Traum und Wirklichkeit. Die Beine knickten unter ihr ein, sie rutschte an der Wand hinunter.

Als der Motor ansprang, schaute sie hoch. E. F. wendete den alten Laster auf dem Hof. Ein Modell T, das zu einem Pritschenwagen umgebaut war, auf der Tür prangte die Zeichnung einer Frau, Jolie Blon. Der Laster ächzte und hüpfte und versoff, als er die Kupplung kommen ließ. Er startete noch einmal, das Gesicht konzentriert, die Augen schon auf das gerichtet, was die Straße ihm bringen würde.

Sie hockte am Boden. Durch ein filigranes Flechtwerk aus Zweigen wogte Licht, zuckte hin und her. Licht und Schatten verschlangen sich, huschten endlos über den Boden, und sie starrte darauf, als könne sie ein göttliches Muster darin erkennen, eine Ordnung. Doch sie bewegten sich mit Sonne und Wind letztlich so willkürlich und ohne Ordnung wie das Leben selbst. Sie gab es auf und schloss die Augen.

Sie dachte, sie hätte nur einen Moment gedöst, den Kopf gegen die Wand, die Sonne auf den Lidern, doch als sie die Augen öffnete, drückte das Metall der Liege hart gegen ihren Haarknoten, die Sonne war verschwunden, und als sie zu den dicken Kiefernästen emporschaute, war ihr, als blicke sie durch einen Tunnel in die Nacht.

Sie erhob sich steif, noch in der Erinnerung gefangen, berührte kurz die schlaffe Haut an ihrem Hals, als erwarte sie das glatte Fleisch eines Mädchens. Sie nahm den Besen und ging zum Haus. Fragte sich, wo Brady sein mochte, weshalb kein Licht brannte.

Auf der Veranda drehte sie sich, die Hand schon auf dem Türknauf, nach einem Laut um. Banjomusik wehte über das brachliegende Feld, an der Reihe Zedern entlang, weich, dann kräftiger und lauter, bevor sie verklang, so als hätten die Zedern sie im Vorbeiziehen auf magische Weise verwandelt. *Oh my whiskey bill is due, and my board bill is too,* sang die Musik, *and my last gold dollar's done and gone,* und plötzlich überkam sie Entsetzen. Sie wusste nicht, ob die Musik in Wirklichkeit oder nur in ihrem Kopf erklang.

Fledermäuse glitten auf Nahrungssuche im Zickzack durch die Dunkelheit. Das letzte Licht pulsierte wie ein fernes Feuer über der Baumlinie. Plötzlich vernahm sie eine Welle von Lauten, die sie unvermittelt überrollte, das Zirpen der Zikaden und Grillen, den Ruf des Ziegenmelkers, und sie fragte sich, ob sie gerade erst begonnen oder zuvor schon gerufen hatten, während sie nur die Banjomusik vernahm, uralt und mythisch und irgendwie verlockend, ein Klang, der durch die Ritzen eines Ortes dringt, der einem verwehrt ist.

In Pattons Laden hatte Albright von einer Witwe gehört, deren Scheunendach gestrichen werden musste, und war sofort zu ihrer Farm jenseits des Flusses gefahren. Sie lag am Rande einer Wildnis, die Harrikin genannt wurde. Er bekam den Job. Der Ehemann war vor einiger Zeit gestorben und hatte ihr drei Fünf-Gallonen-Eimer scheußlich grüne Farbe hinterlassen. Als Albright mit der Scheune fertig war, kontrollierte sie den Rest der Farbe und beschloss, die anderen Nebengebäude ebenfalls streichen zu lassen. Erst als die letzte Farbe verbraucht und Albright dabei war, seine Pinsel in einem Eimer Kerosin zu reinigen, eröffnete sie ihm, dass sie kein Geld habe und ihn mit einem jungen Schwein bezahlen wolle.

Albright tobte. »Ich brauche das Geld«, schrie er. »Mit einem Schwein kann ich nichts anfangen.«

»Nun, Geld habe ich nicht.«

Er vermutete, dass sie log, wusste aber nicht, wie er mit ihr verfahren sollte. »Warum haben Sie mir das nicht vorher gesagt?«, fragte er. »Ich weiß nicht, was ich mit einem Schwein machen soll, ich kann es nicht einmal nach Hause transportieren.«

»Ich dachte, Sie wüssten Bescheid. Am ganzen Fluss ist bekannt, dass ich dieses Schwein als Bezahlung für Arbeiten am Haus eintauschen will. Es ist seine dreißig Dollar wert, im Laden würden sie es nehmen.«

Ihm blieb die Wahl zwischen Schwein und gar nichts, und so ging er mit ihr hinaus, um sich das Tier anzuschauen.

Das Schwein lag in einer ausgetrockneten Suhle im Schatten eines Zauns, der von giftig aussehendem Lacksumach überwuchert war. Als Albright über den Zaun stieg, beäugte ihn das Schwein mit unverhohlener Arglist und kam auf die Füße. Die Schnauze wirkte rasiermesserscharf, ein Ohr war ausgefranst, die Äuglein blickten boshaft in die Welt.

»Das mit dem Ohr hat ein Hund getan«, sagte die alte Frau. »Hat sich verbissen, während das Schwein ihn durch den halben Bezirk geschleift hat.«

»Wie soll ich das Vieh ins Auto kriegen?«, fragte Albright. »Ich kenne mich nicht aus mit Schweinen.«

»Na ja«, meinte sie mit einem angedeuteten Schulterzucken, »das können Sie sich aussuchen. Ist ja jetzt Ihr Schwein.«

Er hockte sich hin und dachte nach.

»Ich glaube, in dem Schuppen da hinten habe ich ein altes Hundehalsband und eine Leine«, meinte sie. »Ich sehe nach. Oder Sie locken es an.«

»Anlocken?«

»Mit einem Maiskolben oder so. Rufen Sie es.«

»Probieren wir doch gleich alles«, sagte Albright.

Sie öffnete ein Tor im Zaun, das Albright übersehen hatte. »Es wäre leichter, wenn Sie Ihr Automobil herbringen«, schlug sie vor. »Ich kenne mich mit Automobilen nicht aus, aber ich weiß, dass sie Räder haben und Schweine nicht.«

Er warf ihr einen wütenden Blick zu. Seit das letzte Dach gestrichen war, hatte ihre Stimme einen anderen Klang angenommen. »Gute Idee«, sagte er. »Das wollte ich gerade machen.«

Er holte das Taxi, setzte rückwärts vor die Zaunlücke und öffnete eine der Hintertüren. Die Frau wartete auf ihn, Halsband und Leine in der einen, den Maiskolben in der anderen Hand.

Schließlich gelang es ihm, dem Schwein das Halsband überzustreifen, doch er trug Bisse in Wade und Unterarm davon. Mit Halsband und Leine legte sich das Schwein, das nun an einen degenerierten Hund erinnerte, in die staubige Suhle, stützte das Kinn auf die Pfoten und betrachtete ihn herablassend. Er zog, so fest er konnte, an der Leine, doch das Schwein richtete sich nur auf, mehr nicht. Es rammte die spitzen, kleinen Füße in den Boden, sodass Albright es nicht von der Stelle bewegen konnte. Auch den Mais wollte es nicht haben.

»Vielleicht könnten Sie es schieben oder so«, schlug er vor. »Sie schieben, ich ziehe, vielleicht kapiert es das ja.«

Sie schüttelte den Kopf. »Ich glaube, es hat es schon kapiert«, meinte sie. »Ich hab das Schwein ohnehin nie gemocht. Hat den übelsten Charakter von allen, die ich je aufgezogen habe.«

Er schleuderte den Maiskolben mit aller Wucht gegen das Schwein, legte ihm von hinten beide Arme um die Brust und hievte es hoch. Das Schwein stellte sich auf die Hinterbeine und quiekte. Auf diese Weise tanzte er in einem bizarren Walzer mit dem Tier zum Wagen. Das Schwein ließ sich gnädig bis vor die Tür schieben, worauf Albright ihm heftig in den Hintern trat. Das Schwein purzelte auf den Hintersitz, Albright knallte die Tür zu und lehnte sich keuchend dagegen. Er hörte das zornige Quieken des Schweins, das durch den Wagen tobte. Er wünschte, er wäre vor einer halben Stunde ohne Schwein verschwunden oder hätte nie von der alten Frau gehört.

Er würdigte sie keines Blickes mehr, stieg in den Wagen und fuhr zum Fluss. Einmal schaute er sich um. Das Schwein betrachtete ihn prüfend. Mitten auf der Eisenbahnbrücke rastete es völlig aus. Es wirbelte umher, prallte gegen die Türen, sprang vom Sitz auf den Boden und zurück, zerriss die Polster und zerrte die Füllung heraus. »Scheiße«, sagte Albright. Er bremste scharf, wandte sich um und prügelte mit den Fäusten auf das Schwein ein. »Hör auf«, brüllte er. Er stieg aus und öffnete die Hintertür. In genau diesem Moment warf sich das Schwein verzweifelt dagegen. Die Tür flog auf, schlug gegen Albrights Schläfe, das Schwein trampelte über ihn hinweg und rannte davon. Albright rappelte sich auf und bekam das Ende der Leine zu fassen. Er rannte dem Schwein hinterher, rutschte auf dem Kies am Ende der Brücke aus, klammerte sich an der Leine fest. Das Schwein schleifte ihn ein Stück mit, machte kehrt und starrte ihn keuchend an.

Er kam näher. Sie stürzten wie ein perverses Liebespaar auf die Straße, Albright fluchte, das Schwein stieß kurze, explosionsartige Grunzer aus, wobei ihm der Schaumstoff der Sitzfüllung aus der Schnauze quoll. Albright trug einen langen Schnitt am Bizeps davon, Mann und Schwein waren beide in Staub und Blut getaucht.

»Die Brücke hat nur eine Spur«, sagte eine Stimme. »Wenn Sie Ihren Wagen wegsetzen, werde ich Sie nicht weiter stören.«

Albright wirbelte herum. Ein alter Farmer in verblichenem Overall und Baseballkappe schaute auf ihn herunter. Sein gefurchtes Gesicht konnte eine gewisse Heiterkeit nicht verbergen.

»Was zum Teufel meinen Sie damit?«, fragte Albright. Das Schwein nutzte die Gelegenheit, riss an der Leine und strebte verzweifelt den Bäumen am Straßenrand zu.

»Wenn das Ihr Schwein ist, und ich habe keinen Grund, es nicht zu glauben, dann können Sie damit tun, was immer Sie wollen«, sagte der Mann. »Aber Sie halten den Verkehr auf.«

»Mein Schwein haut ab«, sagte Albright. »Statt zu reden, könnten Sie mir helfen, es einzufangen. Es ist aus meinem Wagen entwischt.«

»Ich bin ein bisschen zu alt und gebrechlich, um Schweine im Wald zu jagen«, sagte der alte Mann. »Hab ohnehin noch nie von jemandem gehört, der eine Schweinezucht im Taxi betreibt.«

Er jagte stundenlang dem Schwein hinterher, blieb nur gelegentlich stehen und schaute durch die Bäume zur Sonne hinauf, um die ungefähre Zeit zu schätzen. Die Sonne hatte den Zenit überschritten, war zur Hälfte in den westlichen Quadranten gesunken. Er wusste nicht, wie und in welche Richtung er gerannt war, kannte aber den Flussverlauf und war der Meinung, das reiche aus.

Das Schwein schien mit ihm zu spielen, lockte ihn immer tiefer in das dichte Unterholz unten am Fluss. Wann immer ihm der Wahnsinn dieses Unternehmens dämmerte, zeigte sich das

Schwein mit aufreizender Ruhe und ließ sich beinahe fangen, bevor es wieder verschwand. In einem Dickicht aus wildem Rohr blieb es sogar gemütlich stehen, die Ruhe selbst, und wartete, bis Albright wieder zu Atem gekommen war. Er stand da, die Hände auf die Knie gestützt, merkte, wie ihm die Schweißperlen von der Nase tropften, und lauschte auf seinen rasselnden Atem. Als er glaubte, das Schwein wiege sich in Sicherheit, schoss er vor und griff nach seinen Hinterbeinen, doch das Tier quiekte nur und sprang ins Rohrdickicht.

Mittlerweile hasste er das Schwein. Er verabscheute es ebenso wie die alte Frau, die ihm das Vieh aufgehalst hatte. Er betrachtete es als Bastard der alten Frau, als Ergebnis der Paarung zwischen ihr und einem schweinischen Handelsvertreter, der teuflische Ware feilbot.

Er kämpfte sich durch das Rohr und hielt Ausschau nach seinem linken Schuh, der im Schlamm stecken geblieben war. Er malte sich ein Fahndungsplakat aus, tausend Dollar auf den Kopf des Schweines, tot oder lebendig; stellte sich bewaffnete Kopfgeldjäger vor, die durch Ranken und dichtes Grün stapften; sah das Gesicht des Schweines, das ihn von einem Anschlag an der Wand des Postamts von vorn und im Profil höhnisch angrinste.

Halb beschuht zog er seinen inneren Kompass zu Rate und mühte sich durch Dornengestrüpp und Kriechgewächse in die Richtung, in der er die Straße vermutete. Er stellte sich vor, wie ihm das Schwein durchs Unterholz folgte, und spielte mit dem Gedanken, zu der Farm zu fahren, die alte Frau zu erwürgen und die so mühsam aufgetragene Farbe wieder abzukratzen.

Als er auf die Straße taumelte, war er mit Dornen und Spinnweben übersät, mit Blut und Schlamm verschmiert, ihm war flau im Magen, und er fühlte sich dem Wahnsinn nahe. Er sah sich um und zweifelte an seinem Verstand, ihm war, als habe man ihn an einen anderen Ort versetzt. Die Landschaft erschien ihm vollkommen fremd, hier war er nie zuvor gewesen.

Jenseits der Straße zog sich das Land wie ein weicher, grüner Teppich dahin, ganz weit am Horizont waren ein Farmhaus, gepflügte Felder, eine Rauchsäule über brennendem Buschwerk zu erkennen. Eine idyllische Szene aus einem Saatgutkalender. Nichts davon erschien ihm vertraut. Allmählich begriff er, dass ihn das Schwein so weit durch die Flussniederung gelockt hatte, dass er auf einer völlig anderen Straße gelandet war, einer Straße, auf der er allem Anschein nach noch nie gewesen war. Er schaute in beide Richtungen, unschlüssig, wohin er sich wenden sollte. Alles sah gleich aus. Er überlegte, welche Gegend westlich des Flusses lag, doch er hätte ebenso gut eine Münze werfen können.

Albright saß am Straßenrand und rauchte seine letzte Zigarette, als ein weißer Buick Roadmaster den Hügel heraufkam und neben ihm anhielt. Er wollte schon nach dem Weg fragen, als Fleming Bloodworth ihn aus dem Beifahrerfenster angrinste. Er drückte die Zigarette aus, warf die Kippe weg und stand auf, wobei er sich den getrockneten Schlamm von den Jeans klopfte. »Guter Gott«, sagte er, »jemand aus der Heimat.«

Fleming betrachtete Albrights zerzauste Erscheinung, die verdreckte Kleidung, den fehlenden Schuh. Zerwühltes, albinoweißes Haar. »Hattest du einen Autounfall?«, erkundigte er sich.

»Nein.«

»Hast du dich verlaufen?«

»Teufel, nein, ich weiß schon, wo ich bin, genau hier am Straßenrand. Nur mein Auto und die Brücke und der Rest der beschissenen Welt sind verschwunden.«

Neal lehnte sich hinüber und fragte: »Was ist mit deinem Schuh passiert?«

Albright setzte zum Sprechen an und verstummte. Er holte tief Luft, atmete aus. »Ich hab ihn bei der Jagd auf ein Schwein verloren«, sagte er schließlich.

Neal sah Fleming an. Er schob seine Sonnenbrille mit dem Zeigefinger in die Höhe und nickte. »Alles klar«, sagte er. »So laufe ich auch immer hinter meinem Schwein her, einen Schuh an, den anderen aus. Der Fuß mit dem Schuh bringt Tempo, der andere die Trittsicherheit.«

»Klingt, als gehörte noch eine Geschichte dazu«, meinte Fleming.

Neal reichte auf den Rücksitz, auf dem eine Wanne Eis stand, aus der Wasser auf den Wagenboden sickerte. Er plantschte mit der Hand darin herum, bis er eine Dose Falstaff-Bier gefunden hatte, und warf sie Albright durchs Fenster zu. »Da«, sagte er. Albright fing die Dose mit einer Hand auf und betrachtete das eiskalte Wasser, das an der Seite hinunterrann. »Allmächtiger«, meinte er staunend. Er holte einen Öffner aus der Hosentasche, bohrte zwei Löcher in den Deckel und setzte die Dose an den Mund.

»Verdammt, er ist für alles gerüstet«, sagte Neal. »Hat sogar einen Öffner dabei.«

Als die Dose leer war, drückte Albright sie zusammen und warf sie über die Schulter ins Geißblatt. »Hat das Ding vielleicht noch einen Bruder?«

Er trank die zweite Dose langsam aus und stellte sie auf eine gerade Fläche, die er mit der Ferse seines verbliebenen Schuhs geschaffen hatte. »Ich brauche Hilfe mit dem Schwein«, verkündete er. »Ich muss es verkaufen. Ihr würdet mir nicht zufällig zur Hand gehen? Ich glaube, wir drei könnten es problemlos fangen.«

»Ich passe«, sagte Neal. »Wir jagen schon seit Tagesanbruch Schweine, jetzt ist Feierabend.«

»Woher hast du das Schwein?«, wollte Fleming wissen.

»Ist eine lange Geschichte. Ich brauchte Geld, um nach Clifton zu fahren, da habe ich für die alte Frau drüben am Harrikin gearbeitet. Hat nur auf mich gewartet. Ließ mich schuften wie ein Pferd, und als der Zahltag gekommen war, hatte sie kein Geld. Es hieß, Schwein oder gar nichts. Wobei ich jetzt trotz allem wohl mit nichts dastehe. Sie muss den kleinen Bastard irgendwie trainiert haben. Hat ihn sicher schon tausend Mal als Zahlungsmittel verwendet. Würde mich nicht überraschen, wenn das Mistvieh durch den Fluss geschwommen wäre und in diesem Moment an ihrer Tür kratzt. Ich habe die Absicht, sie zu erwürgen und ihr Haus niederzubrennen, nachdem ich dieses Bier ausgetrunken und ein Päuschen gemacht habe.«

Fleming öffnete die Wagentür, um Luft hereinzulassen, doch die Luft von der Flussniederung war heiß und feucht, geschwängert vom Geruch des Wassers und dem üppigen Duft des Geißblatts.

»Dein Auto steht noch an der Brücke«, sagte er. »Hättest ja mal auf die Strömungsrichtung achten können.«

»Ich habe keinen Fluss gejagt, sondern ein Schwein«, entgegnete Albright. »Dieses Vieh ist dreißig Dollar wert, hat sie gesagt. Ich muss der Dame in Clifton den Hof machen und bringe ihr immer ein Geschenk mit.«

»Was für ein Geschenk?«, fragte der Junge.

»Na ja, normalerweise zwanzig Dollar.«

»Die alte Mrs. Halfacre«, warf Neal ein.

»Wer?«, wollte der Junge wissen.

»Sie ist nicht alt«, meinte Albright.

»Zur Hölle, sie ist älter als du und ich zusammen. Geht stramm auf die fünfzig zu. In meinen Augen ist das alt.«

»Hat sich aber gut gehalten«, meinte Albright.

»Na ja, wenn gut halten heißt, dass man sich mit Brombeerwein besäuft und durch die Gegend torkelt, magst du Recht haben.«

Da Albright Anstalten machte, Mrs. Halfacres diverse Vorzüge zu verteidigen, sagte der Junge eilig: »Wir fahren bloß herum und suchen was, wo wir uns hinsetzen dürfen. Neal hat dafür gesorgt, dass wir überall Hausverbot haben. Vielleicht müssen wir sogar den Bezirk verlassen.«

»Wo habt ihr Hausverbot?«

»Herrgott, eben überall. Im Snip, im Billardsalon. Vor zwei

Wochen haben sie uns aus dem Knob geschmissen. Mich, weil ich minderjährig bin, und Neal, weil er Neal ist.«

»Ich hab noch nie gehört, dass jemand im Knob Hausverbot bekommen hätte«, sagte Albright ungläubig. »Die lassen sogar den Teufel selbst rein, solange er sein Bier bezahlt.«

»Nicht Neal. Er hat damals Streit angefangen, und sie haben die Kneipe praktisch dem Erdboden gleichgemacht. Alle Stühle zertrümmert. Jemand hat ein Stück Holz aus der Wandtäfelung gerissen und als Keule benutzt. Eine Ratte so groß wie ein Hund kam aus der Wand geschossen. Neal war halb betrunken und wollte was mit einer Frau anfangen, die mit jemand anderem gekommen war. Schließlich hat der Kerl Neal gesagt, er soll sich verpissen, und Neal behauptete, das Mädchen hätte in der Nacht davor mit seinem Schwanz gespielt. Der Typ schleuderte Neal quer durch den Raum, und danach ist die Sache irgendwie außer Kontrolle geraten.«

»Was ich gesagt habe, ist so wahr wie das Evangelium«, erklärte Neal.

»Er hat ein Magazin auf uns abgefeuert«, fuhr Fleming fort. »Neal wollte ihn überfahren. Ist über die Schwelle gebraust.«

»Gott im Himmel«, meinte Albright sehnsüchtig, als habe er etwas verpasst. »Ihr könntet mitmachen«, schlug er vor. »Wir fangen das Schwein, verkaufen es und fahren nach Clifton. Mrs. Halfacre lässt euch rein, bei ihr hat keiner Hausverbot.«

»Ich passe«, meinte Neal.

»Ihre Tochter, diese Raven Lee, ist drei Bezirke weit das hübscheste Mädchen«, sagte Albright. »Ihr solltet mitkommen.«

Fleming hielt es für eine seltsame Beschreibung der Schönheit dieses Mädchens und fragte sich, nach welchen Kriterien man die drei Bezirke ausgewählt haben mochte. »Das will ich nicht bestreiten«, sagte Neal. Er drehte das Zifferblatt seiner Uhr zur Sonne. »Ich kenne Miss Halfacre gut. Aber heute Abend bin ich mit einem Rotschopf aus Beaver Dam verabredet und habe außerdem fürs Leben genug von Raven Lee Halfacre gesehen.«

Albright sah ihn neugierig an, sagte aber nichts, sondern wandte sich an Fleming. »Wie steht es mit dir, junger Bloodworth? Möchtest du über den Tennessee River fahren? Dagegen ist das hier nur ein Bächlein.«

»Na ja, ich bin mit keinem Rotschopf verabredet. Ich müsste wohl nach Hause.«

»Sieht so aus«, warf Neal verächtlich ein. »Du musst ja das ganze Vieh versorgen. Abendessen kochen. Deckchen auf den Tisch legen. Warum verhältst du dich wie eine Oma?«

»Ich hätte nichts dagegen, mit dir zu kommen«, sagte Fleming zu Albright.

»Also abgemacht. Aber wir brauchen meinen Wagen. Du könntest hinfahren und ihn herbringen. So wie ich aussehe, lässt mich Neal bestimmt nicht in sein Auto.«

»Zum Teufel, steig ein. Daddy hat ihn ohnehin ruiniert. Hat Hühner drin gezüchtet und so weiter. Noch ein paar Ausflüge in die Wälder bei Early Dials Haus, und ich kann mir einen neuen Wagen kaufen.«

An der Eisenbahnbrücke stiegen sie aus. »Möchtet ihr was von dem Bier?«, erkundigte sich Neal.

Albright stopfte sich schon die Taschen voll. »Ich nehme drei oder vier.«

»Und ich eine«, sagte Fleming.

»Und ich eine, du wirst einen tollen Bloodworth abgeben«, höhnte Neal. »Pass auf, sonst wirst du noch von der Familie verstoßen. Hält sich den ganzen Tag an zwei Bier fest.«

Sie fuhren in Albrights Dodge auf den Hügel. Albright stieg aus und fixierte das Unterholz, als hätte das Schwein auf seine Rückkehr gewartet. »Holen wir uns das Vieh«, meinte er. »Wenn wir es nicht verkauft kriegen, stecken wir ihm einen Apfel in die Schnauze und rösten es am Spieß.«

Fleming machte einen halbherzigen Versuch, konnte sich

aber nicht richtig auf die Suche nach dem vermissten Schwein konzentrieren. Im Unterholz war es heiß und stickig, kein Lüftchen regte sich. Sein ganzer Körper war feucht vom Schweiß, Mücken schwirrten vor seinen Augen, als wollten sie in den Schädel eindringen. Moskitos summten um seine Ohren, und er schlug mit beiden Händen nach ihnen. Eine Zeit lang blieb er am Fluss stehen, der sich langsam und bleiern wie ein Strom aus Schlamm dahinwälzte. Eine Wassermokassinschlange glitt von einem Ast in den Fluss und wallte langsam davon.

Etwas kroch an seinem Bein herauf. Er zog die Hosenbeine hoch und entdeckte eine Armee von Zecken. Kaum sichtbar. Die Beine juckten schon. Er zog Schuhe und Strümpfe aus und watete ins Wasser, wo er sich mit Sand abschrubbte.

»Hey«, brüllte er.

Nach einer Weile kroch Albright ohne Schwein aus dem Unterholz.

»Ich hab ein bisschen Geld«, sagte Fleming. »Wie wäre es, wenn ich dir die zwanzig Dollar einfach leihe?«

»Woher solltest du zwanzig Dollar haben?«

»Bin zu Geld gekommen. Wie sieht's aus? Wäre dir das recht?«

»Wäre mir verdammt recht«, gab Albright zurück. »Wir fahren in die Stadt, ich nehme ein Bad und ziehe mich um, und dann geht es los.«

Sie waren dem Tennessee River meilenweit gefolgt. Gelegentlich verschwand er hinter ungeheuren Steinplatten, die in der Dunkelheit schwarz wie Ebenholz wirkten. Ein bleicher Mond hing über dem Fluss und begleitete den Wagen, sein leuchtendes, abstraktes Spiegelbild zersplitterte auf dem glänzenden Wasser. Der Fluss war breiter, als Fleming vermutet hatte, wirkte gegenwärtiger als die Straße, auf der sie fuhren, zog unwillkürlich den Blick auf sich, duldete keine Missachtung.

Die Straße nach Clifton war lang und abwechslungsreich, voller Zickzackstrecken und Sackgassen. Albright war verschwitzt und müde und hatte den ganzen Tag nichts gegessen, sodass ihn die Wirkung des Biers hart und unvermittelt traf. Er schlug einige andere Vergnügungen vor, um den Besuch bei Mrs. Halfacre einzuläuten. Fleming protestierte nicht, sondern hatte sich bewusst entschieden, mit dem Strom zu schwimmen und zu sehen, wohin die Nacht ihn treiben mochte.

Zuerst führte sie ihn nach Waynesboro, wo ein Tanzabend stattfinden sollte. Albright behauptete, die Frauen dort seien wild, vor allem, wenn man aus einem anderen Bezirk komme. Er beschrieb verschiedene intime Akte, bei denen sie angeblich nicht ihresgleichen hatten. Eine Hemmungslosigkeit, von der die Frauen aus Ackerman's Field nur träumen konnten. Fleming hatte seine Zweifel, hörte aber dennoch zu und dachte mit sardonischem Vergnügen, dass ihn das Leben vielleicht noch in dieser Nacht beim Kragen packen und aus den windstillen Gewässern in lebhaftere Fluten stürzen würde. Eine dieser wilden Frauen könnte ihn anspringen und mit ihm einen derart hemmungslosen Akt vollziehen, dass sich sein Leben von Grund auf veränderte.

An der Tür zur Tanzhalle versperrte ihnen ein muskulöser Arm den Weg. Die dazugehörige Faust umklammerte den Türrahmen. Der Mann deutete mit dem Kopf auf ein handgeschriebenes Schild, das an die Wand genagelt war. KEIN ZUTRITT FÜR EINSPÄNNER, stand da. NUR PAARE.

Albright wirkte gekränkt. »Ich möchte klar und deutlich zu verstehen geben, dass ich kein verdammter Einspänner bin. Ich habe schon immer Albright geheißen. Soll ich Ihnen meinen Führerschein zeigen?«

Im Goblin's Knob kaufte er ein Pint schwarzgebrannten Whisky. Er trank beim Fahren, wurde mit jedem Schluck trübsinniger und kramte jammernd altes und neues Unrecht hervor, das man ihm zugefügt hatte, als besitze das Schicksal einen Sinn für schwarzen Humor und mache sich mit jedem Fall der Würfel über Albright lustig. Fleming fuhr schweigend, der Gestank des Whiskys schlug über ihm zusammen, schien aus dem Boden und den Polstern zu quellen. Die Scheinwerfer enthüllten Szenerien, die er nie zuvor gesehen hatte, neue Konstellationen von Bäumen, Häusern und Steilhängen, die wirkten, als hätten die Veränderungen im Bild ganz neue Dinge aus ihnen geschaffen. Eine Welt, die sich immer aufs Neue umgestaltete. Fremde Gegenden wuchsen aus der Nacht und glitten am dunklen Glas vorbei wie die Seiten eines Daumenkinos.

»Wenn es nicht so weit wäre, würde ich noch mal nach dem Schwein Ausschau halten«, meinte Albright. »Die alte Frau aus dem Bett werfen. Ich vermute, sie schläft mit dem Vieh, dann hätte ich beide Fliegen mit einer Klappe geschlagen.«

Fleming lehnte den Kopf gegen die Scheibe und schloss die Augen. Er glaubte schon, sie würden nur im Kreis fahren und bei Tageslicht nach Hause zurückkehren. Es gab keine wilden Frauen, keine Mrs. Halfacre, in die er zwanzig Dollar investiert hatte, und ganz gewiss keine Raven Lee Halfacre, das hübscheste Mädchen drei Bezirke weit. Wahrscheinlich existierte kein Ort namens Clifton, bisher hatte er nur den Tennessee River gesehen.

»Ich sollte sie verhexen«, sagte Albright. »Aber ich hab schon eine Sache laufen und weiß nicht, wie viele er einem Kunden auf einmal gestattet.«

»Moment mal«, sagte Fleming. »Soll das heißen, du hast Brady tatsächlich dazu gebracht, Woodall zu verhexen?«

»Aber sicher doch. Die Frau behalte ich noch in der Reserve.«

»Du hast ihm Geld gegeben.«

»Klar. Muss das Spitzenmodell unter den Flüchen gewesen sein, hat mich fünfzig Dollar gekostet.«

»Wo um alles in der Welt hattest du fünfzig Dollar her?«

»Ich habe sie mir bei der Bank geliehen.«

»Wie bitte?«

»Ich habe sie mir bei der First National Bank geliehen.«

»Du meinst, du bist einfach hineinspaziert und hast gesagt,

du brauchst fünfzig Dollar, um einen Mann verhexen zu lassen, und sie haben dir das Geld hingeblättert?«

»Teufel, nein, für wie verrückt hältst du mich? Ich hab ihnen gesagt, es wäre für Arbeiten am Haus. Hab eine Hypothek auf meinen Wagen aufgenommen. Ist egal, wenn der Fluch nicht bald funktioniert, gehört die Kiste ohnehin Woodall. Was hältst du davon?«

»Ich glaube, du hast gerade den Weltrekord in Verrücktheit aufgestellt«, meinte Fleming.

Die gezackten Klippen waren verschwunden, sie fuhren auf die Lichter einer kleinen, verstreut zwischen den Hügeln liegenden Stadt zu. Rechts zog sich der schimmernde Fluss, so weit das Auge reichte. Fleming konnte die Lampen einer Fähre sehen, die sich hinüberkämpfte, ein Suchscheinwerfer schlug seinen leuchtenden Bogen über das Wasser wie eine Acetylenlampe. Sie fuhren die Hauptstraße mit ihren wenigen Geschäften und Cafés entlang. Albright bog in eine steile Seitenstraße, dann folgten sie wieder dem Fluss. Fleming entdeckte einen Jachthafen, in dem Boote an ihren Leinen dümpelten; ein erleuchteter Schleppkahn schien unendlich lange an ihnen vorbeizuziehen; ein riesiger Monolith, beinahe konturlos in der besternten Nacht, wie eine Stadt, die sich aus der Verankerung löst und in unbekannte Fernen driftet.

Albright parkte den Wagen vor einem kleinen rosa Haus mit spitzem Dach. Die Fenster waren hell erleuchtet, und als Albright den Motor abstellte, hörte man das tiefe Vibrieren einer Gitarre.

»Gib mir einen Schluck aus der Flasche«, sagte Fleming.

Albright reichte sie ihm, er schraubte den Deckel ab.

»Riech lieber nicht dran«, warnte ihn Albright. »Nimm einen ordentlichen Schluck und weg damit. Ist eine gute Grundlage.«

Fleming gehorchte, musste aber mehrmals schlucken, damit die Flüssigkeit blieb, wo sie war. Er schüttelte den Kopf. Seine Augen tränten. »Hölle noch mal«, sagte er.

»Das kannst du laut sagen. Hör zu, Fleming, rede einfach mit ihnen, dann ist alles okay. Fang nicht mit Büchern oder Gedichten an. Das sind gute Leute, aber nicht gerade scharf auf Bücher. Tu, was ich tue, dann kann nichts schief gehen.«

»Wenn ich tue, was du tust, lande ich im Knast oder Irrenhaus«, erwiderte er gereizt. »Keine Sorge, ich werde nicht sabbern oder mir in die Hose pinkeln.«

Albright klopfte ihm auf die Schulter. »Mehr braucht es auch nicht, junger Mann. Und jetzt los.«

»Attacke«, fügte Fleming hinzu.

Die Außenbeleuchtung war ausgeschaltet. Auf der Veranda konnte Fleming eine Schaukel ausmachen, die in Efeu oder Geißblatt zu ertrinken schien, das an einem Ende der Veranda hochrankte. Eine schlanke, dunkle Gestalt lag darin, mehr war nicht zu erkennen. Albright sah zu der Schaukel hinüber und zog den nicht vorhandenen Hut. »Miss Raven«, sagte er. »Ist Ihre Mama drinnen?«

Das Mädchen antwortete nicht, und Albright pochte ans Fenster. Anscheinend erkannte man ihn, denn von drinnen rief eine Frauenstimme: »Junior, Süßer«, und Albright trat gefolgt von Fleming ins Haus.

Einen Moment lang blinzelte Fleming im grellen Licht. Er befand sich in einem kleinen Wohnzimmer mit niedriger Decke, dessen Tapete so aufdringlich gemustert war, dass sie ständig zu vibrieren schien. Eine Vinylcouch stand an einer Wand, aus einem großen Radioschrank dröhnte die Grand Ole Opry. In einem klapprigen, grünen Lehnsessel saß ein Mann mit nacktem Oberkörper, der eine Gitarre umklammert hielt. Seine Augen richteten sich mit einer wilden, finsteren Eindringlichkeit auf die Neuankömmlinge, als wolle er auf der Stelle ergründen, was sie herführte. Die Frau hingegen hatte schon den linken Arm um Albright gelegt und fuhr mit der Rechten durch seine wilden Locken, ohne auf den Mann in der Ecke zu achten.

»Für solche Haare würde eine Frau alles geben«, sagte sie und trat zurück. Albright befand sich unmittelbar unter dem heißen, weißen Licht der Glühbirne. Sein Haar war von den Fingern der Frau zerzaust und sah aus, als stünde sein Kopf in Flammen.

»Oder nicht?«, fragte sie den Mann in der Ecke. Dieser trank eine dunkle, trübe Flüssigkeit aus einem Glas, die aussah wie Tinte. Er schien nachzudenken. »Oder nicht?«, wiederholte sie, doch der Mann wollte seine Meinung nicht kundtun. Vor dem Stuhl auf dem Boden stand ein Fünf-Gallonen-Krug aus durchsichtigem, mit Langetten verziertem Glas, der zur Hälfte mit derselben Flüssigkeit gefüllt war. Der Mann hatte besitzergreifend die Füße darauf gestellt, als wolle er ihn mit seinem Leben verteidigen.

Fleming vermutete, dass die Frau in ihrer Jugend hübsch gewesen war, doch im erbarmungslosen Licht der Lampe war nicht viel davon übrig geblieben. Sie schien noch keine fünfundvierzig zu sein, doch das Fleisch an ihren Oberarmen war schlaff, und ihr Gesicht sah aus, als bestehe es aus geschmolzenem Wachs. Sie wirkte angetrunken, klammerte sich an Albright und schwankte, als tanzten sie auf der Stelle.

Der Mann erhob sich abrupt, lehnte die Gitarre an die Wand und ging durch die Fliegentür hinaus. Sie fiel hinter ihm zu. »Dich nimmt noch einer mit, wenn du hier allein rumhockst«, hörte Fleming ihn draußen sagen. Er erhielt keine Antwort, und seine Schritte verhallten auf dem Hof.

Da er nichts Besseres zu tun hatte, setzte sich Fleming auf die Couch neben dem Radio. »Leute, ich stelle euch jetzt eine junge Dame vor, die wirklich einen Applaus verdient hat«, verkündete Ernest Tubb. Die Frau hatte sich zu Fleming gedreht. »Sieht gut aus«, sagte sie zu Albright. »Gibt's den auch in größer und älter?«

»Wenn ja, werde ich es dir kaum verraten«, erwiderte Albright. »Das ist Fleming. Wir sind heute zusammen unterwegs.«

»Hol dir ein Glas von dem Wein«, sagte die Frau zu Fleming.

»Schwarze Johannisbeere, schmeckt gut. Was ist mit Albert los?«

»Falls es der im Sessel war, ist er gegangen«, meinte Fleming. Er schraubte den Deckel des Kruges ab. Der Wein roch nach Sommerfrüchten, darunter lauerte ein unterschwelliger, heißer Hauch von Alkohol. Es gab nichts, woraus er hätte trinken können.

»Gitarrenmusik ist nett, aber mit Geld kann man mehr anfangen«, sagte sie düster. »Gläser sind hinten in der Küche.«

Sie standen umgestülpt auf einem sauberen Handtuch neben der Spüle. Fleming wurde den Geruch des einen Schlucks Whisky nicht los, den er genommen hatte. Er schien ihm in Kleider und Haare gedrungen zu sein. Zwischen die Zähne. Er füllte ein Glas mit Leitungswasser und trank, wobei er sich im Spiegel über der Spüle betrachtete. Aus dem Wohnzimmer drangen zärtliche Laute. Kaum war er zur Tür hinaus, schon befummelten sie sich. Quietschen, Gekicher, kehlige Knurrlaute. Und nur von Albright. Fleming konnte nicht begreifen, dass er sich dazu hatte überreden lassen. »Ich wäre lieber mit gebrochenem Hals in der Hölle«, verkündete er voller Abscheu seinem Spiegelbild. Er kippte das restliche Wasser in die Spüle, kehrte ins Wohnzimmer zurück und füllte das Glas zur Hälfte aus dem Riesenkrug. Er nahm einen Schluck. Es war süß, beinahe sirupartig, mit einem brennend sauren Nachgeschmack.

»Mach es dir bequem«, sagte die Frau zu Fleming. »Du kannst dich auf der Veranda mit Raven Lee unterhalten oder einfach Radio hören.« Fleming bemerkte in ihrer Hand den Zwanzig-Dollar-Schein, den er Albright geliehen hatte. Sie kam plötzlich durchs Zimmer und legte ihm den Arm um die Schultern, beugte sich vor und küsste ihn geräuschvoll auf die Wange. Dann zeigte sie ihm eine Ecke des gefalteten Scheins. Mit Bedauern beobachtete er, wie der in den Tiefen ihres Dekolletés verschwand. »Hättest du nicht auch gern etwas, das dir die Trennung von zwanzig Dollar so leicht macht?«, fragte sie.

Sie schien eine Antwort zu erwarten, doch ihm fiel keine ein. Während er noch grübelte, schob sie ihren Arm unter Albrights und verschwand mit ihm im hinteren Bereich des Hauses. Im Radio zupfte Uncle Dave Macon sein Banjo. *Keep your skillet good and greasy all the time, time, time*, sang er. Nach einer Weile klang das kehlige Gelächter der Frau durch die dünne Wand. Fleming stand auf, trat mit dem Weinglas in die kühle Nacht und setzte sich auf die Schwelle zur Veranda. Er konnte den Fluss riechen, den üppigen Pflanzenduft des reifenden Sommers, den betäubenden Geruch des Geißblatts, der ihn schwindlig machte. Irgendwo hinter ihm in der Dunkelheit erklang sporadisch das Nebelhorn eines Schleppkahns.

Er schaute gerade an Albrights Wagen vorbei auf die formlosen Gebäude der Stadt, die sich vor dem Nachthimmel auftürmten, als sich die Gestalt aus der Schaukel erhob und neben ihn auf die Bodenbretter setzte. Obwohl noch Raum zwischen ihnen war, konnte er sie riechen. Ihr Duft verriet sofort ihr Geschlecht, ohne dass er es hätte erklären können. Es war kein Parfüm, eher der Geruch ihres Haars.

»Du gleichst Neal Bloodworth. Bist du mit ihm verwandt?«

»Er ist mein Cousin ersten Grades. Woher kennst du ihn?«

»Jeder kennt Neal. Ich bin ein paarmal mit ihm ausgegangen. Warum bist du nicht betrunken? Ich hätte kaum erwartet, dass Neal einen nüchternen Verwandten hat, von einem Cousin ersten Grades ganz zu schweigen.«

Fleming fand die Frage frivol, überlegte sich aber eine ernsthafte Antwort. »Ich hab es ein paarmal versucht« sagte er, »aber es gibt mir nichts. Man kann nicht mehr richtig wahrnehmen, sieht und hört nicht richtig. Manches entgeht einem. Ich weiß nicht, ich meine es anders, kann es aber nicht genau ausdrücken.«

»Du meinst, es betäubt deine Sinne?«

»Ja, es betäubt meine Sinne. Genau das wollte ich sagen.«

»Warum hast du es dann nicht einfach gesagt?«

»Weiß ich nicht«, sagte er. Zum ersten Mal schaute er sie an, und irgendetwas, ihr Gesicht, vielleicht auch ihre Gegenwart als solche, traf ihn wie ein Schlag in die Magengrube. Albright hatte gesagt, sie sei drei Bezirke weit das schönste Mädchen, was Fleming für deutlich untertrieben hielt. Sie war klein und dunkel, ihr Haar, passend zu ihrem Namen, rabenschwarz, die Augen dunkel wie Schlehen. Ihre Gesichtszüge wirkten so exquisit, als sei sie das verkleinerte und unendlich verfeinerte Modell eines gröberen, größeren Wesens, die absolute Essenz ihrer selbst. Irgendetwas an ihr wirkte exotisch, doch er konnte es nicht eingrenzen. Indianisch, hispanisch, orientalisch. Und sie verströmte etwas, das ihn schwerfällig, einsilbig und einfältig werden ließ.

»Ich weiß nicht«, wiederholte er. »Ich glaube, du hast mich um den Verstand gebracht.«

»Um den Verstand gebracht? Ich habe dir doch gar nichts getan.«

»Vielleicht aus Versehen«, meinte er.

»Meinst du, ich hätte dich verhext wie die Vamps aus den Stummfilmen, die mit den langen, schwarzen Wimpern? Dich hypnotisiert? Hältst du mich etwa für eines dieser teuren Callgirls?«

»Gott, nein.«

»Dann vielleicht für eines dieser billigen Callgirls?«

»Teufel noch mal«, sagte Fleming. »Ich halte dich für gar nichts. Ich höre lieber auf mit dem Denken. Lege es ab wie eine schlechte Angewohnheit.«

Sie wirkte seltsam zufrieden. »Vielleicht habe ich dich ja wirklich um den Verstand gebracht«, meinte sie. »Vielleicht bin ich zu aufgedreht. Oder deine Widerstandskraft ist zu gering. Ich schalte mich eine Stufe runter.«

»Schön wär's«, sagte er und dachte im Stillen, Raven Lee Halfacre, ich muss aufpassen, sonst gerät das hier außer Kontrolle. Und ich helfe auch noch dabei.

»Wie heißt du?«

»Fleming. Deinen Namen kenne ich, Junior Albright hat von der hübschen Raven Lee Halfacre geschwärmt.«

Das Mädchen betrachtete ihn prüfend. »Ich habe gesagt, du sähest Neal ähnlich, aber jetzt bin ich mir nicht mehr so sicher. Neal hat diesen Klugscheißerblick, weißt du.«

»Ja, weiß ich.«

»Du nicht. Du siehst nett aus.«

Fleming schwieg. Damit hatte sie ihm den Todesstoß versetzt. Er wollte nicht nett aussehen. Er wollte wild und verwegen sein, ein Wüstling und Vagabund, ein Wegelagerer, der zur alten Schänke geritten kam.

»Du kannst auch nicht so gut reden wie Neal. Neal hätte einem Mädchen schon die Bluse ausgeredet. Du hast es nicht einmal versucht.«

Er gab keine Antwort. Er hatte kaum zehn Minuten neben ihr gesessen, doch schon jetzt konnte ihn der Gedanke an Neal, der ihre Bluse auszog, nur wenig begeistern. Er fragte sich, ob er ihr die Bluse ausgeredet hatte. Ihm fiel Neals Bemerkung ein, er habe fürs Leben genug von Raven Lee Halfacre gesehen. Vielleicht war er mit seinem Versuch gescheitert.

»Möchtest du in der Stadt eine Cola trinken?«, fragte sie.

»Klar. Hat noch etwas geöffnet?«

»Das Café. Vielleicht auch der Drugstore, da könnten wir Zeitschriften lesen.«

»Wir können mit Albrights Wagen hinfahren.«

»Ich würde lieber gehen, es ist schön draußen. Das Gelb des Wagens ist mir ein bisschen zu grell.«

Clifton schien auf Hügeln erbaut zu sein. Sie gingen bergauf, sie gingen bergab. Die Bewohner hegten offensichtlich eine Aversion gegen ebene Flächen. Er hörte das Klatschen von Wasser, der Fluss war allgegenwärtig.

Sie schritt leichtfüßig neben ihm her, ließ die Arme baumeln, einmal hakte sie ihn unter, worauf ihn ein Blitz durchzuckte, gleich der unmittelbaren Wirkung einer seltenen, starken Droge.

Im Drugstore tranken sie Vanilla-Coke. Sie ging die Filmzeitschriften durch und wählte *Modern Screen* mit Montgomery Clift auf dem Titel. Sie tranken ihre Cola an einem Tisch am Fenster. Während sie in dem Heft blätterte, beobachtete er sie. Ihr Profil, neu und glänzend wie eine frisch geprägte Münze. Beim Lesen wickelte sie eine Locke um den Finger.

Fleming bemerkte das offensichtliche Missfallen der Verkäuferin. Nach einer Weile kam sie hinter der Theke hervor an ihren Tisch.

»Das hier ist keine Bücherei«, sagte sie. »Du kannst sie ansehen und eine aussuchen, aber nicht einfach lesen und zurücklegen.«

Raven Lee ließ die Zeitschrift auf den Tisch sinken. »Dann nehmen Sie sie.«

Fleming nahm sie in die Hand. Fünfundzwanzig Cent stand auf der Titelseite. Er legte eine halben Dollar auf den Tisch und schob Raven Lee die Zeitschrift wieder hin. Die Verkäuferin nahm das Geld und kam nach einer Weile mit einem Vierteldollar zurück, den sie ihm über die rote Resopalplatte zuschob.

»Du hast wohl Spendierhosen an«, meinte Raven Lee. »Was wird mich das kosten?«

»Was?«

»Jungs erwarten immer eine Gegenleistung«, sagte sie. »Was erwartest du?«

»Verdammt, selbst wenn es so wäre, würde ich für einen Vierteldollar nicht allzu viel erwarten. Außerdem will ich nichts von dir.«

Er hörte zwar seine Worte, sie entsprachen aber nicht der Wahrheit. In den letzten Minuten war ihm aufgegangen, dass er alles wollte. Er wollte den Rest ihres Lebens, wenigstens aber die Erlaubnis, neben ihr herzulaufen, während sie es lebte.

Ähnlich Sterbenden, die ihre Vergangenheit angeblich wie einen Film vorbeiziehen sehen, entfaltete sich für ihn die Zukunft wie ein Kaleidoskop. In wenigen Sekunden rollten ganze Szenen vor ihm ab. Sie standen vor einem bibelbewehrten Prediger. Hand in Hand vor einer Wiege mit ihrem Erstgeborenen. Sie traten gemeinsam einer Welt entgegen, die sie in die Knie zwingen wollte, und hielten Stand. Sie kniete an seinem Grab, während der Wind durch ihre grauen Locken fuhr, und steckte eine einzelne weiße Rose in die Erde. Tränen verschleierten ihren Blick. Er sah all das auf einmal, nicht als in Stein gemeißelte Zukunft, sondern als wirbelnden Mahlstrom von Ereignissen, die beherrschbar waren. Es war eine Zukunft, nach der man streben konnte. Fleming betrachtete sich selbst als ziemlich hartnäckigen, ausdauernden Menschen und wollte danach streben, sosehr er es vermochte.

»Hauptsache, du begreifst, dass ich keine Miniaturausgabe meiner Mama bin. Wir sind zwei verschiedene Menschen, also wirf uns nicht durcheinander. Sie sagt mir nicht, wie ich mein Leben leben soll, und ich rede nicht in das ihre hinein. Ich habe bereits meinen Namen Evelyn geändert und werde bald auch auf Halfacre verzichten.«

»Willst du heiraten?«

»Man muss nicht heiraten, um seinen Namen zu ändern. Außerdem bin ich sechzehn, viel zu jung zum Verheiratetsein. Nicht zu jung zum Heiraten, nur zum Verheiratetsein. Mama meint, ich wäre hübsch genug, um ins Showbusiness einzusteigen. Vielleicht nicht gerade als Filmstar oder so, irgendetwas anderes. Mama sieht in mir den besten Weg, um aus Clifton herauszukommen. Aus Tennessee. Sie hasst Tennessee, behauptet, es wimmele nur so von Hinterwäldlern.«

»Woher stammt sie denn?«

»Aus Tennessee«, antwortete das Mädchen grinsend und sog dann die letzte Cola durch den Strohhalm.

»Wir machen jetzt zu«, rief die Verkäuferin und erbrachte

den Beweis, indem sie an einen Wandkasten trat und die Außenbeleuchtung abschaltete.

Sie standen auf, Raven Lee rollte ihre Zeitschrift zusammen. »Die Frau hasst mich einfach. Dabei habe ich ihr nichts getan.«

Fleming vermutete, dass eine Menge Frauen Raven Lee Halfacre hassen würden, bevor der Zahn der Zeit an ihr zu nagen begann, sagte es aber nicht. Er folgte ihr durch die Tür auf den Gehweg, wo riesenhafte Motten, die das Licht vermissten, verwirrt umherflatterten. Eine davon verfing sich in den Haaren des Mädchens. Da es ihr nicht gelang, sie zu befreien, gestattete sie Fleming, ihr zu helfen. Die Motte flog davon.

»Ich hasse diese Viecher«, sagte Raven Lee. »Sehen wir nach, ob das Café noch geöffnet hat.«

Kaum waren sie einen Block weit gegangen, vorbei an Geschäften, die vergittert und verriegelt waren, wurde Flemings schlimmster Albtraum Wirklichkeit.

Der Albtraum trug Arbeitsstiefel mit Riemen und Schnallen, einer davon auf dem Gehweg, den anderen gegen die Backsteinfassade des geschlossenen Eat and Run Cafés gestemmt, den Rücken lässig gegen die dunkle Scheibe gelehnt. Er trug Jeans, die am Saum einmal umgeschlagen waren, und ein weißes T-Shirt, in dessen hoch gerolltem Ärmel sich eine Zigarettenschachtel abzeichnete. Eine Sonnenbrille im Pilotenstil hing um seinen Hals. Das pomadisierte Haar lag oben auf dem Kopf flach an, wie mit einer Wasserwaage geglättet, die Seiten waren zu einem langen Entenschwanz zurückgekämmt. Die Zigarette hing ihm gewollt lässig im Mundwinkel, als habe er die Pose vor dem Spiegel geprobt.

Scheiße, dachte Fleming.

»Raven Lee Halfacre«, sagte der junge Mann.

»Sag nichts, geh einfach weiter«, zischte sie.

Was sie auch taten. Fleming schaute sich nicht um, hörte aber die Metallplättchen unter den Stiefelsohlen, die immer schneller aufs Pflaster klickten.

»Wann darf ich mal ran, Raven Lee?«, brüllte der Mann. »Wird langsam Zeit.«

Fleming blieb stehen. Sie zerrte an seinem Arm. »Bist du verrückt?«, fragte sie.

Vermutlich, dachte er bei sich. Ihm war, als müsse er etwas sagen. Etwas tun. Ihre Ehre verteidigen. Schließlich ließ er sich mitziehen, doch der Mann hatte sie eingeholt und baute sich vor ihnen auf.

»Wann gehst du mit mir aus?«

»Wenn die Hölle zufriert«, antwortete sie.

»Was Besseres konntest du wohl nicht finden«, meinte er mit einem Blick auf Fleming. »Willst du ihn dir groß werden lassen?«

»Wir haben dir nichts getan«, gab das Mädchen zurück. »Warum lässt du uns nicht einfach in Ruhe und kümmerst dich um deinen Kram?«

»In diesem Moment seid ihr mein Kram«, sagte der Mann. »Ich habe gehört, du hättest einiges zu bieten.«

»Du aber nicht, wie ich gehört habe«, sagte das Mädchen. »Ich habe gehört, dass du mit dieser Null Sheila Brewer im Schlafzimmer warst, als keiner zu Hause war, und ihn nicht mal hochgekriegt hast.«

»Du kleine verlogene Schlampe«, sagte er, schlug ihr mit der flachen Hand ins Gesicht und wandte sich an Fleming. Das Mädchen umklammerte mit beiden Händen ihr Gesicht und blieb für einen Augenblick mit gesenktem Kopf stehen, wobei ihr das Haar über die Hände floss. Der Mann schleuderte seine Zigarette weg, die in einem Funkenwirbel auf die Straße fiel. Sein Gesicht war stumpf und wütend. »Was hast du dazu zu sagen?«, fragte er Fleming.

»Ich habe gehört«, er wollte schlucken, hatte aber nicht genügend Spucke im Mund. Kalter Schweiß sammelte sich in seinen Achseln, sickerte am Brustkorb hinunter. »Ich habe gehört, du konntest ihn erst hochkriegen, als ihr Bruder reinkam.«

Er wusste, dass ihn ein Schlag treffen würde, und hob linkisch die Hände, sodass ihn nicht nur die Faust des Mannes, sondern auch seine eigene traf. Seine Hände rammten Nase und Mund, eine größere Faust prallte gegen seinen Unterkiefer, seine Knie wurden zu Pudding. Er zielte, so hart er konnte, auf das Gesicht des Mannes, spürte aber, wie Glas unter seiner rechten Hand zersplitterte. Seine Linke traf auf Fleisch, doch dann erhielt er einen Schlag in die Magengrube, der ihm völlig den Atem raubte. Er fiel zu Boden, die Hände als Stütze nach hinten gestreckt, der Mann trat ihm mit dem Arbeitsstiefel gegen den Oberschenkel und rannte davon.

»Du feiger Arsch!«, schrie das Mädchen. Sie sah sich verzweifelt nach einem Wurfgeschoss um, fand aber nichts. Sie tat, als wolle sie die Zeitschrift werfen, überlegte es sich aber anders und ergriff Flemings Hand.

»Kannst du aufstehen?«

Er erhob sich, doch sein linkes Bein gehorchte ihm nicht. Die Muskeln im Oberschenkel schienen zu Knoten verkrampft. Er schaffte es bis zum Bordstein, setzte sich wieder hin und massierte energisch sein Bein. Die Muskeln zuckten wie ein lebendiges Wesen, das nicht zu ihm gehörte, und er rieb weiter, bis sich die Spannung löste. Blut tropfte auf seine Jeans. Er betastete sein Gesicht, bewegte den Kiefer mit der Hand, beugte sich vor und spie einen Zahn auf die Straße.

»Gehen wir«, meinte das Mädchen. »Wir müssen hier weg, bevor die Polizei vorbeikommt. Die sperren dich glatt ein.«

Er spie einen Mund voll Blut aus. »Ich hab nichts verbrochen.«

»Das stört die nicht. Du bist von außerhalb und voller Blut. Das reicht, um dich einzusperren.«

Er stand schwankend auf. »Dann mal los.«

Sie bogen in eine schmale, abschüssige Gasse zwischen dem Eat and Run Café und einer Futtermittelhandlung, vorbei an zerbrochenen Kisten und Mülleimern und einer tintenschwarzen Katze, die sich im Dunkeln in nichts auflöste. Die Gasse mündete in eine Straße in Flussnähe, dort bogen sie ab. Der Junge blieb gelegentlich stehen, hob den linken Fuß und schüttelte das Bein aus, als sei ein empfindlicher Mechanismus aus dem Tritt geraten und müsse zurechtgerückt werden. Nach einer Weile bemerkte er einen Schmerz in der rechten Hand, und als er sie ans Licht hob, sah er Blutrinnsale an seinen Fingern. Er schüttelte den Kopf und ging weiter.

Dann blieb das Mädchen mitten auf der Straße unvermittelt stehen und lachte. Sie ergriff seinen Arm. »Warum hast du das über Sheila Brewers Bruder gesagt?«, wollte sie wissen.

»Verdammt, du hast doch mit diesem Scheiß von der Null Sheila Brewer angefangen. Ich wette, die gibt es gar nicht.«

Sie lachte wieder, ein kehliger, klangvoller Laut, und Fleming spielte einen verrückten Moment lang mit dem Gedanken, den Angreifer einzuholen und noch eine Tracht Prügel zu beziehen, nur damit sie weiterlachte.

»Ich wollte ihn so wütend machen, dass er auf mich losgeht. Wenn er dann die Kontrolle über sich verlor, wollte ich ihn packen. Vielleicht war ich zu oft im Kino.«

»Er war schon außer Kontrolle«, meinte das Mädchen. »Ich glaube, ich habe dich falsch eingeschätzt. Du bist wohl doch ein Klugscheißer.«

»Ich weiß einfach nie, wann ich den Mund halten muss«, sagte Fleming.

»Das mit deinem Zahn tut mir Leid, ehrlich. Aber ich hätte nicht gedacht, dass du so auf ihn losgehst.«

Er lächelte reuevoll und zupfte sich Glassplitter aus den Fingerknöcheln. »Jedenfalls hat er jetzt eine ganz schön kaputte Sonnenbrille.«

Sie verließen die Straße, und das Mädchen führte ihn einen Hang hinauf. Oben standen Bänke unter den Bäumen, es sah aus wie ein Park. Von dort aus blickten sie auf den Fluss, der einige Meter unter ihnen entlangströmte. Lampen waren an Pfosten angebracht, in ihren Lichtteichen unterhalb des Steilhangs konnte man die gelben Wirbel des Flusses ausmachen, der so breit war, dass kein Laut vom anderen Ufer herüberdrang. Es schien, als sei das Land hier zu Ende, als stünden sie mit der Erde im Rücken da und vor ihnen erstrecke sich eine Welt aus Wasser.

»Lass mich dein Gesicht ansehen«, sagte sie.

»Zeig du mir deins, dann zeig ich dir meins.«

Sie wischte sein blutiges Gesicht mit ihrem Rocksaum sauber. Er erhaschte einen Blick auf ihre glatten, braunen Beine, doch sie bemerkte es und drehte seinen Kopf sanft zur Seite. Dann unterzog sie sein Gesicht einer kritischen Prüfung. Sie hob das Kleid wieder an, befeuchtete eine Ecke des Saums mit der Zunge und fuhr sanft über die aufgesprungene Lippe und die Mundwinkel. »Dürfte morgen früh ganz schön geschwollen sein«, sagte sie. »Dann siehst du nicht mehr so hübsch aus.«

»Hübsch ist sowieso nicht mein Ding.«

Sie setzten sich auf eine Bank unter einem riesigen Ahorn. »Nun«, meinte sie, »glaubst du, Junior und Mama sind fertig?«

Er sah sie scharf an. »Was?«

»Vielleicht ist er, wie heißt das noch gleich in dem Lied, das immer auf WLAC läuft, ein Sechzig-Minuten-Mann? Meinst du, er ist ein Sechzig-Minuten-Mann?«

»Ich meine, du bist ganz schön abgestumpft.«

Ihre Augen weiteten sich. »Abgestumpft? Wieso?«

»Na ja, du scheinst das, was sie tut, was sie beide tun, nicht sehr ernst zu nehmen. Mir kommt es beinahe vor, als fändest du es komisch.«

Sie schaute weg, hinunter zum dunklen Fluss. »Vor kaum einer halben Stunde habe ich dich davor gewarnt, mich mit meiner Mutter zu verwechseln«, sagte sie. »Wenn wir Freunde sein wollen, wenn wir überhaupt etwas füreinander sein wollen, musst du das kapieren. Ich bin nur ich und übernehme keinerlei Verantwortung für das, was sonst jemand auf dieser Welt tut.«

»Schon gut«, sagte er. »Tut mir Leid. Bin wohl eher ein Dummscheißer als ein Klugscheißer.«

Sie schwiegen. Die Bank an Flemings Nacken fühlte sich kühl und feucht an. Er schloss die Augen. Seine Zunge tastete nach dem Loch, wo vor kurzem noch sein Zahn gewesen war. Wie spät mochte es sein? Ihm wurde auf einmal bewusst, dass er sich vierzig Meilen weit von zu Hause befand, dass Albright betrunken war und vermutlich immer betrunkener wurde und die Straße nach Ackerman's Field von Haarnadelkurven und Zickzackstrecken nur so wimmelte. Nach einer Weile lehnte das Mädchen den Kopf gegen seine Schulter. Er blieb lange reglos sitzen. Atmete kaum. Es war, als habe sich das Universum leicht auf seiner Achse geneigt und an ihn gelehnt, als sei der kaum merkliche Druck an seiner linken Schulter das Einzige, was die Sterne auf ihrem Kurs hielt.

Er öffnete die Augen. Glühwürmchen waren auf geheimnisvolle Weise über dem Fluss aufgetaucht, Tausende und noch mehr. Sie erleuchteten die dunkle Wasseroberfläche, passten sich der Form des Flusses an, trieben dahin, zuckten und zischten wie Funken, die von einem Feuerstrom emporgeschleudert werden. So weit das Auge reichte, flussauf, flussab, ein Ritual der Natur, dessen Zeuge er wurde. Er sah hin, bis sie aufstand, seine Hand nahm und ihn zurück in die Stadt führte.

»Wo seid ihr gewesen?«, fragte Mrs. Halfacre.

»Wir waren in der Stadt«, antwortete das Mädchen.

»Die Stadt hat zu.«

»Schon, aber sie ist noch da«, sagte das Mädchen in einem Ton, der die Unterhaltung beenden sollte.

Fleming setzte sich in den Sessel in der Zimmerecke. Albright und Mrs. Halfacre saßen auf der Couch. Da es keine weiteren Sitzgelegenheiten gab, goss Raven Lee Fleming ein halbes Glas Wein ein, reichte es ihm und ließ sich auf der Armlehne seines Sessels nieder.

Mrs. Halfacre schien ihre spielerische Freundlichkeit von vorhin gänzlich verloren zu haben. Sie sah betrunken aus, wirkte dabei aber nicht derb oder ausgelassen, sondern gemein, wie jemand, der Streit sucht und genau weiß, wo dieser zu finden ist. Fleming spürte, dass ihre Augen fortwährend auf ihm ruhten. Gemeine, kleine Augen in gedunsenem Fleisch.

»Was ist mit ihm passiert?«, fragte sie schließlich.

»Er ist dauernd hingefallen«, antwortete Raven Lee. »Der tollpatschigste Junge, der mir je untergekommen ist.«

Albrights Zustand schien Flemings schlimmste Befürchtungen zu bestätigen. Er wirkte vollkommen betrunken. Sein Hemd war mit Wein bekleckert, und er hielt eine Gitarre auf dem Schoß, als habe er sie irgendwo gefunden und wisse nicht, wozu sie gut sein sollte. Er starrte eindringlich auf den Radioschrank, als könne er durch das Gewebe der Lautsprecher hindurchschauen, wo Drähte, Kondensatoren und Röhren magische Bilder von Leuten zauberten, die Gitarren zupften, auf Fiedeln schrammelten und Scheunenfarbe anpriesen.

»Ich nehme an, du weißt, dass dein Saum voller Blut ist«, sagte Mrs. Halfacre. »Das geht nicht mehr raus. Du glaubst wohl, Kleider gäbe es umsonst.«

Das Mädchen antwortete nicht.

Fleming schaute Albright mit wachsamem Abscheu an, ihm graute schon jetzt vor der langen Heimfahrt. Irgendetwas hatte sich während seiner Abwesenheit verändert, die Atmosphäre war nicht mehr dieselbe. Vielleicht eine Verschiebung des Magnetfeldes. Vielleicht hatte sie mehr Geld von Albright verlangt, Flemings zwanzig Dollar waren alles, was er besaß. Es schien völlig ausgeschlossen, die Nacht hier zu verbringen.

»Du weißt, wer er ist, oder?«, fragte die Frau unvermittelt.

Eine Locke, geformt wie ein Fragezeichen, fiel Raven Lee in die Augen. Sie schob sie mit der Hand aus der Stirn. »Natürlich weiß ich, wer er ist.«

»Er ist ein Bloodworth, und nach dem, was sein Cousin getan hat, will ich keinen mehr von denen im Haus haben.«

»Was soll das heißen?«, erkundigte sich Fleming.

»Das geht dich nichts an«, erwiderte Mrs. Halfacre.

»Achte nicht auf sie«, meinte das Mädchen. »Sie ist betrunken.«

Fleming legte ihr sanft die Hand auf den Rücken. Durch den dünnen Stoff konnte er die knochigen Erhebungen ihrer Wirbel spüren. Dann ließ er die Hand fallen, stellte das Weinglas ab und erhob sich.

»Zeit zu gehen.«

Albright wandte sich um. Er legte die Gitarre auf Mrs. Halfacres Schoß. »Was?«

»Es ist Zeit zu gehen.«

»Ist noch zu früh.«

»Es ist Zeit zu gehen.«

Sie traten zusammen in den Garten. Das Mondlicht warf silbriges Licht zwischen die Schatten der Zweige, der dichte Efeu war schwarz wie Ebenholz.

»Du bist voll wie eine Haubitze«, sagte Fleming. »Oder noch voller. Du wirst uns umbringen, bevor wir die Stadtgrenze erreicht haben. Lass mich besser fahren, ich vertraue meinen Fahrkünsten jedenfalls mehr als deinen.«

»Ich kann fahren«, entgegnete Albright. Er umklammerte Flemings Schulter. »Ich fahre voll besser als du, wenn du nüchtern bist. Ich fahre im Schlaf besser als du, wenn du wach bist. Vertraue mir.«

Raven Lee war ihnen nach draußen gefolgt. »Sorge dafür, dass er langsam fährt.«

»Dafür sorgen? Das kann ich nicht. Das ist, als wollte man die Sonne zwingen, später unterzugehen, weil man noch Tageslicht braucht.«

Albright saß bereits im Wagen. Der Motor sprang an, lief im Leerlauf. Albright wischte die feuchte Windschutzscheibe von innen mit einem zusammengerollten Hemd trocken.

»Na ja«, sagte Raven Lee. »Es war jedenfalls interessant, mit dir eine Cola zu trinken. Danke für die Zeitschrift. Meinst du, ihr schafft es bis nach Hause?«

»Eins wollte ich dich noch fragen. Möchtest du nächste Woche mit mir ins Kino gehen?«

Sie deutete mit dem Kopf zum Haus hin. »Du hast gehört, wie sie über die Bloodworths denkt.«

»Ich erinnere mich aber auch, dass du ihr nicht vorschreibst, wie sie ihr Leben leben soll, und dir nicht in deines hineinreden lässt.«

»Hm.« Sie lächelte. »Jetzt hast du mich erwischt. Du könntest es ja mal versuchen.«

»Dafür ist es ein reichlich langer Weg.«

»Bin ich es dir nicht wert?«

»Doch, ich weiß, dass du es wert bist. Ich werde es versuchen.«

»Hast du ein Auto?«

»Natürlich«, antwortete er und fragte sich sogleich, woher er es nehmen sollte. Doch für solche nebensächlichen Details blieb noch Zeit.

Plötzlich legte sie ihm die Hände auf den Unterarm, als wolle sie sich daran hochziehen, stellte sich auf die Zehenspitzen und küsste ihn auf den Mund. Er wandte sich um und wollte sie festhalten, doch sie löste sich von ihm und ging zurück zum Haus.

Eine Meile hinter Clifton fuhr Albright an den Straßenrand. »Vielleicht machst du das besser. Die Straße kommt und geht ständig. Ich weiß auch nicht, was damit los ist.«

Fleming stieg aus und setzte sich hinter das Steuer. Albright war auf den Beifahrersitz gerutscht und lehnte das Gesicht an die Scheibe.

»Auch gut«, sagte Fleming. »Wenn ich schon umgebracht werden soll, kann ich es wenigstens selbst übernehmen.«

»Und wenn du nun sterben würdest?«, fragte Albright. »Immerhin hat Raven Lee Halfacre dich auf den Mund geküsst. Wie um alles in der Welt hast du sie dazu gebracht?«

Fleming gab keine Antwort. Nach einer Weile schaute er zur Seite. Albright schlief, den Kopf ans Fenster gelehnt. Er fuhr weiter. Der Gedanke an ihre Hände auf seinem Unterarm und den Kuss auf Zehenspitzen linderte den Schmerz in seinem Oberschenkel, begradigte die Kurven auf der Straße nach Ackerman's Field. Das Gewicht ihres Kopfes an seiner Schulter, als er die Glühwürmchen betrachtete.

Die Glühwürmchen verströmten eine seltsame Ruhe. Er konnte es nicht erklären, verspürte aber ihren Trost. Sie wirkten nicht wie einzelne Geschöpfe, sondern wie ein einziges Wesen, ein wogender Fluss aus Licht, der wie ein Negativbild über dem dunklen Wasser schwebte und eine vergängliche und zerbrechliche Herrschaft über die Provinzen der Nacht erlangte.

Drittes Buch

BOYD HATTE IN DETROIT EINE WEILE IN EINEM STAHLWERK DIE Hochöfen beschickt, inmitten einer Atmosphäre aus Feuer, Lärm und geschmolzenem Metall, so als mühe er sich im Auge eines elektrischen Sturms, als befinde er sich in der Hölle oder zumindest gleich nebenan, in einer Hütte, die schuppigen Dämonen oder anderen Geschöpfen des Teufels angemessener gewesen wäre. Dann bekam er einen Job in einer Fabrik, wo er eine Maschine mit riesigen Rollen Wellpappe beschickte, die die Pappe von den Rollen sog und in Form von Kartons wieder ausspie.

Er blieb meist für sich allein, stellte keine Fragen und musste selten Antwort geben. Er schien in einen Brunnen des Schweigens hinabzutauchen, den weder das Hämmern der Maschinen noch die dissonanten Musikboxen in den Hillbilly-Kneipen, die er abends aufsuchte, zu durchdringen wussten. Er aß sein bescheidenes Abendbrot, badete und zog Kleidung an, die genauso aussah wie die, die er abgelegt hatte, nur sauberer, und ging in die Nachtbars, wo andere Provinzler in einem Reigen willkürlicher Gewalt aufeinander trafen, als suchten sie allesamt nach etwas, das sie verloren hatten.

Diese Leute aus Arkansas, Tennessee und Missouri schienen sich nicht in die Kultur der Stadt zu fügen. Es war, als hätten sie bloß ihren Aufenthaltsort gewechselt. Sie blieben, wer sie waren. Hätte man sie in einen Bottich mit Säure geworfen, so wären sie niedergesunken und hätten sich am Boden abgesetzt, unangepasst, unzugänglich, unverändert. All diese Leute schienen eher eine Vergangenheit als eine Zukunft zu besitzen, eine kollektive Vergangenheit voller Versagen und Verlust. Sie schienen einander auf den ersten Blick zu erkennen, wie man es sich von den Freimaurern erzählt.

Daher bezweifelte er nie, dass er sie finden würde. Der Hausierer neigte zum Alkohol, und Boyd musste nur die Kneipen im Hillbilly-Bezirk von Detroit durchkämmen. Unrat setzt sich stets am Boden ab, hatte er sich gesagt, während er selbst allmählich versank. Das Wunder bestand nicht darin, dass er sie fand, sondern dass er so lange dafür brauchte. Sie mussten sich in leicht versetztem Rhythmus durch das taghelle Neonlicht bewegt haben, gekommen sein, wenn er ging, eingetreten, wenn er gerade weg war.

Einmal sah er sie an der Kreuzung Delancey und 114. die Straße überqueren. Zuerst sah er sie von hinten, erkannte sie aber augenblicklich, als hätte etwas sich ihm eingeprägt, sodass er sie noch im Geisterbild einer Geste, die er im Spiegel sah, an einem Fußabdruck auf dem Gehweg erkannt hätte. Boyds Frau hatte etwas gesagt, und der Mann drehte sich zu ihr um. Sein kriecherisches Grinsen verursachte Boyd ein flüchtiges Unbehagen, vielleicht tötete er die falsche Hälfte dieses Paares. Der Hausierer wirkte unterwürfig und unschlüssig. Dennoch durchlief Boyd eine Art seismisches Beben, er spürte eine Veränderung seines Herzschlags, der Geschwindigkeit, mit der das Blut durch seinen Körper strömte.

Nicht das Zurückscheuen vor Gewalt oder die Angst, an einem so öffentlichen Ort mit Dutzenden von Augenzeugen erwischt zu werden, hielt ihn noch von dem Mord an dem Hausierer ab, sondern das ungeheuerliche und unvermittelte Begreifen, dass damit etwas zu Ende gehen würde. Es war weniger eine Flucht als eine Auflösung. Er hatte nicht über den Moment hinaus gedacht. Er wusste noch nicht, was als Nächstes kommen würde. Er war an jener Grenze angelangt, hinter der nach Vorstellung alter Kartographen Drachen lauerten.

Er kehrte in sein Zimmer in der Pension zurück und legte sich auf das Bett, ohne sich auszuziehen. Er lag auf den verschwitzten Laken, die Arme wie ein Gekreuzigter ausgestreckt. Er sah aus wie ein Mann, der aus enormer Höhe herabgestürzt ist. Über ihm drehte sich ein Ventilator, und er beobachtete im Liegen, wie das Licht auf dem kreisenden Metallflügel tanzte. Sein Leben hatte sich abgeschliffen zu einer begrenzten Zahl von Drehungen, die ein Metallflügel in der toten Luft beschrieb.

Sie betraten eine Kneipe an der 26. Er sah zu, wie sie an einen Tisch hinten im Raum gingen. Der Mann bestellte die Getränke an der Theke. Dabei stand er ahnungslos gleich neben Boyd. Wie jemand, der den Sensenmann fragt, ob der Platz neben ihm frei sei. Für Boyds Frau orderte er einen Whisky Sour. Früher hatte sie nicht getrunken, das schien sich geändert zu haben. Er sinnierte darüber, wie gute Vorsätze durch den Ansturm von Zeit und Umständen davongeschwemmt werden. Der Mann bezahlte und verließ die Theke. Boyd trank seinen Bourbon mit Wasser aus und setzte das Glas ab. Er bestellte noch einen Drink, trank ihn langsam, schmeckte den weichen Whisky hinten auf der Zunge. Er stellte das leere Glas hin, nahm das Wechselgeld von der Theke und steckte es ein.

Auf halbem Weg sah ihn die Frau. Sie sprang auf, bemerkte gar nicht, dass ihr Stuhl nach hinten kippte. Sie ergriff den Arm des Hausierers und sprach in barschem Befehlston auf ihn ein. Statt wegzulaufen, riss er die Handtasche der Frau vom Boden hoch, was Boyd einen surrealen Moment lang komisch fand; eine Handtasche war eigentlich das Letzte, woran man dachte, wenn jemand mit einem Schildpattmesser auf einen losging. Doch der Mann hatte die Handtasche geöffnet und kippte den Inhalt auf den Tisch. Münzen rollten umher, Lippenstifte und Fläschchen kullerten vom Tisch. Dann rutschte eine kleine verchromte Automatikpistole auf die schwarze Resopalplatte.

Als die Frau sie beiseite schlug, gab es einen Moment lang zwei Alternativen. Doch Boyd war jetzt am Zug, er hatte zu viele Nächte in absoluter Einsamkeit verbracht, es gab kein Zurück. Das Messer drang so tief in die Eingeweide des Hausierers, dass er schon glaubte, seine Faust stecke in dessen Körper. Dann riss er die Waffe so gewaltsam hoch, dass sie im Brustbein stecken blieb.

In einer fließenden Bewegung, so anmutig, als habe er sie choreografiert und geprobt, zog er nun das Messer heraus, wandte sich um und ergriff die Flucht. Er stürmte auf die Straße, in todesmutigem Lauf, Hupen ertönten, Reifen quietschten, dann hechtete er tatsächlich über die Motorhauben und Kofferräume von Autos, sprang von einem zum nächsten, zornige Gesichter hinter den Scheiben wie die Gesichter am Fuß einer Bühne, auf der ein misslungenes Stück gespielt wird.

Er sprang auf den Gehweg, das Messer noch immer in der Hand, ohne an Tempo zu verlieren. Er rannte eine schmale Seitenstraße entlang, zwischen Gebäuden hindurch, die zu beiden Seiten wie die Kalksteinklippen an den Ufern von Grinders Creek aufragten, mit dem Beton, über den er mit rudernden Armen lief, als Flussbett. Er erträumte sich einen Fächer aus Wasser, der vor ihm emporwuchs und seine brennenden Füße kühlte. Er sah Licht am Eingang der Schlucht, ein blassgrünes, diffuses Licht wie das der Maisonne im Weidengeäst, und rannte darauf zu.

An einem frühen Sonntagmorgen bog Fleming von der Straße ab und ging eine Auffahrt entlang, die zu einem weiß verputzten, inmitten eines Wäldchens aus Pecanobäumen gelegenen Haus führte. Es hatte ein Flachdach, war niedrig gebaut, und vor den Fenstern waren dekorative Läden aus schwarz gestrichenem Schmiedeeisen angebracht. Die Fenster waren geschlossen, wirkten wie vergittert. Er stieg über breite Betonstufen zu einer Terrasse hinauf. Dort lag eine große, rot getigerte Katze in einem schiefwinkligen Viereck aus gelbem Sonnenlicht und beobachtete ihn mit einer Mischung aus Desinteresse und Hochmut.

Er öffnete eine Doppeltür, die aus dem gleichen Schmiedeeisen gefertigt war wie die Läden, und klopfte an eine dunkle Holztür. Nach einer Weile öffnete ein alter Mann und bedachte ihn mit einem freundlich fragenden Blick. Er trat auf die Terrasse und schloss die Tür hinter sich.

»Was kann ich für Sie tun, junger Mann?«

»Ich bin Fleming Bloodworth, Mr. Marbet.«

»Aha, Boyds Sohn.«

»Ja, Sir. Wir wohnen unten am Fluss in dem Haus, das Ihnen gehört.«

Marbet nahm die Brille ab, zog ein Taschentuch hervor und wischte die Gläser ab. Er schien zum Kirchgang gekleidet. Seine Wangen waren frisch rasiert, rot und glänzend, und er trug ein weißes Hemd mit Krawatte. Die braune Seidenkrawatte war mit winzigen königlichen Löwen verziert, die auf den Hinterbeinen standen.

»Wie geht es Boyd denn noch so?«

»Ich weiß es nicht genau. Er ist im Norden, baut Autos oder so ähnlich.«

»Schade, wenn ein Mann seine Heimat verlassen muss, um seinen Lebensunterhalt zu verdienen. Kann ich etwas für dich tun? Möchtest du hereinkommen und eine Tasse Kaffee mit uns trinken?«

»Nein, danke. Ich wollte Sie nur etwas fragen. Gestern war ich weiter hinten am Fluss und habe mich mit einem Mann unterhalten, der Bäume fällte. Er hat erzählt, dass die TVA dort einen See anlegen will.«

»O ja, sie haben vor, einen Staudamm zu bauen, angeblich zur Hochwasserkontrolle. Das wird ein Riesensee. Der Teil, der nicht überflutet ist, wird zum Erholungsgebiet. Zelten und so weiter.«

»Betrifft das auch Ihren Besitz?«

»Es wird nicht mehr lange mein Besitz bleiben«, erwiderte Marbet trocken. »Sobald wir uns geeinigt haben, gehört alles der TVA. Bis jetzt ist noch nichts unterschrieben, aber es ist nur eine Frage der Zeit. So wie sie es mir erklärt haben, bleibt mir keine andere Wahl. Ist nicht meine Entscheidung. Wenn ich nicht verkaufe, zahlen sie mir einfach, was sie für einen angemessenen Marktpreis halten, und nehmen sich das Land.«

»Dürfen die das?«

»O ja, sicher doch. Sie haben das schon oft gemacht und werden es in Zukunft wohl noch viel öfter machen.«

»Bis wohin geht es?«

»Was?«

»Das Land, das sie sich nehmen. Meine Großmutter wohnt hinter dem Hügelkamm, und ich habe mich gefragt, ob sie davon betroffen ist.«

»Nein, den Ort kenne ich gut. Quer durch die Wälder ist ein langer Weg. Und so wie ich es verstanden habe, verläuft die Grenze der TVA auf meinem Grundstück bei der alten Kreuzung. Kennst du die Stelle?«

»Ja.«

»Ich hätte hinfahren und mit dir reden sollen, habe aber ehrlich gesagt vergessen, dass es das Haus überhaupt noch gibt. Ich habe niemals Miete von Boyd genommen, konnte für dieses Haus einfach kein Geld verlangen. Ich habe so viel zu tun, es ist mir einfach entfallen.«

»Na ja, dann will ich mich mal wieder auf den Weg machen.«

»Dir bleiben vermutlich noch ein paar Monate, aber ich würde mich rechtzeitig nach etwas anderem umsehen, sonst steht das alles unter Wasser. Wenn du eine Wohnung brauchst, komm zu mir. Ich habe eine Farm unten am Cane Creek, da könnte ich noch einen Pächter gebrauchen. Auf dem Land steht ein leeres Pächterhaus, eine Arbeit besorgen wir dir schon.«

»Gut, ich denke drüber nach.«

»Du kannst gut reden und siehst aus, als könntest du mir nützlich sein. Denk nicht zu lange nach. Ich werde dauernd nach Häusern gefragt.«

»Gut«, meinte Fleming und wandte sich zum Gehen.

»Wir würden uns freuen, dich heute Morgen in der Kirche zu begrüßen«, rief Marbet ihm nach.

Fleming hob die Hand und ging weiter.

Die Hitze der Hundstage hielt bis Ende August an. An manchen Tagen fuhren sie einfach nur im städtischen Taxi umher und beschleunigten, bis eine Brise durch die heruntergekurbelten Fenster drang. Albright und Fleming holten dann den alten Mann am Wohnwagen ab. Bloodworth trat mit wildem Blick vor die Tür, fächelte sich mit dem Stetson Luft zu, schwankte auf dem steifen Bein wie ein Opfer der tückischen Hitze, ein Mann aus Zelluloid, der zu lange in der Sonne gestanden hat.

Manchmal saßen sie im Schatten auf Itchy Mamas Vorderveranda, zusammen mit anderen, die ihnen ähnlich, aber nicht ganz wie sie waren, alten Männern, die Bloodworth mit einer Ehrerbietung begegneten, wie sie einer königlichen Hoheit im Exil oder einem zum Tode Verurteilten angestanden hätte. Der alte Mann hielt sich stundenlang an einem warmen Bier fest und lauschte den Geschichten der anderen. Dann und wann erzählte er selber welche. Fleming und Albright saßen wie Lehrlinge oder Jünger inmitten dieser zänkischen alten Burschen, als wollten sie etwas über das Altsein lernen.

»Du musst dich von deinem Chauffeur zur Hirschjagd bringen lassen, E. F.«, schlug Cater Hensley vor.

»Wen haben wir da, den jungen Albright?«

»Als sie anfingen, in dieser Gegend Hirsche anzusiedeln, setzte Junior es sich in den Kopf, einen von ihnen zu erlegen.«

»Zum Teufel«, warf Albright ein, »das habe ich schon bis zum Erbrechen gehört.«

»Er lebte einfach eine Weile in den Wäldern«, fuhr Hensley fort. »Doch er hat nie einen erwischt. Dann fuhr er eines Tages nach Riverside, und plötzlich steht da ein Achtender an einem Weidezaun. Junior holte sein Gewehr, stützte sich auf dem Kofferraum ab und feuerte. Der Hirsch rührte sich nicht von der Stelle. Er schoss noch einmal. Das Tier schaute sich nicht mal um. Junior konnte nicht begreifen, wieso er es verfehlt hatte. Clyde Tennison war dabei, und er meinte, der Hirsch hätte vermutlich von Juniors verzweifeltem Wunsch gehört und sich als Opfer dargeboten. Clyde behauptete, Junior hätte eine ganze Schachtel Patronen Kaliber 30–30 verschossen, doch der Hirsch wäre einfach nicht umgefallen. Junior meinte, seine Augen hätten verrückt gespielt. Er schoss ihm eine Geweihhälfte ab, doch das Tier zuckte nicht mal mit der Wimper. Schließlich gingen sie hin und sahen nach. Jemand hatte das Tier ausgeweidet und Haut und Kopf über den Zaun gehängt. Clyde sagte, die Haut hätte nach Erschießungskommando ausgesehen.«

»Clyde Tennison ist der schlimmste Lügner, der je auf Erden gewandelt ist«, sagte Albright. »Ich habe bei weitem keine Schachtel Patronen verschossen. Außerdem hätte es jedem passieren können.«

»Ein- oder zweimal schon«, entgegnete Hensley. »Aber wie viele Patronen sind in einer Schachtel, zwanzig? Dir ist es anscheinend gleich zwanzigmal passiert.«

»Er hat zwei Gipshirsche in Richter Humphreys' Vorgarten erlegt«, meinte der alte Breece. »Humphreys hat die Reste aufgekehrt und mit einer Schubkarre abtransportiert.«

Oder sie fuhren später am Tag, wenn sich die Luft abkühlte, zum Fluss, saßen stundenlang auf der hohen Veranda des Goblin's Knob, von der aus man auf den Fluss blicken und sich unter die Geister der Männer mischen konnte, die dort erstochen, erschossen oder mit jenen Knüppeln aus Walnussholz erschlagen worden waren, die die Männer von Beech Creek angeblich bei sich trugen. Ein Ort, getränkt mit geradezu mythischer Gewalt, der Lieblingsort von Männern, die so blind auf ihre Fähigkeit vertrauten, eigene Regeln aufzustellen, dass sie eine Kneipe entvölkern konnten, indem sie nur durch die Tür traten und die Anwesenden in Augenschein nahmen. Männer, die jemanden töteten, weil er sie mit dem Hauch einer falschen Betonung als Hundesohn bezeichnet hatte oder die falsche Frau falsch angesehen hatte. Männer, die aus einem verzerrten Ehrbegriff heraus wegen einer Frau töteten, die sich nicht einmal dafür interessierte, ob jemand lebte oder starb, und mit einem Dritten verschwand, bevor die Angelegenheit bereinigt war.

Zu Flemings Belustigung erinnerten sich Bloodworth, Sharp und die anderen alten Männer mit einer gewissen Wehmut an diese Zeiten, als seien die blutigen, gewalttätigen Geschichten etwas, das man aufbewahren und wie eine verblichene Blume zwischen den Seiten einer Bibel pressen konnte. »Der alte Mann«, sagte Sharp, »konnte es mit jedem aufnehmen. In seiner Glanzzeit fegte er den Laden an Samstagabenden förmlich leer.«

»Hast du deinen Freunden hier je von der Schießerei mit den Hilfssheriffs erzählt?«

Der alte Mann sah Sharp mit beinahe unmerklichem Kopfschütteln an. Dieser verstummte. Bloodworth beobachtete, wie die Blasen in dem Bierglas auf seinem Tisch emporstiegen. »Manches sollte man nicht wieder ausgraben«, meinte er.

»Wie die Hilfssheriffs, die deine Frau als Schutzschild benutzt und mit einer 44er Special auf dich geschossen haben«, entgegnete Sharp grinsend.

Der alte Dodge wies gewisse Eigenheiten und unzählige Fehlfunktionen auf. Oft sah man ihn irgendwo mit geöffneter Motorhaube am Straßenrand stehen. Albright war dann meist dabei, Unrat aus einer Kraftstoffleitung zu pusten oder die Kontakte mit Schmirgelpapier zu reinigen. Fleming schaute zu, und Bloodworth fächelte sich auf dem hinteren Sitz Luft zu, während er mit der tief verwurzelten Ruhe der Alten wartete.

Sie kamen dann meist von Itchy Mama oder wollten dorthin. An manchen Abenden spielten sie gewagte Rook-Partien, bei denen imaginäre Millionen von einer einzigen Karte abhingen. Itchy Mama und der alte Mann spielten gegen Fleming und Albright, wobei Itchy Mama Letzteren beim Geben mit Argusaugen beobachtete und den ernsthaften körperlichen Schaden beschrieb, den er erleiden würde, sollte er den Rook oder die rote Eins verschwinden lassen.

In diesen frühen Tagen mit dem alten Mann kam es Fleming vor, als verändere er sich schon, obgleich er seinen Großvater vorher nicht gekannt hatte und die vermeintliche Veränderung nicht hätte erklären können: Vielleicht war er einfach nicht mehr der Protagonist der Geschichten, die sich die anderen Männer erzählten, denn dieser gütige alte Mann, der die Welt mit ironischen Blicken beobachtete, sah nicht mehr aus wie jemand, der Schießereien mit Hilfssheriffs vom Zaun brach, schien nicht der Typ zu sein, der am Samstagabend irgendwelche Kaschemmen ausräumte, am Indian Creek von Männern überfallen wurde, die wie sepiafarbene Gestalten aus einem anderen Jahrhundert aus dem Dickicht auftauchten, ihn anvisierten und vom Bock des Wagens schossen, dass sich das Unkraut blutig färbte.

Noch bei seiner Ankunft waren seine Augen ruhelos umhergeirrt, Augen, die immer aussahen, als könnten sie jederzeit einen schöneren Ort entdecken und ihn dorthin treiben. Fleming hatte ihn zu Albright sagen hören, dass er heimgekommen sei, um mit seiner Familie Frieden zu schließen. So weit er wusste, hatte er allerdings bislang mit niemandem Frieden geschlossen. Nach einer Weile kam ihm der Gedanke, dass der alte Mann vielleicht unbewusst Frieden mit sich selbst schloss und alle Probleme der Vergangenheit daher rühren mochten.

Der alte Mann rollte sechs Zitronen auf der Arbeitsplatte, bis sie weich wurden. Die heiße Luft in dem winzigen Wohnwagen war erfüllt von ihrem adstringierenden Zitrusduft. Er schnitt die Enden ab und presste den Saft in einen Glaskrug, zerschnitt die Früchte mit seinem Taschenmesser und warf sie ebenfalls hinein. Er schüttete Zucker in den Krug, nach Augenmaß, ohne Messlöffel, und fügte Wasser aus der Leitung hinzu.

»Schlag etwas von dem Eis ab«, sagte er.

Der Kühlschrank hatte sich geweigert, genügend Eis zu produzieren, sodass Albright am Vortag einen fünfzig Pfund schweren Block aus der Kühlhalle geholt hatte. Den Rest hatte der alte Mann in eine Flickendecke gewickelt und unter der Spüle verstaut. Fleming wickelte ihn aus und schlug mit einem Klauenhammer einige faustgroße Stücke ab. Er gab sie dem alten Mann. Bloodworth faltete eins in ein sauberes Handtuch, zerschlug es mit dem Klauenhammer und warf die Eissplitter in ein Schnupftabakglas. Aus einem Schrank ohne Türen holte er eine Flasche Early Times und goss etwas davon über das Eis.

Er hielt das Glas gegen das Fenster, durch das Sonnenlicht hereinflutete, dann vor sein Gesicht und atmete tief ein. »Early Times«, sagte er. »Der Name hat mir immer besser gefallen als der Whisky. Es geht nichts über die alten Zeiten.«

»Ich denke, wir trinken das im Wohnzimmer«, schlug er vor, füllte ein Glas mit Limonade und reichte es dem Jungen. »Ich glaube, die Sonne hier drin versengt schon mein Haar.«

Er hatte das Anlegen des Wohnzimmers persönlich überwacht. Es bestand aus einer Lichtung von ungefähr zwanzig Fuß im Quadrat, die in das Unterholz hinter dem Wohnwagen geschlagen war. Junior Albright und Fleming hatten die kleineren Schösslinge, Geißblattranken und Büsche mit speziellen Sensen, Sicheln und Äxten gerodet und die Erde glatt geharkt. Wie eine Decke spannte sich darüber ein dichtes Geflecht aus Sommerlaub, Wein- und Fuchsreben. Das Wohnzimmer war immer schattig bis auf die frühen Morgenstunden und die Zeit vor Einbruch der Dämmerung. Der alte Mann hatte drei Liegestühle gekauft und saß mit Fleming und Albright zwanglos auf der Lichtung, als seien sie vornehme Leute, die auf dem Balkon ihres säulenverzierten Herrenhauses die frische Luft genossen.

»Der Ort hier gefällt mir«, sagte Bloodworth. »Ich könnte in einer Laube aus Büschen leben. Ich könnte in einem Igelbau leben.«

Eigentlich trank der alte Mann den Whisky nicht mehr. Von dem Schlaganfall abgesehen, hatte er Probleme mit Magen und Leber und saß stundenlang mit dem Bourbonglas in der Hand, als wolle er es durch Osmose in sein Blut aufnehmen. Gelegentlich nippte er daran oder benetzte die Lippen damit, dann wieder hob er das Glas und roch daran, sog das Aroma von eisgekühltem Whisky und Minze ein wie ein Weinkenner, der das Bouquet aus einem kristallenen Pokal aufnimmt.

»Ich habe guten und schlechten Whisky getrunken«, erklärte der alte Mann. »Ich habe so guten Whisky getrunken, dass man das Laub der Wälder riechen konnte, in denen er gebrannt wurde, und ich habe so schlechten getrunken, dass er die Farbe von einem Scheunentor geätzt hätte. Ich neige zu der Ansicht, dass es die ätzende Sorte war, die meinen Magen in diesen Zustand versetzt hat.«

Der Junge lehnte sich im Liegestuhl zurück und trank die Limonade zur Hälfte aus. Sie war so kalt, dass sein Hals schmerzte, erfüllt vom sauren Geschmack der Zitronen, süß vom Zucker, den der alte Mann hineingeschüttet hatte. Der alte Mann nahm immer zu viel von allem, zu viele Zitronen, zu viel Zucker, als seien halbe Portionen unter seiner Würde. In Restaurants gab er zu hohe Trinkgelder, trieb Albright zu schnellerem Fahren an, war in den frühen Morgenstunden, wenn Fleming und Albright schlappmachten, hellwach und zu allen Schandtaten bereit.

In Flemings Augen war E. F. Bloodworth noch sehr viel seltsamer, als er erwartet hatte. Da er ans Alleinsein gewöhnt war, konnte der alte Mann in aller Gemütsruhe den halben Tag dasitzen, ohne ein Wort zu sagen. Oder er begann auf sanftes Drängen des Jungen zu erzählen, enthüllte nach und nach kleine Abschnitte seines Lebens. Irgendwann schien sich die Geschichte von selbst zu erzählen und verwandelte sich in einen Bericht, den der alte Mann sich selbst lieferte. Als wolle er diesen Bruchstücken seiner persönlichen Geschichte eine Ordnung verleihen, einen Sinn. Als schiebe er die Teile eines Puzzles über den Tisch, bis die Kanten sich ineinander fügten.

Während er ihn von seinem Platz aus betrachtete, versuchte Fleming, den alten Mann mit dem Foto, das er in der Bilderkiste seiner Großmutter gefunden hatte, in Einklang zu bringen. An den Wänden des Hauses hingen keine Bilder von ihm. Fleming kannte Familienporträts, aus denen der alte Mann säuberlich ausgeschnitten worden war und nur den Umriss eines Menschen hinterlassen hatte, als sei er gerade aus dem Bild herausgetreten und verschwunden. So endgültig verschwunden, dass man nur noch das Zeitungsblatt oder den Stoff hinter dem Foto sehen konnte. Die Luft. »Kuckuck, wo bin ich?«, schien E. F. zu fragen. »Einmal geblinzelt, schon bin ich weg. Ich bin wer, den du nicht siehst.«

Dieses Foto hatte irgendwie überlebt, und Fleming hegte den Verdacht, dass die alte Frau es versteckt hatte. Es maß ungefähr vier an sechs Zoll, war in verschiedenen Sepiaschattierungen gedunkelt, vom blassesten Beige bis zu einem tiefen, beinahe schwarzen Braun. Es fühlte sich dick und porös an, als habe man es im Ofen gedörrt. Ein Mann stand vor einer Holzwand. Grob gesägte Bretter, man erkannte die runden Spuren der Säge, die Köpfe der Nägel, mit denen die Planken zusammenhielten. Der alte Mann trug ein weißes Hemd und eine zu weite Anzughose aus dunklem Serge, die von Hosenträgern gehalten wurde. Auf seinem Kopf saß ein dunkler Filzhut, unter dessen Krempe blitzte ein wilder, entrückter Blick hervor, als käme er von weit her und könnte jeden Moment wieder in die Ferne schweifen. Die Augen sind bloß schwarze Löcher, hatte er als Kind gedacht. Wenn man das Foto gegen das Licht hält, kann man bestimmt durch die Löcher im Pappkarton hindurchsehen.

Er hielt ein Banjo, das an einem Riemen von seiner Schulter hing, vermutlich das Wichtigste auf diesem Bild. »Ich selbst bedeute nicht viel«, schien der reservierte junge Mann zu sagen, »aber seht mal, was ich hier habe.« Die linke Hand griff einen Akkord am Hals, die rechte hielt locker den Korpus, als wolle er das Instrument dem Auge der Kamera darbieten. Der junge Mann schaute eindringlich und ein wenig unbehaglich drein, als sei er unterwegs zu einem anderen Ort und habe nur einen Augenblick Zeit, um für dieses Bild zu posieren.

Die Musik sei sein Untergang gewesen, erzählte er dem Jungen mit reumütiger Ironie. Sein Fluch und seine Erlösung. Sie habe ihn durch Zeiten gebracht, die ansonsten unerträglich gewesen wären, und alles andere, das er in Angriff nahm, doppelt so schwer gestaltet.

Mit einem Glas kalter Limonade in der Hand, die Luft erfüllt vom säuerlichen Gärungsgeruch der gerodeten Vegetation, erfuhr Fleming etwas aus dem Leben des alten Mannes.

Als er um Julia Bradshaw geworben hatte, trug er sechshundert Dollar gefaltet in der Hosentasche. Sechshundert Dollar waren damals und an jenem Ort eine ungeheure Summe. Es hatte ihn viel Zeit und Mühe und Verzicht gekostet, das Geld anzusparen. Er besaß Land, das zur Aussaat bereit war. Er hatte einen Wagen mit Pferdegespann. Er hatte ein Haus, das ihm bei Bedarf offen stand. Julias Vater hielt nicht viel von ihm, und er würde den Teufel tun, mit leeren Händen um ein Mädchen wie sie zu werben.

Saul Bradshaw mochte den Mann mit sechshundert Dollar in der Tasche nicht lieber als den mittellosen Banjozupfer, der sein Instrument bei jeder sich bietenden Gelegenheit hervorholte.

E. F. Bloodworth war ein Tagedieb, ein Trunkenbold, ein Verführer unschuldiger junger Frauen und Zuhälter obendrein. Als Bradshaw ihm in die Augen blickte, sah er nichts als immer neue Horizonte, die sich entfalteten, bis der letzte zu einem beinahe durchsichtigen, blassen Blau verblich.

In Julia Bradshaws Adern floss Cherokee-Blut. Sie war klein und dunkel, und ihre unergründlichen Augen deuteten Rätsel an, die ein Mann lösen könnte, nähme er sich nur die Zeit dazu. Doch Bloodworth sollte erfahren, dass es in der Natur von Rätseln liegt, dass sie ungelöst bleiben, und Unergründlichkeit eben nicht ergründet werden kann.

Schließlich hatte sie zwischen Bloodworth und ihrem Vater wählen müssen, und sie zögerte nur kurz, bevor sie zu Bloodworth auf den Kutschbock stieg. Ein anderer Mann hätte vielleicht lediglich konstatiert, dass sie den Wagen wählte, der bereits auf dem Hof gewendet hatte und zum Aufbruch bereitstand, doch Bloodworth bemerkte ihr Zögern. Er wertete es als mangelnde Entschlusskraft und trug dieses Empfinden, wenngleich er dessen Absurdität erkannte, für den Rest seines Lebens wie eine Narbe.

Er lieferte Fleming eine Kurzfassung, behielt aber gewisse Dinge für sich, nicht weil sie ein unerwünschtes Bild zeichneten, sondern weil es Dinge waren, die er nicht in Worte kleiden konnte.

Er konnte Fleming erzählen, dass er Musiker war, ohne jedoch vermitteln zu können, was die Musik ihm oder den Menschen sagte, für die er sie spielte. Die Musik erzählte sich selbst, knüpfte eine rätselhafte Verbindung, für die es keine Worte gab. Die Musik war ihre eigene Geschichte, doch ein Mann konnte aus dem ungeheuren Vorrat an Folk- und Bluesversen, Wendungen und Bildern schöpfen und seine eigene Geschichte darauf formen: Spielte er sie vor Publikum, gehörte sie von da an auch seinen Zuhörern, wenngleich sie den Bezug zu seinem eigenen Leben behielt. Er konnte es nicht völlig ergründen. Die alten Lieder waren zusammengestückelt wie Körper, die man aus den Knochen von tausend Skeletten geformt hat. Lieder von Tod und verlorener Liebe und Untergang, da der einzige verbliebene Weg nach unten führte. Lieder, die selbst den grausamsten Verlust mit schwarzem, sardonischem Humor hinnahmen. *I'm goin where the climate suits my clothes*, sang das Lied, und nicht die Worte drückten seine Enttäuschung und Verzweiflung aus, sondern die pure Einsamkeit des Klangs, der dem drängenden Banjo des alten Mannes entströmte. Es besaß eine unheimliche Zeitlosigkeit, es hätte tausend Jahre alt oder aber ein unvollendetes Lied über noch schwebende Ereignisse sein können.

»Du glaubst nicht, wie schnell ich von einem Mann mit sechshundert Dollar in der Tasche zu einem Mann mit zwölfhundert Dollar Schulden wurde«, erzählte der alte Mann. »Zwölfhundert Dollar, das war mehr, als ich mir vorstellen konnte. Julia erkrankte schwer, und bevor ich mich versah, schuldete ich den Ärzten und Krankenhäusern ein kleines Vermögen. Als Pächter kann ein Mann zwei- oder dreihundert Dollar im Jahr verdienen. Im Jahr, wohlgemerkt.

Dann bekam ich Streit mit dem Pachtherrn, er nahm mir die Ernte weg. Im Rückblick sehe ich ein, dass es ebenso meine Schuld war wie seine. Ich ging immer schnell in die Luft und war nachtragend. Ich war der Meinung, er hätte mich betrogen, nicht nur mich, sondern alle, die unter meinem Dach lebten. Ich hab ihn grün und blau geprügelt, und dann standen wir mit dem einen Wagen voller Habseligkeiten auf der Straße. Bald würde es Winter sein. Nicht nur ein Winter, der durchgestanden werden musste, sondern eine endlose Reihe von Wintern, wie mir schien. Ich fing an, Whisky zu brennen. Julia hielt das Banjospiel für den Weg zur Hölle, aber als Whiskybrenner glaubte sie mich wieder auf dem rechten Weg.

Er schob Patronen in den Zylinder der Waffe, während er Bradshaw, der aufrecht und stolz wie ein Priester in der Kirchenbank auf dem Bock des Wagens thronte, durch das staubige Glas beobachtete. Sieh dir den alten Hundesohn an, dachte er und ließ den Zylinder geschmeidig rotieren wie ein Fass im rauschenden Bach. Mal sehen, ob er noch so gerade sitzt, wenn ich ihm das Rückgrat zerschossen habe, mal sehen, ob er den Kopf dann noch neigt, um zu hören, was Jesus ihm ins Ohr flüstert.

»Er ist hier, weil ich nach ihm geschickt habe«, sagte Julia.

»Ich weiß nicht, warum irgendjemand nach einem Toten schicken sollte«, sagte er zu ihr.

Er musste sie abwehren, ohne ihr wehzutun. Er hätte Väter und Brüder Bradshaw den lieben langen Tag wie Enten am Schießstand abknallen können, doch ihr konnte er nicht wehtun. Schließlich presste er sie gegen seine Brust, roch die Seife in ihrem Haar, umklammerte sie mit festem Griff, der sie nicht an ihrem Drängen hinderte.

»Wenn du das tust, musst du mich auch töten«, sagte sie schließlich, und er wusste, dass sie die Wahrheit sprach.

»Habe ich dir jemals wehgetan?«, fragte er.

»Du tust mir mit jedem Atemzug weh.«

Er legte die Pistole weg, sah, wie die Tür hinter ihr zufiel, wie Julia in den Wagen stieg und Bradshaw nicht mit ihr, sondern mit den Maultieren sprach, am Zügel zog und den Wagen wendete, sah den Wagen im weißen Staub der Straße kleiner werden, bis nur noch hinabsinkender Staub zu sehen war, und selbst dem schaute er noch nach.

»Du tust mir mit jedem Atemzug weh.«

Das Haus war so still, dass es leise summte wie eine Banjosaite, die aufs Äußerste gespannt ist. Wahnsinn und Selbstekel befielen ihn wie die Pest, die Gewalt bewegte sich wie ein finsteres Ich unter seiner Haut, wollte sich der Gestalt seines Körpers anpassen oder den Körper nach ihrem Bild formen.

Gut, dachte er, wenn sie nicht aufhören können, sie zu sich zu rufen, bringe ich alle um. Wenn sie nicht bei mir bleiben kann, wenn sie gerufen wird, bringe ich auch sie um. Ich türme Bradshaws auf, bis sie gegeneinander kippen wie gefällte Bäume im dichten Wald, bis Bradshaws in den Kronen anderer Bradshaws hängen. Sie werden nicht aufhören, Patronen zu drehen. Sie werden nicht aufhören, Särge zu zimmern. Ich reihe Bradshaws der Größe nach auf, bis sie Särge aus anderen Staaten importieren müssen, bis ihnen selbst die ausgehen und sie die Toten ohne Sarg begraben müssen, bis sie schließlich die Hände heben und sie da lassen, wo sie hingehören.

»Wann hast du aufgehört?«

»Aufgehört? Womit?«

»Mit dem Whiskybrennen.«

»O Gott, ich habe nie wirklich damit aufgehört. Na ja, mittlerweile schon. Vorher habe ich tausendmal aufgehört. Ich hörte auf, wenn sich etwas anderes bot. Einmal habe ich versucht, ein paar Platten aufzunehmen. Dann wieder fing ich mit Baumwolle an, ist auch ganz gut gelaufen. Ein paarmal haben sie mich erwischt. Wenn sie dich in den Knast schicken, könnte man das als Aufhören bezeichnen. Ein paarmal habe ich aufgehört, damit Julia zurückkam.«

Als sie ihm im Laden die Nachricht hinterließ, er solle sie holen, ritt er dorthin, die Pistole schussbereit im Hosenbund. Die Bradshaws hatten herumerzählt, was sie mit ihm machen wollten. Erschießen und an Ort und Stelle liegen lassen, Fallobst für den Bestatter.

Das Haus sah aus wie ein Haus aus einem Traum, leer und schweigsam, ohne jede Regung. Kein Licht flackerte hinter den

Scheiben. Ein Falke stand reglos am wolkenlosen blauen Himmel, wie vom Auge einer Kamera eingefroren.

Er wartete. Als die Tür nach innen aufschwang, spürte er den Griff der Pistole an seiner Handfläche. Niemand zeigte sich, keine Hand bewegte den Vorhang. Sie war ganz leicht, als er sie auf den Sitz hob, er hätte sie ebenso mühelos auf dem Mond absetzen können.

Sie bemerkte die Pistole in seinem Hosenbund. »Die hättest du nicht gebraucht«, meinte sie.

»Wenn doch, wäre sie da gewesen«, entgegnete er.

»Hast du wieder mit dem Brennen angefangen, als du aus dem Gefängnis kamst?«, wollte Fleming wissen.

»Ich habe immer wieder angefangen«, entgegnete der alte Mann. »Mit mir war nicht zu reden. Man hätte mir die Vernunft nicht mal einprügeln können. Ich war oft Zielscheibe, wurde aber selten getroffen, sodass ich glaubte, den anderen um einen Schritt voraus zu sein. Ich konnte mich nicht wie die anderen mit ein paar Gallonen begnügen. Ich musste mehr brennen, in einem größeren Gebiet verkaufen. Es musste der Beste sein, ich musste guten Whisky brennen. Einmal lauerten sie mir am Indian Creek auf, im Gebüsch, ich hab sie nicht gesehen. Schossen einfach durch das Unterholz. Die Luft war voller grüner Schnipsel. Töteten meine beiden Pferde und trafen mich viermal, ließen mich liegen, weil sie mich für tot hielten.

Haben mich glatt vom Wagen geschossen. Ich lag da, mit einem Bein im Grab, und konnte die Glasbehälter klirren hören, als sie den Wagen abluden. Ich roch ihre Pferde, und als ich so im Kreuzkraut lag, konnte ich auch das riechen. Bloß die Augen konnte ich nicht öffnen. Ich dachte, ich wäre tot.«

Dem alten Mann fiel es schwer, ein Banjo zu zupfen, doch er stimmte eine alte Martin-Double-F-Gitarre auf den Grundton E und zupfte sie mit einem Taschenmesser, wobei sie quer über seinem Schoß lag. Die Musik klang eigenartig und wunderbar und so zerbrechlich, dass Fleming unter ihrem Bann verstummte.

»Hier«, sagte der alte Mann und reichte ihm das Whiskyglas, »trink das, ehe ich es versehentlich selber trinke. Iss was, bevor dir von der Limonade schlecht wird.«

Die Gitarre stimmte das einsame Geheul eines Zuges an, der eine Steigung in den Kiefernwäldern Georgias erklimmt. Fleming sah die rohe, rote Erde wie eine Wunde durch die Bäume schimmern, sah die Güterwaggons, die zwischen den Stämmen aufblitzten. ... *Or, Clouded up and lookin like rain, round the curve come a passenger train ...*

Fleming nahm winzige Schlucke von dem Whisky und verdünnte ihn im Mund mit Speichel, während die Gitarre den alten Mann mit sich nahm auf die lange, einsame Straße, wo das Klima zu seinen Kleidern passte, wo das Wasser wie Kirschwein schmeckte.

Albright bestellte ein Falstaff und warf dreißig Cent auf die Theke. Er streute Salz auf den Dosendeckel, als ihm drei grobe Kerle auffielen, die sich am Ende der Theke über eine Zeitung beugten. Er nahm einen tiefen Schluck aus der Dose und ging damit an der Musikbox vorbei zu den Männern, um zu sehen, was so interessant sein mochte. *When I'm drinking, I'm nobody's friend*, sang Webb Pierce aus der Musikbox.

»Was gibt es denn für Neuigkeiten?«, fragte er, beugte sich im Dämmerlicht vor und las rasch die Schlagzeile. EINHEIMISCHER GESCHÄFTSMANN BEIM ABSTURZ EINES PRIVATFLUGZEUGS GETÖTET lauteten die fetten Lettern.

»Woodall ist über einen Berg gestolpert, sagte einer der Männer zufrieden. »Dachte wohl, Sand Mountain würde den Kopf einziehen, wenn er drüberfliegt.«

»Ich habe gehört, die Reste hätten in einen Schuhkarton gepasst«, warf ein anderer ein.

Ihm wurde flau, sein Körper ganz leicht, er griff nach der Theke, um nicht davonzuschweben. »Hundesohn«, sagte er.

»Das war er«, stimmten die anderen zu.

Albright war schon auf der Straße, als ihm auffiel, dass er noch immer das Bier in der Hand hielt. Er trank es aus und warf die Dose auf die Straße, ohne auf Polizisten zu achten. Das Gefühl, ein kaltblütiger Mörder zu sein, ließ dieses Gesetz in einem anderen Licht erscheinen.

Er ging achtlos an seinem Wagen vorbei und musste kehrtmachen. Er stieg ein und saß einfach da. Der Verkehr rauschte vorbei, er hörte ihn nicht. Ihm dämmerte, dass er nun frei war, dass Woodall nie wieder an seine Tür klopfen, dass er niemals wieder irgendwelche Haftbefehle durch eidliche Strafanzeige erwirken würde. Doch die Nachwirkungen seiner Tat waren ungeheuerlich. »Dieser gottverdammte Bloodworth«, sagte er laut. Er hatte einen Mann so gewiss getötet, als hätte er ihm die Pistole an den Kopf gehalten und abgedrückt.

Er legte den Kopf auf das Lenkrad. Er spürte den heißen Kunststoff an seinem Gesicht. Ihm war nach Weinen zumute.

Gene Woodall war unterwegs nach Valdosta, Georgia gewesen, um einen potenziellen Auftrag zu prüfen und ein Angebot vorzubereiten. Irgendwo über den Bergen an der Grenze zwischen Tennessee und Georgia stotterte der Motor zum ersten Mal. Der Ärger durchfuhr ihn wie ein Ruck, und er dachte, dieser beschissene Mechaniker wird von mir hören.

Er flog allein, aber nicht wirklich allein, da er auf den letzten hundert Meilen so intensiv an seine neue Freundin Carolyn Spiess gedacht hatte, dass sie beinahe greifbar neben ihm im Cockpit saß. Er hatte Carolyn erst kürzlich kennen gelernt, hatte aber große Pläne mit ihr. Sie war zwanzig Jahre jünger als seine Frau und mindestens zwanzigmal so hübsch, und als sie vor dem Abflug ihren Mund unter seinem geöffnet hatte, schmeckte sie nach Juicyfruit-Kaugummi.

Er hatte ein wenig an Höhe verloren, zog am Gashebel, richtete das Handrad auf Steigflug, der Motor drehte höher, lief glatter, bis das Stottern erneut einsetzte. Eine harte Fehlzündung, dann fing er sich wieder, erneute Fehlzündung, diesmal stoppte der Motor.

»Allmächtiger«, sagte Woodall. Er hantierte ohnmächtig an den Instrumenten und hörte dann auf, trieb dahin in gespenstischem Schweigen, das nur von den Windgeräuschen unterbrochen wurde.

Er dachte an Carolyn. In wenigen Stunden würde sie auf dem Weg zum Maury-County-Flughafen sein, um ihn zu treffen. Auf dem Boden würde eine Tasche mit zwei Weinflaschen stehen. Sie würden die Nacht im Dixieland-Motel verbringen, weit entfernt von dem Gedanken an seine froschgesichtige Frau.

Unter sich sah er die mondbeschienenen Felsen, die flüchtigen Wolkenschatten, die dunkel über den blassen Kalkstein huschten, die verstreuten Lichter eines Berges wie verschüttete Edelsteine. Die Felswand vor ihm war so bleich und glatt wie ein Grabstein aus Granit.

Das Flugzeug rotierte mittlerweile wie ein Karussell, das sich selbstständig gemacht hat, rauschte wie ein Mähdrescher durch die Kronen der Tannen und Zedern, füllte die Luft mit zerhacktem Grün und dem Geruch der Nadelbäume. Er dachte intensiv an Carolyn, ihre drängende Zunge, die Art und Weise, in der sie die Schenkel beim Küssen öffnete, den Druck ihrer harten Beckenknochen gegen seinen fleischigen Handballen. Das Heck prallte zuerst auf und wirbelte davon, der weiße Stein schien dem Rumpf entgegenzukommen, sah aus wie etwas, das mit furchtbarer Unausweichlichkeit aus ruhigen Gewässern emporsteigt, und er schlug die Hand vor die Augen.

Als das Flugzeug explodierte, leckten Flammen die Wand der Nacht hinunter wie die Phosphorspuren eines ungeheuer prachtvollen Feuerwerks und stürzten als Regen aus Sternschnuppen hinab, tauchten die samtigen Balsamtannen in eine tiefe, geisterhafte Schönheit.

Es hatte länger nicht geregnet, die Straße war mit einem dicken, pudrig feinen Staubfilm überzogen. Er hob sich wie Rauch mit den Schritten des alten Mannes, hing gewichtslos in der Luft, färbte die Umschläge seiner Hose weiß, drang in ihre Falten und das Gewebe seiner Schnürsenkel. Es war noch früh, aber schon heiß. Die Sonne brannte sich mit ihrem blaugoldenen Licht von Osten her einen Weg durch die Bäume, genau auf ihn zu. Er bog von der Straße ab zum Rand des brachliegenden Feldes, die Erde unter den Bäumen war an den Stellen, wo kein Hafergras wuchs, ausgebleicht und hart wie Lehm aus einem Dörrofen, von Rissen und überkreuzten Linien durchzogen.

Vor vierzig Jahren hatte er eine Reihe Zedern gepflanzt, die sich über eine Viertelmeile erstreckte und von der Straße, die er soeben verlassen hatte, über das weite Feld bis zu seinem Gartenzaun verlief. Einen Moment lang dachte er belustigt, dass man sich, wenn überhaupt, dieser Zedernreihe wegen an ihn erinnern würde. Seine Frau hatte von seinem sündigen Treiben letztlich genug gehabt, das Leben seiner Söhne war in seltsamen, zerstörerischen Wendungen verlaufen, doch die Zedernreihe stand noch immer – wie mit dem Lineal gezogen. Er stützte sich auf seinen Stock und schaute hinüber, betrachtete die Bäume, die zum Haus hin kleiner zu werden schienen. Dem Haus, das er selbst errichtet hatte, blau und kühl im tiefen Morgenschatten der Wälder gelegen.

Er hörte, wie eine Fliegendrahttür zuschlug, obwohl er niemanden sah. Das Geräusch klang seltsam zeitlos wie etwas, das schon vor Jahren geschehen war, aber jetzt erst an seine Ohren drang.

Ob sie käme? Ob sie käme?

Er stand da und beobachtete das Haus. Ein Falke kreiste in immer tieferen Bahnen über dem Feld, seine Schwingen glänzten in der Sonne wie Lichtflecken auf einem Gewässer, schrille Schreie erfüllten wie Scherbengeklirr die Luft.

Er erinnerte sich an den Mann, der so dringend nach Warren gefragt hatte.

Dort war die Zeder, unter der er gestanden hatte. Der Fremde sah überrascht hoch, hatte den siebzehnjährigen Warren erwartet und fand sich nun dem alten Mann persönlich gegenüber, übel gelaunt, verkatert, von einer Aura der Gewalt umgeben.

Er hatte seinen Boten zum Haus geschickt und mit seinen beiden Brüdern gewartet.

»Bei den Zedern ist ein Mann, der mit Warren reden will«, sagte der Junge.

»Was will er denn?«

Der Junge wandte sich ab. »Er will einfach nur mit Warren reden.«

»Ich hole eben meinen Hut«, sagte der alte Mann. »Vielleicht will er in Wirklichkeit ja mit mir reden.«

Der Mann stand da, die Mütze schief ins Gesicht gezogen, ein faustgroßes Stück Kautabak im Mund, ein Messer zeichnete sich unter dem dünnen, abgetragenen Drillich seiner Hose ab.

Der Mann lag am Boden, bevor er das Messer ziehen konnte, er hätte es ebenso gut zu Hause lassen können. Eine Bewegung lenkte Bloodworths Aufmerksamkeit wieder auf das Haus. Eine Gestalt ging über die Veranda. Er war zu weit entfernt, um Einzelheiten zu erkennen. Dann tauchte das verschwommene Bild eines blauen Kleides in seiner Erinnerung auf, seit fünfzig Jahren entschwunden und dennoch eingefroren in seinem Kopf, als sei es gestern gewesen, eine junge Frau betritt eine Veranda, eine Tür schlägt hinter ihr zu, sie kippt eine Schüssel mit Spülwasser in den Hof. Mehr nicht, doch die Frau, die seine Frau gewesen war, wirkte kraftvoll und beseelt wie ein Symbol des Lebens, und das Spülwasser glitzerte wie Quecksilber in der Sonne.

Schließlich ging er den gleichen Weg zurück, den er gekommen war. Brady schien ihn zu meiden, vielleicht konnte er ihn in der Umgebung des Hauses aufspüren. Doch irgendwo bellten Hunde, vielleicht hatten sie seine Witterung aufgenommen. Die Hunde, die er in jener Nacht am Wohnwagen gesehen hatte, wirkten überaus gefährlich. Und diese Hunde kläfften nun wie wahnsinnig, als wollten sie nie wieder verstummen. Der alte Mann war nie ein Freund bellender Hunde gewesen und fragte sich, wie man diesen Lärm ertragen konnte. »Die Hunde leisten mir Gesellschaft«, hatte Brady immer gesagt, doch auf solche Gesellschaft konnte er gut verzichten.

Auf halbem Weg über das Feld geschah etwas, das er nie selbst erlebt oder auch nur gehört hatte. Eine Klapperschlange fiel vom Himmel und prallte nicht weit vor ihm auf den Weg. Bloodworth war so verblüfft, dass er reglos dastand und das Tier mit offenem Mund anstarrte. Dann sah er hoch, ob noch mehr Schlangen zu erwarten waren. Ein riesiger Falke trieb mit dem Aufwind dahin, die weißen Unterseiten seiner Flügel schimmerten in der Sonne wie blankes Chrom.

»Den Schnabel ein bisschen voll genommen, was?«, fragte der alte Mann und fügte hinzu: »Oder es hat dir nicht geschmeckt.«

Er fragte sich, ob der Falke gebissen worden war, doch er stieg schon wieder höher, bis er zu einem schwarzen Punkt im blauen Nichts geschrumpft war und schließlich verschwand, als habe es ihn nie gegeben.

Es handelte sich um eine Diamantklapperschlange, dick wie der Arm des alten Mannes. Er trat vorsichtig näher, schwang den Stock wie eine Keule. Die Klapperschlange war nur betäubt. Ihr Schwanz bewegte sich träge, als habe man sie im Winterschlaf gestört. Er versuchte, die Klappern zu zählen, doch es gelang ihm nicht. Die Schlange machte keinerlei Anstalten zu fliehen oder zu beißen, vermutlich war sie völlig verdattert und hatte keine Ahnung, was mit ihr geschehen war.

»Du hast vielleicht was zu erzählen, wenn du heimkommst«, sagte er zu ihr. »Leider wird man dir kein Wort glauben.«

Die kupferbraun und schwarz gemusterte Schlange wirkte atavistisch und böse, ihre kalten Augen uralt und herzlos wie die Zeit selbst. Ihr Kopf bewegte sich träge, dick und schwer vom Gift. Sie schien sich zu erholen, kroch aber noch immer nicht davon.

Er beugte sich vor und berührte ihren Kopf leicht mit der Spitze seines geschnitzten Stocks, Schlange zu Schlange. Er wollte sie auf der Erde zermalmen, besann sich aber eines Besseren. Es schien ungerecht. Etwas stößt herunter, schlägt seine Krallen in dein Fleisch und fliegt mit dir davon, hoch hinauf in die dünne, blaue Luft, die vertraute Erde meilenweit entfernt, nicht mehr als die Erinnerung an einen Traum. Dann lässt es dich fallen, du prallst auf den Boden und liegst wie betäubt da. Und wenn du allmählich zu dir kommst und über deine unglaubliche Rettung staunst, hinkt ein alter Mann vorbei und zermalmt deinen Kopf mit seinem Walnusstock.

»Na gut«, sagte er zu der Schlange. »Ich sage dir, was ich mache. Ich lasse dich laufen. Aber du darfst von nun an nur meine Feinde beißen. Leute mit Pistolen und Abzeichen und Khakihosen. Gefängniswärter mit Schrotflinten. Rechtsanwälte sowieso. Vielleicht den einen oder anderen Bestatter oder Versicherungsvertreter. Aber keine Kinder. Keine Kinder und Leute, die mühsam ihr Dasein fristen. Wenn du auch nur einen von denen beißt, hänge ich mich an dich wie eine Klette und vollende meinen Plan.«

Er bewegte den Stock. Nach einer Weile kroch die Schlange langsam davon. Sie verschwand zwischen den Zedern, als sei sie nur eine Täuschung gewesen, die das Licht auf den kupfernen Nadeln der Bäume erzeugt hatte.

Der alte Mann ging weiter, schaute ab und zu zum Himmel hinauf. Er glaubte nicht an Weissagungen und Vorzeichen, doch wenn der Allmächtige sich schon entschloss, Schlangen auf ihn herabregnen zu lassen, sollte er vielleicht besser unter Dach sein.

»Einmal fuhren wir nach Blythesville, Arkansas«, sagte Sharp zu Fleming. Er öffnete die Colaflasche und schob sie ihm über die Theke zu. »Wir waren völlig abgebrannt«, fuhr er fort. »Keinen Cent mehr in der Tasche. Hatten seit fast zwei Tagen nichts gegessen. Direkt vor der Stadtgrenze ging uns der Sprit aus, und wir mussten aussteigen und den Wagen von der Straße schieben.

Es war Samstagmorgen, viele Leute waren unterwegs. Manche brachten Wagenladungen Baumwolle zum Entkörnen. Am Samstag wurde Handel getrieben. Damals war der Samstag ein großer Tag. Der Gedanke an den Samstag half einem, die Woche zu überstehen. ›Was nun‹?, fragte ich E. F.

Er holte sein Banjo aus dem Kofferraum, und als wir die Stadtmitte erreichten, folgte uns bereits eine Menschenmenge. Sah aus wie eine Parade. Die Leute riefen, ›Hey, E. F.!‹, dabei war er meines Wissens noch nie in Blythesville, Arkansas gewesen. Ich spielte damals für ihn die Fiedel. ›Wie wär's mit einem Lied, E. F.?‹, johlten sie. ›Spiel was für uns!‹

Wir waren inzwischen auf dem Platz vor dem Gericht angekommen. E. F. stellte den Kasten ab, ließ sein Banjo aber drin. ›Ich sage euch, wie es aussieht‹, sagte er zu den Leuten. ›Wir haben kein Benzin mehr und sind pleite. Wir haben seit gestern Morgen nichts gegessen. Ich hab nichts dagegen, was zu spielen, aber das wird euch ein bisschen Kleingeld kosten.‹ Dann ließ jemand eine Flasche herumgehen, und E. F. nahm einen kräftigen Schluck. Ich bestimmt auch, hab damals richtig gesoffen. Ich ließ den Hut kreisen, bevor E. F. auch nur das Banjo aus dem Kasten geholt hatte. Beim Stimmen machte er noch einmal die Runde. Hat alles übertroffen, was ich je erlebt habe. Wir hatten über zehn Dollar eingenommen, bevor er eine Note gespielt hatte. Damals konnte man einen Dollar pro Tag verdienen, falls man überhaupt Arbeit fand.

Als er mit *Goin Down the Road Feelin Bad* durch war, hatte er sie in der Hand. Sie wären mit ihm von einer Steilklippe gesprungen oder ihm in ein brennendes Haus gefolgt. Die Bullen kamen und wollten die Menge auseinander treiben, weil sie den Verkehr behinderte, schon waren sie genauso drauf wie alle anderen. Ich hab sogar gesehen, wie einer von ihnen aus einer Flasche getrunken hat. Als wir ins Café zum Essen gingen, hätten sie E. F. glatt zum Bürgermeister gewählt. Sie dachten, er wäre ein Mann für die Grand Ole Opry.«

Sharp trank einen Schluck Bier und wischte sich den Schaum von der Oberlippe. Er lachte. »Ich hab's mal bei der Opry versucht«, sagte er. »Sie wollten mich auch nehmen. Doch dann schickten sie jemanden los, der mich beim Whiskybrennen erwischte, und ich saß drei Monate in Brushy Mountain ab.«

Bloodworth war schon vierzig, als er von einem Mann hörte, der für eine New Yorker Plattenfirma Musiker in Knoxville vorspielen ließ. Er fuhr mit dem Bus hin, ein Pint von seinem selbst Gebrannten in der Manteltasche, den Banjokasten aufrecht zwischen den Füßen, weil er der Busgesellschaft nicht traute. Während draußen Berge vorbeizogen, die er nicht kannte, verdrängte er den Gedanken an die Ernte, die eingebracht werden musste, an Julias Augen, die durch ihn hindurch oder an ihm vorbeiblickten, wenn er ein Zimmer betrat. Da war ein Hunger in ihm, dem er nicht traute und den er auch nicht ansatzweise erklären konnte.

In Knoxville spielte er an Straßenecken und ließ den Hut herumgehen. Nachher war immer Geld drin. Nach einer Weile wurde er frecher und ließ den Hut herumgehen, noch bevor er das Banjo ausgepackt hatte. Trotzdem war Geld drin. Selbst damals hatte er das gewisse Etwas. Hatte eine Geschichte zu erzählen. Er ließ einen glauben, es sei auch die eigene Geschichte. Polizisten kamen, um ihn zu vertreiben, und blieben stehen, um zuzuhören. Manchmal warfen sie einen halben Dollar in den Hut. Bloodworth sang Lieder, die er gehört oder anderen Sängern geklaut oder selbst erfunden hatte. Er sang von

Tod und leeren Betten, Lieder, die wie Einladungen klangen, bis man eine Weile darüber nachdachte und die Drohung darin erkannte. Die Gewalt durchzuckte sie wie Blitze, Winterwinde bliesen sie vor sich her wie Pappbecher, die hohl über gefrorene Straßen wirbeln.

Das Vorspielen fand im Norton-Hotel statt. Es war voller Musiker und Sänger aus dem Süden. Aus North Carolina, Tennessee, Arkansas. E. F. nahm Maß. Selbst mit einem Halfpint seines selbst Gebrannten als Stärkung fühlte er sich eingeschüchtert. Hier waren Leute, die mit Musik und Gesang ihren Lebensunterhalt verdienten. Sie hatten Bands, gingen auf Tournee und spielten auf Jahrmärkten, Tanzveranstaltungen, Kirchenfesten. Es waren Profis. Bloodworth hingegen war Pächter, Schwarzbrenner, was immer sich gerade anbot. Ein Mann namens A. P. Carter war dort. Er scheiterte beim Vorspielen. Bloodworth nicht.

Er fuhr mit dem Zug nach New York City und nahm vier 78er Platten auf. Auf dem ganzen Weg nach New York hatte er das Gefühl, die Erfüllung seines größten Wunsches im Leben schwebe knapp außer Reichweite über seinem Kopf. Ich kann dies oder jenes tun, dachte er. Es gibt wohl keine Möglichkeit, beides zu tun.

Er schien sein ganzes Leben auf eine einzige Karte zu setzen und zu verlieren, selbst wenn er gewann.

Die Plattenfirma wollte noch mehr Platten aufnehmen, doch E. F. vertröstete sie. »Erst mal sehen, wie diese laufen«, sagte er. Wie viele Landbewohner fürchtete er, von den aalglatten Stadtleuten über den Tisch gezogen zu werden. Er wurde nicht berühmt, doch die Platten verkauften sich so gut, dass man ihn bat, vier weitere aufzunehmen. Mittlerweile war er Mitglied einer Band mit dem Namen Fruitjar Drinkers, die den ländlichen Süden in einem Ford Model A bereiste. Ein Fiedler, ein Gitarrist, Bloodworth mit seinem Gibson-Banjo. Sie spielten in Kleinstädten, die aus kaum mehr als einem Lebensmittelgeschäft, ein paar Kirchen, klapprigen Pächterhütten und roten Straßen bestanden, die an keinen Ort führten, den er hätte besuchen wollen.

Sie bauten ihre Sachen auf den langen Veranden ländlicher, immer gleicher Läden auf, die aussahen, als wären sie alle vom selben Negativ gezogen. Sie hängten Glühbirnen auf, dichte Mottenschwärme wogten durch die Lichtbögen wie ein Abfallprodukt der Elektrizität. Bevor Bloodworth mit dem Stimmen fertig war, schlenderten die Leute auf die Lichter zu, und bei den ersten drängenden Noten des Banjos, wenn E. F. die Schultern straffte und sich vorbeugte wie ein Boxer, der aus seiner Ecke kommt, drängten sich die Leute vor der Veranda, als seien sie dem staubigen, roten Lehm entwachsen.

Tuberkulöse Gespenster mit Overall und Dreitagebart, Frauen und Kinder wie die Orgelpfeifen, alte Männer mit Gehstöcken mit alten Frauen in Schutenhüten am Arm und dreist blickende Frauen starrten aus der heißen, elektrischen Dunkelheit zu ihm herauf, umfangen von nichts als der Nacht.

Oh, Death, sang er, einen Song, der in verschiedenen Fassungen bereits vor der Ankunft seiner Vorfahren im Land existiert hatte. Seine rauchige, sardonische Stimme war eine Mischung aus Trotz und Flehen. »Runter vom Friedhof, E. F.«, rief ihm Sharp der Fiedler mit seinem lückenhaften Grinsen über den Bogen hinweg zu. »Die Leute wollen nichts vom Friedhof hören.«

Doch Bloodworth ließ sich nicht täuschen, er kannte diese Leute in- und auswendig, hatte ihre Post gelesen, war ein Leben lang in ihren Schuhen gegangen. Ihre Gesichter im mottenumschwärmten Licht waren hingerissen, fasziniert, er sang vom Tod, als sei er das einzige gehaltene Versprechen inmitten der Kurven und Sackgassen des Lebens, das einzige Ziel am Ende der staubigen Straße. Seine Stimme erzählte ihnen von Stille und ewiger Ruhe. Kein Pachtherr, keine Baumwolle, die geerntet werden musste, keine Anschreibliste im Geschäft, die wucherte wie ein Krebsgeschwür. Nur die Zeit selbst, gefroren wie Laub im Wintereis, ohne eine Furcht oder Sorge in der Welt.

Sie verkauften Platten aus dem Kofferraum des Model A. Sie verkauften sie mühelos, die Leute kramten Münzen hervor, die so abgegriffen waren, dass die Gesichter darauf geisterhaft wirkten, bloße Schatten ihrer selbst. Sie verkauften sie an Leute, die nicht einmal einen Plattenspieler besaßen und keine Aussicht hatten, je einen zu besitzen, Leute, die die Platten als Talisman zu betrachten schienen. Sie gingen ehrfürchtig damit um, drehten sie zum Licht und betrachteten die spiralförmigen Rillen, als fänden sie dort einen greifbaren Beweis ihrer eigenen flüchtigen Existenz, als sei ihr Leben selbst darin verschlüsselt.

»Ich hätte gerne eine von den Platten«, sagte die Frau.

»Sie sind zum Kaufen da«, antwortete Bloodworth.

»Ich habe kein Geld.«

»Geld war schon immer eine Voraussetzung, wenn man etwas kaufen will«, erklärte Bloodworth.

Die Frau hatte riesige, dunkle Augen, die nicht wegschauten, als er ihr Gesicht betrachtete. Sie fixierten ihn, schienen auf einer anderen Ebene mit ihm zu kommunizieren. Das schwarze Haar, das wie ein Schatten über ihren Rücken floss, war glatt wie gebügelt. Sie stand so nahe bei ihm, dass er ihre Hitze spüren konnte.

»Vielleicht könnten wir runter zum Deich gehen und darüber reden«, schlug sie vor.

»Könnten wir«, stimmte er zu.

Sie gingen am Straßenrand entlang. Zwischen dem schwarzen Geißblatt und dem Dornengestrüpp glänzte die Straße weiß wie Glimmer. Sie trug die Platte vor der Brust wie ein Mädchen seine Schulbücher. Irgendwo jenseits des Deichs wälzte sich der überlebensgroße Mississippi dahin, wie ein Mythos, ein Traum, den die Welt träumte. Hier war das Land flach, die Sterne standen so knapp über der Erde, dass sie fremd wirkten, in Bildern, die er sich vorge-

stellt, aber nie richtig gesehen hatte. Ein Ziegenmelker schrie in einer nie gehörten Sprache in der moschusduftenden Dunkelheit. Die Sünde schien so böse, so süß.

»Haben Sie was zu trinken, Mr. Bloodworth?«

Natürlich hatte er das. Was wäre ein Fruitjar Drinker ohne Drink?

»Wird jemand Sie suchen?«, fragte er.

»Niemand außer Ihnen, hoffe ich.« Sie wandte sich zu ihm.

All das war eine Negation des Todes. Der Geschmack ihres Mundes, die Weichheit einer nackten Brust, die ihn immer aufs Neue überraschte. Ihr rascher Atem war die Bejahung des Lebens.

In jenen Tagen neigte der Tod dazu, nachts zu seinem Haus zu kommen, durch den Garten zu laufen und in sein Fenster zu spähen, die Knochenhand beschattete schwarze Augenhöhlen, die nichts waren als verdichtete Nacht, der Tod kämpfte jede Nacht mit ihm um die Decke, wollte zu ihm ins Bett kriechen.

Warren hockte steif im Liegestuhl des alten Mannes, seinen Wagen hatte er am Straßenrand geparkt. Eine blonde Frau saß auf dem Beifahrersitz und trank etwas aus einem Pappbecher, während sie gelegentlich zum Wohnwagen hinüberschaute.

»Wie geht's dir, Pa?«

»Ich komme zurecht«, antwortete Bloodworth. »Schön, wieder hier zu sein. Kommt mir so friedlich vor, in einer Gegend zu leben, wo alles noch wie früher läuft.«

Warren trug eine Anzughose, ein weißes Hemd und glänzende Slipper. Er holte einen Flachmann aus seiner Manteltasche und bot ihn dem alten Mann an.

»Ich muss passen«, sagte Bloodworth. »Bekommt mir nicht mehr.«

»Du hast wohl nichts dagegen, wenn ich mir einen genehmige.«

»Du bist längst aus dem Alter raus, in dem meine Meinung etwas galt«, sagte Bloodworth. Er sah Warren prüfend an. Es war noch keine zehn Uhr, doch er wirkte schon wacklig auf den Füßen. Vielleicht hatte er vor Sonnenaufgang mit dem Trinken angefangen, nicht einmal auf die Sonne gewartet. Etwas in Warrens Gesicht berührte den alten Mann, und er wünschte, er könne die Dinge richten. Ihn aus der eingefahrenen Bahn holen und in eine andere Richtung lenken. Ihm fiel nichts ein, das er hätte sagen können, und da sein eigenes Leben nicht gerade vorbildlich war, schwieg er lieber.

Warren trank aus der Flasche, schraubte sie zu und schob sie wieder in die Tasche. »Kommt Brady oft her?«, fragte er.

»Nein, er scheint mir aus dem Weg zu gehen. Hab ein paarmal mit ihm gesprochen, doch er hat nur davon geschwätzt und geschwafelt, dass ich zur Hölle fahren werde. Ich schätze, er hat sich mit dem Allmächtigen getroffen und alles klar gemacht.«

»Irgendwas stimmt nicht mit Brady. Ich sage es ungern, aber er wird immer schlimmer. Hat nur noch diesen verrückten Mist von Wahrsagerei und Flüchen im Kopf, ich glaube, er denkt an nichts anderes mehr.«

»Zum Teil gebe ich mir selbst die Schuld daran«, sagte Bloodworth. »Aber man kann nicht einfach weitermachen, wo man vor zwanzig Jahren aufgehört hat.«

»Mit ihm hat schon vor zwanzig Jahren was nicht gestimmt«, sagte Warren. »Es ist dir nur nicht aufgefallen. Kommt mein Junge oft her?«

»Nein, ich hab ihn noch nicht gesehen. Boyds Junge redet viel von ihm.«

»Ich habe Neal aufgegeben. Soll er doch machen, was er will. Wahrscheinlich landet er im Knast. Interessiert sich bloß für Muschis und Whisky.«

»Wie das?«, grinste der alte Mann. »Wo seine Familie doch so viele Prediger und Sonntagsschullehrer hervorgebracht hat.«

»Ich schätze, er ist ein Rückfall in alte Zeiten oder so. Du sagst, Boyds Junge leistet dir Gesellschaft? Er scheint in Ordnung zu sein.«

»Ein kluger Kopf. Und in Ordnung. Ist zwar ein komischer Kauz, aber in Ordnung. Hat ein gutes Herz. Redet nicht viel, aber er sieht aus, als entginge ihm nichts. Ist schwer zu durchschauen.«

»Warren, wir müssen los«, rief die Frau aus dem Auto. »Ich schmelze hier drinnen.«

Warren erhob sich. Er wirkte seltsam erleichtert. »Gut, du kommst also wirklich zurecht, Pa?«

»Geht schon. Das da draußen ist nicht Juanita, oder?«

Warren drehte sich um. Die Frau betrachtete ihr Gesicht in einem schildpattbesetzten Taschenspiegel und zog die Lippen nach. »Nein, Juanitas und meine Wege haben sich wohl getrennt. Ich und Modine da drüben fahren nach Florida und laufen barfuß durch den Sand.«

Er zog einen Geldclip aus der Tasche und gab dem alten Mann ein paar gefaltete Scheine. »Falls du was brauchst«, sagte er. »Kommst du von hier aus in die Stadt?«

»Der junge Albright fährt mich oft rum. Ich will das Geld nicht.«

»Behalt es. Ich fühle mich besser, wenn du es behältst.«

Bloodworth schob es in die Tasche. »Ich will nicht schuld sein, dass du dich schlecht fühlst.«

»Nun, auf ins Land, wo Kokospalmen blühn«, sagte Warren und schüttelte dem alten Mann die Hand.

»Nimm dich in Acht«, sagte Bloodworth und hielt die Hand fest. Er wusste nicht, wovor er sich in Acht nehmen sollte, begriff aber plötzlich, dass die Straße, auf der Warren sich befand, tausend verschiedene Gefahren barg, und es machte ihn traurig, dass er dies zu spät begriffen hatte.

»Dafür ist es zu spät«, sagte Warren, ein gespenstisches Echo der Gedanken des alten Mannes.

In der Mitte der Zedernreihe stand ein Baum, der völlig von Fuchsreben überwuchert war. Bloodworth blieb eine Weile darunter stehen, pflückte die Früchte von den unteren Ästen und probierte sie. Es war früh im Jahr, vermutlich hatte der heiße Sommer sie zur vorzeitigen Reife geführt. Die Trauben waren groß und saftig, und er genoss den sommerwarmen Duft, den scharfen, viel versprechenden Geschmack, der ihn an Wein erinnerte, den er selbst vor fünfzig Jahren gekeltert und getrunken hatte.

Er beobachtete das Haus. Es lag reglos wie ein Bild vor der blauen Baumlinie, im Flutlicht der weißen, drückenden Sonne. Die obersten Äste der großen Kiefer bewegten sich in einer Brise, die nicht bis zum Boden drang, doch er vermeinte, die Kiefernnadeln in der heißen, reglosen Stille zu riechen.

Er füllte sich die Hemdtasche mit den schwarzen Früchten und ging an den Zedern entlang, wobei er sich gelegentlich eine Traube in den Mund steckte und die harte Schale unter seinen Zähnen zerplatzen ließ. »Statten wir der Familie doch einen Besuch ab«, sagte er zu sich, doch etwas wie Furcht schwang wie ein Pendel in seinem Inneren.

Das Ende der Zedernreihe grenzte fast an den Gartenzaun, und dort sah ihn Brady. Er kam mit einem Fünfzig-Pfund-Sack Hundefutter über der Schulter von den Zwingern herüber. Der alte Mann hob den Arm, als Brady ihn erblickte. Dieser ließ den Sack fallen und hinkte trotz seines verkrüppelten Beins rasch auf ihn zu. Der alte Mann schaute sich um, als suche er nach einer unmittelbaren Gefahr, vor der Brady ihn retten wollte, einem Bär vielleicht, der aus den Wäldern gekommen war, doch er sah nichts, er allein war Bradys Ziel.

Als Brady ihn unvermittelt an der Schulter packte, taumelte er, ließ die Trauben fallen und tastete wild mit seinem Stock nach einem Halt. Als er das Gleichgewicht wiedererlangt hatte, hielt er den Stock einen Moment lang wie eine Waffe vor sich ausgestreckt.

»Was ist los mit dir? Bist du verrückt geworden?«

Brady fielen die roten Locken in die Stirn. »Du hast hier

nichts zu suchen, Pa. Kannst du nicht bleiben, wo du hingehörst?«

»Ich bin daran gewöhnt, selbst zu entscheiden, wohin ich gehöre«, entgegnete Bloodworth.

»Ich will dich nicht in Mas Nähe haben, das müsstest du doch wissen. Und jetzt verschwinde über das Feld, wie du gekommen bist. Nein, warte hier. Ich hole den Wagen und fahre dich, das geht schneller.«

»Moment, glaubst du etwa, ich wollte euch etwas tun? Glaubst du, ich wollte ihr wehtun?«

»Das hast du schon vor langer Zeit getan, und ich werde nicht zulassen, dass es noch einmal geschieht. Sie ist alt, ihr Verstand lässt nach, sie hat dich vermutlich vergessen. Und so soll es auch bleiben.«

»Junge, du verstehst mich völlig falsch. Ich bin nur hergekommen, um zu sehen, wie es euch geht.«

»Du wartest hier, bis ich den Wagen geholt habe«, sagte Brady bestimmt. »Ich will nicht, dass du sie triffst und ich diesen ganzen Schlamassel erklären muss. Ich will dich nie wieder hier sehen.«

»Ich kann mich nicht daran erinnern, dir diesen Besitz überschrieben zu haben«, sagte Bloodworth. »Hast du etwa eine Besitzurkunde dabei?«

»Warte genau hier«, wiederholte Brady.

Aus Gründen, die er selbst nicht verstand, wartete der alte Mann tatsächlich, bis Brady mit dem Wagen kam. Sein Gesichtsausdruck, seine blutunterlaufenen Augen, duldeten keinen Widerspruch, ängstigten ihn sogar ein wenig. Er hielt in dem blassen, sommersprossigen Gesicht Ausschau nach dem Jungen, der Brady vor zwanzig Jahren gewesen war, fand aber keine Spur von ihm.

Bloodworth kauerte in unbequemer Haltung auf dem Beifahrersitz, und Brady brauste los, nicht wie normale Fahrer, die die Straße genommen hätten, nein, er rumpelte wie wild an der Zedernreihe entlang durch Hafer- und Bartgras. Im Rückspiegel betrachtete er das Haus. Brady schob sich das Haar mit langen, sommersprossigen Fingern aus der Stirn. Der alte Mann beobachtete ihn, dachte einen surrealen Moment lang, dass Brady nicht am Wohnwagen anhalten, sondern einfach das Gaspedal durchtreten und tief in den Harrikin brausen werde, um ihn dort wie einen morschen Baumstamm abzuladen.

»Ich möchte dich etwas fragen«, sagte Bloodworth. »Warum warst du mit meiner Rückkehr einverstanden? Wieso hast du nicht einfach das Geld eingesteckt und die Sache vergessen oder dich gar nicht erst auf eine Diskussion eingelassen? Ich habe dich nicht gedrängt. Ich hatte ein Zuhause und jemanden, der nach mir gesehen hätte.«

»Blut ist Blut«, antwortete Brady. »Du kannst deinen Blutsverwandten nicht die Hilfe versagen.«

»Ich glaube, Blutsverwandtschaft bedeutet ein bisschen mehr als das«, erwiderte Bloodworth trocken. »Ich sage dir jetzt, was ich glaube. Ich glaube, dir gefiel die Vorstellung, mich in diesem Backofen unterzubringen, ohne Wasser und Licht, die Vorstellung, immer zu wissen, wo ich mich befinde. Ich glaube, du kannst es nicht ertragen, dass der Junge und Albright mir geholfen haben, den Wagen wohnlich zu machen. Mein Leben sollte hart sein. Aber jetzt kommt die Neuigkeit. Ich bin Härte gewöhnt. Ich bin immer zurechtgekommen. Ich kann in einer Laubhütte leben. Ich könnte auf einem Felsen in der Sonne leben.«

Sie hatten den Straßenrand erreicht. Der Wagenboden schabte knirschend über den Asphalt, was Brady nicht zu stören schien. Er fuhr langsam weiter bis zum Wohnwagen. Er parkte, stieg wortlos aus und hielt die Beifahrertür auf. Bloodworth stieg ebenfalls aus.

»Du hast mir gesagt, was du denkst«, sagte Brady. »Jetzt sage ich dir, was ich denke. Ich denke, wann immer du fortgegangen bist, hast du getan, als gäbe es uns überhaupt nicht. Wir waren nicht wirklich für dich. Du warst immer, wo du sein wolltest, hast getan, was dir gefiel. Vielleicht dein Banjo gezupft. Aber ich war hier. Ich musste in den ersten Jahren mit ihr leben. Das hast du nie getan. Für dich existierten wir gar nicht. Du warst in Arkansas und hast Banjo gespielt.«

Der alte Mann schüttelte den Kopf und stützte sich auf den Stock. »Ich habe nie den Drang verspürt, jemandem meine Handlungen zu erklären«, sagte er. »Aber eins solltest du wissen. Jedes Ding hat zwei Seiten. Mehr sage ich nicht. Und ich gebe dir einen kostenlosen Rat. Du versuchst ständig, ein Leben zu leben, das schon ein anderer gelebt hat, und es macht dich noch verrückter, als du ohnehin schon bist.«

»Komm bloß nicht mehr in ihre Nähe.« Brady stieg in den Wagen und schloss die Tür. »Sonst wirst du erleben, wie hart ich sein kann.«

»Ich habe doch gesagt, ich wurde zur Härte erzogen«, antwortete der alte Mann. »Aber wenn du so verdammt ungesellig bist, lade ich mir wenigstens ein paar Leute ein. Das stört dich doch nicht, oder?«

Brady ließ den Motor an. Er schaltete geräuschvoll, hielt den Fuß auf der Bremse. Sein Mund zuckte, dann beugte er sich hinaus und spie auf den harten, weißen Lehm. »Wenn du eine Hure aus Arkansas herholst, bringe ich dich eigenhändig um.«

Als das Heu zur Hälfte auf den Pritschenwagen geladen und zur Scheune gebracht worden war, stand die Sonne im weiß glühenden Zenit und schien tückisch zu pulsieren. Fleming war so viel Schweiß in die Augen gelaufen, dass die Dinge in seiner Umgebung ein flüchtiges, verschleiertes Aussehen angenommen hatten. Das sanft geneigte Feld mit Hunderten sauber aufgeschichteter Rechtecke aus Heu schien sich in endlose Fernen zu erstrecken, bis alles zu einem grünen Klecks verschmolz. Seine Arme trugen ein Muster aus blutigen Kratzern, am Bund seiner Jeans war die Haut wund gerieben. Er wischte sich mit dem Unterarm über die Augen und schaute hinunter auf den verkürzten Schatten zwischen seinen Füßen, wobei er sich fragte, wie lange dieser Tag noch dauern mochte.

Er begriff nicht, warum Albright die Arbeit so wenig Mühe machte. Er sah aus, als bestünde er nur aus Armen und Beinen, war dünn wie eine Bohnenstange, doch er packte die Ballen an den Seegrasschnüren und warf sie mit der linken Hand geradezu lässig auf die Ladefläche.

Fleming schaute dem Wagen hinterher, der zwischen den gewellten Hügeln kleiner wurde, während sich die Aufstapler oben auf dem Heu an den Seitenbrettern festhielten und in Richtung Scheune rumpelten.

Flemings Mund war trocken wie Pergament. Er drehte sich um und spie eine watteähnliche Masse ins Feld. »Wenn du das nächste Mal einen toll bezahlten Job findest, bei dem man keinen Finger krümmen muss, brauchst du mich gar nicht erst zu fragen«, sagte er.

»Scheiße, ich hab nie behauptet, es würde ein Spaziergang. Du bist ein Junge vom Land, du weißt doch, wie ein Heuballen aussieht. Guck mal, da hinten ist Schatten. Sieht ganz blau aus. Setz dich hin, dann sage ich dem alten Mann, dass ich dich fertig gemacht habe.«

»Du kannst mich mal. Ich habe nie gesagt, ich sei fertig.«

»Siehst aber ganz danach aus. Während sie abladen, holen wir uns Wasser.«

»Ich hätte gern eine Gallone von E. F.s Limonade.«

»Ich hätte gern ein Bier in der Größenordnung eines Fünfzig-Gallonen-Ölfasses. Ich würde mich einfach hinlegen, das Ding auf mich rollen und trinken. Irgendwann gönne ich mir das mal, falls es so was gibt.«

Sie gingen zum Schatten am Waldrand. Dem getrockneten Heu unter ihren Füßen entströmte ein schwelender Geruch. Fleming spürte die Hitze durch seine Schuhsohlen. Die Haut auf seinem Rücken spannte sich, als habe die Sonne sie schrumpfen lassen, doch es war vermutlich zu spät, um das Hemd anzuziehen. Der Kühlbehälter stand auf einem Baumstumpf am Waldrand. Albright spülte eine Flasche und füllte sie mit Eiswasser. Er trank und hockte sich auf die Fersen, hielt die Flasche in der Hand, als habe er sie vergessen, im Gesicht einen Ausdruck amüsierten Staunens.

»Wenn du nichts mehr trinkst, gib mir die Flasche. Ich verdurste.«

Albright reichte sie ihm. »Wenn ich ruhig bin, kommt jedes Mal diese Woodall-Sache wieder hoch«, sagte er. »Ich bin mir einfach nicht im Klaren, was ich tun soll.«

»Tun? Was willst du denn tun?«

»Etwas für Woodall.«

»Bete für ihn oder leg Blumen auf sein Grab. Mehr kannst du für einen Toten nicht tun.«

»Das ist eine beschissene Haltung, Bloodworth. Ich habe ihn praktisch umgebracht. Als hätte ihm jemand in meinem Beisein die Pistole auf die Brust gesetzt und abgedrückt. Ich hab ihn aus dieser Welt geholt oder holen lassen, das muss ich irgendwie in Ordnung bringen.«

»Na ja, du könntest dir noch mal fünfzig Dollar bei der Bank leihen und Brady anheuern, um den Fluch von ihm zu nehmen. Wahrscheinlich taucht er mit Blitz und Donner aus der Erde auf. In einer Fontäne von Erdbrocken.«

»Red keinen Scheiß, hast du denn gar keine Ehrfurcht? Außerdem hab ich schon mit Brady geredet.«

»Was hat er gesagt?«

»Er hat zwanzig Minuten gebraucht, aber es war eigentlich nur Quatsch. Ich nehme es auf mich, hat er gesagt.«

»Du klingst genauso verrückt wie er. Für wen hältst du dich eigentlich, vielleicht für den Allmächtigen? Du meinst, du könntest ein Flugzeug vom Himmel holen und gegen einen Berg schleudern? Mir kommt es vor, als hättet ihr beide eine etwas übertriebene Vorstellung von euren Fähigkeiten.«

»Du siehst das ganz falsch. Wenn ich ihm aufgelauert und ihn erschossen hätte, wäre ich dann Gott der Allmächtige? Wenn ich eine Stange Dynamit an der Zündung seines Wagens angebracht hätte? Sicher nicht. Und genau darum geht es. Wenn ich Gott der Allmächtige wäre, würde ich ihn wieder zum Leben erwecken. Oder die Sache ungeschehen machen.«

»Halt einfach den Mund. Ich kriege Kopfschmerzen von deinem Gefasel.«

»Ich muss es an seiner Frau gutmachen. Oder an seiner Familie.«

»Vielleicht könntest du einfach das Geld zurückzahlen. Die Walze reparieren. Darum ging es doch ursprünglich.«

»Vielleicht.«

»Du könntest das Geld von der Heuernte nehmen und in seinem Namen eine wohltätige Stiftung gründen. Die Gene-Woodall-Stiftung. Die Stiftung der zerstörten Zahnwalze. Stipendien vergeben. Missionare zu den Heiden senden, um in seinem Namen Seelen zu retten.«

»Halt die Klappe, Bloodworth. Ich bereue schon, dass ich dir überhaupt davon erzählt habe.«

»Den Unterprivilegierten Zahnwalzen spenden.«

»Da kommt der Laster, Gott sei Dank. Solange ich mit den Heuballen zugange bin, denke ich wenigstens nicht an ihn. Tot ist der Arsch genauso lästig wie damals, als er mit den ganzen Papieren ankam.«

Coble umkreiste in seinem roten Diamond-T-Viehtransporter zweimal das Gerichtsgebäude, bevor er einen Parkplatz fand. Er hatte bis zum Samstag warten müssen und hätte sich eigentlich denken können, dass es an diesem Tag in der Stadt – wollte man es denn als Stadt bezeichnen – von Bauerntölpeln, die Mehl und Speck einkauften, nur so wimmeln würde. Er stieg aus, schloss die Türen ab und ließ mit verächtlicher Belustigung die Blicke über Ackerman's Field schweifen. Für einen Mann aus

Memphis war dieser Ort nicht mehr als eine flüchtige Verbreiterung der Straße, ein Fliegenschiss auf der Landkarte.

Das Gerichtsgebäude mit seinen zwei Stockwerken war aus roten Ziegeln errichtet und lag an einem Platz mit gepflegtem Rasen in der Mitte einer ordentlichen Häuserreihe. Unter großen, alten Ulmen standen Bänke, auf denen alte Männer saßen, die Holz schnitzten, vermutlich Lügenmärchen erzählten und die Geheimnisse des Universums ergründeten. Das Sternenbanner und die Staatsflagge von Tennessee hingen schlaff von einem Fahnenmast. An diesem heißen Morgen schienen sogar die Blätter an den Bäumen wie eingefroren. Bis er die Stufen vor dem Gericht erreicht und die Tür geöffnet hatte, färbte sich sein Khakihemd unter den Achseln und zwischen den Schulterblättern schon dunkel.

Nach einigem Suchen fand er das Büro des Sheriffs im Untergeschoss, doch die Tür war verschlossen, und er konnte nicht durch die Milchglasscheibe sehen. Vermutlich saß er drinnen und schlief, dachte Coble bei sich. Am Türknauf baumelt ein Schild. »Bin in einer halben Stunde zurück.« Seit wann hängst du da?, fragte er das Schild.

Er ging zurück zur Treppe und verharrte einen Augenblick unter dem träge rotierenden Deckenventilator. Er warf einen Blick auf die Uhr. Schließlich ging er hinaus und betrat das Café gegenüber. Ein Schild an der Wand hinter der Theke pries Hackbraten mit drei Sorten Gemüse als Spezialität des Tages an. Er bestellte das Tagesgericht und setzte sich in eine Nische am Fenster.

Eine junge, hübsche Kellnerin bediente ihn. Im Restaurant war es heiß, ihre Haut mit einem glänzenden Schweißfilm überzogen. Als sie ihm den Teller hinstellte und sich vorbeugte, um die Rechnung auf den Tisch zu legen, versuchte er, einen Blick auf ihre Brust zu erhaschen, sah aber nur eine stoppelige Achselhöhle und einen abgetragenen, rosafarbenen Büstenhalter.

»Ich suche einen Kerl namens Rutgers«, sagte er.

»In meinem Kleid ist er jedenfalls nicht« entgegnete sie schnippisch, knallte die Teetasse auf den roten Resopaltisch und ging weg.

Das Essen auf seinem Teller schwamm in Fett, doch er aß es und wischte den Rest mit einer Scheibe Brot auf. Dann trank er den Tee und sah hinaus auf den Rasen. Hinter dem Gerichtsgebäude flammte eine riesenhafte, rote Sonne auf. Nach fünfunddreißig Minuten stand er auf und zahlte. Er gab kein Trinkgeld. Er kehrte zum Büro des Sheriffs zurück, das Schild hing nach wie vor an der Tür. »Du verdammter Lügner«, sagte er zu dem Schild.

Als der Sheriff eintraf, lehnte er an einer grün verputzten Wand und stocherte mit einem angespitzten Streichholz in seinen Zähnen. Er schaute demonstrativ auf die Uhr, was Bellwether jedoch nicht zu bemerken schien. Er holte einen großen Schlüsselring hervor und schloss die Tür auf. Coble trat hinter ihm ein.

Bellwether nahm eine Kaffeekanne von einem Regal, schenkte sich eine Tasse ein, trank und spie den Schluck in einen Papierkorb, riss das Fenster auf, kippte den Kaffee hinaus und hängte die Tasse wieder an den Haken. »Was kann ich für Sie tun?«, fragte er und setzte sich hinter dem zerkratzten Schreibtisch aus hellem Holz in einen Drehsessel.

Coble hatte seine Geschichte bereits zweimal vergeblich am Telefon erzählt und brauchte nicht lange, um sie noch ein drittes Mal vorzutragen. Nachdem er geendet hatte, schüttelte Bellwether den Kopf. »Sie sagen, Sie sind zweihundertsiebzig Meilen gefahren? Hört sich an, als hätte man das auch am Telefon regeln können.«

»Sollte man meinen, aber es hat nicht funktioniert. Ich habe zweimal angerufen und bin beide Male an denselben geistesschwachen Hilfssheriff geraten. Wollen Sie wissen, was er zu mir gesagt hat? In diesem Bezirk gäbe es niemanden namens Rutgers.«

»Wollen Sie wissen, warum er Ihnen das gesagt hat? Weil es im Bezirk niemanden namens Rutgers gibt.« Bellwether warf ihm ein dünnes Telefonbuch zu, das Coble an der Brust traf und auf seinen Schoß fiel. »Sie könnten auch die letzte Volkszählung des Bezirks prüfen«, schlug Bellwether vor. »Und, offen gesagt, schätze ich es nicht, wenn man in dieser Weise von meinen Hilfssheriffs spricht, Mr. Coble.«

Coble saß kerzengerade auf seinem Stuhl. »In dieser Weise«, wiederholte er. »Scheiße, ich habe diesen Hundesohn in Ihrem Bezirk aussteigen lassen. Ich weiß, er ist von hier. Er hat von diesem Ort gesprochen, als sei er hier geboren und aufgewachsen. Als sei er auf der beschissenen *Mayflower* rübergekommen und hätte den Ort persönlich entdeckt. Ich habe verdammt noch mal einen Handel über eine Herde Black-Angus-Rinder abgeschlossen und bin vier- oder fünfhundert Meilen Umweg gefahren, um sie abzuholen. Der alte Mann schuldet mir eine Herde Kühe.«

»Er schuldet Ihnen eine Herde Kühe? Sie haben ihm Geld gegeben, ohne sich die Tiere vorher anzusehen?«

»Teufel, nein, bezahlt habe ich nichts. Sie wissen schon, was ich sagen will. Der einzige Grund, aus dem ich überhaupt in dieses gottverlassene Kaff gekommen bin, waren die Kühe. Ich verlange von dem Alten entweder eine Herde Black Angus mit einem anständigen Rabatt oder eine anständige Erklärung.«

Bellwether klopfte mit einer Lucky Strike gegen seinen Daumennagel und zündete die Zigarette mit einem Streichholz an. »Die Erklärung können Sie von mir haben«, sagte er. »In diesem Bezirk gibt es keine Black Angus. Schauen Sie, Mr. Coble, Rutgers war offensichtlich nicht sein richtiger Name. Wie hat er denn ausgesehen?«

»Ein präsentabler alter Herr. Groß, hielt sich sehr aufrecht. Ging am Stock, sagte, er hätte einen Schlaganfall gehabt. War vermutlich auch gelogen. Sein Haar war ziemlich lang und schwarz, sicher gefärbt, und er trug einen grauen Stetson. Seine schwarzen Augen sahen irgendwie boshaft aus.«

Einen Moment lang vermeinte er, ein Aufflackern in Bellwethers Augen zu erkennen, war sich aber nicht sicher. »Ich werde nach ihm Ausschau halten«, sagte Bellwether.

»Sie halten nach ihm Ausschau. Schön. Was tut ihr hier eigentlich? Einander den Rücken decken? Eure Spuren verwischen? Ich sage Ihnen, was ich tue. Ich werde ihn finden, und wenn ich ihn finde, wird er den Tag bereuen, an dem er mich zum Narren gehalten hat.«

Bellwether stand auf. Er drückte seine Zigarette im Aschenbecher aus. »Gut«, sagte er, »auch ich bereue den Tag, an dem er Sie zum Narren gehalten hat, denn ich weiß nicht, was ich unternehmen soll. Soll ich ihn einsperren, wenn ich ihn finde? Für welches Verbrechen? Wucher vielleicht? Sieht aus, als würde er Ihnen einen Ersatz für Ihren Zeitaufwand schulden oder die gefahrene Strecke oder sonst was, aber das wäre auch schon alles.«

Während Bellwether sprach, war er auf die Tür zugegangen. »Ich möchte nicht unhöflich sein, aber ich kam gerade von der Grenze zu Hickman County. Da gab es einen Autounfall, frontaler Zusammenstoß. Drei Leute waren sofort tot, zwei davon Kinder, ein weiterer kleiner Junge schlug die Augen auf und sah mich an, als wir ihn in den Krankenwagen trugen. Während ich mir Ihre Beschwerden angehört habe, dachte ich nur daran, das Vanderbilt Hospital in Nashville anzurufen, um zu hören, ob er durchgekommen ist. Deshalb konnte ich Ihrer kleinen Kuhgeschichte auch nicht die nötige Aufmerksamkeit widmen.«

Er öffnete die Tür und machte eine ausladende Geste mit der Hand, als wolle er Coble den Weg weisen.

Coble griff nach seinem Cowboyhut, setzte ihn auf und ging wortlos hinaus.

»Ich möchte dir etwas zeigen«, sagte der alte Mann eines Tages. Er erhob sich und stellte das Whiskyglas auf einer Orangenkiste ab, die ihm als Couchtisch diente. Er zog einen abgeschabten, verbeulten schwarzen Lederkoffer mit Messingecken unter dem Bett hervor, öffnete den Verschluss und klappte ihn auf. Drinnen lag ein Lederbeutel. Der alte Mann öffnete ihn. Wie eine russische Puppe, dachte Fleming. In dem Beutel steckten vier 78er Schallplatten mit Pappdeckeln dazwischen. Sie sahen neu aus, die Hüllen waren glatt und glänzend, als hätte der alte Mann sie gerade eben gekauft. Er kniete auf dem Boden des Wohnwagens, eine dünne, schwarze Haarsträhne fiel ihm in die Stirn. Der alte Mann zog eine aus der dünnen Papierhülle und gab sie Fleming.

Fleming betrachtete die Schallplatte. Okeh Records stand darauf. Race Records. Der Song hieß *James Alley Blues*. Darunter der Name E. F. Bloodworth. Er drehte die Schallplatte um. *I Wish I Was a Mole in the Ground* lautete der andere Titel.

»Du kannst sie vermutlich nicht abspielen«, sagte Fleming.

»Leider nicht.« Der alte Mann stand mühsam auf und setzte sich auf die Kante des Metallbetts. Er schob das Haar mit den Fingern nach hinten. »Die vier habe ich aufgehoben«, sagte er. »Sind noch nie abgespielt worden. Von keiner Nadel berührt.«

»Was heißt Race Records?«

Der alte Mann lachte. »Damals machten sie Platten für verschiedene Rassen«, erklärte er. »Es gab Okeh und später dann Okeh Race Records. Die waren für die Farbigen. Bluessänger und so was. Ich schätze, bei mir wussten sie nicht genau, woran sie waren. Ich war längst weg, als sie die Platten pressten und die Aufkleber druckten. Vermutlich fand jemand, meine Stimme klinge farbig. Oder es lag an meinem Banjospiel, ich habe nicht auf die Saiten eingedroschen, wie die meisten es früher zu tun pflegten. Ich zupfte die Noten, spielte meist in einer anderen Tonart, als die Songs eigentlich geschrieben waren.«

Der alte Mann nahm einen winzigen Schluck Whisky und stellte ihn beiseite. Er ergriff die Gitarre, hielt sie locker auf dem

Schoß. »Mich hat es nie gestört, wenn man mich für einen farbigen Sänger hielt«, sagte er. »Ehrlich gesagt, ich war stolz drauf. Habe nie gern die alten Balladen gesungen, die die Weißen spielten. Darin grämt sich immer einer zu Tode, und dann sprießt eine Rose aus seinen vermodernden Knochen. Das hat mich nie interessiert.

Aber viele von den alten Bluessongs trafen mich bis ins Mark. Sie sagen alles mit wenigen Worten. Als wäre es ... als wäre es verdichtet, konzentriert. Das ganze Gefühl. In einem heißt es: *Sometimes I think you are just to sweet to die, another time I think you oughta be buried alive*. Das ist der *James Alley Blues*, er ist uralt. Den hat es hier gegeben, seit der erste Mann mit einem Halfpint Whisky auf der Bettkante saß und sich fragte, wo seine bessere Hälfte geblieben sei.«

»Darf ich sie mal mitnehmen und irgendwo abspielen?«

»Mach, was du willst. Spiel sie oder wirf Steine drauf. Ich schenke sie dir.«

»Das kann ich nicht annehmen. Du hast sie zur Erinnerung behalten.«

»Ich brauche keine Erinnerungsstücke«, entgegnete der alte Mann. »Ich erinnere mich an alles, was ich getan habe. Ich habe sie behalten, weil ich mir dachte, dass ich eines Tages jemandem begegnen könnte, der sich für den alten Kram interessiert. Für die alten Zeiten.«

»Dann behalte ich sie. Ich passe gut auf sie auf.«

»Schenk sie deinen Kindern. Du hast noch keine, oder?«

»Nein.«

»Hast du eine Freundin?«

»Eigentlich nicht.«

»Was ist los mit dir? Du siehst ganz passabel aus.«

»Ich gehe nicht viel aus«, sagte der Junge grinsend.

»Im Frühling habe ich ein Mädchen getroffen, Dee Hixsons Enkelin. Sie hatte ein Hornissennest mit einem Stock zerstört. Später fand ich allerdings heraus, dass sie schon verheiratet war.«

Der alte Mann lachte und schaute gedankenverloren auf den Boden. »Diese Hixsons waren wilder als ein Haufen rolliger Katzen. Benahmen sich, als stünden sie ständig unter irgendwelchen Drogen, die sie verrückt machten. Jetzt, wo ich drüber nachdenke, fällt mir ein, dass ich selbst sie ihnen wohl gallonenweise geliefert haben dürfte. Ich wollte aber von den Mädchen erzählen, es gab vier oder fünf von ihnen, die alle zur gleichen Zeit loslegten, da war kein Halten mehr. Wenn sie es nicht für Geld machen konnten, verschenkten sie es. Wenn sie es nicht verschenken konnten, bezahlten sie einen dafür. Samstags abends herrschte Parkplatzmangel auf dem Hof. Die Männer standen Schlange bis auf die Straße. Ich habe nie gehört, dass jemand abgewiesen wurde. Manchmal kam Dee in den Hof und schoss mit seiner Schrotflinte in die Luft, um das Tohuwabohu auf ein erträgliches Maß zu beschränken.«

Der Junge saß da und hielt die Platten fest. Er fragte sich, wie viel der alte Mann ausließ, ob sein Großvater diese Ausschweifungen lediglich beobachtet oder selbst daran teilgenommen hatte.

»Dann kamen die Babys«, fuhr der alte Mann fort. »Hatten wohl noch nie von Gummis gehört, oder sie glaubten, es wäre Betrug. Das jüngste Mädchen erzählte mir mal, sie war beschwipst, sonst hätte sie es nie verraten, dass ihre Schwestern die Babys in großen Einmachgläsern begruben.«

»In was?«

»In Einmachgläsern. Ich nehme an, sie meinte die tot Geborenen. Vielleicht haben sie anderenfalls auch nachgeholfen. Sagte, sie hätten sie nie gewollt. Sie hat erzählt, mehrere von ihnen seien in der Tonschicht beim Fluss begraben, unterhalb von Hixsons Garten. Dort hatten sie als Kinder einen Katzenfriedhof angelegt. Ich habe nicht gefragt, ob sie die Katzen auch in Einmachgläsern begraben haben.«

»Gott«, sagte der Junge. »Meinst du, es ist wahr?«

»Das habe ich mich oft gefragt. Eine entsetzliche Vorstellung.

Ich weiß allerdings nicht, warum sie sich so etwas hätte ausdenken sollen. Damals war Hixsons Farm weithin berüchtigt. Die Männer kämpften miteinander wie Rüden um läufige Hündinnen. Was sie im Grunde auch waren. Vermutlich liegen dort Leute begraben, die nie und nimmer in ein Einmachglas gepasst hätten. Dort war alles möglich, Mord eingeschlossen. Der Teufel musste mancherorts die Zügel schießen lassen, um ein Auge auf die Hixsons zu haben. Brauchte wohl ein paar Dämonen zusätzlich. Da unten ging es jedenfalls eine Zeit lang ganz schön rund.«

»Und dann? Ich kann mich an nichts davon erinnern.«

»Alles hat eine gewisse Balance, die Dinge pendeln sich von selbst wieder ein. Irgendwann waren zwei von den Mädchen, darunter die Jüngste, die mir das mit den Einmachgläsern erzählt hatte, sie war hübsch wie eine Porzellanpuppe, unterwegs mit einem Haufen wilder Jungs aus Beech Creek, und sie haben eine Kurve bei Riverside übersehen. Sie fuhren in einem ganz lang gestreckten Packard und hoben an dem steilen Hang einfach ab. Ich kann dir noch die Stelle an der Weißeiche zeigen, wo der Packard aufgeprallt ist. Unglaublich hoch am Stamm. Die Leute waren überall verstreut. Alle vier tot, der Packard blieb am Baum kleben. Es war wie in dem alten Song, wo sich Whisky und Blut vermischen. Dann heiratete eins der Mädchen, und die anderen zogen nach Norden. Doch die Sache mit dem Packard hat dem Treiben letztlich ein Ende gesetzt. Als wenn man eine Lampe ausknipst. So schnell ging das.«

Fleming ging durch ein Dickicht aus Holunderbüschen, Sumach und wilder Kermesbeere, die höher war als er selbst und purpurne, giftig aussehende Früchte trug. Der heiße, windstille grüne Käfig war von einem Gitter aus Schwarzdorn umgeben. Nichts regte sich. Er schaute hoch, der Himmel zeigte sich nur in blauen Splittern, die durch die Sumachbeeren lugten. Er hörte den Bach über die Steine plätschern und trat an der Stelle, an der sich die Erde zum Bachbett neigte, aus dem Dickicht hervor.

Er betrachtete eingehend den Boden wie ein neugieriger Nachwuchsarchäologe auf der Suche nach Menschen, die zwischen Katzen begraben liegen. Zeitlose gläserne Särge gleich neben verrotteten Schuhkartons mit Katzenknochen. Hier standen einst die windschiefen Grabsteine des Tierfriedhofs. Kleine Mulden im Boden, seit langem von Unkraut überwuchert, dazwischen hoher, kraftvoller Fuchsschwanz, der die leeren Hüllen längst vergangener Sommer durchbohrte. Er blieb eine Weile auf den Wurzeln einer Buche sitzen. Mücken tanzten vor seinen Augen, er schlug mit der Hand nach ihnen.

Wenn er die Augen schloss, sah er sie vor seinem geistigen Auge, wie sie mit dem Pappkarton die Böschung herunterkamen, Tränen in den Augen, und zu dem Loch gingen, das Dee im schwarzen Lehm ausgehoben hatte. Sie kamen im Gänsemarsch, die Erste in der Reihe trug den Karton, die drei anderen folgten wie Jünger bei einem Ritual, das sie noch nicht ganz beherrschten. Ihre dünnen Beine waren von der Sonne gebräunt und von Kratzern übersät, die Haare zu Zöpfen geflochten. Von sonntäglicher Würde erfüllt, spielten sie eine Zeremonie für Erwachsene.

Er konnte sich nicht vorstellen, dass eine von ihnen heimlich ein Einmachglas samt blutigem Inhalt vergrub. Wie ließ sich eine Verbindung zwischen den Bestattungen herstellen? Die Entfernung war einfach zu groß, stürmische, finstere Abgründe trennten das Kind mit dem Schuhkarton von der Frau mit dem Einmachglas. Ein derartiger Niedergang vollzog sich gewiss nicht zufällig oder auf Grund falscher Entscheidungen, sondern schien eine ungeheure Willenskraft zu fordern.

Als die Sonne hinter einer Wolke verschwand, wirkte das Licht eigenartig grün, als scheine die Sonne durch Rauchglas, die Luft war dicht und drückend, zu dick zum Atmen. Er stand auf und ging die Böschung hinunter zum Bach. Die Sonne tauchte wieder auf, und die Wolkenschatten zuckten wie verschwommene Gestalten, die sich unter Wasser bewegten, über seine Füße. Es war sehr heiß. Er legte sich an einer tieferen Stelle ins Wasser, die plötzliche Kälte durchfuhr ihn wie ein elektrischer Schlag. Er lag auf dem Rücken und spürte den sanften Sog der Strömung, schloss die Augen und ließ das Wasser über sein Gesicht schwappen, das Haar fächerförmig im Wasser ausgebreitet wie bei einem Ertrunkenen. Der Bach war kalt und sauber, und er blieb unter Wasser, bis seine Lungen wie Feuer brannten und Glühwürmchen vor dem schwarzen Hintergrund seiner Lider tanzten. Dann tauchte er keuchend auf und füllte seine Lungen gierig mit Luft.

Fleming parkte das gelbe Taxi in Itchy Mamas Hof und stieg unter den Blicken der alten Männer, die in ihren Korbstühlen aufgereiht saßen, zur Veranda hinauf. »Guter Gott«, sagte einer von ihnen. »Ein Verirrter auf der Suche nach Hollywood, Kalifornien.«

»Nein«, meinte ein anderer. »Das ist einer dieser weißen Lüstlinge aus Chicago auf der Suche nach Frauen.«

Fleming trug eine braune Gabardinehose und Collegeschuhe mit Pennys in den Schlitzen über dem Spann, dazu ein mit riesigen Ananas bedrucktes Hawaiihemd. Sein dunkles Haar war sauber gescheitelt und zur Seite gekämmt, und man roch sein Rasierwasser schon von weitem. Er ging zur Getränketruhe und holte eine tropfende Colaflasche aus dem Eiswasser.

»Die Socken würde ich ausschalten, solange es hell ist«, meinte einer der alten Männer. »Sonst ist die Batterie bald leer, und ein Mann braucht abends vielleicht ein bisschen Licht.«

Cater Hensley betrachtete den Wagen. »Ich weiß nicht, ob je ein Mann und ein Auto besser zusammengepasst haben.«

Mit einem Plop öffnete Fleming die Colaflasche am Rand der Kühltruhe. Die Fliegendrahttür ging auf, und Itchy Mama trat auf die Veranda.

»Ihr alten Schurken haltet jetzt die Klappe«, befahl sie. »Lasst mich den Jungen anschauen. Ich glaube, er hat sich rasiert.« Sie fuhr ihm mit der schwieligen Hand über das Kinn. »Guter Gott, er hat sich wirklich rasiert.«

Sie legte ihm den Arm um die Schultern und stieß ihn mit ihrer ausladenden Hüfte an. »Falls es drüben nicht klappt, kommst du gegen zehn Uhr zu mir. Dann bringe ich dich in Form.«

Die alten Männer wieherten vor Lachen. »Das kann sie wirklich«, meinte Hensley. »Vor ein paar Jahren jedenfalls noch. Wo ist der alte Herr?«

»Zu Hause. Er spielt mit Albright Rommé. Junior hat mir seinen Wagen geliehen.«

»Er hofft sicher, dass du damit auf Nimmerwiedersehen abhaust«, meinte Hensley. »Ich glaube, das ist das hässlichste Automobil, das ich je gesehen habe.«

Fleming trank die Flasche aus und stellte sie in den Kasten. »Na ja, besser als laufen.«

Hensley dachte über die Bemerkung nach. »Kommt drauf an, wie weit man es hat.«

»Ich habe es ziemlich weit«, sagte Fleming und ging die Stufen hinunter. »Ich fahre nach Clifton.«

»Bleib lieber hier, Kleiner, und spiel eine Partie Rook mit uns.«

»Ich muss los.«

»Zehn Uhr, keine Minute später«, rief Itchy Mama ihm nach.

Er fuhr in den späten Nachmittag, durch eine Landschaft wie auf einem herbstlichen Kalenderblatt, ein altes, proletarisches Wandgemälde, das zum Leben erwacht war. Auf den Feldern der vor Clifton im Schwemmland gelegenen Farmen reiften Mais und Kürbisse, und einmal sah er Leute, die einen Pferdewagen mit Mais beluden wie auf einem alten Druck von Currier und Ives. Er fuhr mit offenen Fenstern, um die klare, saubere Luft einzuatmen, die erfüllt war vom Geruch des trocknenden Laubs.

Als er über die letzte Anhöhe oberhalb von Clifton fuhr, lief der Wagen heiß, doch er verdrängte seine Sorgen. Dennoch stellte er den Motor ab, schaltete in den Leerlauf und ließ den Wagen bis zur Stadtgrenze rollen. Unten ließ er die Kupplung kommen, um den Motor anzulassen, und als er ihn vor Raven Lees Haus abstellte, war die Nadel der Temperaturanzeige beruhigend weit aus dem roten Bereich gewandert.

Raven Lee lag in der Schaukel, dort, wo er sie zum ersten Mal gesehen hatte. Sie legte ihr Buch mit der Seite nach unten auf die Veranda und setzte sich auf. Er ging gerade den Weg entlang, als sie von der Veranda in den Vorgarten trat.

»Guter Gott.«

Er wusste nicht, ob sie ihn oder den Wagen meinte. »Das haben sie beim letzten Halt auch gesagt.«

»Was soll das sein?«, fragte sie.

Vermutlich meinte sie den Wagen. »Das ist Albrights Taxi. Du hast es schon mal gesehen. Und heute Abend ist es der Wagen, der dich zum Autokino nach Ackerman's Field bringt.«

»Hm, das glaube ich nicht.«

»Wieso nicht? Bis wir da sind, ist es dunkel, dann sieht dich keiner.«

Sie beschattete die Augen mit der Hand, um sie vor der schräg stehenden Sonne zu schützen. Eine Locke hatte sich gelöst und fiel ihr wie ein Fragezeichen ins Gesicht, das linke Auge bildete den Punkt darunter. »Ich glaube, der leuchtet im Dunkeln«, sagte sie. »Außerdem kann ich ohnehin nicht mitkommen. Mama ist betrunken und hat heute einen Anfall nach dem andern gehabt.«

»Na ja, es hörte sich an, als würdest du vielleicht mitkommen.«

»Gott, das ist aber lange her«, meinte sie. »Ich dachte, du wärst gestorben. Oder weggelaufen, um Profiboxer zu werden.«

»Wer ist das?«, brüllte eine Stimme von drinnen.

»Der Mann von Watkins, Mama.«

»Bring mir eine Flasche Vanillearoma mit«, lallte die Frau.

»Geben Sie mir bitte eine Flasche Vanillearoma«, sagte Raven Lee.

»Wir kaufen unterwegs eine. Kommst du nun mit oder nicht?«

»Wahrscheinlich doch. Alles ist besser als einer Betrunkenen zuzuhören, die nach Vanillearoma brüllt. Jetzt aber schnell, sie kann jeden Moment rauskommen.«

Die Fliegendrahttür ging auf, und die Mutter spähte in den Garten. Sie schwankte leicht hin und her und klammerte sich am Türrahmen fest.

»Wer ist das?«, fragte sie nuschelnd. »Mit wem willst du wegfahren?«

Sie saßen bereits im Auto. Raven Lee kurbelte das Beifahrerfenster hinunter. »Ich nehme ein Taxi in die Stadt und kaufe mir eine Zeitschrift.«

»O nein, das wirst du nicht«, entgegnete ihre Mutter.

Sie hatte sich von der Tür gelöst und taumelte von der Veranda in den Garten. »Du kleine Hure«, kreischte sie.

»Fahr los«, drängte Raven Lee. »Außer du willst Mama mitnehmen.«

Er ließ die Kupplung kommen und fuhr auf die Straße. Raven Lee hatte sich umgedreht und sah ihn an, den Rücken gegen die Tür gelehnt. Sie trug weiße Shorts, aus denen ungeheuer lange, braune Beine hervorschauten.

»Halt mal kurz beim Eisenwarengeschäft«, sagte sie.

»Moment, ist das nicht gleich neben dem Eat and Run Café?«

Beim Grinsen zeigte sie sehr weiße Zähne.

»Jetzt habe ich doch glatt meine Pistole vergessen«, sagte er.

Im Eisenwarengeschäft kaufte sie eine kleine Dose gelbe Farbe und einen kleinen Pinsel. Während Fleming im Wagen saß, Möwen beobachtete, die auf Futtersuche über dem Fluss kreisten, und das blaue Zwielicht aus dem Wald am anderen Ufer hervorquoll, übermalte das Mädchen auf beiden Seiten den Schriftzug TAXI. Mit der Ferse rammte sie den Deckel auf die Dose, warf den Pinsel weg und stieg wieder ein. »Junior hat soeben die Taxibranche verlassen«, sagte sie.

Als sie die Stadtgrenze erreichten, war sie über den Sitz gerutscht und hatte ihm den linken Arm um die Schultern gelegt. »Du siehst heute Abend gut aus«, sagte sie. »Und du riechst lecker. Zum Anbeißen. Schmeckt das Rasierwasser auch nach Vanille?«

Nach weiteren zwei Meilen war er so euphorisch, dass sein Wagen über die Straße zu schweben schien. Sie hatte ihr Gesicht gegen seins gelehnt, ihn auf die Wange geküsst und dann seinen Mund auf den ihren gezogen. Der Wagen fuhr Zickzacklinien, schließlich riss er sich von ihr los, fuhr an den Straßenrand und stellte den Motor ab. Als er sich ihr zuwandte, glitt sie wie ein fehlendes Puzzleteil in seine Arme. Er spürte ihr Gesicht an seiner Kehle. Als er ihr Gesicht zu seinem hob und ihren geöffneten Mund küsste, fühlte er ihre Zunge. Er öffnete die Augen, bemerkte, dass sie ihn ebenfalls anschaute, zwei riesige, dunkle Augen direkt vor seinen. Er legte die Hand auf ihre Brust, und sie rutschte ein wenig, damit er es bequemer hatte, doch als er ihr die Hand in die Bluse schieben wollte, riss sie sich los.

»Mein Gott, wir stehen mitten auf der Straße. Was ist passiert? Hast du den Fernkurs ›Umgang mit Mädchen‹ belegt?«

»Was mit mir passiert ist? Ich sollte wohl besser fragen, was mit dir passiert ist.«

Sie lachte an seinem Hals. »Ich glaube, es liegt an dem Wagen. Wie könnte ein Mädchen einem Jungen widerstehen, der so ein Auto fährt?« Sie setzte sich aufrecht hin, strich ihre Kleider glatt und fuhr sich mit den Fingern durchs Haar. Es war dunkel geworden, er konnte sie kaum noch erkennen.

»Nein«, sagte sie, »ich habe das Gefühl, dass in meinem Leben wichtige Änderungen bevorstehen, und ich weiß nicht, wie alles weitergehen wird. Gerade eben habe ich beschlossen, Spaß zu haben, so lange es geht.«

»Welche Änderungen meinst du?«

»Nichts Bestimmtes, es ist eher ein Gefühl. Vielleicht kann ich hellsehen, das erzählt man sich doch von Indianern. Bist du bereit zum Weiterfahren?«

»Ich bin zu allem bereit. Aber warum bleiben wir nicht einfach hier?«

Er sah ihre Zähne aufblitzen. »Du bist zu allem bereit, aber wir stehen mitten auf dem Highway. Du hast mir einen Film versprochen, und ich hätte gern eine Cherry-Coke. Fahr mich hin, das hier ist doch ein Taxi, oder?«

»Jedenfalls bis du mit dem Pinsel drüber hergefallen bist.«

Nachdem er dem hübschesten Mädchen drei Bezirke weit die Hand auf die Brust gelegt hatte, konnte der Abend nur noch schlechter werden, und der Abstieg kam schnell. Auf halbem Weg nach Ackerman's Field begann die Nadel der Temperaturanzeige ihre langsame, aber unaufhaltsame Wanderung in den roten Bereich, der Motor gab Warnzeichen von sich. Als sie in einer langen Autoschlange vor dem Fahrkartenschalter standen, flackerte bereits die Vorschau auf neue Filme über die Leinwand, und die Nadel klebte beharrlich in der äußersten roten Ecke. Der Motor keuchte und wackelte wie eine Waschmaschine im Schleudergang.

»Hey, hier läuft ›Showboat‹«, sagte Raven Lee. »Prima, ich mag Musicals.« Er hörte sie kaum. Der Schweiß lief in Strömen über seinen Körper, er wollte den Wagen mit Geisteskraft dazu bringen, noch ein paar Meter zu fahren. Vor und hinter ihm standen Autos, er kam nur im Schneckentempo voran. Um den Motor am Laufen zu halten, musste er in den Leerlauf schalten und das Gaspedal halb durchtreten. Ein blauer Ölschleier legte sich über die Umgebung, und die Leute in den anderen Wagen schauten interessiert zu ihnen herüber.

Auf dem Weg zu den Rängen mit den Lautsprecherreihen ging der Motor aus und wollte nicht mehr anspringen. Ein dumpfes Klopfen ertönte unter der Motorhaube, heißer Dampf quoll stoßweise darunter hervor. Der Wagen stand parallel zur letzten Lautsprecherreihe, genau hinter einem viereckigen, weißen Kiosk. Unzählige Motten tanzten im heißen Strahl des Projektors.

»Jedenfalls haben wir es geschafft«, sagte er.

»Geschafft? So würde ich das nicht nennen. Wir können nicht mal die Leinwand sehen.«

»Wenn wir uns so herumdrehen und aus dem Seitenfenster schauen, geht es«, sagte er. »Du kannst dich direkt an die Scheibe setzen.«

Auf der Leinwand schlugen kleine Technicolor-Tierchen einander k. o. und erlebten die ihrer Spezies eigene wunderbare Genesung.

»Woran könnte es liegen?«

»Keine Ahnung. Das hat er noch nie gemacht.«

»Aber jetzt und zum idealen Zeitpunkt. Reicht der Lautsprecher?«

Fleming stieg aus und sah nach. »Wenn er zweieinhalb Meter länger wäre, schon.«

»Na schön, holst du uns eine Cherry-Coke?«

Am Kiosk kaufte er zwei große Cherry-Coke und zwei Rieseneimer Butterpopcorn. Sie legte sich auf den Sitz, die Füße auf seinem Schoß, den Rücken gegen die Beifahrertür gelehnt. Sie aß Popcorn und trank Cola.

»Nachdem ich mit dir ausgegangen bin, muss ich meine gesamte Lebensphilosophie überdenken«, meinte sie.

»Was soll das heißen?« Er sah zur Leinwand. Menschen mit Spazierstöcken und Strohhüten ergingen sich in lautlosem Gesang und Tanz.

»Ich dachte an all die Jungen, mit denen ich ausgegangen bin. Ich war eigentlich zu der Ansicht gelangt, dass Männer der schlimmste Abschaum auf Erden seien. Wollte nichts mehr mit ihnen zu tun haben. Sie benutzen dich und lassen dich dann fallen, ab und zu hauen sie dir eine runter, damit du parierst.

Küssen und besabbern dich. Neal zum Beispiel, wenn ich den an mich heranließe.«

»Dann lass ihn doch nicht an dich heran.«

»Wenn Neal mit mir ins Autokino gefahren wäre, was er nicht getan hat, er ist nie mit mir irgendwohin gefahren, und der Wagen den Geist aufgegeben hätte wie dieser hier, was nicht passiert wäre, da Neal einen neuen Buick fährt, hätte es ihn überhaupt nicht gestört. ›So ein Pech‹, hätte er gesagt. Vermutlich wäre er einfach abgehauen oder hätte sich von jemandem mitnehmen lassen. Du hast dir wirkliche Sorgen deswegen gemacht, das habe ich gemerkt. Es war dir peinlich. Du hast nicht nur Getränke und Popcorn gekauft, sondern auch die größte Portion genommen. Vielleicht habe ich dich gerade rechtzeitig kennen gelernt und kann dich formen, wie ich dich haben möchte. Mir einen eigenen, passenden Mann erschaffen.«

Er schwieg eine Weile. Derartige Gespräche lagen ihm nicht. Ihm fiel das Reden schwerer als ihr, manche Wörter besaßen mehr Gewicht als andere, ihm kam es vor, als wögen sie schwer wie Ziegelsteine in einer Mauer, nachdem man sie einmal zu Sätzen geordnet hatte, und würden ihre Bedeutung nie verlieren, was immer auch geschehen mochte. Schließlich sagte er: »Ich würde lieber nicht über Neal reden. Wenn du meinst, ich wäre in dieser Schrottlaube den ganzen Weg bis Clifton und zurück gefahren, um über Neal Bloodworth zu reden, hast du dich leider geirrt.«

»Was ist denn mit Neal? Abgesehen von dem, was ich eben erwähnte.«

»Neal ist verrückt. Manchmal glaube ich, meine ganze verdammte Familie ist verrückt, alle außer mir. Vielleicht bin ich es auch. Sogar mehr als die übrigen.«

Sie zerbiss einen Eiswürfel mit ihren gepflegten, ebenmäßigen Zähnen. »Warum bist du denn in dieser Schrottlaube den ganzen Weg bis Clifton gefahren?«

»Weil ich dich sehen musste.«

Sie zog die Füße von seinem Schoß und richtete sich auf. »Komm, wir setzen uns neben den Lautsprecher ins Gras.«

Im Kofferraum hatte er eine Decke gefunden, die Albright als Abdeckplane benutzte, und breitete sie neben dem Lautsprecher aus. Dann richtete er ihn nach oben, und das Mädchen vertiefte sich in den Film. Er selbst interessierte sich nicht dafür, konnte sich nicht darauf konzentrieren, als würden die Filmrollen in willkürlicher Reihenfolge gezeigt. Sie war ihm zu nahe, lehnte an seiner Schulter. Allmählich durchschaute er die Handlung, doch als er zu ihr hinsah, wirbelte ihr klares Profil die bunten Bilder wieder durcheinander. Und die Decke, auf der sie saßen, schien ebenso öffentlich wie die Leinwand, kein rechter Ort für intime Berührungen. Auf dem Weg in die Stadt hatte er nach geeigneten Seitenstraßen Ausschau gehalten, vielleicht konnte er sie auf dem Rückweg zu einem kleinen Halt überreden. Er verspürte das verrückte Gefühl, die Zeit laufe ihm davon, er habe eine Grenze überschritten, hinter der es nur noch Raven Lee gab.

»Setzen wir uns in den Wagen«, sagte er. »Was ist aus dem Spaß geworden, den du haben wolltest, so lange es geht?«

Sie schüttelte nur den Kopf und schaute weiter auf die Leinwand. Irgendwann hatten die Moskitos sie entdeckt. Fleming schlug sich klatschend auf Hals und Arme. »Die Viecher sind groß wie Fledermäuse und fressen mich bei lebendigem Leib«, beklagte er sich. »Du kannst ja hier draußen bleiben, wenn du möchtest.«

Sie erschlug ein Tier, das einen Blutfleck auf ihrer Wange hinterließ. »Wenn du mich hier allein lässt, fliegen sie vermutlich mit mir weg. Wir sollten besser woanders hingehen.«

Sie wollte nicht auf den Rücksitz, doch nachdem sie einander eine Weile leidenschaftlich geküsst hatten, ihre Bluse aufgeknöpft und ihr Büstenhalter auf Taillenhöhe gerutscht war, lag sie schließlich halb auf dem Vordersitz, halb gegen die Tür gelehnt. »Hör auf«, sagte sie fortwährend, reckte ihm aber den

Mund entgegen, die Arme eng um seinen Hals geschlungen. Er befand sich am Rande der Ekstase und wusste nicht so recht, wie er diese widersprüchlichen Signale auslegen sollte. Sein ganzer Körper schien anzuschwellen. Als er über ihr kniend den Versuch unternahm, ihre Shorts herunterzuziehen, flog die Tür auf, an der sie gelehnt hatte. Raven Lee kippte mit ausgestreckten Armen und bestürztem Blick nach hinten, die Innenbeleuchtung ging an und tauchte ihre nackten, weißen Brüste in helles Licht. »Scheiße«, sagte Fleming. Er drehte sich um und schlug so fest gegen die Lampe, dass die Plastikabdeckung zerbrach. Es wurde wieder dunkel. »Du verrückter Mistkerl«, sagte sie, stieg wieder ins Auto und zog ihre Kleider zurecht. Dann knallte sie die Tür mit solcher Wucht zu, dass die Scheibe klirrte. Er legte ihr zaghaft den Arm um die Schultern, doch die Gelegenheit schien dahin.

Auf dem Rückweg nach Clifton horchte er mit der Konzentration eines Arztes, der das Stethoskop an die Brust eines Sterbenden hält, auf die kleinsten Motorgeräusche. Er hatte den Kühler mit Wasser vom Kiosk gefüllt, doch nach kurzer Zeit war der Motor erneut heißgelaufen. Er stöhnte und keuchte, schien selbst auf gerader Strecke unüberwindliche Steigungen zu erklimmen, während er auf den Anhöhen praktisch stehen blieb. Fleming war zu dem Schluss gelangt, dass der Wagen im Sterben lag, und fest entschlossen, das Allerletzte aus ihm herauszuholen.

Das Mädchen schien das alles kalt zu lassen. »Warum fährst du so langsam?«, fragte sie.

Er antwortete nicht. Die Knöchel seiner Hände am Lenkrad traten weiß hervor. Er lauschte auf ein neues Geräusch, ein bedrohliches, dumpfes Klopfen, das unter der Motorhaube hervordrang, als sei etwas im Motorraum gefangen und wolle sich mittels rhythmischer Hammerschläge den Weg ins Freie bahnen. Am Beginn einer langen, fünf oder sechs Meilen vor Clifton gelegenen Steigung – Fleming war in meditative Konzentration versunken – gab der Motor einen letzten Knall von sich, es folgte eine Dampfexplosion unter der Motorhaube, dann tat sich nichts mehr.

Fleming trat auf die Bremse, stieg aus und klappte die Motorhaube hoch. Ein Kühlschlauch war geplatzt, vermutlich das geringste Problem. Er fragte sich, was der alte Mann in dieser Lage tun würde. Oder Junior Albright. Oder Thomas Wolfe. »O Geist, verloren und vom Wind betrauert.« Die Gedichte, die er gelesen hatte, schienen ihm hier wenig zu nützen.

Er setzte sich wieder hinters Steuer. »Mal sehen.«

»Hast du ihn repariert?«

»Wir versuchen es mal.« Man hörte nur ein Klicken, ein sterbender Telegrafist, der Signale ins Nichts sandte.

»Was, glaubst du, ist damit los?«

»Ehrlich gesagt, mir ist wohl die Zylinderkopfdichtung kaputtgegangen, und ich bin weitergefahren bis zum Kolbenfresser.«

»Hast du keine Ersatzdichtung?«

Er schaute sie an. »Nein, und außerdem keine Zange, mit der ich sie einsetzen könnte.«

»Hm, ich bin auch kein Automechaniker. Was sollen wir jetzt machen?«

»Laufen.« Er stieg aus, sah sich um, wollte die Entfernung bis Clifton abschätzen. Fünf Meilen oder sechs? Vermutlich noch mehr.

Raven Lee machte keine Anstalten auszusteigen. »Das ist verrückt«, sagte sie.

»Entscheide dich lieber. Wenn du hier bleibst, brauche ich nicht nach Clifton zu gehen. Da warten nur deine Mama und der Schläger auf mich, der mich letztes Mal in die Mangel genommen hat. Und wir haben nicht mal ihr Aroma besorgt.«

»Na schön.« Sie stieg aus. »Neal könnte es reparieren. Oder einer seiner Kumpel, der den Rücksitz voller Werkzeug und eine

Zylinderkopfdichtung hat, die genau auf diesen Wagen passt. Neal ist der größte Glückspilz, den ich kenne.«

»Wenn ich noch einmal diesen Namen höre, renne ich weg und lasse dich hier sitzen«, drohte er. »Dann kommt ein Gespenst und packt dich.«

Sie hakte ihn unter. »Was mich packt, lässt mich morgen früh wieder laufen.«

»Ich nicht«, sagte er, »ich würde dich nie wieder laufen lassen.«

»Ich habe dich sowieso nur geärgert. Es ist, als ob man einem Stier ein rotes Tuch hinhält, du springst immer darauf an. Du magst Neal nicht besonders, was?«

»An ihm gibt es nicht viel zu mögen oder nicht zu mögen«, sagte er. »Ich glaube, ich habe endlich begriffen, wie er die Welt sieht. Er meint, sie gehöre ihm, und alles andere, Menschen, Dinge, wäre nur sein Spielzeug. Bist du in ihn verliebt oder so?«

»Nein, wohl nicht. Ich habe es eine Weile gedacht, aber das ist jetzt vorbei. Er sah eben gut aus und hatte einen neuen Wagen, Neal laufen die Frauen immer hinterher. Aber du hast Recht. Wenn Neal einen nicht braucht, braucht er einen eben nicht. Wie in dem alten Bluessong, er kennt einen nicht, wenn man am Boden liegt.«

»Du scheinst mir nicht gerade am Boden zu liegen.«

»Nach außen lache ich, innen weine ich.«

Schließlich standen sie oben auf dem Hügel. Ein teuflisch langes Alsphaltband erstreckte sich vor ihnen im Mondlicht. Die Landschaft war indigoblau und silbern, mit wenigen gelben Lichtern aus Häusern im Schwemmland gesprenkelt. Er konnte die Klippen entlang dem Fluss erkennen, ebenholzschwarze Baumgruppen, nicht mehr als verschwommene Klumpen in der Dunkelheit.

Sie ruhten sich einen Moment lang aus, standen nahe beieinander, ihre Hand umklammerte die seine. Plötzlich begriff er, dass er sich in ihrer Gegenwart wohl fühlte. Er schien die meiste Zeit seines Lebens in gespannter Sorge um Dinge zu verbringen, die sich seiner Kontrolle entzogen, voller Hast auf zukünftige Ereignisse zuzueilen, die noch keine Gestalt angenommen hatten. Sie war wie ein ruhiges Gewässer, wie eine Hand, die sich beschwichtigend auf seine Schulter legte.

»Ich habe einen verrückten Onkel. Er würde dem Motor einfach die Hand auflegen und ihn auf wunderbare Weise heilen. Die Zylinderkopfdichtung kurieren. Nur ein kleiner Zauber, mehr nicht.«

»Wie ist dein Vater denn so?«

Er schwieg so lange, dass sie zu ihm aufsah, die Augen im Schatten ihrer dunklen Wimpern. Ihm wurde klar, dass Boyd für ihn ein Rätsel darstellte. »Ich will verdammt sein, wenn ich das sagen kann«, meinte er schließlich und fragte sich einen Moment lang, wo Boyd jetzt sein mochte, ob er je zurückkäme, ob er vielleicht genau jetzt den steinigen Pfad zwischen den Zedern hinaufstieg, ein Buch in der Hüfttasche, die Augen schon auf den Punkt gerichtet, an dem das dunkle Haus in Sicht kam.

Sie gingen den langen Hang bis zur Brücke hinunter. Die Nacht war kühl, aber nicht ungemütlich, eine zum Wandern geeignete Oktobernacht. Der Wind, den sie auf der anderen Seite des Hügels nicht gespürt hatten, raschelte in den Bäumen und trieb Wolkenstreifen vor den Mond, planvoll und entschlossen, als strebten sie einem bestimmten Ziel entgegen. Er dachte an Alfred Noyes und betrachtete voller Verwunderung die Nacht; der Wind war tatsächlich ein Strudel von Dunkelheit, der Mond eine Geistergaleone auf wolkiger See.

»Als kleines Mädchen stahl ich mich oft in die Stadt und fragte erwachsene Männer, ob sie meinen Daddy kennen würden. Wenn ja, mussten sie mir alles über ihn erzählen. Zumeist war es Schlechtes, er hatte viel Geld aus ihnen herausgeholt. Er war ein Betrüger, angeblich Halbindianer, niemand wusste, woher er stammte. Bei anderen wurde er zum Vollblut-Cherokee. Er kam her und zog eine Nummer mit Öl ab, wollte alle reich machen. Wahrscheinlich sollte ich dir das besser nicht erzählen, sondern sagen, er sei ein Baptistenprediger gewesen, der bei einer Mission unter den Heiden ums Leben kam.«

»Prediger sind ohnehin nicht mein Ding.«

»Angeblich war er immer schick gekleidet. Er redete die Leute um den Verstand, trug Papiere bei sich, nach denen er eine große Ölfirma vertrat. Ich weiß nicht genau, wie es funktionierte, aber er pachtete Land, mietete schweres Gerät und bereitete auch eine Bohrung vor. Er zeigte den Leuten Gutachten über die Bodenverhältnisse. Ich nehme an, sie konnten es gar nicht erwarten, ihm ihr Geld anzuvertrauen. Es lief eine Weile, und eines Morgens tauchten alle Investoren auf, um den Beginn der Bohrung zu verfolgen. Wer nicht kam, war mein Daddy. Er war längst über alle Berge, mitsamt dem Geld. Alle schwangen große Reden, erzählten, was sie mit ihm machen wollten, wenn sie ihn erwischten, aber er war auf Nimmerwiedersehen abgetaucht. Niemand wusste, wohin er gegangen war. Er verschwand einfach. Und da er alle anderen betrog, hat er auch Mama betrogen. Sie sagte immer, er werde zurückkommen und uns holen, doch das habe ich nie geglaubt. Warum sollte er an einen Ort zurückkehren, wo man ihn teeren und federn würde? Das ist doch verrückt. Clifton ist ein böser Ort, sie hätten ihm bei lebendigem Leib die Haut abgezogen.«

Sie gingen schweigend nebeneinander her. Dann sagte sie: »Verstehst du jetzt, wie Männer sind? Mama hätte auch Lehrerin werden können, stattdessen trinkt sie. Ihr Männer zerstört immer alles und könnt es nicht reparieren.«

Unter ihnen wand sich der Fluss zwischen gebeugten Bäumen hindurch, die auf bleichen Nebelschollen zu treiben schienen, und jenseits der Brücke verblich die Welt, als sei dort alles ineinander verschmolzen, als seien Wasser, Bäume und Himmel zu einem einzigen, fremdartigen Element geworden. Einen Moment lang gab es nur ihn und Raven Lee, dann drangen helle, körperlose Stimmen aus dem Nebel.

»Clyde, Clyde, die machen sich an unseren Leinen zu schaffen«, rief eine Frauenstimme.

»Finger weg!«, rief ein Mann. »Ich bin bewaffnet, ich schieße gleich!«

Gelächter ertönte, das Klatschen der Ruder im Wasser. »O nein, er hat eine Waffe und schießt gleich!«

Raven Lee zog die Schuhe aus und untersuchte ihre Fersen. »Gott«, sagte sie, »Blasen. Nimm sie, ich laufe ein Stück barfuß.«

Sie trotteten weiter, Fleming mit ihren Schuhen in der Hand. »Wir scheinen bei unseren kleinen Zusammenkünften viel zu wandern«, sagte sie. »Könnten wir im unwahrscheinlichen Fall, dass wir noch einmal miteinander ausgehen, vielleicht etwas anderes unternehmen?«

»Wir könnten auf irgendeiner Veranda sitzen und schaukeln.«

»Ich glaube, ich würde einfach nur sitzen«, meinte sie, »zum Schaukeln bin ich zu müde.«

Sie kamen an Farmhäusern vorbei, weitab von der Straße inmitten üppiger Felder gelegen, an gepflegten Weiden, die von weiß gestrichenen Holzzäunen eingefasst wurden. Alle Farmen schienen über gute Wachhunde zu verfügen, die ihre Gegenwart spürten. Die Nachricht machte die Runde, bis das ganze Tal vom Gebell und Geheul widerhallte. Hunde rannten im Schatten bellend neben ihnen her, aus ihren Augenschlitzen glomm innere Bosheit. »Scheißhunde«, sagte Fleming, gab ihr die Schuhe, sammelte Steine und bewarf damit die gelben Augen in der Finsternis. Hinter ihnen gingen Lampen auf den Veranden an, als hätten sie unabsichtlich einen Alarm ausgelöst.

Weit hinten am Ende der Straße tauchten Scheinwerfer auf und näherten sich im silbernen Nebel. Er hörte das volle Dröhnen eines manipulierten Auspuffs.

»Runter von der Straße«, sagte Raven Lee, »das könnte Gott weiß wer sein.«

»Aber auch eine Fahrgelegenheit nach Clifton«, gab er zu bedenken. »Ich halte den Daumen raus.«

Er stand mit dem Daumen in der Luft am Straßenrand, als der Wagen vorbeifuhr und nur kurz das Tempo drosselte.

Jemand kurbelte das Beifahrerfenster herunter und bewarf Fleming mit einer halb vollen Bierflasche. Sie traf ihn so hart an der Schulter, dass er seitwärts taumelte und in die Knie ging. Seine linke Hand war noch voller Steine, und bevor er einen klaren Gedanken fassen konnte, nahm er einen in die rechte Hand, zielte und schleuderte ihn mit zorn- und adrenalingetränkter Wucht auf den davonfahrenden Wagen.

Der Stein traf die Heckscheibe und schlug ein Loch in das Sicherheitsglas, das, von Rissen durchzuckt, in sich zusammensank. Die Bremslichter gingen an, der Wagen fuhr an den Straßenrand, gelbe Rücklichter leuchteten auf, er kroch trunken mit rauchenden Hinterreifen im Rückwärtsgang auf sie zu.

»Scheiße«, sagte das Mädchen.

Sie rannte die Böschung hinunter ins nächste Feld und stolperte beinahe über einen Zaun. An einer Gruppe Weiden holte Fleming sie ein und lief mit ihr zwischen die Bäume. Vom Highway drangen wütende Rufe zu ihnen herunter. Sie kauerten keuchend in der Dunkelheit, der Tau durchnässte sie bis zu den Knien.

»Komm her und kämpfe wie ein Mann, du Feigling, du verdammtes Weichei!« Sie hielt ihm den Mund zu und lehnte sich kichernd an seinen Rücken. Trunkene Drohreden folgten, vier oder fünf verschiedene Stimmen ließen eine ebenso ausführliche wie originelle Schimpfwortkanonade los. Der Rest seines Lebens würde schmerzhaft und extrem kurz verlaufen, teilten sie ihm mit. Man würde ihn entmannen und ihm die blutigen Hoden mit einem Baseballschläger zwischen die zerbrochenen Zähne rammen. »Gott«, flüsterte sie. Er zog ihre Hand von seinem Mund. »Darauf kann ich verzichten«, rief er. »Ich weiß, wann ich den Mund zu halten habe.«

»Das möchte ich bezweifeln«, flüsterte sie. »Ich sage dir, was du nicht tun sollst, und du machst genau das. Im ganzen Staat Tennessee würde niemand außer dir den Versuch wagen, als Anhalter in einem Wagen voller besoffener Flüchtlinge aus einer Irrenanstalt mitzufahren.«

Sie hockten eine Weile schweigend da, dann sprang der Wagen an und fuhr mit quietschenden Reifen davon. Sie wollte aufstehen, doch er zog sie zu sich herunter.

»Das war nur der Fahrer«, sagte er. »Die Jungs mit den Messern und Baseballschlägern warten, bis wir aus dem Gebüsch auftauchen.«

»Woher weißt du das?«

»Einfach so.«

»Verstehe. Jedenfalls bin ich dankbar für die Büsche. Ich muss schon seit einer Stunde pinkeln. Du guckst aber weg, okay?«

»Geh, wohin du willst. Aber gib Acht auf Mokassinschlangen.«

»Wie denn? Ich kann ja nicht mal den Boden sehen. Ich bleibe, wo du mich sehen kannst, du darfst nur nicht gucken.«

Er legte sich ins Gras und verschränkte die Hände hinter dem Kopf. Jenseits des Blätterdachs floh ein Dreiviertelmond in halsbrecherischem Tempo hinter endlose Wolkenriffe, erleuchtete sie kurz und eilte weiter. Sie kam zurück und legte sich neben ihn, einen Arm über seiner Brust.

»Wie lange müssen wir warten?«

»Keine Ahnung.«

»Das Leben mit dir ist ungeheuer interessant. Lernst du Mädchen immer auf diese Weise kennen?«

»Weißt du, ich würde ja sagen, dass mir das alles Leid tut, aber das wäre gelogen. Es tut mir höchstens Leid, dass du laufen musst und vermutlich nie wieder mit mir ausgehen wirst. Dennoch bin ich lieber hier bei dir und laufe meilenweit über den Asphalt, als das zu tun, was ich zu Hause mache.«

»Und was wäre das?«

»Weiß nicht. Lesen, schlafen. Nichts. Hören, wie meine Zellen absterben. Was würdest du machen?«

»Wahrscheinlich Radio hören. Es gibt einen Sender in Nashville, WLAC. Abends spielen sie nur Blues, alte Songs, die man noch nie gehört hat. Songs von Blind Lemon Jefferson, Robert Johnson. Hörst du schon mal Blues?«

»Mein Großvater hat mir ein paar Platten geschenkt, die er vor langer Zeit aufgenommen hat. Er sagt, derjenige, der die Etiketten gemacht hat, habe ihn für einen farbigen Bluessänger gehalten. Sie haben Race Records draufgedruckt.«

»Wie hießen die Songs?«

»An einen erinnere ich mich, *James Alley Blues*. Ein anderer hieß *Sugar Baby*. Ich wünschte, du könntest ihn spielen und singen hören. Er klingt ... er klingt irgendwie eigenartig. Anders als alles, was ich aus dem Radio kenne.«

»Vielleicht kann ich ihn irgendwann hören. Kannst du mir die Platten nicht vorspielen?«

»Ich habe keinen Plattenspieler.«

»Aber ich. Bring sie beim nächsten Mal mit.«

»Wenn wir erst den Rest der Strecke gelaufen sind, willst du vermutlich kein nächstes Mal«, gab er zu bedenken.

Sie warteten lange und schwiegen, und nach einer Weile hörte er ihren ruhigen Atem an seiner Kehle. Sie war eingeschlafen. Als der Wagen zurückkam, ertönten nur einige trunkene Drohungen, dann fuhr die Truppe davon. Er schüttelte sie sanft. Sie erwachte zögernd, als wolle sie mit dieser Welt nichts zu tun haben.

»Ich glaube, sie sind weg.«

Sie rieb sich die Augen. »O Gott, müssen wir wirklich? Ich habe geträumt, ich säße in der Schaukel auf der Veranda.«

»Wir könnten hier bleiben. Am Fluss leben. Ein Bett und einen Herd besorgen.«

»Du kannst drauf wetten, dass ein Mann das Bett nicht vergisst. Oder den Herd. Sex und Essen, darauf kommt es euch an, nicht wahr?«

Nach einer Weile stand sie auf und zog an seinem Arm. »Beim nächsten Auto gehen wir gleich von der Straße, okay?«

»Sofort.«

Es war schon nach vier, als sie auf die Veranda taumelten. Irgendwo ertönte ein spöttischer Hahnenschrei. An der Tür drehte sie sich um und küsste ihn. »Gute Nacht, Fleming.«

»Von wegen gute Nacht«, sagte er. »Was soll ich denn jetzt machen? Ich muss mich irgendwo hinlegen.«

»Hier kannst du jedenfalls nicht schlafen. Mama erlaubt nicht, dass ein Junge über Nacht bleibt.«

»Die Nacht ist so gut wie vorbei«, meinte er. »Wahrscheinlich ist sie sowieso bewusstlos.«

Raven Lee öffnete die Tür. »Warte hier«, flüsterte sie. Dann ging sie leise hinein und verschwand im Schlafzimmer. Das Haus schien vom Atem der Frau erfüllt, und er zog sich schon die Schuhe aus, als sie zurückkehrte.

»Du musst verschwinden, bevor Mama aufwacht«, wisperte sie.

»Gut.« Er wollte sie zu sich auf die Couch ziehen, doch sie zögerte und blieb nur einen Moment. Sie küsste ihn und löste sich aus seinem Griff. Er war zu müde, um mehr zu sagen als: »Sie schläft doch.«

Er erntete einen scharfen, ärgerlichen Blick. »Heben wir uns noch etwas auf, in Ordnung?«

»Für wann denn?«

»Für einen Tag, an dem ich nicht todmüde bin und Blasen an den Füßen habe«, antwortete sie. »Du musst nur gehen, bevor sie aufwacht. Sie ist dann manchmal sehr schlecht gelaunt.«

Er legte eine Decke über die Couch und schaltete das Licht aus. Er wollte schlafen, doch die Couch verströmte den jahrealten, säuerlichen Geruch von Erbrochenem, und schließlich bereitete er sich ein Lager auf dem Boden. Er dachte noch, dass er nach einer kurzen Ruhepause in Raven Lees Zimmer schleichen und sie überreden wollte, ihn in ihr Bett zu lassen, war aber zu müde. Vermutlich schlief sie ohnehin. Mit diesem Gedanken sank er in den Schlaf und träumte, sie habe ihn wirklich in ihrem Bett erwartet. Sie habe ihn in die Arme genommen und an sich gedrückt. Er näherte sich einem Augenblick von geradezu apokalyptischer Intensität, als ihn der Besen zum ersten Mal traf.

Orientierungslos und mit irrem Blick sprang er auf. Das Zimmer war taghell, die Mutter griff ihn mit dem Besen an und kreischte lauthals. »Treibt es unter meinem eigenen Dach und schläft noch hier!«, brüllte sie. Der Besen traf ihn hart am Kopf.

»Scheiße«, sagte Fleming. Er entriss der Furie den Besen, schleuderte ihn gegen die Wand und eilte zur Tür. Sie holte sich die Waffe und kam besenschwingend hinter ihm her. Fleming zog sich von der Veranda in den Garten zurück.

»Und komm nie wieder her!«, kreischte sie. Sie warf ihm den Besen hinterher und knallte die Tür zu. Er stand im taunassen Gras und wünschte, er hätte die Schuhe angelassen. Dann ging die Tür einen Spalt auf, und ein Schuh segelte in den Garten. Dann noch einer. Als die Tür wieder zuschlug, hob er sie auf, zog sie aber erst in sicherer Entfernung an.

Viertes Buch

DER ABEND BOT ZAHLLOSE ZIELE, DOCH BOYD ORIENTIERTE SICH nur am Klang der Musik, dem er schon eine Weile gefolgt war. Sie schwoll an und ab, verstummte manchmal ganz, und zuerst hatte er geglaubt, es seien einfach Leute, die Musik machten, vielleicht auf irgendeiner Veranda, doch beim Näherkommen hörte er Blechbläser und einen Frauenchor in harmonischem Gesang und einmal sogar ein ganzes Orchester, das Big Band Swing spielte, *In The Mood*. Bei der Vorstellung, all diese gespensterhaften Gestalten könnten sich auf einer Veranda drängen, verzog er das Gesicht zu einem schiefen Grinsen. Vermutlich war es nur die Musikbox in einer Kneipe.

Er folgte einer Straße, die sich durch einen dichten Wald schlängelte, gesäumt von schwarzen Stämmen wie Tintenrinnsale auf Papier, filigrane Kiefernzweige hoben sich vom Himmel ab. Nach einer Weile stieg ein Dreiviertelmond über den Bäumen auf und färbte die staubige Straße weiß wie Milch, Rorschach-Bilder mit Gras, das durch den weißen Staub blutete, der sich im Rhythmus seiner Schritte hob und senkte.

Als Erstes sah er das Licht der Spelunke durch die Bäume, ein helles Außenlicht an einem Pfosten. Er stieg eine Böschung hinauf, stapfte durch ein lichtes Nadelgehölz und fand sich auf einem kiesbestreuten Parkplatz wieder.

Das Gebäude lag abseits der Straße auf einem Grundstück aus nackter Erde, die aussah, als habe ein Bulldozer sie bearbeitet. Von dem weißen, gipsverputzten Gebäude im pseudospanischen Stil prangte in blauer Neonschrift der Name: WRIGHT'S PLACE. Im Licht der starken Birne wirkte alles nackt und kahl, selbst die Luft schien kalt und blau. Die Tür war geschlossen, doch aus den Fenstern drang gelbes Licht, der Schornstein rauchte, und die Musik quoll heraus wie Gift aus einem schadhaften Behälter.

Boyd hockte sich auf die Fersen und betrachtete das Dutzend Wagen auf dem Parkplatz. Er zog ein Päckchen Zigaretten aus der Hemdtasche und tastete mit den Fingern: Zwei waren übrig. Er holte eine heraus, zündete sie an, hockte da, halb verborgen von den Kiefern, und beobachtete die Wagen. Dann stand er auf und ging zwischen ihnen hindurch, nahm tiefe Züge von der Zigarette, betrachtete die Nummernschilder.

Ein grüner Hudson Hornet trug ein Nummernschild aus Tennessee. Die Türen waren verschlossen, die Fenster befroren. Er beugte sich vor, konnte aber nicht hindurchsehen. Er drehte sich um und sah zu dem warmen, gelben Licht der Spelunke hinüber, tastete nach dem Kleingeld in seiner Tasche, legte sich dann aber auf die gewölbte Motorhaube des Hudson, den Kopf nach hinten gegen die Windschutzscheibe, und schloss die Augen. Er hörte den Wind in den Zweigen, einen Pappbecher, der über den Parkplatz tanzte. Als die Zigarette an seinen Fingern brannte, warf er sie weg.

Beim Geräusch einer Tür öffnete er die Augen, doch es waren nur ein Mann und eine Frau, die aus der Kneipentür traten. Er hörte die Stimme des Mannes, ohne die Worte zu verstehen, dann das weiche Lachen der Frau. Sie kamen Hand in Hand um die dunklere Seite des Gebäudes, umarmten einander und gingen weiter, bis der Schatten sie verschluckte. Er sah nur noch das Aufblitzen ihrer Oberschenkel, als sie das Kleid hob, dann verschwanden auch sie hinter dem Körper des Mannes. Boyd beobachtete ihre Paarung mit amüsierter Gleichgültigkeit, war in der Welt, aber kein Teil von ihr.

Er war müde und döste ein paarmal ein, doch die eisige Kälte des Metalls drang durch seine dünne Kleidung. Er glitt vom Wagen und stampfte umher, um seine Blutzirkulation anzuregen. »Beschissener Missouri-Winter«, sagte er laut. »Wann machen die hier eigentlich zu?« Er bemerkte, dass der Mann und die Frau wieder hineingegangen waren, vermutlich war es selbst dafür zu kalt.

Er lag auf dem Kofferraum, als die Türen der Kneipe wieder aufgingen. Die Gäste kamen zu ihren Wagen. Ein fetter Mann in grauem Gabardineanzug stapfte auf den Hudson zu. Als er Boyd erblickte, blieb er stehen und gaffte ihn an.

»Sie sitzen auf meinem Automobil«, sagte er.

»Das hatte ich gehofft.«

»Wie wäre es, wenn Sie Ihren Arsch da runternehmen?«, fragte der Mann. »Der Wagen ist neu, die Lackierung hat mich zweihundert Dollar extra gekostet.«

Boyd glitt hinunter. »Ich brauche eine Mitfahrgelegenheit nach Tennessee«, sagte er. »Meine Familie ist krank.«

»Ich fahre nicht nach Tennessee.«

»Sie haben aber ein Nummernschild aus Tennessee.«

»Das ist hier nicht verboten«, erwiderte der Mann trocken. »Ich fahre bei der Arbeit viel hin und her. Ich komme aus Nashville und bin auf dem Weg nach Indiana. Ich bin Vertreter.«

»Was verkaufen Sie denn?«

Der Mann betrachtete Boyd mit säuerlicher Belustigung. »Wollen Sie was davon?«

»Vielleicht.«

»Ich reise in Damenunterwäsche.«

Boyd gestattete sich ein leichtes Lächeln. »Ich weiß nicht, ob ich das so herausposaunen würde.«

Der betrunkene Mann hatte dichtes, welliges, schwarzes Haar. Er trug es streng nach hinten gekämmt und fuhr sich mit der Hand hindurch, als wolle er seine Frisur prüfen.

»Kennen Sie den mit dem Bauerntölpel, der sich ein Mädchen aus dem Katalog von Sears and Roebuck bestellen wollte?«

»Nein«, sagte Boyd.

»Als die Bestellung kam, lagen nur ein Büstenhalter und ein Höschen im Paket. Der Bursche setzte Himmel und Hölle in Bewegung. Schrieb einen Brief und drohte mit einer Klage. Er habe nur das Zaumzeug bekommen. Wo denn der Rest von ihr sei?«

Boyd grinste breit und freudlos und schaute zu den Bäumen hinüber, die gezackt und eisengrau aus dem bleichen Kies wuchsen. Die anderen Wagen waren alle weg. Der Mond stand hoch am Himmel, der Parkplatz wirkte trostlos und verlassen.

Der fette Mann hatte seine Autoschlüssel in der Hand und ging zur Fahrerseite des Hudson. »Das mit Ihrer Familie tut mir Leid, aber ich fahre nicht nach Tennessee«, sagte er. »Da kriegt mich keiner hin. Ich würde nicht mal nach Tennessee fahren, wenn man mir den ganzen Staat schenkte.«

Auf einmal trat ein seltsamer Ausdruck in sein Gesicht. Seine Augen konzentrierten sich, schienen etwas weit Entferntes zu betrachten. Dann beugte er sich zum Wagen und lehnte die Stirn gegen den kalten Kotflügel. »Schlecht«, sagte er. Die Autoschlüssel baumelten in seiner rechten Hand. Er trug glänzende, spitze Schuhe mit kleinen Luftlöchern. Plötzlich zuckte er und erbrach sich auf die Schuhe. »Aaah. Jesus, ist mir schlecht«, stöhnte er und würgte. Ein Schauer durchlief den eng sitzenden Gabardinestoff des Jacketts.

Boyd schlug ihn, so fest er konnte, hinter das linke Ohr. Der Kopf des Mannes schnellte vor, prallte gegen den Kotflügel, dann rutschte er lautlos und schlaff zu Boden. Er blieb auf der Seite liegen, den Kopf auf dem Kies. Tintenschwarzes Blut quoll aus der Nase des fetten Mannes und rann über seine Wange.

Boyd kickte die Wagenschlüssel aus der Kotze und hob sie mit spitzen Fingern auf. Dann beugte er sich vor und wischte sie am Anzug des Vertreters ab. Plötzlich hörte er eine Tür zuschlagen und sah sich um. Ein Mann trat aus der dunklen Kneipe und schloss hinter sich ab. Er wollte zu dem letzten Wagen gehen, warf dann einen Blick auf den Hudson und kam zu Boyd herüber.

Na komm schon, dachte Boyd, schnüffel ein bisschen herum. Ihm war klar, dass der Mann entweder eine Pistole oder einen Schlagstock bei sich trug, und er überlegte, in welcher Tasche die Waffe stecken mochte. Was ist denn hier los, dachte er.

»Was ist denn hier los?«, fragte der Mann.

»Ich glaube, Sie haben es ein bisschen zu gut mit ihm gemeint«, entgegnete Boyd. »Er sah ganz normal aus, es traf ihn wie ein Schlag aus heiterem Himmel. Er musste kotzen und hat sich wohl hingelegt, um sein Leben zu überdenken.«

»Scheint, als hätte er Nasenbluten«, meinte der Mann.

»Er ist gegen den Wagen geprallt«, sagte Boyd. »Ist schon gut.«

»Wie passen Sie in die Sache hinein? Ich kann mich nicht erinnern, Sie drinnen gesehen zu haben.«

»Ich bin sein Vetter«, antwortete Boyd. »Seine Frau hat mich losgeschickt, um nach ihm zu sehen.«

»Sieht aus, als hätte man Sie ein bisschen zu spät losgeschickt«, sagte der Mann. »Können Sie Ihren Vetter nach Hause bringen?«

»Klar doch. Er hat mir seine Wagenschlüssel gegeben. Könnten Sie mir helfen, ihn hinten reinzulegen?«

Danach ging der Mann zu seinem eigenen Auto, und Boyd startete den Wagen des Vertreters. Der kalte Motor hustete ein paarmal und lief dann rund. Boyd folgte den roten Rückleuchten des anderen Wagens, die durch den Auspuffqualm blitzten. Er bog auf die Straße und nahm den Fuß vom Gas, bis die roten Lichter vor ihm kleiner wurden. Nachdem sie hinter einer Kurve verschwunden waren, kroch er im Schneckentempo zum Straßenrand, hielt an und stieg aus. Er öffnete die Hintertür. »Endstation«, sagte er. »Alles aussteigen.«

Er zog an den Füßen des fetten Mannes. Ein Schuh fiel ihm aus, und Boyd schleuderte ihn davon. »Scheiße, bist du schwer«, sagte er. Der Mann rutschte mit den Füßen voran über den Sitz, kippte zur Seite und sank schlaff auf die Straße. Boyd klemmte sich unter jeden Arm ein Bein, zerrte ihn in ein Sassafras-Wäldchen und blieb dort keuchend stehen. Dann durchsuchte er die Taschen des Vertreters. Er beförderte Zigaretten, ein Zippo-Feuerzeug mit dem Bild einer nackten Frau, die Brieftasche und ein dünnes Bündel Geldscheine aus der rechten Vordertasche. Er ging die Brieftasche durch, nahm das Geld, ohne es zu zählen, und ließ sie auf die Brust des fetten Mannes fallen.

Er schaute auf den Schlafenden hinunter und zündete sich eine Zigarette mit dem Zippo-Feuerzeug an. Der fette Mann lag mit dem Kopf auf einem Haufen faustdicker Steine. Boyd beugte sich vor und zog ihm mit einiger Mühe den Mantel aus, die Ärmel waren sehr eng. Er rollte ihn zu einem Kissen und wollte den Kopf des Mannes an den Haaren hochziehen. Die Haare lösten sich, Boyd starrte fassungslos auf das seltsame Ding in seiner Hand. Es sah aus wie eine riesige, behaarte Spinne, die seine Hand umklammerte. Er warf es weg und wischte sich die Hand an seiner Jeans ab. »Gottverdammt.« Dann hob er den Kopf des Mannes und stopfte den Mantel darunter. »Sieht aus, als würdest du nicht nur in Damenwäsche reisen«, meinte er.

Ihr dünnes Haar war straff nach hinten gekämmt, die Kopfhaut darunter wirkte brüchig wie altes Pergament. Das Gesicht selbst war dunkel und runzlig wie eine alte Walnuss, die zwischen

Laub im Wald gelegen hat. Ihre Augen waren beinahe wimpernlos und milchig wie Wasser, das einstmals klar gewesen und nun von Algen und Schleim getrübt war. Schon jetzt ließ der graue Star, der sie letztlich blind machen würde, vor ihren Augen Inseln der Finsternis dahintreiben, ein Teil ihres Blickfelds war ausgelöscht, dahin.

»Hast du nichts Besseres zu tun, als mit einer alten Frau zu reden?«

»Wohl nicht«, antwortete Fleming.

»Na ja, dann tust du mir Leid. Aber wenn du schon da bist, könntest du mir mal die Wahrheit über eine Sache verraten. Du bist kein Lügner, oder?«

»Lügen war nie meine Stärke.«

»Manchmal glaube ich, E. F. sei zurückgekommen«, sagte sie. »Weißt du irgendetwas darüber?«

Er hatte mit geschlossenen Augen dagesessen, den Kopf an der metallenen Lehne des Liegestuhls. Nun öffnete er die Augen und zwang sich zu einer unauffälligen Miene. »Wie kommst du darauf?«

»Ich habe an manchen Abenden Banjomusik gehört«, antwortete sie. »Lange nach Einbruch der Dunkelheit. Du spielst doch nicht Banjo, oder?«

»Nein.«

»Brady kann kaum das Radio bedienen, er kann es also nicht gewesen sein. Jedenfalls saß er eines Abends genau da, wo du jetzt sitzt, sah mir ins Gesicht und schwor Stein und Bein, er hätte nichts gehört. Kannst du dir das vorstellen? Behauptete, ich sei durcheinander.«

Tatsächlich hatte Brady dem Jungen das Gleiche wie E. F. erzählt, die alte Frau sei nicht mehr ganz bei sich, sie habe ihr Zeitgefühl verloren und wisse nicht mehr, ob etwas gestern oder vor fünfzig Jahren geschehen sei. Sie stehe mitten in der Nacht auf und bereite das Frühstück, richte sich nach einer eigenen Zeit, die nichts von Uhren und Kalendern wissen wolle.

Sie koche ab und an die gleiche Mahlzeit zweimal hintereinander.

Er sagte, einmal sei er um ein Uhr morgens aufgestanden, um auf die Toilette zu gehen, und habe die alte Frau dabei ertappt, wie sie Zwieback aus dem Ofen holte und Eier in eine Schüssel schlagen wollte.

Fleming hatte Dinge, die er von Brady hörte, immer nur zum Teil geglaubt, sie waren mit Vorsicht zu genießen. Man musste seinen Gesichtsausdruck beachten, die Eindringlichkeit seiner Stimme, die Konsequenzen, die das Erzählte für ihn hatte. Zog man das alles in Betracht, konnte man zu einer ungefähren Einschätzung der Wahrheit gelangen. Doch als er hiervon berichtete, waren Gesicht und Stimme von einem stillen Entsetzen erfüllt, sodass Fleming das Gesagte größtenteils für wahr hielt.

Sie drehte sich um und betrachtete ihn prüfend. »Was ist mit dir? Meinst du auch, ich werde verrückt, oder habe ich wirklich ein Banjo gehört?«

Er dachte nach. »Wenn du meinst, du hättest ein Banjo gehört, wird es vermutlich so sein.«

»Jedenfalls kannte ich das Lied«, sagte sie und verstummte, erinnerte sich nicht nur an die Melodie, sondern auch an die Griffe der Finger auf den Saiten, der Text schwebte durch ihren Kopf, obwohl damals nur die Melodie über die Felder geweht war. Nun tauchte der Text ungewollt aus der Erinnerung auf: *Got no use for a red rockin chair, I got no sugar baby now …*

»Es war eines von E. F.s Liedern, und ich habe es tausendmal gehört«, erklärte sie. »Weißt du etwas darüber?«

Er befand sich in einem Interessenkonflikt. »Du hältst gefälligst den Mund«, hatte Brady ihn angewiesen. »Passiert ist passiert, es lässt sich nicht mehr ändern. Es ist besser für sie, wenn sie ihn für tot hält oder was immer sie auch glauben mag. Sie geht kaum aus dem Haus und wird überhaupt nicht erfahren, dass er sich in der Nähe aufhält.«

»Vermutlich hast du den Wohnwagen deshalb am hinteren

Ende des Anwesens aufgestellt«, hatte Fleming gesagt und keine Antwort erhalten, weil die Sache so offensichtlich war. Ihm schien es, als gehe das alles nur die alte Frau und E. F. etwas an, er selbst und Brady sollten sich tunlichst heraushalten. Die Geschichte hatte seinen Ursprung in einer Zeit, die sie selbst nicht erlebt hatten. Auch missfiel es ihm, wenn man ihm den Mund verbot und er, schlimmer noch, gezwungen war, die alte Frau glattweg zu belügen.

»Großvater hat einen Wohnwagen gekauft«, sagte er schließlich. »Das heißt, er hat das Geld geschickt, und Brady hat einen gekauft. In Little Rock muss er einen leichten Schlaganfall erlitten haben, aber es scheint ihm wieder recht gut zu gehen.«

»Wo steht dieser Wohnwagen? Irgendwo hinter dem Feld? Daher kam jedenfalls die Musik.«

»Jenseits der Straße. Ich und Brady haben ihn dort aufgestellt.«

»So etwas Verrücktes habe ich noch nie gehört«, sagte seine Großmutter. »Wenn er schon in einem Wohnwagen leben muss, kann er ihn doch hier hinstellen, wo es Strom und Wasser gibt. Das ist genauso verrückt, als würde man wie ein Zigeuner leben, obwohl man ein warmes Bett und drei Mahlzeiten täglich haben kann. Wenn Verstand Schießpulver wäre, hättet ihr Männer kaum genug davon, um einen Spatz vom Himmel zu holen. Und die Leute behaupten, ich würde den Verstand verlieren.«

»Schau mal«, sagte er, »es war nicht meine Idee, ich habe Brady nur dabei geholfen. Er sagte, ich solle den Mund halten. Wenn du Brady gegenüber etwas davon verlauten lässt, belegt er mich noch mit einem Fluch.«

»Ich halte dich da raus. Ich will die Wahrheit hören, sonst krame ich selbst ein paar Flüche hervor. Ist nicht unter meiner Würde.«

»Na ja, ich muss los. Hab für einen Tag schon genügend Schaden angerichtet.«

Sie sah ihn zärtlich an. »Du wirst nie ein guter Lügner«,

meinte sie. »Du bist durchsichtig wie klares Wasser. Anwalt oder Politiker solltest du nicht gerade werden.«

Sie schwieg, und er wollte schon gehen, als sie fragte: »Wie ist E. F. denn noch so?«

»Ich weiß nicht, wie er früher war. Ich kann nichts dazu sagen. Er ist einfach ein alter Mann, der am Stock geht. Irgendwie unbekümmert, redet die ganze Zeit von Musik.«

»Ist mit dem Alter vermutlich ein bisschen ruhiger geworden. Den E. F., den ich gekannt habe, hätte ich nicht gerade als unbekümmert bezeichnet. Sag ihm, ich komme irgendwann vorbei. Hab vor langer Zeit geredet, als ich besser den Mund gehalten hätte.«

Er wandte sich zum Gehen. Sie hätte ihm noch mehr erzählt, doch er wollte es nicht hören. Die ganzen alten Probleme belasteten ihn, waren schwer zu ertragen, die Leute luden alles auf einen ab, wenn man sich nicht dagegen wehrte. Er hatte genügend eigene Probleme, alte und neue, und wollte sich keine weiteren Sorgen aufhalsen.

Fleming kratzte mit einem scharfen Spachtel Dichtungsstückchen vom Zylinderkopf, während Albright den Motorblock reinigte. Albright hatte am Abend vorher getrunken und sich mit einer Flasche Selbstbräuner Marke »Mantan« bearbeitet, die die Haut angeblich auf chemische Weise dunkler färben sollte, ihm aber lediglich ein seltsam scheckiges Aussehen verliehen hatte. Er hatte ihn sich auf die Handfläche gerieben, zwischen die Finger, ins Gesicht mit Ausnahme der Augengegend, die albinoweiß geblieben war und ihm den verschreckten Blick eines Waschbären verlieh.

»Du erinnerst mich an ein geschecktes Pferd, das ich mal hatte«, bemerkte der alte Mann. »Kam aus dem Norden von Mississippi und hörte auf den Namen Cisco. Sein Muster war deinem sehr ähnlich. Wobei ich bezweifle, dass es in der Lage gewesen wäre, einen Automotor zu reparieren.«

»Ich möchte auch bezweifeln, dass es ihn vorher in Grund und Boden gefahren hätte«, erwiderte Albright. »Einfach aufgesetzt und in den Boden gerammt. Man sollte meinen, ein Mann weiß, wann er an den Straßenrand fahren und den Zündschlüssel drehen muss.«

»Na ja«, meinte Fleming, »du hast gesagt, er müsste ohnehin überholt werden, und jetzt helfe ich dir dabei. Außerdem habe ich das Reparaturset von meinem letzten Schreibmaschinengeld bezahlt.«

»Mit einer Schreibmaschine könntest du nicht nach Clifton fahren und Miss Halfacre herumkutschieren.«

»Genau das habe ich mir auch gedacht«, entgegnete Fleming. »Ich verstehe allerdings nicht, wie du die Innenbeleuchtung so demoliert hast, Plastikabdeckung, Birne, einfach alles. Was ist damit passiert?«

»Das war wirklich das Größte. Wir fuhren gerade diese lange Steigung vor Clifton hinauf. Der Motor klopfte immer lauter. Beim letzten und lautesten Klopfen zersprang die Lampe, winzige Plastikstückchen wirbelten durch den Wagen. Ich konnte es nicht verstehen, bin ja kein Mechaniker. Ein Fachmann könnte es sicher erklären. Hat vermutlich mit der Elektrik zu tun.«

Albright hörte einen Moment mit Kratzen auf und sah ihn an. »Darum steht sicher auch nicht mehr TAXI auf den Türen.«

Sie setzte den Tonarm vorsichtig auf die rotierende Platte und wartete. Der alte Mann hatte die Wahrheit gesagt, sie war unbenutzt, knisterte kaum, als die Nadel durch dic Rillen fuhr. Das Banjo erklang so unvermittelt, dass es schon in vollem Schwung gewesen sein musste, als man vor über dreißig Jahren mit der Aufzeichnung begann. Die rauchige, sardonische Stimme des alten Mannes klang beinahe spöttisch, doch man konnte nicht erkennen, ob er den Zuhörer, das Lied oder vielleicht sich selbst verspottete.

Sie sah Fleming scharf an, als habe die Stimme sie verschreckt.

Sie wollte etwas sagen, schwieg aber. Die Stimme stieß Worte hervor und sog sie missgestaltet wieder ein, verzerrt, dem nihilistischen Tenor des Liedes angepasst; Sätze wurden verkürzt, gestreckt, flehentlich gedehnt. *The last time I saw my woman, good people, she had a wineglass in her hand. She was drinking down her troubles with a nogood sorry man.* Das Banjo bildete einen eigenartigen Kontrapunkt zur Stimme; der Blues wirkte hastig, beinahe dissonant, bewegte sich aus der Melodie hinaus und wieder herein. Manchmal klang das Banjo, als spiele es ein völlig anderes Lied, ein Lied, das kaum die Mauern der Zeit durchdrang, das Banjo und die Stimme erzählten gänzlich verschiedene Geschichten, die Musik als beinahe satirischer Kommentar zu Text und Sänger, sie machte den körperlosen Sänger zu einem durchsichtigen Gespenst, hinter dem nur wirbelnd leere Finsternis lag.

»Gott«, sagte sie. »Er klingt hundert Jahre alt und total sauer. Auf wen ist er so wütend? Ich verstehe das nicht.«

Doch als Stimme und Banjo abrupt verstummten, als hätten sich der Schmerz oder Zorn des alten Mannes verausgabt, setzte sie die Nadel wieder auf den Anfang und spielte die Platte noch einmal ab. Nach dem zweiten Mal drehte sie sie um und hörte die andere Seite, ein drängendes, raues Banjo, die Stimme, ungerührt und distanziert vom Alltäglichen, das sie ablehnte, wünschte sich maulwurftief in die Erde. *Well, the railroad man, he'll kill you if he can, and drink up your blood like wine …*

»Na ja«, meinte sie, als das Lied zu Ende war, »weiter kann man sich wohl nicht von Bing Crosby entfernen. Er ist komisch. Komisch, aber gut. Man fühlt sich, als hätte man etwas Wichtiges gehört, das man nicht ganz begreifen kann. Wie ist dein Großvater denn so?«

»Weiß ich nicht. Wie jeder andere. Ich glaube, er ist einfach ein alter Mann, der zu dem Schluss gelangt ist, dass er einen großen Teil seines Lebens vermasselt hat.«

»Von wann ist die Platte? Hast du noch mehr davon?«

»Aus den zwanziger Jahren. Ich habe noch drei andere.«

Sie klappte den Deckel des Plattenspielers zu, so dass er wie ein kleiner Koffer aussah. Mit dem rotweißen, notenverzierten Karomuster bildete er einen starken Kontrast zu der Musik, die soeben aus ihm erklungen war.

»Er klingt schwarz.«

»Na und? Du siehst aus wie Pocahontas.«

»Ich habe Fotos von Pocahontas gesehen, ich bin viel hübscher. Jetzt mal im Ernst, wann kann ich diesen alten Mann kennen lernen?«

»Nie«, antwortete der Junge. »Er würde dich mir einfach wegschnappen und nach Arkansas oder sonst wohin verschleppen. Nicht«, fügte er hastig hinzu, »dass du mir gehören würdest.«

»Wenn überhaupt, gehöre ich dir, sonst will mich nämlich keiner. Meinst du, er würde mich heiraten? Ich wollte immer einen echten Bluessänger heiraten. Du bist keiner, oder?«

»Ich könnte es lernen.«

Sie schüttelte den Kopf. »Das kann man nicht lernen, es ist einfach da. Er hört sich an, als hätte er sein ganzes Leben versucht, es wieder zu verlernen. Es zu vergessen.«

»Ich kapiere nicht, wie du das alles aus zwei Liedern heraushören willst.«

»Vielleicht irre ich mich ja, denke zu viel nach. Ich sitze in diesem Zimmer, höre tote Leute singen und lese Bücher, die tote Leute geschrieben haben. Ich lese seltsame Dinge hinein. Vielleicht muss ich einfach mehr aus dem Haus gehen.«

Er war ans Fenster getreten und hatte den Vorhang beiseite gezogen, um in den Garten hinter dem Haus zu schauen. Ein trüber Tag, eine unterschwellige Drohung des Winters. Der Wind trieb Laub vor sich her; vor seinen Augen fielen Blätter von den Bäumen und wirbelten davon. Ein einsamer Vogel hockte auf einer Wäscheleine. Darunter schlich eine schlanke, schwarze Katze auf und ab, als sei sie angewiesen, den Vogel vor anderen, weniger zivilisierten Artgenossen zu beschützen.

Ihre hypnotischen Augen waren unablässig auf das Tier gerichtet. Der Vogel flog auf, die Katze sprang vergeblich hoch und schlug mit den Pfoten in die Luft. Auf einer betonierten Einfahrt lernte ein kleines Mädchen Rad fahren, gefolgt von der Mutter, deren Mund lautlose Warnungen formte.

Fleming ließ den Vorhang zurückfallen und drehte sich um. »Ich glaube, allmählich habe ich dich zu gern«, sagte er vorsichtig.

Sie sah von dem Eisenbett zu ihm hoch. »Das halte ich für unmöglich«, sagte sie. »Menschen sollten einander so gern haben, wie es nur geht.«

»Bleib doch einmal ernst.«

»Wieso? Dein Ernst reicht für uns beide. Außerdem meine ich es vielleicht ernst.«

»Ich werde zu abhängig von dir. Ich brauche dich, um den Tag zu überstehen. Du musst mir sagen, ich soll dich verdammt noch mal in Ruhe lassen.«

»Lass mich verdammt noch mal in Ruhe.«

Er wandte sich wieder dem Fenster zu. Die Katze spielte mit einem Blatt am Boden, schob es umher, schlug mit der Pfote danach. Vielleicht übte sie für den nächsten Vogel.

Raven Lee erhob sich vom Bett und trat neben ihn. Sie schlang einen Arm um seine Taille und lehnte den Kopf an seine Schulter. Gemeinsam schauten sie ins Nichts. Eine Wolke zog über die Sonne, das Licht wurde dicht und dämmrig.

»So wirst du mich nicht zur Vernunft bringen«, sagte er.

»Ich möchte dich nicht vernünftig haben«, entgegnete sie. »Dann wärst du noch langweiliger. Bringst du mich zu dem alten Mann?«

»Klar doch. Wenn du noch ein, zwei Tage so neben mir stehen bleibst.«

»Entscheide dich. Ich dachte, du wolltest in Ruhe gelassen werden.«

Er drehte sie zu sich, hob ihr Gesicht, beugte sich vor und küsste die Mulde an ihrem Hals. Raven Lee schien alles zu sein, was Leben war. Er hegte die stille Hoffnung, dass sie ihn retten könne, wusste aber nicht, wovor.

»Ich erzähle dir was«, sagte Neal. »Kennst du Jimmy de Nicholais aus dem Postamt?«

»Ich hab ihn im Billardsalon gesehen«, meinte Fleming. »Aber ich kenne ihn nicht persönlich.«

Er schaute durch das Wagenfenster auf ein weites, flaches Feld, eine öde Winterlandschaft. Die Bäume wurden kahl, der Himmel wirkte bereits unendlich, im Morgenwind hatte man eine Spur von Eis gespürt; die Kälte kam näher, traf Groß und Klein gleichermaßen, traf alte Männer in ungeheizten, klapprigen Wohnwagen.

»Hey«, sagte er, »möchtest du morgen mitkommen und mir helfen, dem alten Mann eine Heizung einzubauen? Er hat sich so ein Ding aus Eisenblech gekauft. Ich dachte mir, wir könnten das hintere Fenster rausnehmen, ein Stück Blech einsetzen und das Rohr hindurchführen.«

»Kann schon sein«, meinte Neal. »Okay. Jetzt hör dir die Geschichte an. Ich und Albright saßen halb betrunken im Billardsalon und überlegten, wie wir ohne Geld an einen Whisky kommen. Sofort fiel uns Nicholais ein. Er hat immer einen Tropfen versteckt. Wir gingen also hin, Jimmy hatte frei wegen irgendeines staatlichen Feiertages, Veteranengedenktag oder so. Er war nicht zu Hause, aber die Tür war nur angelehnt, und wir beschlossen, drinnen zu warten. Jimmy lebt allein, er hätte nichts dagegen gehabt, wir hatten es schon mal gemacht, ich jedenfalls. Wie auch immer, er kam und kam nicht, und wir machten uns auf die Suche nach der Flasche. Wir drehten die Matratze um, da versteckt er sie gewöhnlich, aber da war keine Flasche. Jedenfalls haben wir die Bude auf den Kopf gestellt, und weißt du, was wir im obersten Fach seines Kleiderschranks gefunden haben? Rate.«

»Was denn?«

»Rätst du jetzt oder nicht?«

Fleming grinste. »Sag's mir einfach. Obwohl ich mir nicht sicher bin, ob ich es überhaupt wissen will.«

»Eine Sexpuppe«, meinte Neal.

»Eine was? Was für eine Puppe?«

»Eine von diesen aufblasbaren Sexpuppen. Das unglaublichste Ding, das ich je gesehen hab. Ich hatte vorher nur davon gehört, es für ein Märchen gehalten, aber da war sie. Albright musste sie natürlich aufblasen. Wir fanden keine Pumpe, also keuchte und pustete er an dem Ding herum. Ich hatte nicht vor, sie aufzublasen, ich will mir doch nichts einfangen, Plastiktripper oder so. Und da war sie in voller Pracht. Große runde Titten mit rosigen Warzen. Und überall kleine Öffnungen. Ein kleiner, runder Mund. Haare wie Stahlwolle. Albright verliebte sich auf der Stelle in sie.

Na ja, zuerst wussten wir nicht, was wir damit anfangen sollten. Dann haben wir sie zum Briefkasten vor dem Haus getragen und hingestellt. Ich habe ein paar Ziegelsteine auf ihre Füße gestapelt, damit sie nicht wegflog. Die Hand hab ich an den Briefkasten geklebt, und sie sah aus, als wär sie rausgelaufen, um zu sehen, was der Postbote gebracht hat.«

»Wahrscheinlich irgendwas in neutraler, brauner Verpackung«, meinte Fleming grinsend.

»Wahrscheinlich. Dann parkten wir weiter unten an der Straße und warteten auf Jimmy. Es dauerte eine Weile, bis er kam. Vorher ging eine Frau mit Hündchen vorbei, beide wussten nicht, was sie davon halten sollten. Schließlich tauchte Jimmy auf, er rannte, hatte sie wohl schon von weitem gesehen. Er schaute sich um, ob jemand aus den Fenstern der umliegenden Häuser sah. Dann klemmte er sie wie einen Football unter den Arm und raste ins Haus. Das hättest du sehen müssen. Hey, gib mir mal die Luckys aus dem Handschuhfach.«

Fleming öffnete das Handschuhfach und warf Neal das verschlossene Päckchen zu. Dann zog er ein Damenhöschen hervor und hielt es am Taillengummi in die Höhe. Blassblaue Seide mit schwarzem, aufgesticktem Schriftzug: Dienstag. Amüsiert betrachtete er seinen Fund.

»Wir haben wohl alle unsere Geheimnisse.«

»Diese verdammte Raven Lee Halfacre«, sagte Neal. »Lässt sie liegen, dabei hat sie so hart darum gekämpft, sie anzubehalten. Da steht Dienstag drauf, obwohl ich sie ihr freitags ausgezogen habe.«

Die Straße verlief parallel zu einem Drahtzaun, dahinter sterbendes Gras, vom Wind gebeugtes Unkraut. Als er aufsah, bewegten sich namenlose Vögel planlos über den metallgrauen Himmel, willkürliche Striche auf einer Schiefertafel. Er betrachtete sie eingehend, als zeichneten sie eine Botschaft für ihn auf. Plötzlich wünschte er sich verzweifelt woandershin, weit weg von Neal.

»Ich gehe lieber«, sagte er.

»Was?«

»Lass mich raus.«

Neal trat unvermittelt auf die Bremse, der Wagen schlitterte an den Straßenrand. »Was zum Teufel ist los mit dir?«

»Nichts«, entgegnete Fleming.

Er öffnete die Tür und stieg aus. Einen Moment lang ließ er den linken Arm auf dem Wagen ruhen und hielt die Tür mit der Rechten.

»Klar ist was los mit dir. Der Wohnwagen ist drei Meilen entfernt, und es ist saukalt.«

»Bis bald, Neal.«

»Du bist der verrückteste Kerl, den ich je erlebt habe.«

»Mag sein. Du bist nicht gerade taktvoll, was?«

»Wie bitte?« Neal nahm einen letzten Zug von der Zigarette und warf sie neben Fleming auf die Straße. Dieser drehte sich um und kickte sie ins trockene Unkraut. »Wohl nicht. Takt ist nicht gerade meine starke Seite. Vielleicht wollte ich dir auch nur was damit sagen.«

»Das ich vielleicht nicht hören will.«

»Du musst es aber hören.«

»Das kann ich ganz gut selbst entscheiden.«

Er hielt noch immer die Wagentür. Einen absurden Moment lang kam es ihm vor, als würde das Schließen der Tür sein ganzes Leben verändern. Eine unauslöschliche Grenze zwischen Vergangenheit und Zukunft ziehen. Er knallte die Tür zu und stapfte durch das verdorrte Unkraut.

»Hey.«

Er drehte sich um und hob den Mittelfinger. Eine Tür ging auf. »Du verrückter Hundesohn«, sagte Neal. Er hörte Neals Füße auf dem Kies. Dann schlug die Tür zu, und der Motor sprang an. Er hörte, wie Neal umständlich wendete. Vor, zurück, vor, zurück.

Er schaute hinunter und entdeckte das Höschen in seiner zusammengeballten Hand. Sein Gesichtsausdruck zeigte eine Mischung aus Lächeln und Grimasse. Er warf es weg, und der Wind drückte es in das wogende Unkraut wie einen schmutzigen Papierfetzen, eine alte Zeitung. Er duckte sich vor dem Wind und ging weiter die Straße entlang.

Sie kamen mit zwei Bezirksstreifenwagen und einem Wagen der Staatspolizei, voll besetzt mit Beamten der Tennessee Highway Patrol. Sie trugen Durchsuchungsbefehle und offiziell aussehende Papiere bei sich. Man hatte sie bereits erwartet, Itchy Mamas Informanten irrten sich fast nie, und der Whisky war schon vor Stunden an einem sicheren, entfernten Ort verschwunden. Sie störten den alten Mann nicht weiter, der auf Itchy Mamas Veranda die blasse Sonne genoss, während die anderen Alten den Ordnungshütern amüsiert bei der Arbeit zusahen.

Hilfssheriffs schwärmten in die Wälder aus, wo sie mit spitzen Metallstäben in der Erde nach Krügen mit Konterbande stocherten. Andere wiederum durchsuchten mit äußerster Gründlichkeit und wachsender Enttäuschung das Haus, das ebenso frei von Alkohol war wie die Kirche einer Pfingstgemeinde.

Bellwether wirkte gelangweilt und machte sich nicht einmal die Mühe, an der Suche teilzunehmen. Er lehnte an einem Verandapfosten und rauchte, wobei er gelegentlich einen Blick auf den alten Mann mit dem grauen Filzhut warf, der neben einem dunkelhaarigen Jungen saß, dessen schläfrige Augen denen des Alten glichen. Bellwether wusste, dass die Hilfssheriffs nichts finden würden. Er wusste, dass Itchy Mama einen Informanten im Büro des Richters hatte, wenngleich ihm dieser nicht bekannt war. Vielleicht war es sogar der Richter persönlich. Sobald ein Durchsuchungsbefehl erging, würde Itchy Mama einen Anruf erhalten und alles Nötige veranlassen. Waren die Gesetzeshüter verschwunden, um sich wichtigeren Dingen zuzuwenden, wurde der Whisky wieder aus seinem Versteck geholt.

Die Hilfssheriffs kamen wie erwartet mit leeren Händen aus den Wäldern zurück, und Bellwether blies zum Aufbruch. »Heut Abend um acht halten wir hier eine Temperenzler-Versammlung ab«, rief einer der alten Männer. »Bezeugen unseren Glauben und singen Hymnen. Alle sind herzlich eingeladen.«

Bellwether ging über die Veranda und legte Bloodworth im Vorbeigehen die Hand auf die Schulter.

»Mr. Rutgers, nehme ich an.«

Die lange, betonierte Auffahrt schlängelte sich zwischen eindrucksvollen immergrünen Büschen hindurch, deren Namen Albright nicht kannte. Schließlich tauchte das Haus vor ihm auf. Anscheinend war Woodall nicht arm gewesen, denn das L-förmige, lang gestreckte, niedrige Gebäude im Rancherstil war riesengroß. Vor dem Haus parkten ein grauer Lincoln Towncar und ein weißer Kleinlaster; beim Anblick des Letzteren hatte Albright ein unangenehmes Déjà-vu-Erlebnis, seine Eingeweide krampften sich im Bewusstsein seiner Schuld zusammen. Er erinnerte sich, wie der Laster vor seinem Haus gewartet, wie Woodall seinen Cowboyhut abgenommen und behutsam auf den Sitz gelegt hatte.

Aus der Nähe betrachtet, wirkte das Haus weniger stattlich, sogar leicht vernachlässigt. Die Farbe war verblichen und blätterte ab, an manchen Stellen trat das nackte Holz zutage. Er war aus dem Dodge gestiegen und inspizierte gerade die Kranzleiste der Veranda, als die Tür aufging und eine Frau mittleren Alters heraustrat. Auch die Haustür war in schlechtem Zustand, verwittert und grau, die dunkle Beize schien durch, kurzum, die Tür musste gründlich abgekratzt, geschmirgelt und gestrichen werden.

Albright, der eine farbfleckige Malermütze auf seinen hellen Locken trug, betrachtete das pockennarbige, abblätternde Gesimsbrett mit Kennerblick.

»Was tun Sie hier?«, fragte die Frau.

Albright nahm die Mütze ab und wandte sich zu ihr. Eine untersetzte, unattraktive Frau mit Haaren, die bis über die Ohren reichten und sich dann abrupt nach außen bogen. Ihre Frisur wirkte starr, wie aus Holz geschnitzt, eine Perücke, die man achtlos aus Mahagoni gehackt und auf ihren Kopf gestülpt hatte. Albright hielt sie für die hässlichste Frau, die er je gesehen hatte.

»Mr. Woodall hat mich angewiesen, mir die Farbe am Haus anzusehen.«

»Mr. Woodall ist tot.«

»Das ist mir bekannt. Es ist schon einige Zeit her. Dieses Haus hat einen Anstrich bitter nötig.«

Sie widersprach nicht. »Gene hatte so viel zu tun, dass er die Arbeit am Haus ein bisschen schleifen ließ. Sie scheinen Maler zu sein. Möchten Sie das ganze Holz streichen?«

»Ich bin Mr. Woodall etwas schuldig«, entgegnete Albright. »Ich werde es machen. Das Anstreichen begleicht zwar nicht ganz meine Schuld, aber es wäre immerhin ein Anfang.«

»Davon weiß ich nichts«, sagte die Frau. »Das war eine Sache zwischen Ihnen und Gene, und Gene ist tot. Ich werde Sie für Ihre Arbeit bezahlen.«

»Ich würde es lieber umsonst tun.«

»Was schulden Sie ihm denn?«

Albright überlegte. »Zuallererst schulde ich ihm einen Hausanstrich.«

Am nächsten Tag fing er mit der Arbeit an. Er musste ungeheuer viel Farbe abschmirgeln und Ritzen abdichten, bevor er mit dem eigentlichen Streichen beginnen konnte. Während die Farbflocken davonspritzten, wurde ihm leichter ums Herz. Er spürte, wie seine Schuld auf eine fassbare Größe schrumpfte. Am zweiten Tag schaute sie ihm bei der Arbeit zu. Zuerst dachte er, sie wolle ihn im Auge behalten, ob er es auch richtig mache, doch das war nicht der Fall. Vielleicht sah sie Leuten einfach gerne zu. Der Altweibersommer brachte warme, goldene Tage, und sie setzte sich manchmal mit einem Buch in ihren Lieblingsliegestuhl. Sie las eine Weile, dann schaute sie ihm bei der Arbeit zu. Beim Lesen trug sie eine Hornbrille, die sie auf die Armlehne legte, wenn sie ihn beobachtete. Dann wirkte ihr Blick völlig ausdruckslos.

Am Ende der ersten Woche erkundigte sie sich, ob er Woodalls Laster benutzen wolle, um seine Leitern zu transportieren. »Er geht nur kaputt, wenn er so lange steht. Ich habe schon daran gedacht, ihn zu verkaufen. Gene hat sehr an diesem Laster gehangen. Vielleicht verschenke ich ihn auch oder bringe ihn zum Schrotthändler.«

Albright sah darin keinen Sinn, hatte aber ohnehin den Versuch aufgegeben, einen Sinn in den Äußerungen seiner Mitmenschen zu entdecken. Er benutzte den Laster, da die Leitern drei Meter über den Kofferraum des Dodge hinausragten. Zudem ließ er sich auch weitaus besser fahren. Wenn er hinter dem Steuer saß, durchströmte ihn ein unheimliches Gefühl von Macht, als nehme er einen Teil von Woodalls Wesen aus dem Führerhaus des Lasters in sich auf. Er ertappte sich bei der Überlegung, was aus Woodalls weißem Vorarbeiterhelm geworden sein mochte, und beschloss, sich zu gegebener Zeit danach zu erkundigen.

Kurz nach Einbruch der Dunkelheit parkte Coble den roten Viehtransporter am Ende des Maschendrahtzauns und stieg aus. Er rückte seinen Strohhut zurecht, betrachtete das Haus, lauschte dem rauen Hundegebell. Brady erhob sich aus dem Liegestuhl neben der Kiefer. »Psst«, sagte er. Die Hunde verstummten. Dunkle Schattenteiche umgaben die Kiefer, Brady hinkte gewandt um sie herum. Ohne zu ahnen, wer Coble war, spürte er intuitiv, dass er diesen Menschen mit seinem für ihn so notwendigen Wissen unbedingt kennen lernen musste.

An diesem Abend konnte E. F. Bloodworth nicht einschlafen und lag eine Zeit lang wach. Er dachte an Cisco, das Pferd, das ihm einmal gehört hatte. Er hatte den kleinen gescheckten Hengst, der lebhaft wie ein Zirkuspferd gewesen war, in Mississippi erstanden. In der Nacht seines Todes hatte Bloodworth versucht, ihn von einer Stute fern zu halten, indem er die Tiere in getrennten Boxen unterbrachte. Zwischen den Boxen befand sich eine Scheune mit geneigtem Blechdach.

Irgendwann in der Nacht erwachte er von einem ohrenbetäubenden Lärm. Er hörte das schmerzvolle Wiehern eines Pferdes, wahnsinniges Hundegebell. Er sprang aus dem Bett und rannte auf den mondhellen Hof. Der Hengst schrie und tobte in der Scheune. Fassungslos erkannte Bloodworth, dass der Hengst auf einen Stapel Heuballen am Ende der Scheune gestiegen und von dort aus irgendwie auf das Dach geklettert war; das Blech und die Latten hatten seinem Gewicht nicht standgehalten und waren mitsamt dem Pferd eingebrochen. Das Tier erinnerte ihn an ein Einhorn, das sich aus einer Falle befreien will. Dann sah er zu seinem Entsetzen, dass sich ein scharfes Stück Holz wie ein Horn in ein Auge des Hengstes gebohrt hatte. Er rang wie ein Wahnsinniger mit Cisco und versuchte, das zersplitterte Brett zu entfernen, bemerkte dann aber, dass ein Vorderbein des Hengstes gebrochen war. Er gab auf und holte sein Gewehr aus dem Haus.

Die Leistung des gescheckten Pferdes flößte ihm Respekt ein. Damals und auch heute noch war er davon überzeugt, dass es keinen stärkeren Trieb als den Ruf des Fleisches gibt.

Schließlich schlief er ein, erwachte aber von Hundegebell und fand sich einen Moment lang in einer selbst gestellten Falle wieder, sah sich dem Kampf mit dem gefangenen Pferd gegenüber, verzweifelte bei dem Gedanken, er müsse auf das Tier schießen, bis es tot war. Dann fiel ihm ein, wo er sich befand, und er nahm seine goldene Taschenuhr vom Tisch. Kurz nach zwei. Er legte die Uhr zurück, schloss die Augen und versuchte, weiter zu schlafen. Es war sinnlos. »Teufel noch mal«, sagte der alte Mann. Er lauschte auf die Hunde und starrte mit aufgerissenen Augen an die Decke. Hunde liefen immer wieder die Stufen hinauf, bellten wie wahnsinnig, warfen sich gegen die Tür, rannten wieder auf den Vorplatz.

Er stand auf und goss sich einen Schluck Early Times ein. Er schaute das Glas eine Weile an und trank es aus. Er nahm die Pistole aus dem Gitarrenkoffer, prüfte die Ladung und stellte sich neben die Tür. Er drehte den Knauf, doch in diesem Moment flog ihm die Tür ruckartig aus der Hand, und ein Schäferhund schoss in den Wohnwagen. E. F. hatte seinen Stock nicht zur Hand und verlor den Halt, als die Tür aufschwang. Zum Nachdenken blieb keine Zeit. Er feuerte, so schnell er nur konnte, drei Schüsse ab, der Hund wurde nach hinten geschleudert und polterte heulend die Stufen hinunter. Bloodworth hockte sich hin und hielt die Pistole mit beiden Händen vor sich, als erwarte er einen weiteren Angriff.

Dann stand er vorsichtig auf und schaute auf den Vorplatz hinunter. Der Hund lag neben den Stufen, seine Beine zuckten, als mache er Schwimmbewegungen. Er feuerte willkürlich drauflos, bis Magazin und Vorplatz leer waren. Die Hunde waren verstummt. Sie schienen im Wald verschwunden oder die Straße entlang zum Feld geschlichen zu sein. Er lud nach und blieb eine Weile auf der Schwelle sitzen. Irgendwie kam es ihm vor, als werde er vom Waldrand aus beobachtet.

Nachdem er den toten Schäferhund verstaut hatte, hockte Brady sich neben seinen klapprigen Laster. In der Hand hielt er eine Art Griffel, den er mit seinem Taschenmesser aus einem Stock geschnitzt hatte, und kritzelte sinnlose Hieroglyphen in die Erde, willkürliche Striche. »Du hättest meinen Hund nicht erschießen sollen«, eröffnete Brady das Gespräch. Bloodworth fragte ihn nicht, woher er gewusst hatte, dass der Hund tot war. Er wollte es gar nicht wissen. Er saß auf der Schwelle und schaute zum Laster hinüber, auf dessen Seite er in einem anderen Leben den Schriftzug JOLIE BLON gepinselt hatte.

»Ich möchte eigentlich gar nicht in deine Nähe kommen«, sagte Brady. »Ich möchte nur wissen, weshalb du solche Lügen über mich verbreitest.«

Der alte Mann war sprachlos. »Himmel, Junge, ich habe keine Ahnung, wovon du redest. Wem erzähle ich Lügen? Ich kann mich überhaupt nicht erinnern, von dir gesprochen zu haben.«

»Das ist aber komisch. Dieser Viehhändler Coble kann sich an jedes Wort erinnern. Wie verrückt ich bin. Dass ich Kühe und Hühner taufe. Dass ich Baumstümpfen predige. Wie bist du bloß auf diese ganze Scheiße gekommen? Dass du böse und wertlos bist, wusste ich ja, hatte aber keine Ahnung, dass du völlig den Verstand verloren hast.«

Der alte Mann schwieg lange, die Hände auf die Knie gestützt, den Stock an sein Bein gelehnt. Wie sollte er beginnen? Schließlich sagte er: »Junge, du warst doch gar nicht gemeint. Es hatte nichts mit dir zu tun. Ich weiß gar nicht, wieso ich mir das alles ausgedacht habe, aber ich habe doch nicht von mir gesprochen. Es ging um einen Mann namens Rutgers, der nach Tennessee fahren wollte.«

»Dieser ganze verrückte Quatsch, dass ich Kühe und Bullen traue. Ihnen aus der Bibel vorlese. Hat der Mann den ganzen Unsinn wirklich geglaubt?«

Bloodworth gestattete sich ein schwaches Lächeln. »Er hat alles geschluckt und konnte den Hals nicht voll kriegen.«

»Schön, aber jetzt dämmert ihm wohl, dass etwas nicht stimmt. Er macht Schwierigkeiten.«

»Ich dachte, er würde irgendwann drüber lachen.«

»Nein. Aus unerfindlichen Gründen versteht er deinen Humor nicht. Du hast ihn einen Umweg von mehreren hundert Meilen fahren lassen und, schlimmer noch, zum Narren gemacht.«

»Das stimmt nicht«, entgegnete Bloodworth. »Das war er vorher schon.«

»Er hält dich für verrückt und wird alles tun, um dir Probleme zu bereiten. Er meint, du gehörtest hinter Schloss und Riegel, darin sind wir übrigens einer Meinung. Die ganzen Lügen, die du über mich erzählt hast, die Bemerkung über Gesellschaft, die du dir herholen willst. Ich weiß, welche Art von Gesellschaft du meinst, du hast immer nur das Eine gebraucht. Frauen. Und dann die Schießerei letzte Nacht. Du bist wahnsinnig.«

»Ich bezahle ihm die Fahrt, Schluss, aus«, sagte der alte Mann.

»Das ist es nicht, was er will.«

»Soll er doch zur Hölle fahren. Er hat mich überhaupt nur mitgenommen, weil er glaubte, ich wäre so arm dran, dass er meine Herde Black Angus praktisch geschenkt bekäme. Scheiß auf die Kühe. Ich wünschte, ich hätte sie nie erwähnt.«

In Wahrheit empfand der alte Mann ziemliche Gewissensbisse wegen der Geschichte, die er sich ausgedacht hatte. Lange nachdem er sie erzählt hatte, fiel ihm ein, dass Brady als Junge tatsächlich Totenmessen für überfahrene Hunde abgehalten, Predigten entworfen und vorgetragen und für wilde Tiere gebetet hatte, die dem Straßenverkehr zum Opfer gefallen waren. Er fragte sich, ob all das irgendwie aus seinem Unterbewusstsein emporgestiegen und in die Geschichte eingeflossen war. Zum Teufel damit, dachte er, dann war es eben so. Nur ein weiterer Fehler in einer langen Reihe von Fehlern, den er ohnehin nicht ungeschehen machen konnte.

»Er hat vorgeschlagen, wir sollten uns einen Anwalt nehmen und dich entmündigen lassen. Einen Vormund vom Gericht ernennen lassen, der sich um deine Angelegenheiten kümmert.«

»Du wärst sicher ein prima Kandidat für dieses Amt«, sagte der alte Mann. »Du könntest dich nicht mal um die Angelegenheiten einer Bruthenne kümmern.«

»Das ist ohnehin egal«, entgegnete Brady. »Du wirst sterben. Du wärst tot, bevor die Tinte auf den Papieren getrocknet ist. Ich habe es in den Karten gelesen. Schlimmer noch, du fährst geradewegs in die Hölle. So wie du da sitzt, bist du praktisch schon unterwegs. An der Grenze zur Hölle. Dein Haar wird angesengt, kleine blaue Flammen zucken um deinen Körper. Rauch quillt aus deinen Ohren. Dein Blut kocht, dein Gehirn prasselt und zischt wie Fett in einer heißen Pfanne. Deine Knochen glühen weiß und brennen sich durch dein Fleisch.«

Der alte Mann erhob sich mühsam. »Verschwinde von hier«, sagte er, und es gelang ihm nicht, die Verachtung in seiner Stimme zu verbergen.

Pünktlich zum Wechsel der Jahreszeiten brachte Fleming Axt und Säge mit und hackte das Winterholz für den alten Mann. Er fällte Schwarzeichen und Roteichen, kürzte sie mit der Bocksäge auf die richtige Länge, spaltete die Stücke und stapelte das Holz hinter dem Wohnwagen. Die Arbeit im Wald verlieh seinem Leben einen Zweck, ein Gefühl von Ordnung. Er schnitt aus abgestorbenem Kiefernholz Kienspäne und fällte eine rote Zeder, deren dichtes, öliges Holz einen üppigen exotischen Duft verströmte, der in ihm eine verschwommene Erinnerung wachrief.

Schließlich bremste ihn der alte Mann mit den Worten, er werde nie und nimmer lange genug leben, um diesen Holzstoß zu verbrauchen. Außerdem setzte nun der Novemberregen ein, die Welt wurde öde und finster, der Holzrauch von Bloodworths Heizung haftete in der schweren, feuchten Luft am Boden. Es regnete jeden Tag, die Tage wurden kürzer und lagen in ewigem Dämmerlicht, sodass sich der Einbruch der Dunkelheit nicht mehr genau bestimmen ließ. An manchen Tagen saß er im Haus und sah zu, wie der Regen von der Traufe rann, und dann überkam ihn ein Gefühl wachsenden, verzweifelten Unbehagens. Der Regen fiel mit unverminderter Stärke, bis es ihm vorkam, als habe sich das ganze Wetter dieser Welt zu einem Regen ohne Anfang und Ende vereinigt. Wenn er hindurchlief, um nach Bloodworth zu sehen, begleitete ihn das Rauschen des Regens in den Zweigen als dunkle, ungebundene Poesie der Wälder.

Nachdem Fleming vor Itchy Mamas Haus aus dem Taxi gestiegen war, schloss er die Tür und schaute einen Moment in südwestliche Richtung, zum Land jenseits der Berge. Der Nachmittag war erst zur Hälfte vorbei, doch schon hatte sich die Welt bis auf ein Lichtband über dem Horizont verdunkelt. Ein scharfer Wind hatte die Betrunkenen von Itchy Mamas Veranda verscheucht, trieb die Bierdosen klappernd über die Steinstufen, wirbelte Papierfetzen umher wie schmutzigen Schnee. Vögel, die sich auf den Bäumen niederließen, flogen alsbald ruhelos davon, als erwarteten sie ein Unwetter, von dem die Welt dort unten noch nichts ahnte.

Er ging die Stufen hinauf und klopfte an die angelehnte Fliegendrahttür. »Komm rein«, rief Itchy Mama. »Alle anderen sind auch schon drinnen.« Beim Eintreten stellte er fest, dass der kalte Wind die Säufer und Nichtsnutze nicht nach Hause, wenn sie denn eines besaßen, sondern in Itchy Mamas Wohnzimmer getrieben hatte, wo sie auf verschlissenen Sofas, in Lehnstühlen und sogar vor den Wänden auf dem Boden hockten. Er ging an ihnen vorbei, grüßte, nahm ihre Kommentare zu den sinkenden Temperaturen mit erhobener Hand zur Kenntnis und trat in die Küche, wo Itchy Mama Schinken in eine riesige Eisenpfanne schnitt.

»Was machst du da draußen?«

»Ich bin einfach nur draußen«, sagte er. »Warum nicht? Ich wusste nicht, dass die Welt untergeht, bis ich die Flüchtlinge in deinem Wohnzimmer sah. Haben die vorher noch nie gefroren?«

»Hörst du denn kein Radio? Sie warnen vor einem Eissturm. Hat schon Alabama heimgesucht.«

»Sieht eher aus, als hätte er dein Wohnzimmer heimgesucht. Der Haufen kann jeden Moment die Möbel zu Feuerholz machen.«

»Sieh besser nach deinem Großvater.«

»Von da komme ich gerade. Er sagt, er hätte sich wie ein Dachs in seinem Bau verkrochen und Dreck vor den Eingang gescharrt. Und er braucht nicht mal ein Radio.«

»Du solltest dir auch einen Unterschlupf suchen.«

Fleming lächelte leicht und deutete auf die Kaffeekanne.

»Ich dachte, ich schaue kurz rein und frage, ob du mir einen Kaffee verkaufst.«

»Nein, ich schenke dir einen. Einen Kaffee oder einen Whisky. Was ist dir lieber?«

»Ich glaube, ich nehme den Kaffee.«

Schon hatte sie zwischen ihren ungeheuren Brüsten einen Flachmann mit Whisky hervorgezogen und neigte die Flasche, um die Bläschen darin zu kontrollieren.

»Eine Kaffeetasse hast du aber nicht da drin, oder?«

»Hier, nimm ein Schlückchen davon. Hat schon Körpertemperatur und geht runter wie süße Milch. Ich würde dir sogar 'n Nippel draufmachen, wenn du möchtest.«

Er nahm die dargebotene Flasche, die sich tatsächlich warm anfühlte. Er schraubte den Verschluss ab, trank und trat dann ans Fenster. Der Wind zerzauste die kahlen Bäume. Die ganze schwarzweiße Welt schien in Bewegung.

»Was ist los mit dir? Du siehst aus, als müsstest du die Probleme der ganzen Welt lösen und hinktest schon damit hinterher. Ist jemand gestorben?«

»Nein, ich meine, jedenfalls keiner, den ich kenne. Ich sollte besser gehen. Vielleicht fahre ich nach Clifton.«

»Hast du Albright den Wagen weggenommen?«

»Er fährt jetzt den Laster, der früher Gene Woodall gehörte.«

Sie grinste und legte einen Deckel über das zischende Fett. »Ein Narr ist doch was Schönes«, sagte sie grinsend.

Er war sich nicht sicher, wen sie damit meinte, sagte aber nichts dazu. »Bis bald. Ich gehe lieber, bevor der Eissturm aus deinem Wohnzimmer herüberschwappt.«

»Quetsch dich zwischen die Säufer«, meinte sie. »Gegen Mitternacht schleppe ich dich in mein Bett und zeige dir, wie man sich warm hält. Bist ein gut aussehender Bursche. Ich werde dich als Talisman behalten.«

»Das würde dir auf Dauer nicht gefallen«, meinte er und gab ihr die Flasche zurück.

Sie winkte ab. »Nimm sie mit. Man weiß nie, wann die Schlange zubeißt.«

Draußen war es noch kälter geworden, dennoch fuhr er los. Ein Gefühl der Trauer lastete wie ein Stein in seiner Magengrube. Er wusste, das alles hatte keinen Sinn und würde kein gutes Ende nehmen, doch jedes Ende wäre besser als dieses Leben. Die Zeit war zum Stillstand gekommen, und ihm fehlte es an Werkzeug, sie in Gang zu setzen. Er dachte die ganze Zeit ans Umkehren und fuhr dennoch hinaus in den bleiernen Tag. Der Wind wirbelte vereinzelte Schneeflocken gegen die Windschutzscheibe.

Je näher er Clifton kam, desto seltsamer wurde das Wetter.

Als er vor dem rosafarbenen Haus den Motor abstellte, fiel dichter Schnee, den der Wind zu Schneewehen türmte, vergänglich wie Rauch. Beim Aussteigen rieben Eisstückchen wie Sand über sein Gesicht.

Er klopfte und wartete, blickte über die Schulter auf Wagen und Straße. Bisher peitschte der Wind noch den Schnee vom Asphalt, doch die Reifen des Dodge waren rutschig. Vor ihm lag ein langer Rückweg nach Ackerman's Field.

Die Tür ging auf, der Riegel des Fliegendrahtes glitt zurück. Er hatte Raven Lee erwartet, doch nun stand die Mutter selbst vor ihm und bat ihn herein. Er blieb unbehaglich im kleinen Wohnzimmer stehen und wusste nicht genau, wie er ihre Höflichkeit zu verstehen hatte.

»Ich suche nur nach Raven Lee«, sagte er.

»Nun, sie ist nicht hier, sondern irgendwo in der Stadt. Vielleicht im Drugstore, da liest sie immer alte Zeitschriften.«

»Ich werde mal nachsehen.«

»Wenn du sie findest, sag ihr, sie soll nach Hause kommen. Im Radio warnen sie vor Eis und gefrierendem Regen, und so wie es aussieht, ist das Schlechtwetter schon hier.«

»Ich sage es ihr.« Er wandte sich zum Gehen, hatte bereits die Hand an der Tür, als sie weitersprach.

»Du musst dich durchsetzen. Ich sehe, du hältst große Stücke auf sie, aber sie ist ein bisschen rechthaberisch. Ein bisschen großspurig. Entweder du setzt dich durch, oder sie überfährt dich glatt.«

Er wusste nicht, was er davon halten oder wie er darauf antworten sollte, sondern nickte nur und zog die Tür hinter sich zu.

Sie war weder im Drugstore noch im Eat and Run Café. Auch nicht auf den verschneiten Straßen der Stadt, öde und finster, als habe jemand eine Ausgangssperre über ihre Bewohner verhängt. Er saß im Dodge, den er am Straßenrand geparkt hatte, nippte an dem Whisky und hielt Ausschau nach der Polizei, doch selbst die Ordnungshüter schienen sich irgendwo verkrochen und Dreck vor den Eingang gescharrt zu haben. Er trank und suchte mit den Augen die Straßen ab, als könne er sie durch reine Willenskraft herbeirufen. Er hatte die Absicht, sie auf der Stelle, zumindest aber so bald wie nur möglich, zu heiraten. Oder sie mit wahnsinnigen Vorwürfen wegen ihrer Beziehung zu Neal zu überhäufen. Er hatte keine Ahnung, was er nach dem nächsten Schluck von Itchy Mamas Whisky tun würde, der nun weit unter Körpertemperatur abgekühlt war, sah nur zu, wie der Schnee auf der Scheibe in sich zusammenfiel und hinunterrutschte. Das Tag verblich, im Billardsalon weiter unten an der Straße ging die Nachtbeleuchtung an, das harte blaue Neon wolkte in die eisige Luft wie Tinte in Wasser.

Er startete den Wagen und fuhr um den Platz in der Stadtmitte, durch Seitenstraßen, die der Wind leer gefegt hatte. Der Schnee bedeckte jetzt die unebenen Rasenflächen und schimmerte bläulich im Licht der Straßenlaternen.

Er wollte schon aufgeben und nach Hause fahren, als ihm ein Backsteingebäude mit einem Messingschild an der Tür auffiel, das die Aufschrift BIBLIOTHEK trug. Er stellte den Wagen ab und ging hinein. Sie saß an einem Tisch, las in einem Buch, den Rücken zur Tür, und wandte sich nicht um, als die Tür auf- und wieder zuging. Sie saß ganz allein an ihrem Tisch, und er setzte sich ihr gegenüber.

»Was liest du da?«

Sie schaute hoch, schwebte noch zwischen dem Ort, an den das Buch sie geführt hatte, und diesem Raum mit den Eichentischen und dem aufgewühlten jungen Mann, der ihr gegenübersaß. Einen Moment lang sah sie aus, als begreife sie nicht, wer er war und wieso er sich für ihre Lektüre interessieren sollte.

Dann fragte sie: »Was machst du hier?«

»Es schneit«, antwortete er und verstummte.

»Bist du etwa vierzig Meilen gefahren, um mir den Wetterbericht zu bringen? Den hätte ich auch im Radio hören können. Oder aus dem Fenster schauen.«

»Du hast mir noch nicht gesagt, was du da liest.«

»*Rebecca* von Daphne du Maurier. So ziemlich mein Lieblingsbuch, ich habe es bestimmt ein Dutzend Mal gelesen. Bleibt der Schnee wirklich liegen?«

»Ich soll dir von deiner Mutter ausrichten, du sollst heimgehen. Was ist los mit ihr? Sie hat mich beinahe wie einen Menschen behandelt.«

»Sie sucht verzweifelt nach einem Bräutigam«, erwiderte Raven Lee. »Sie hat an dir für Anzug und Krawatte Maß genommen und entschieden, dass du besser als gar nichts bist.«

»Ich verstehe nicht ganz, was du damit sagen willst.«

Sie lächelte rätselhaft. »Gleich wirst du es verstehen«, sagte sie. »Ich leihe eben dieses Buch aus, und wenn du so wild darauf bist, kannst du mich danach heimfahren.«

Als sie mit Buch und Handtasche aufstand und zu einer Theke ging, hinter der eine blauhaarige Frau saß, entdeckte er, dass sie nicht wie angenommen eine Bluse trug, sondern ein Umstandskleid, und seit der letzten Begegnung, bei der sie die Platten des alten Mannes gehört hatten, um die Taille beträchtlich zugenommen hatte. Während er wartete, bis die Leihkarte ausgestellt war, ging er zu der gläsernen Doppeltür und schaute hinaus. Es war noch dunkler geworden, er sah nur sein Spiegelbild und den Schnee, der dagegen peitschte. Dann drehte sich Raven Lee mit dem Buch um und kam auf ihn zu. Ihr Spiegelbild hakte ihn unter. Sie gingen hinaus.

»Hast du gemerkt, wie die Frau dich angesehen hat? Sie fragt sich bestimmt, ob du der stolze Vater bist.«

Er öffnete die Beifahrertür und ließ sie einsteigen. Er ging um den Wagen und setzte sich hinters Steuer. Es war sehr kalt. Er betätigte die Zündung und hielt eine Weile die Hand über die Lüftung, als die Scheibenwischer den Schnee entfernten.

»Er bleibt allmählich liegen.«

»Ich trage ziemlich nach vorn, was?«, fragte sie und legte die Hand auf ihren gewölbten Bauch. »Man nennt es so.«

Um seine Hände zu beschäftigen und einer Antwort auszuweichen, legte er den ersten Gang ein und fuhr los. Es waren keine anderen Autos in der Nähe, daher wendete er auf der Straße und fuhr bis zu dem Platz, wo die Ampel gerade auf Grün sprang und Geisterautos durch den windgepeitschten Schnee huschten. Er sagte nichts, bis er sich durch die gewundenen Straßen manövriert und Raven Lees Haus am Fuße des Hügels erreicht hatte.

»Was wirst du tun?«

»Hast du *Rebecca* gelesen?«

»Klar, ist schon lange her. Ziemlich gutes Buch.«

»Mein Lieblingsbuch.«

Er ließ den Motor laufen, um das bisschen Wärme, das die Heizung spendete, zu nutzen, doch im Wagen war es noch immer kalt. »Das sagtest du bereits. Was wirst du tun?«

»Es noch einmal lesen.«

Hinter ihrem klar geschnittenen Profil flammte das Verandalicht wie eine freudlose Fackel auf. Die Tür öffnete sich, er erkannte die verschwommene Gestalt ihrer Mutter, die zum Wagen hinüberschaute, bis die Kälte sie wieder ins Haus trieb. »Ich nehme an, das Baby ist von Neal.«

»Richtig. Neal ist der einzige Typ, mit dem es mir jemals ernst genug für so etwas war. Und es kam dazu, ohne dass ich wusste, was geschah. Ich nehme an, es ist mir irgendwie über den Kopf gewachsen.«

»Du hast noch immer nicht gesagt, was du jetzt tun wirst.«

Sie drehte sich zu ihm. Er vermeinte, ein Lächeln zu sehen, war sich bei der schwachen Beleuchtung aber nicht ganz sicher. »Ich weiß nicht, wie viel Ahnung du von Biologie hast, aber die Sache läuft so ziemlich von allein ab. Ich tue gar nichts. Und plane auch nichts, ich warte einfach auf das Baby.«

»Ich meinte so etwas wie eine Operation. Es gibt Ärzte, die Abtreibungen durchführen, wenn man genügend bezahlt.«

»Nicht in Clifton. Außerdem bin ich schon viel zu weit. Und davon abgesehen, könnte ich dieses Baby nicht töten lassen.«

»Neal weiß wohl Bescheid.«

»O ja. Er weiß es ganz genau, dafür hat Mama schon gesorgt. Sie wollte mich zwingen, ihn zu heiraten, obwohl er Stein und Bein geschworen hat, es wäre nicht von ihm. Ich habe gesagt, zur Hölle damit. Ich bin sechzehn Jahre alt und habe nicht vor, mein Leben an einen Kerl zu verschwenden, der bei so etwas lügt und nicht die Hose anbehalten kann. Außerdem haben wir uns vorher schon nicht mehr getroffen. Er muss einen sechsten Sinn für solche Sachen haben.«

»Dieser Schweinehund, ich bringe ihn um.«

Jetzt lächelte sie tatsächlich, beugte sich im Dunkeln zu ihm und legte die Hand auf seinen Arm.

»Falls du anfangen willst, wahllos Leute umzubringen, fängst du am besten mit mir an. Neal hat mich nicht in einer dunklen Ecke vergewaltigt. Hat mir keinen Schlag auf den Kopf versetzt und mich in seine Höhle geschleppt. Wir beide haben es getan, ich müsste lügen, wollte ich ihm die Schuld an allem geben. Nur kann er einfach abhauen, ich aber nicht. Ich trage es überall mit mir herum.«

»Gott«, sagte er.

»Damit will ich dir wohl sagen, du sollst dich zum Teufel scheren und mich in Ruhe lassen. Das hast du doch schon einmal von mir verlangt.«

»Ich muss der größte Trottel auf Erden sein.«

»Du bist ein ganz schöner Trottel.«

»Brady kann die Zukunft lesen wie andere die Zeitung, Neal besitzt den sechsten Sinn. Und mich trifft diese ganze Scheiße wie aus heiterem Himmel.«

»Hör auf mit dem Selbstmitleid. Immerhin kennst du keine Morgenübelkeit. Du wirst darüber hinwegkommen. Vielleicht lernst du sogar etwas dabei. Wenn dir je das Gleiche wie Neal passiert, wirst du wissen, dass man nicht einfach abhaut.«

Die Fensterscheiben schneiten allmählich zu. Regen mischte sich unter den Schnee und fror zu einem dünnen, durchscheinenden Film, der die Straßenlaternen verschwommen und fremdartig aussehen ließ. Der Innenraum des Wagens schien der letzte Außenposten zu sein, sie die einzigen Überlebenden.

»Ich muss los«, sagte Fleming. »Vermutlich rutsche ich von der Straße und muss zu Fuß laufen, und das macht dann sehr viel weniger Spaß als damals mit dir.«

»Im Rückblick war es wirklich lustig. Wahrscheinlich, weil ich mich in deiner Gegenwart wohl fühle. Mit Neal habe ich mich nie wohl gefühlt, auch wenn du das jetzt sicher bezweifelst.«

»Warst du damals schon schwanger? In der Nacht am Fluss?«

»Natürlich. Ich war sogar an dem Abend, als du die Prügel bezogen hast, ein winziges bisschen schwanger. Du hast mich immer nur schwanger gekannt. Ich habe Neal seit dem Abend, als Junior dich mit zu uns brachte, nicht mehr gesehen. Er kommt mir schon ganz unwirklich vor. Als hätte ich ihn nur geträumt. Er ist einfach im Traum zu mir gekommen, hat mich flachgelegt, und dann bin ich aufgewacht.«

»Du musst nicht so ordinär werden.«

»Eine weniger unbefleckte Empfängnis kann man sich kaum vorstellen.«

»Ich muss los.«

»Dann geh. Nein, warte, noch nicht. Du musst sowieso nicht fahren. Schlaf auf der Couch, ich glaube nicht, dass Mama etwas dagegen hat. Mittlerweile denkt sie sich, Hauptsache, irgendein Bloodworth.«

»Ich würde gern bleiben, aber es wird immer glatter auf den Straßen, ich muss nach Hause. Jemand muss dem alten Mann Holz bringen und Feuer anmachen. Er ist irgendwie abhängig von mir geworden.«

Sie hatte die Handtasche geöffnet und ein kleines Spiralnotizbuch mit Stift herausgeholt. Sie schlug es auf, schrieb eine Nummer auf und riss die Seite heraus. »Hier, du kannst etwas für mich tun. Wenn du wieder in Ackerman's Field bist, ruf diese Nummer an, egal um welche Zeit. Sie ist eine Freundin von mir, sie sagt mir morgen Bescheid.«

»Warum um Himmels willen?«

»Ich hänge eben an dir. Nein, mal ehrlich, wir werden uns vermutlich nicht wieder sehen, aber ich möchte nicht den Rest meines Lebens fürchten, du wärst als Eisklotz in irgendeinem Straßengraben geendet. Rufst du an?«

»Ich würde wohl alles tun, worum du mich bittest.«

»Außer mich verdammt noch mal in Ruhe zu lassen.«

»Genau.«

Sie bekam die Beifahrertür nicht auf, und er griff über sie hinweg und stieß fest mit dem Handballen dagegen. Ein leises Knistern von splitterndem Eis, dann stieg er ebenfalls aus und begleitete sie zur Haustür. Der Gehweg war vereist, daher gingen sie übers Gras. An der Tür drückte sie ihm kurz und fest die Hand, zu sagen gab es anscheinend nichts. Als er sich wieder zur Straße wandte, glitzerte die Welt wie ein geschliffenes Juwel aus Eis.

Später sollte Fleming zu dem Schluss gelangen, dass er es nur deshalb bis nach Hause geschafft hatte, weil ihm alles egal war. Die Welt wogte im Scheinwerferlicht, Eisregen ließ die Straße verschwimmen, bis sie gänzlich verschwand, und er musste des Öfteren aussteigen und ein Guckloch ins Eis kratzen. Auf dem langen Gefälle vor der Flussbrücke geriet der Wagen ins Rutschen, die Hinterräder brachen seitlich aus, der Wagen schien einen Augenblick zu schweben, die Scheinwerfer beleuchteten den steilen Sturz in die Dunkelheit, von Telegrafenmasten hingen kristallene Zapfen, die obersten Äste der Bäume wirkten wie eine Zuflucht, die ein warmes Plätzchen zum Schlafen, zur ewigen Ruhe bot. Er nahm den Fuß von der Bremse und ließ den Wagen rollen. Gemächlich drehte er sich und stand wieder in Fahrtrichtung, der schwarze Highway lag wie ein auf Gehrung geschnittener Pfad vor ihm, der zum kalten Eisengerüst der Brücke führte, eine Tunnelöffnung, die ihm aus der Finsternis entgegenwuchs.

Fleming trank den Whisky aus und warf die Flasche auf den Boden. Er trug keine Uhr, aber es war auf jeden Fall spät. Er war allein unterwegs bis auf einen Highway-Polizisten, der schließlich für seine Arbeit bezahlt wurde, bemerkte aber Autos, die in Böschungen gerutscht oder von Leuten stehen gelassen worden waren, weil sie einen Fußmarsch für sicherer hielten. Noch immer fielen Schnee und Eisregen. Fleming wusste nicht, wie oft er angehalten und die Scheibe frei gekratzt hatte.

Während der ganzen aufreibenden Fahrt verfolgte ihn der Gedanke an die Hügel, die Ackerman's Field umgaben und die er nur zu Fuß ersteigen konnte. Sehnsüchtig dachte er an Mutter Halfacres kotzfleckige Couch und den Holzofen, der bullernd Hitzewellen durchs Zimmer sandte. Die lange Steigung auf dem Highway 13 war mittlerweile mit Salz bestreut, schwarze Asphaltstreifen schimmerten durch das Eis wie die Überreste einer uralten, wärmeren Welt. Er fuhr weiter und erreichte schließlich Ackerman's Field, eine Geisterstadt, deren Platz im Zentrum in Schneewirbel getaucht und so gänzlich verlassen dalag, als habe die Pest die Stadt heimgesucht und alle Einwohner vertrieben.

Fleming rief von einem Telefonhäuschen die Nummer von Raven Lees Freundin an, und es klingelte endlos in dem fremden Haus. Schließlich gab er auf. Vermutlich lag jeder vernünftige Mensch unter warmen Decken im Bett und schlief. Nur Narren waren in solchen Nächten unterwegs, besser gesagt, ein einziger Narr.

Auf halber Höhe eines steilen Hügels kam er nicht mehr weiter. Der Eisregen fiel so dicht aus einem schwarzen Himmel, dass er das Licht der Scheinwerfer aufsog; die Hinterräder rotierten hilflos auf der Stelle, und der Wagen rutschte seitlich nach hinten aufs Bankett. Die Tür rührte sich nicht. Schließlich drehte er sich auf dem Sitz zur Seite und trat mit beiden Füßen dagegen, bis sie in einem Hagel von Eisstückchen aufflog. Vorsichtig stieg er aus, hielt sich an der Tür fest, weil seine Füße auf dem glatten Gefälle zuckten.

Diese Welt war ihm so fremd, als habe er irgendwo eine falsche Abzweigung genommen und sei in einer arktischen Ödnis gelandet. Der Wind heulte in den vereisten Bäumen, als spiele er auf einer riesenhaften, schlecht gestimmten Harfe; der Regen fiel schräg und gefror auf allem, was er berührte. Die Erde leuchtete in einem unheimlichen, phosphoreszierenden Blau, das unter dem transparenten Eis zu flackern schien und den verschwommenen, malvenfarbenen Bäumen zustrebte. Jeden Winter seines Lebens hatte Fleming den Kinderschnee genossen, doch nichts hatte ihn auf dieses Erlebnis vorbereitet. Er musste sich den gesunden Instinkt des menschlichen Strandguts in Itchy Mamas Wohnzimmer eingestehen und dachte, in diesem Mist kann ein Mensch glatt sterben. Wirklich sterben, steif wie eine Zaunlatte in einer anderen Welt erwachen. Erst auftauen und dann durch die goldenen Portale schreiten.

Er spielte mit dem Gedanken, im Wagen zu bleiben, ließ ihn aber sofort wieder fallen. Er musste in Bewegung bleiben. »Kein Schritt ist der falsche Schritt«, hatte Warren an jenem Abend gesagt und war damit, wenn auch betrunken, auf eine Wahrheit gestoßen, die Sophokles und Plato entgangen war. *Life is motion, stasis is death, got to keep moving, got to keep moving, blues falling down like hail* hatte sein Großvater in einem alten Bottleneck-Blues gesungen. Oder, noch treffender, *I'm the man that moves with the icicles hanging on the trees.*

Er schlug mit dem Wagenheber auf den Kofferraum, bis das Eis im Schloss zerbarst, konnte endlich den Schlüssel umdrehen, befürchtete allerdings, ihn abzubrechen. Seine Hände fühlten sich nutzlos wie Holzklötze an. Er hätte sie gern tief in den Spalt zwischen Itchy Mamas gewaltigen Brüsten gesteckt, wo sie den Whisky auf Körpertemperatur zu erwärmen pflegte. Hätte sich in ihren Armen verloren, die Hitze ihres Körpers in sich aufgesogen. In ihrer müden Umklammerung gelegen wie ein Mann, der im festen Griff eines Grizzlybären eingeschlafen ist.

Er fand die Decke, wickelte sich, so gut er konnte, darin ein und taumelte heimwärts durch die Nacht. Mit der Decke, die sein Gesicht zur Hälfte verbarg, sah er aus wie ein besessener junger Mönch oder ein Akoluth, der seinen Glauben gegen die Kraft der Elemente auf die Probe stellt.

Fleming durchquerte die Wälder, die er sein Leben lang kannte, doch selbst diese vertraute Gegend barg Gefahren. Unter dem Gewicht von Eis und Schnee brachen dicke Äste von den Bäumen, stürzten die ganze Nacht über mit dem Krachen großkalibrigen Gewehrfeuers zu Boden. Flemings Füße waren mehr als kalt, klobige Klumpen lebloser Materie, die hölzern durch den Schnee stapften. Er fiel hin, stand auf und stolperte weiter. Einmal saß er gegen einen Baum gelehnt und wollte rasten, bevor er weitermarschierte. Irgendwie schien es dort wärmer zu sein, ein gemäßigterer Bereich im Schneesturm, vielleicht dessen Auge. Der Raum, der sein Herz barg. Sein Verstand schien ebenfalls zu rasten, Gedanken kamen und verloren sich, Kurzschlüsse zuckten in flackerndem Blau durch die Schaltkreise seines Gehirns.

Einmal glaubte er, Boyd und seine Mutter seien in seiner Abwesenheit zurückgekehrt. Sie hätten ein riesiges Feuer angezündet, das die Wände des Hauses in bernsteingelbes Licht tauchte. Die hitzegesättigte Luft zog ihn an wie eine warme Umarmung. »Dein Abendessen steht in der Kochkiste«, sagte seine Mutter. »Wir haben gegessen, während du wie ein Irrer durch den Wald gelaufen bist.«

Als er endlich durch die Tür stolperte, schlugen Wellen aus Kälte und Dunkelheit über ihm zusammen. Er wünschte sich Wärme dringender als Licht und stopfte Papier und Kiefernspäne in den Ofen, noch bevor er die Lampe eingeschaltet hatte. Er tastete nach der Kerosindose und kippte Öl hinterher. Die Streichhölzer zerbrachen in seinen klammen Händen, bis er endlich eins entfacht hatte. Er hörte, wie die Hitze des brennenden Kerosins im Heizrohr dröhnte, und setzte sich mit erhobenen Händen vor den Ofen.

Da die Temperaturen das Streichen unmöglich machten, hatte Albright beschlossen, zunächst die gesamte Farbe zu entfernen und die Ritzen abzudichten. Er hatte Gesims, Giebel und Läden abgeschmirgelt und alle Stellen um die Fenster, an denen Kälte eindringen konnte, abgedichtet. Einige Fenster mussten dringend poliert werden, und als er damit fertig war, trat Mrs. Woodall aus der Haustür.

»Mr. Albright, ich würde gern kurz mit Ihnen reden, wenn Sie Zeit haben.«

»Ehrlich gesagt, ich bin so gut wie fertig. Nur das Streichen steht noch an, und dafür ist es zu kalt. Es hagelt und schneit zwar die ganze Zeit, aber ich wollte alles fertig haben, damit ich nicht morgen noch mal für drei oder vier Fenster herkommen muss.«

»Davon verstehen Sie sicher mehr als ich. Wir haben jede Menge Zeit. Jedenfalls möchte ich mit Ihnen sprechen. Kommen Sie einfach herein, die Tür ist nicht abgeschlossen. Sie brauchen nicht zu klopfen, außer mir ist keiner hier.«

Als er mit den Fenstern fertig war, verschloss er die Dose mit der Politur, verstaute sein Werkzeug auf der Ladefläche des Lasters und ging über den gefliesten Weg zum Haus. Die Tür aus verziertem Mahagoni war völlig vernachlässigt worden, doch Albright hatte das Holz und die geschnitzten Cherubim abgeschmirgelt und versiegelt und war zufrieden mit seiner Arbeit.

Er betrat ein Wohnzimmer mit hellem, blank gebohnertem Eichenboden. Teppiche im Raum verteilt. Bilder an den Wänden. Er schaute sich vorsichtig um, als könne er durch seine bloße Gegenwart etwas beschädigen. Das Zimmer wirkte gemütlich und behaglich, und er spürte einen unaufdringlichen Strom warmer Luft, dessen Quelle er nicht ausmachen konnte.

»Setzen Sie sich in den Lehnstuhl, wärmen Sie sich auf«, rief Mrs. Woodall aus einem anderen Zimmer herüber. »Sie müssen ja völlig durchgefroren sein.«

Dankbar nahm er Platz. Er fror tatsächlich, die wohltuende Wärme drang wie eine dicke, ölige Flüssigkeit in seine Poren. Er lehnte sich zurück und schloss die Augen.

Als er sie wieder öffnete, stand die Frau vor ihm. In einer Hand hielt sie ein Glas mit Eiswürfeln, in der anderen eine Karaffe mit einer bernsteinfarbenen Flüssigkeit. »Möchten Sie etwas trinken, Mr. Albright?«, fragte sie.

Er warf einen Blick auf die Karaffe. »Da sage ich nicht nein.«

Sie schenkte ihm großzügig ein. »Gene trank nie etwas anderes als diesen Kentucky Bourbon«, sagte sie. »Gilt als ungeheuer mild.«

Albright nahm einen Schluck, und wohlige Wärme durchflutete seinen Körper. Er musste eigentlich weg, solange er noch mit den Fortschritten, die seine Wiedergutmachung bei Witwe Woodall machte, zufrieden war, doch er verweilte bei dem Whisky, und sie schien bereit, jeden Schluck sogleich nachzufüllen.

»Das Abendessen ist bald fertig«, sagte sie. »Sie haben hier so hart gearbeitet, dass ich Sie nicht ohne eine warme Mahlzeit gehen lassen möchte.«

Er protestierte schwach, erwähnte ein Sandwich, das er sich zu Hause schmieren wolle, doch sie duldete keinen Widerspruch und schob ihn in ein Esszimmer, das von einem Kristalllüster in helles, mildes Licht getaucht wurde und in dem an einem glänzenden Kirschbaumtisch für zwei gedeckt war. Als er mit Messer und Gabel bewaffnet am Tisch saß, tischte sie gegrillte Steaks mit gerösteten Zwiebeln und Pilzen auf, dazu gebackene Kartoffeln mit Butter und Schnittlauch und einen knackigen Salat.

»Später gibt es noch Kuchen«, sagte sie, als sie wie eine Kellnerin an seiner Seite stand.

Später Kuchen, dachte Albright mit verwundertem Staunen und schnitt in sein Steak. Es schien bei der Berührung in zarte Streifen zu zerfallen und wies in der Mitte genau den Rosaton auf, den er bevorzugte. Er kaute genüsslich und schloss die Augen, ausnahmsweise fehlten ihm die Worte.

»Ich sehe, es schmeckt Ihnen«, sagte sie. Sie hatte sich ans andere Tischende gesetzt, eine Serviette über ihren Schoß gebreitet und lud sich Salat auf den Teller.

»Ich habe nie etwas Köstlicheres gegessen«, entgegnete Albright.

»Gene konnte mein Aussehen nicht ertragen, verabscheute meine Berührungen, aber über meine Kochkunst oder mein Geld hat er nie ein schlechtes Wort verloren.«

Albright fiel keine passende Antwort ein, und er aß einfach weiter. Während des Essens trank er noch mehr Bourbon, wurde gesprächig und unterhielt Mrs. Woodall mit seinen Abenteuern im Taxigeschäft und der kurzen Karriere als Bediener einer Zahnwalze.

Als sie den Apfelkuchen und den Käse gegessen hatten, stand sie auf, und er folgte ihr ins Wohnzimmer. Albright wollte aufbrechen, doch sie drängte ihn, noch zu bleiben.

»Ich habe so wenig Gesellschaft. Die meisten Leute, mit denen wir verkehrten, waren Genes Freunde und kommen nur noch selten vorbei. Und Gene war natürlich auch sehr mit seinen Freundinnen beschäftigt.«

Albright saß auf einmal im Lehnstuhl, ohne genau zu wissen, wie er dorthin gelangt war. Sie schob einen Fußhocker vor den Sessel.

»Möchten Sie fernsehen?«

»Nein«, sagte er, »lieber nicht. Ich werde nervös, wenn ich diese grauen Leute herumspringen sehe.«

»Gene hat ihn gekauft, um sich das Catchen anzuschauen«, erklärte sie. »Ich lese lieber ein Buch, Sie nicht auch?«

»Hm«, murmelte Albright.

»Gewöhnlich nehme ich nach dem Abendessen einen Kaffee oder einen kleinen Kognak«, meinte Mrs. Woodall. »Was wäre Ihnen lieber?«

»Ich bin kein großer Kaffeetrinker.«

Er nippte an dem Kognak, noch nie hatte er einen so guten Tropfen getrunken. Er probte in Gedanken bereits die Geschichte, die er Fleming Bloodworth erzählen würde, und suchte nach Ausdrücken, um das Bouquet des Kognaks zu beschreiben.

Sie füllte ihre Gläser nach und setzte sich ihm gegenüber in einen Schaukelstuhl. Albright bemerkte, dass sie etwas an ihrem Haar verändert hatte. Er wusste nicht, was es war, doch es wirkte irgendwie weicher, nicht mehr wie eine lackierte Perücke. Vielleicht lag es am Kognak, doch sie sah auf einmal weniger nach Frosch, sondern mehr wie eine freundliche, gebildete Frau aus.

»Ich kenne Ihre Verpflichtung gegenüber Gene nicht«, sagte sie, »doch in den letzten Tagen habe ich begriffen, dass Ehrgefühl eine seltene Tugend ist. Sie haben eine Verpflichtung gespürt, ob nun finanziell oder anderweitig, und erfüllen sie nun in der einzigen Weise, die Ihnen offen steht: mit harter, schweißtreibender Arbeit. Ehrgefühl macht einen Mann sehr anziehend; ich muss leider eingestehen, dass Gene diese Eigenschaft vermissen ließ. Als ich Gene kennen lernte, unterrichtete ich an einem College oben im Osten von Tennessee. Mein Vater galt als wohlhabend, war in der Gegend ein angesehener Mann. Gene wurde beauftragt, Arbeiten für ihn durchzuführen. Er war damals ein Zimmermann auf Wanderschaft, der Dachstühle baute und Beton für Gehwege goss. Ich verliebte mich in ihn. Er verführte mich, was ihn, wie ich gestehen muss, nur wenig Mühe gekostet hat, und dann heirateten wir. Schon bald war er in der Baubranche. Ehrlich gesagt, er beherrschte sein Handwerk, brauchte nur eine erste Chance. Diese Chance war ich; er betrog mich sehr schnell und hat mich seither tausendmal betrogen.«

Durch den wabernden Kognakschleier fragte Albright sich, wohin dies führen möchte. Warum sie ihm das alles erzählte. Wie er darauf reagieren sollte. Er trank weiter Kognak und gestattete sich gelegentlich ein mitfühlendes, aufmunterndes Nicken.

»Dadurch wurde ich verbittert und gemein«, fuhr sie fort und schenkte sich Kognak nach. »Ein Mann hat mich verführt und mein Geld benutzt, um sich von einem umherziehenden Zimmermann, der nicht mal eine eigene Schubkarre besaß, in einen erfolgreichen Geschäftsmann samt Harem zu verwandeln. Und dann weigerte er sich glatt, in mein Bett zu kommen. Was würden Sie von einem solchen Mann halten?«

»Ich würde sagen, er ist ein wertloser, kaltherziger Hurensohn.«

Sie nickte. »Das war er und noch mehr. Ich bewundere das Schimmern Ihres Haars. Darf ich es berühren?«

»Was?«

»Ich habe Ihr Haar angeschaut. Es bewundert. Es sieht aus wie gesponnenes Gold. Darf ich es berühren?«

»Gott, ja«, meinte Albright. »Nur zu.«

Sie stand auf und fuhr mit der linken Hand durch Albrights weißblonde Locken, verharrte eine Weile mit der Handfläche auf seinem Kopf. Sie zog sanft die Finger aus dem Haar und trank ihren Kognak aus. Sie ging durch einen breiten Bogen in die Küche, und er hörte, wie sie das Glas ausspülte.

Mrs. Woodall kam wieder ins Zimmer und blieb vor ihm stehen. »Als Gene starb, war ich seine Alleinerbin. Ich habe sein Geschäft, sein Vermögen, seine Verbindlichkeiten geerbt. Außerdem sämtliche Forderungen, die der Firma oder Gene selbst zustanden. Ich muss mich entschuldigen, da ich mehr Alkohol als gewöhnlich getrunken habe, er steigt mir immer zu Kopf. Ich gehe zu Bett. Sie sind auf Ihre Art ein attraktiver Mann, Mr. Albright, und ich würde mich freuen, wenn Sie über Nacht blieben. Mein Schlafzimmer finden Sie am Ende der Diele und dann rechts, ich warte dort auf Sie. Falls Sie bleiben möchten, wollen Sie sicher baden. In allen Bädern gibt es Handtücher und Seife, suchen Sie sich einfach eins aus.«

Sie betrachtete ihn mit einer Art Belustigung. »Wie immer Sie sich auch entscheiden, ich spreche Sie hiermit von jeglicher Verantwortung für jegliche Schulden frei, die Sie gegenüber Gene Woodall oder der Woodall Construction Company haben sollten.«

Sie wandte sich um und ging. Er hörte, wie eine Tür auf- und zuging. »Gottverdammt«, sagte er. Albright stellte das Glas beiseite und starrte eine Zeit lang auf den leblosen Fernsehschirm. Was tun? Der Ausdruck von jeglicher Verantwortung freisprechen besaß einen offiziellen, eindeutigen Klang, doch schien es auch eine Frage der Autorität zu sein. Es gab Dinge, die jenseits von Testamenten, Erben und Anwälten lagen.

Schließlich stand er auf und machte sich auf die Suche nach einem Badezimmer. Ein Mann, der eine wacklige, zwölf Meter lange Leiter hinaufsteigen konnte, würde auch in einem Haus dieser Größe ein Badezimmer auftun.

Sie lagen in einem behaglichen Halbdunkel. An den schwarzen Fenstern sah Albright Schneeflocken haften. Hörte den Winterwind, der sich unter dem Gesims fing. Albright lag neben ihr, gefangen in einer trüben, postkoitalen Verzweiflung. Ihm war, als seien seine ganzen Bemühungen umsonst gewesen. Das Meißeln, Kratzen, Schmirgeln war wie ausgelöscht, seine Schuld tiefer als je zuvor. Er fuhr Gene Woodalls Laster und hatte sein Essen gegessen, seinen besonderen Bourbon und eine unerhörte Menge feinsten Kognaks getrunken. Danach hatte er mit seiner Frau geschlafen und würde niemals in der

Lage sein, einen derart unüberwindlichen Schuldenberg abzutragen.

Schließlich erzählte er ihr die Geschichte von der Zahnwalze. Von den gerichtlichen Dokumenten, dem Urteil. Zuletzt auch von dem Fünfzig-Dollar-Fluch, mit dem Brady Bloodworth ihren Mann belegt und durch den das Flugzeug so zertrümmert worden war, dass die Reste in einen Schuhkarton gepasst hätten.

Sie stützte sich auf einen Ellbogen und hörte aufmerksam zu. Als er fertig war, sagte sie: »Und das alles für fünfzig Dollar? Ich frage mich, weshalb Sand so viel teurer ist.«

»Was?«

»Ich will dir eine hypothetische Situation beschreiben. Du weißt, was das Wort hypothetisch bedeutet?«

Sie musste es ihm erklären. »Stellen wir uns also eine Frau vor, die einen Groll hegt. Verbittert ist. Nehmen wir weiter an, dass es noch eine weitere Person gibt, die einen Groll hegt, einen Mechaniker beispielsweise, der sich mit Flugzeugmotoren auskennt. Er weiß, wie man sie zum Laufen und Stehen bringt. Wenn nun eine Summe Geldes, sagen wir tausend Dollar, den Besitzer wechselte, könnte dem Kraftstoff eine Substanz hinzugefügt werden. Kein Flugzeug fliegt mit Sand.«

»Guter Gott«, sagte Albright.

»Natürlich ist das alles rein hypothetisch«, sagte sie und legte ihm die Hand auf die Schulter. »Ich dachte nur, du würdest dich dann besser fühlen. Schlaf jetzt.«

Albright lag ganz still, bis sie eingeschlafen war, und stand dann auf. Zog sich rasch an, suchte seine Schuhe. Er ging durch den Flur ins Wohnzimmer, öffnete die Haustür und trat auf die Veranda. Der Schnee tanzte wie ein weißer Derwisch, die Windschutzscheibe und die Seitenfenster des Lasters waren mit einer Eisschicht überzogen. Der Wind klagte kalt in den kahlen Bäumen, Eissplitter, so scharf wie Mausezähne, trafen sein Gesicht.

Als er wieder ins Bett kroch, drehte sie sich schläfrig zu ihm. »Wo warst du?«, fragte sie.

Albright kuschelte sich unter die warme Decke. »Hab nur nachgesehen, ob alle Türen zu sind.«

Bellwether schaute auf seine Schuhe, schwarze, glänzend polierte Halbschuhe im Militärstil. Bellwether war gerade lang genug im Krieg gewesen, um sich eine Verletzung zuzuziehen und eine Auszeichnung zu erhalten, danach entließ man ihn. Er wurde beinahe sofort angeschossen, als habe der Gegner mit gespanntem Hahn auf das Startsignal gewartet. Zusammen mit der Auszeichnung hatte Bellwether auch eine militärische Haltung und militärischen Ordnungssinn erworben. Hätte er den ganzen Krieg durchgemacht, wären diese Eigenschaften vielleicht verloren gegangen. Die Angewohnheit, seine Schuhe mit Spucke zu polieren, hatte er auch im Zivilleben beibehalten.

»Was hat er denn ausgebrütet?«, fragte Bloodworth.

»Etwas ziemlich Armseliges, denke ich. Das Juristengewäsch macht es zwar kompliziert, aber alles läuft darauf hinaus, dass er Sie für unzurechnungsfähig hält. Dass Sie eine Gefahr für sich selbst und andere darstellen. Er will Sie in ein Heim stecken und beantragt bei Gericht, als Ihr Vormund und Bevollmächtigter bestellt zu werden.«

Der alte Mann schien nur das Wort Heim gehört zu haben. »Ein Irrenhaus? Teufel noch mal, er ist viel irrer als ich.«

»Nun, ich selbst bin nicht gerade die Vernunft in Person, eigentlich hätte ich Ihnen das gar nicht sagen müssen, geschweige denn zu Ihnen herauskommen. Aber ich kannte Sie schon als Junge, und Sie sind immer anständig zu mir gewesen. Ich glaube, jeder verdient zumindest eine Warnung. Sie waren beim Gericht und haben mit Leuten vom Staat geredet, da habe ich eben ein bisschen geschnüffelt.«

»Ich werde den Leuten schon beweisen, dass ich eine Gefahr

für andere darstelle. Moment noch, Sie sprachen in der Mehrzahl, oder? Wer steckt sonst noch dahinter? Doch nicht Warren.«

»Haben Sie je von einem Burschen namens Coble gehört?«

»Da hol mich doch«, sagte E. F. und grinste betreten. Der Himmel verdunkelte sich, als eine Schar Hühner auf dem Weg zur heimischen Stange auf einem Baum Zwischenstation machte.

»Und das mit der Gefahr für andere können Sie getrost vergessen. Kapiert?«

Der alte Mann schwieg und dachte nach. »Wie kann ich die Sache in Ordnung bringen?«

Im Wohnwagen war es kalt, und Bellwether hoffte, der alte Mann würde aufstehen und das Feuer neu entfachen, doch Bloodworth schien die Kälte nicht zu spüren. Also nahm Bellwether selbst den Schürhaken von dem Nagel hinter der Heizung. Holz war an der Wand aufgestapelt, vermutlich hatte der Junge das getan. Bellwether schob die Kohlen nach vorn, legte Eichenscheite auf und schloss die Klappe. Über dem improvisierten Ofenrohr befand sich ein kleines Fenster für den Abzug, und er schaute einen Moment nach draußen. Kleine dunkle Vögel, die er einfach nur Schneevögel zu nennen pflegte, suchten das Eis in zielloser Aufregung nach Futter ab. Hinter den Bäumen wirkte der Himmel grau und kalt wie ein Gewehrlauf.

»Es fängt wieder an zu schneien«, sagte Bellwether.

»Soll er doch kommen«, meinte Bloodworth. »Am besten arschhoch. Ich hocke hier drinnen behaglich wie ein Dachs in seinem Bau. Die Jungs sammeln im Wald Holz für mich, Polizisten schüren den Ofen.«

»Für einen Mann, der seine Freiheit so sehr zu schätzen weiß, nehmen Sie das alles ein wenig zu leicht.«

»Sie haben nicht gesagt, wie ich es in Ordnung bringen kann.«

»Ich weiß nicht, ob das überhaupt geht. Sie müssen Warren herholen. Leider war er nicht so oft hier wie Brady. Der behauptet, er hätte Sie beobachtet. Sie hätten einen seiner Hunde erschossen und mit einer Waffe vor seiner Nase herumgefuchtelt. Coble hat ihnen die alte Geschichte von den Black-Angus-Rindern und dem Predigen und Taufen aufgetischt. Mag sein, dass Sie es damals komisch fanden, aber der Schuss ist leider nach hinten losgegangen.«

»Ich kann Narren so schwer widerstehen«, entgegnete Bloodworth. »Was ist mit dem Jungen? Er wird sich für mich einsetzen.«

»Rechtlich gesehen, ist er minderjährig. Ich selbst könnte für Sie sprechen, bin aber kein Verwandter. Darauf kommt es dem Richter aber an, und im Moment ist Brady der einzige Verwandte. Ihm scheinen Sie ganz schön ans Bein gepinkelt zu haben.«

»Wenn es von ihm abhängt, sitze ich wirklich in der Patsche.«

»Sieht ganz so aus. Ich könnte höchstens Warren für Sie anrufen. Geht das?«

»Er hat Telefon. Wohnt in Town Creek, Alabama.«

Bellwether notierte es, setzte den Hut auf und rückte ihn zurecht. »Ich lasse Sie wissen, wenn ich etwas erreiche. Alle Dokumente werden durch mein Büro zugestellt.«

»Dafür bin ich Ihnen dankbar«, sagte Bloodworth. »Auch wenn es nicht so aussieht.«

Bellwether nickte. Er hatte die Tür geöffnet und einen Fuß auf der obersten Stufe, als Bloodworth ein Gedanke kam. Florida, Teufel noch mal.

»Hey.«

Bellwether drehte sich um.

»Und wenn ich noch einen anderen Blutsverwandten hätte?«

»Wo soll der herkommen?«

»Wenn Sie mir einen Gefallen tun, wäre doch sicher noch ein zweiter drin, oder?«

»Wäre machbar.«

»Ich müsste ein Telegramm nach Little Rock senden.« Er hatte ein Blatt Papier geholt und suchte in einer Schublade nach einem Stift. »Ich habe eine Idee, wie ich Bradys Pläne durchkreuzen kann.«

»Wollen Sie die Reserve mobilisieren?«

»Zwei Chancen sind doppelt so gut wie eine, würde ich sagen.« Er überreichte Bellwether den Zettel. »Ich gebe Ihnen Geld dafür mit.«

Bellwether schloss die Tür und ging die Stufen hinunter.

Der Tag war noch kälter geworden, der Erdboden unter der Eisschicht zu Spiralen gefroren. Hagelkörner prasselten wie Schrot auf das Dach des Streifenwagens und blieben dort liegen, ohne zu schmelzen.

Das lang gezogene Surren der Reifen auf Schnee und Eis weckte den alten Mann. Als das Geräusch verstummte, war er hellwach. Das Auto hatte vor dem Wohnwagen gehalten, er hörte noch den Motor im Leerlauf. Dann schlug eine Autotür zu.

Verdammt, die Besuchszeit ist vorbei, dachte Bloodworth. Seit der Nacht, in der er Bradys Hund getötet hatte, bewahrte er die Pistole nicht mehr im Gitarrenkoffer, sondern unter seinem Kopfkissen auf. Er zog sie hervor. Allmählich war er zu dem Schluss gelangt, dass er jemanden erschießen würde, bevor diese Angelegenheit ausgestanden war. Brady, Coble, wen auch immer. Er hatte mit Hunden angefangen und würde sich von dort aus zu einem lohnenderen Ziel hocharbeiten.

Schritte knirschten auf dem Eis, und just in dem Moment, als jemand an die Tür klopfte, huschte der Tod wie eine greifbare Gestalt auf den Wohnwagen zu. Er eilte die Stufen hinauf, drehte den Knauf, glitt durch die Tür, kam mit festem Schritt über das Linoleum zu dem alten Mann, der mit einer Pistole in der Hand auf dem Bett saß. Die Gegenwart des Todes in dem winzigen Wohnwagen war überwältigend, sein Druck auf Bloodworths Brust so stark, dass er kaum atmen konnte, er musste dagegen ankämpfen, als er sich die Schuhe anzog und eine schwere wollene Matrosenjacke vom Nachttisch nahm. Vor langer Zeit hatte der alte Mann geholfen, in Grinders Creek ein Grab in einer Familiengrabstelle auszuheben, und sie hatten das Grab der Frau versehentlich zu nahe am Sarg des Mannes gegraben. Bloodworths Schaufel war in das verfaulte Holz gesunken, und jener Geruch, der aus der alten, geweihten Erde geströmt war, füllte nun den Wohnwagen. Bloodworth hatte mit der Schaufel in der Hand dagestanden und in entsetztem Zorn den Tod eingeatmet, hatte gedacht, das also bleibt, auf das läuft es letztlich hinaus.

Er befand sich an der Hintertür, als neuerliches Klopfen ertönte, bewegte sich panisch, als treibe ihn ein primitiver Überlebensinstinkt zur Flucht an einen anderen Ort. Er schob die Pistole in die Jackentasche, setzte den Hut auf und nahm den Stock, der am Türrahmen lehnte, stieß die Tür auf, zog sie lautlos hinter sich zu, das Schloss schnappte ein. Er stieg vorsichtig die Metallstufen hinunter und trat er auf den Platz hinter dem Wohnwagen.

Der Himmel war bewölkt, aus der eisigen Erde stieg ein schwaches Leuchten. E. F. spürte Schneeflocken, die auf seinen Wangen schmolzen, die weich und lautlos auf die Blätter sanken. Er bewegte sich, so schnell er konnte, um Gleichgewicht bemüht, schritt auf die Wohnzimmerlaube aus Bäumen und Ranken zu. Dahinter lag Dunkelheit wie die Grenze eines fremden Landes, in dem er verschwinden konnte. Er wartete auf das Geräusch der Hintertür des Wohnwagens, die Schritte des Todes auf den Stufen, hörte aber nur im Geiste den Motor im Leerlauf, sah einen lang gestreckten Leichenwagen, dessen Hecktür aufschwang, einen gesichtslosen Mann in schwarzem Mantel, der mit einem gefalteten Papier in der Hand über die Schwelle trat.

Auf der Lichtung, seinem Wohnzimmer, hielt er kurz inne, um Luft zu schöpfen. Er konnte die blassen, schneebedeckten

Umrisse der Liegestühle erkennen. Er stapfte zu dem Abhang hinüber, wo die Bäume dichter standen, wusste nicht genau, wohin er wollte; vermutlich stand Brady vor der Tür, um noch mehr Wahnsinn abzusondern, darauf konnte er gut verzichten. Vielleicht sollte er die Abkürzung durch die Wälder nehmen, die zur Straße und zu dem Feld mit der Zedernreihe führte, die ihm den Weg zum Haus wies. Von den Zedern aus würde er das Haus selbst im Dunkeln nicht verfehlen. Außerdem würde dort Licht brennen, er sah schon fast das gelbe Licht jenseits des glatten, vereisten Feldes.

Als er den verschneiten Hang hinaufstieg, dachte er kurz an das gescheckte Pferd, das vor so langer Zeit auf die Heuballen geklettert war, und gestattete sich ein kleines, sardonisches Lächeln, dachte an den Ruf des Fleisches, der nicht nur Entfernungen, sondern auch die Abgründe der Zeit überwand. Er hatte keine Ahnung, was nun von ihm verlangt wurde, zweifelte aber nicht an seinem Vermögen, das Nötige zu tun, sich in ihre Hände zu begeben und auf Gnade zu hoffen oder sie alle zu töten.

Irgendwann nach Mitternacht zitterten Julias Lider, als sei sie aus dem Strudel eines beunruhigenden Traumes aufgeschreckt. Die Lider öffneten sich, boten den Augen zunächst nur Dunkelheit, und sie lag da, wollte sich orientieren, Zeit und Ort erfassen.

Die Zeit schien durchlöchert wie eine Bienenwabe, defekt, ein labyrinthisches Gewirr, in dem sich alle Wege kreuzten. Sie wusste, es war noch jemand im Zimmer. Eine Hand hatte auf ihrem Unterarm gelegen, sanft, aber kalt wie Eis, und eine Stimme hatte *Julia* gesagt.

Sie stützte sich auf den linken Ellbogen, tastete auf dem Nachttisch nach ihrer Brille. Noch bevor sie sie fand, nahmen Gegenstände vor dem purpurgrauen Hintergrund Gestalt an: eine Kommode, ein Kleiderschrank aus Zedernholz, der stumpfe

Zinnrahmen eines Spiegels. Sie neigten und drehten sich, schwankten und rückten sich dann zurecht.

Julia tastete nach der Lampe, stieß sie in ihrer Eile jedoch vom Nachttisch, der Glasfuß zersplitterte, sie setzte sich mühsam auf, streckte die Füße aus dem Bett und suchte mit den Augen, die nun durch Brillengläser schauten, die Wand nach dem Lichtschalter ab.

Durchs Fenster fiel geisterhaft schwaches Licht, das gerade reichte, um die Wände zu erhellen, das schwarze Rechteck der Tür noch schwärzer zu machen, einen Ausgang ins Unbekannte anzudeuten, in eine so undeutliche, undimensionierte Welt, dass sie deren Abbild nicht einmal erahnen konnte. Sie wandte sich zum Fenster: Alles da draußen leuchtete perlweiß, bildete ein diametrales Gegenstück zu der dunklen Welt hinter der Zimmertür.

Als sie den Lichtschalter fand und betätigte, sprangen ihr die Gegenstände des Zimmers mit einer unwirklichen Klarheit und Fröhlichkeit entgegen, pulsierend und überlebensgroß, der dunkle Monolith hatte sich in die Tür zum Wohnzimmer verwandelt. Sie ging hindurch, schaltete im Haus das Licht an, kehrte zur Haustür zurück und trat auf die Veranda.

Einen Moment lang nahm ihr die kalte Luft den Atem, ein scharfzahniger Wind sang über den Giebeln und schüttete Graupelperlen auf die Bodenbretter, fegte sie davon, saugte die spärliche Wärme, die ihr Nachthemd bot, auf und ließ sein Trauerlied in den Kiefernzweigen erklingen. Jenseits des Feldes wirkte der Schnee schon klumpig und verwischt, hier tanzte er noch mit dem Wind. Im Garten schlug totes Unkraut sanft gegen den Stacheldrahtzaun, und sie dachte an die bleiche Gestalt, die sich vor so langer Zeit gebückt hatte, um hindurchzukriechen. Als der Wind einen Moment schwieg, bestäubte der Schnee die Kiefernzweige, rieselte dicht und sanft in ewiger Lautlosigkeit durch die Bäume.

Wärme flutete ihr entgegen, als sie wieder ins Haus trat und die Tür zum Wohnzimmer hinter sich schloss. Sie verriegelte sie, um die Kälte auszusperren. Als sie sich umdrehte, entdeckte sie, dass der Boden mit Blut verschmiert war, das sich grell leuchtend vom weißen Linoleum abhob.

»E. F. war hier«, flüsterte sie.

Ihre Gefühle konnte sie nicht in Worte kleiden, wusste aber, dass sich die Welt oder ihre Sicht der Welt verändert hatte, und zwar für immer.

Als das Licht Brady schließlich weckte, stand er auf, um nachzuschauen, was los war. Zuerst sah er einen blutigen Fußabdruck auf dem Wohnzimmerboden und eilte ins Schlafzimmer. Seine Augen registrierten die zerbrochene Lampe, die Scherben auf dem Boden, Julia vor dem Spiegel. Ihre Füße waren blutig, sie hielt ein schwarzes Kreppkleid mit dreiviertellangen Ärmeln umklammert und betrachtete fragend ihr Spiegelbild, als überlege sie, ob das Kleid noch passte.

Der weiße Buick parkte mit dem linken Vorderrad auf dem Gehweg, die Fahrertür stand weit offen. Fleming betrachtete einen Moment lang mit nachdenklicher Belustigung das Haus, das Neal in Ackerman's Field gemietet hatte, und ging dann den rissigen Pflasterweg entlang. Auf halbem Weg zur Veranda entdeckte er eine Handtasche, deren Inhalt auf dem gefrorenen Gras verstreut lag. Er bückte sich und hob eine Dose Kompaktpuder, einen Lippenstift, eine Hand voll Münzen auf. Er schaute sich unsicher um, wollte die Sachen mit ins Haus nehmen, ließ sie dann aber wieder auf den Boden fallen und ging weiter.

Die gelbe Farbe des zweistöckigen Holzhauses blätterte in langen Streifen ab. Fleming stieg die Treppe hinauf, ging über die Veranda und klopfte mit der Faust gegen den Rahmen der Fliegendrahttür, deren lose Scharniere klapperten. Die Haustür dahinter stand offen, doch drinnen herrschte tiefes Schweigen, und er konnte durch den verschmutzten Fliegendraht nichts erkennen.

»Neal«, rief er. Es war sehr kalt, er hatte die Arme um den Körper geschlungen und stampfte mit den Füßen, um die Blutzirkulation anzuregen. Er packte den Türknauf und schlug erneut mit der Faust gegen den Rahmen, erhielt abermals keine Antwort und trat ein.

Fleming stand in einem Flur, der sich offensichtlich durch das gesamte Haus zog. Eine Tür links, eine Tür rechts, beide angelehnt, dunkel getäfelt, stumpfer Lack. Im rechten Zimmer befanden sich nur aufgestapelte Kartons, die Einmachgläser und alte Zeitungen enthielten.

Im Raum gegenüber lag ein nacktes Mädchen auf den zerwühlten Laken eines Bettes aus glänzendem Messingrohr. Er wandte sich hastig ab und wollte die Tür schließen, doch irgendetwas zog seine Blicke wieder auf das Mädchen. Sie lag sehr still da. Sie lag ausgesprochen still da und schien die Kälte nicht zu spüren, obgleich das Zimmer nicht geheizt war und sein Atem wie Rauch in der Luft hing.

Er näherte sich dem Bett. Das Zimmer roch nach Erbrochenem, eigentlich hatte er es schon bemerkt, als er durch die Haustür trat. Das Mädchen hatte sich aufs Bett und auf sich selbst erbrochen, auch in ihrem lockigen roten Haar klebte Erbrochenes. Ihre Augen standen offen. Sie waren blau. Auf einem alten Nähmaschinentisch, der als Nachttisch diente, lag eine umgestürzte Vase, fünf Rosen lagen auf dem Bett, eine einzelne langstielige Rose auf ihrem runden, marmorweißen Bauch. Der Stiel ragte bis in das krause, rote Büschel ihres Schamhaars. Im Zimmer war es sehr kalt, es schien nichts mehr zu geben als dieses Zimmer. Fleming hörte seinen Atem. Er beugte sich vor, um das Mädchen genauer zu betrachten, um zu sehen, ob sie schliefe. Sie lag da, reglos, als halte sie den Atem an, ihre Augen starrten blicklos an die Decke. Die Dornen am Stiel der Rose berührten das alabasterweiße Fleisch ihres Bauches, ohne ihn zu verletzen. Als er ihren Knöchel ergriff, fühlte er sich ebenso kalt an wie die geschwungenen Messingrohre des Bettgestells.

Fleming wollte schon durch die Fliegendrahttür verschwinden, als er jemanden weiter hinten im Haus würgen hörte. Er drehte sich um und ging durch den Flur. Am Ende führte eine Treppe nach oben, links lag ein Badezimmer, und dort kniete Neal auf dem weißen Fliesenboden. Er hatte die Arme um die Toilette geschlungen, als wolle er sie hochheben und wegtragen, sein Gesicht steckte halb im kalten Porzellanbecken.

»Was ist los mit dir?«

Neal hob den Kopf und wandte sich um. Blutiger Schaum klebte in seinen Mundwinkeln. Seine Augen waren getrübt und stierten an ihm vorbei. »Schlecht«, sagte er.

»Wovon ist dir schlecht?«

»Schlechter Whisky«, erwiderte Neal. »Warum verpisst du dich nicht und lässt mich in Ruhe?«

»Ich hole einen Arzt.«

»Hol keinen Arzt, hol verdammt noch mal niemand. Die würden die Polizei rufen. Ich glaube, die kann ich heute Morgen gar nicht gebrauchen. Was machst du überhaupt hier? Wie spät ist es?«

»Keine Ahnung, vielleicht sieben, jedenfalls noch früh. Ich wollte dich fragen, wo der alte Mann ist. Ob du mir hilfst, ihn aufzutreiben. Er ist aus dem Wohnwagen verschwunden, und ich habe schon überall vergeblich nach ihm gesucht. Albright hat gestern Abend seinen Wagen geholt, und ich wollte nach dem alten Mann sehen, doch die Türen waren verschlossen, und drinnen tat sich nichts. Heute Morgen habe ich es noch einmal versucht und die Hintertür mit einem Wagenheber aufgebrochen. Er war nicht drin, es brannte auch kein Feuer. Wir müssen ihn finden, bevor er erfriert.«

»Scheiße, du weißt ja nicht mal, wo er ist. Außerdem habe ich mit dem alten Mann nichts zu schaffen. Soll er doch sehen, wie er allein zurechtkommt. Ich fühle mich zum Kotzen. Schlimmer als je zuvor.«

»Ich glaube, ihm ist etwas zugestoßen.«

»Dir stößt auch gleich was zu, wenn du dich nicht verpisst und mich in Frieden lässt.«

An der Wand hing ein fünf Jahre alter Kalender. Fleming starrte geistesabwesend auf das von Fliegendreck verschmutzte Foto eines Septembermorgens.

»Ich glaube, das Mädchen ist tot.«

»Was?«

»Im Vorderzimmer liegt ein totes Mädchen.«

»Oh, Jesus, nein«, sagte Neal. Er wollte aufstehen und sackte wie knochenlos gegen die Toilette. »O Scheiße, wieso muss ausgerechnet mir das passieren?«

Der Junge schwieg eine Weile. »Ich glaube, es ist eher ihr passiert.«

»Jedenfalls musst du mir helfen. Falls ich hochkomme. Falls ich jemals wieder hochkomme.«

»Wobei soll ich dir helfen? Ich habe doch gesagt, wir müssen einen Arzt rufen. Irgendjemanden. Wo hattest du den schlechten Whisky her?«

»Von diesem beschissenen Early. Hat mich betrogen. Ich bin heute Abend, ich meine gestern Abend, hin und hab noch einen Krug gestohlen. Dieser Hundesohn, er hat einen vergiftet und versteckt, den hab ich wohl erwischt. Ich bring ihn um, sobald wir das Mädchen versteckt haben.«

»Ich verstecke kein totes Mädchen, diesen verrückten Mist kannst du vergessen.«

Neals Gesicht war kalkweiß. Seine Wangenknochen und Nase erinnerten an eine Wachsfigur. Die Augen wirkten glasig, seine Stirn war von einem glänzenden Schweißfilm überzogen. »Wir müssen sie ja nicht verstecken. Wir fahren mit ihr zu irgendeiner Straße und werfen sie raus. Bloß weg von mir.«

Neal schwieg, versank in tiefe Konzentration. »Wen haben wir gestern Abend getroffen«, überlegte er.

»Ich verstecke kein totes Mädchen«, wiederholte Fleming.

»Du nutzloser, kleiner Hosenscheißer. Hältst dich wohl für

was Besseres. Meinst, du wüsstest alles, weil du mal ein Buch gelesen hast. Ich stehe mit dem Rücken zur Wand, und du lässt mich hängen. Blut muss zusammenhalten.«

»Was ist mit deinem Blut?«

»Was?«

»Wenn es um dein Blut geht, ist es dir egal. Wendest dich ab und lässt sie einfach sitzen.«

»Du kleiner Arsch, jetzt kapiere ich, warum du so sauer bist. Du kannst es nicht ertragen, dass ich deine Raven Lee Halfacre gefickt habe. Nun, ich habe es getan und jede gottverdammte Minute genossen. Sie hat sich auch nicht beklagt. Ich ruhe mich noch einen Moment aus, und dann trete ich dir gewaltig in den Arsch. Und dann ficke ich sie noch mal, bloß um dich zu ärgern.«

Der Junge sagte nichts. Neal wandte sich um und spuckte in die verschmutzte Toilettenschüssel. Er wischte sich mit dem Handrücken über den Mund. »Du musst mir helfen.«

»Bis dann, Neal«, erwiderte Fleming und ging durch den Flur. Neal stand auf, taumelte durchs Bad, prallte gegen den Türrahmen und rutschte daran hinunter.

Fleming kehrte in das Zimmer zurück, in dem das bleiche Mädchen wie aufgebahrt lag. Auf einer Kommode fand er eine zusammengefaltete Bettdecke. Er schüttelte sie auseinander und breitete sie über das Mädchen. Dann verließ er das Zimmer und ging aus dem Haus.

Das Gelände hinter dem Wohnwagen war vom Wind blank gefegt, vereist, eine weglose Wüste, doch nachdem Fleming den Waldrand erreicht hatte, entdeckte er die Fußspuren des alten Mannes im Schnee. Es hatte seitdem noch weiter geschneit, doch die Spuren waren noch zu erkennen, der rechte Abdruck klar und deutlich, der linke schwächer, kaum eingesunken. Kleine, runde Narben im Eis, wo der Stock aufgesetzt hatte. Er lief über den Hang wie durch ein Märchenland aus Eis. Jede

Astgabel mit Schnee beladen, jedes Blatt von Eis umhüllt. Er bewegte sich durch absolutes Schweigen, nur unterbrochen vom Glockenspielgeklingel der vereisten Blätter. Kleine schwarze Vögel segelten mit sonderbarer Würde über das Eis, ihre winzigen Augen schienen unwirklich wie Obsidiankügelchen aus der Werkstatt eines Präparators.

Er ging tiefer in den Wald hinein, kam nun mühsamer voran. Der alte Mann schien einen geraden Pfad in den Wald gepflügt zu haben, war querbeet gestapft, hatte knietiefe Schneewehen und abgebrochene Äste überwunden. Zunächst bemerkte Fleming, dass es keine Fußspuren in Richtung Wohnwagen gab. Irgendwo mussten sie enden, und er verspürte eine wachsende Furcht vor dem, was ihn an ihrem Ende erwarten würde.

Als er auf Hundespuren stieß, hielt er inne und betrachtete sie interessiert. Sie verliefen kreuz und quer, überschnitten einander, riesige Abdrücke wie die eines Wolfes. Die Spuren scherten nach rechts und links aus, folgten insgesamt aber der Marschrichtung des alten Mannes.

Fleming ruhte sich schwer atmend aus, die eisige Luft brannte wie Feuer in seinen Lungen. Er konnte nicht begreifen, wie der alte Mann das geschafft hatte. Der Boden stieg hier so steil an, dass er sich förmlich von einer Pappel zur nächsten geschleppt haben musste. Neben ihm schreckte ein Hase in einem Schneewirbel auf, und als Fleming ihm den Hang empor nachschaute, entdeckte er plötzlich den Hut des alten Mannes. Er lag auf dem Grat, von Schnee bedeckt und leicht zur Seite geneigt, sodass die Krempe im Eis festgefroren war. Er stolperte den Hang hinauf, seine Füße gerieten auf dem Eis unter dem Schnee ins Rutschen, er fiel hin, rappelte sich wieder hoch und schleppte sich weiter.

Zuerst sah Fleming die schwarze Jacke des alten Mannes, die sich deutlich vom Schnee abhob. Er selbst lag auf der Seite, das Gesicht im Schnee, die Knie an die Brust gezogen.

Fleming wollte losrennen. Brady, dachte er. Brady wohnte am

nächsten und hatte Telefon. Doch bevor er den Abstieg in Angriff nehmen konnte, ertönte ein Geräusch, ein Ächzen, gefolgt von einem leisen, klagenden Stöhnen, das endlos und unvermindert andauerte. Fleming bemerkte, dass der alte Mann sich umdrehen wollte, mit der rechten Hand am Eis kratzte. Sein Kopf fiel jedoch zurück, und Fleming sah entsetzt, dass Strähnen seines langen, schwarzen Haars im Eis festgefroren waren.

Er rannte zu ihm hin. Wusste nicht, was er tun sollte. Er wollte das Haar des alten Mannes lösen, hieb mit der Faust auf das Eis. Schließlich zog er sein Taschenmesser heraus und schnitt das Haar knapp über dem Eis ab. Der alte Mann wollte sprechen. Schaumiger Speichel quoll aus seinem Mund. Ein entsetztes Auge schaute zu Fleming empor, ein wildes, schwarzes Auge, dessen gelbe Hornhaut sich rot gefärbt hatte. Als Kind war Fleming einmal zusammen mit Boyd zum Schauplatz eines Unfalls gekommen, bei dem ein Pferdetransporter umgestürzt war. Die Pferde schrien mit beinahe menschlichen Stimmen, und ein Tier, das unter den anderen eingeklemmt war, hatte Fleming ein wildes, panisches Auge zugewandt, das ihn aufforderte, etwas zu tun, irgendetwas. Das Auge des alten Mannes blickte genauso.

Bloodworth versuchte noch immer, zu sprechen. Es hörte sich an, als ob er fluche, bete, jemanden um etwas bäte. »Dann hilf mir, hilf mir«, konnte Fleming heraushören. Der alte Mann bewegte sich fortwährend, wollte aufstehen. Erst jetzt bemerkte Fleming, dass die Pistole im Schnee lag. Bloodworth versuchte, sie aufzuheben und an sein Gesicht zu halten, konnte seine Finger aber nicht bewegen. Sie waren erfroren oder auf andere Weise unbrauchbar geworden, denn wenn er den Arm hob, entglitt ihm die Pistole. Dann gelang es ihm doch, den Lauf an die Schläfe zu führen, aber der Finger lag schlaff und kraftlos am Abzug. »Hilf mir«, wollte er sagen.

»Hör zu«, sagte der Junge und legte ihm die Hand auf die Schulter. »Ich hole Hilfe, wir holen einen Arzt, es wird alles gut.«

Bloodworth sah mühsam zu ihm auf. Sein Gesicht war erschlafft, alle Muskeln waren tot, nicht mehr als kaltes Wachs. Mit seinen rollenden Augen, dem klaffenden Mund und dem abgeschnittenen Haar sah er aus wie eine Gestalt aus einem Albtraum.

»Nein«, sagte er jetzt ganz deutlich, »hilf mir.«

»Ich kann nicht«, erwiderte der Junge, »verdammt, ich kann es nicht.«

Bloodworth schaute weg, hin zur Baumlinie. Die Bäume wirkten brüchig und kalt, wie surreale, planlos geschmiedete Figuren, die ein wahnsinniger Künstler vor dem Himmel aufgereiht hat.

Er sah, dass der alte Mann lautlos weinte, seine Tränen rannen aufs Eis. Fleming presste sein Gesicht an die raue Wolle an der Schulter. Er konnte es nicht ertragen. Er konnte es nicht ertragen. Durch die dicke Jacke spürte er, wie der alte Mann vor Kälte bebte. Dann hob er das Gesicht, wischte sich über die Augen und ergriff spontan und ohne zu zögern die Pistole, drückte sie Bloodworth in die Hand und führte sie an dessen Schläfe.

Er schaute zu den Bäumen hinüber, als der Schuss ertönte. Eine weiche Schneelawine stürzte wie ein verspäteter Einfall zu Boden, Amseln stiegen mit verschrecktem Geschrei von den gefrorenen Bäumen auf.

Um das tote Mädchen in den Kofferraum zu laden, musste Neal den Buick bis zur Veranda zurücksetzen. Die Räder drehten auf dem Eis durch, rutschten über den Gehweg, besprühten die Fassade des Hauses mit schmutzigen Eisstückchen. Neal war es nicht gelungen, sie hochzuheben. Er hatte sie in die Bettdecke gewickelt und diese an einer Ecke in den Flur gezerrt, hatte auf der Veranda gestanden und die Straße entlanggeschaut. Keine Menschenseele, nur Bäume und die vereiste Straße. Er hatte sie mit einem dumpfen Geräusch über die Schwelle auf die Veranda gezogen. Er setzte sich eine Weile hin, ruhte sich aus, schaute voller Entsetzen auf die starre, formlose Masse in der Decke, stand wieder auf und mühte sich weiter, zerrte Kopf und Oberkörper in den Kofferraum und hievte die Beine hoch. Doch als er die Klappe schließen wollte, ragten zwei nackte Füße aus dem Spalt. Trotz aller Bemühungen konnte er sie nicht so weit hineinschieben, dass der Deckel zuging. Er hockte sich hin, lehnte die Stirn gegen die eisige Stoßstange, und überlegte.

Er ging noch einmal ins Haus und kam mit einem Kleiderbügel zurück. Er zog die Decke über die nackten Füße, schloss die Klappe so weit wie möglich und befestigte sie von innen mit dem Draht des Kleiderbügels. Inzwischen war sein Bewusstsein derart getrübt, dass er nicht einmal befürchtete, jemand könne ihn dabei ertappen, wie er ein totes Mädchen in seinem Kofferraum verstaute. Er war so übermüdet, dass er sie einfach wie einen gekauften, bezahlten Gegenstand empfand. Neals Erschöpfung schien jede kleine Missetat zu entschuldigen.

Er war schon weit draußen auf der Natural Bridge Road, die zum Fluss führte, als die Nacht hereinbrach. Er hatte gedacht, es sei Morgen, doch das Licht wurde schon trüb. Dann erhellte sich der Tag wieder, als nähere sich eine öde, freudlose Morgendämmerung. Er fuhr weiter. Wieder verdunkelte sich die Welt, es wurde wieder Nacht, er wollte die Scheinwerfer einschalten, doch sie funktionierten nicht, und er fuhr im Dunkeln mit halb getretener Bremse. Als es wieder Tag wurde, schlingerte Neal am Straßenrand entlang, die Bäume, auf die er zusteuerte, sahen aus wie die Bäume auf einer regennassen Tuschezeichnung. Er nahm die erstbeste Seitenstraße, holperte über die narbige Erde, während die Welt hinter der Windschutzscheibe verschwamm und verblich, als sei die Wirklichkeit außer Kontrolle geraten.

Er fuhr weiter, bis die Straße so schlecht wurde, dass er durch mannshohes Gebüsch brach, hielt an, wo der Holzfällerpfad in eine Talmulde mündete. Er stieg aus und löste den Draht vom Kofferraum. Dann rutschte er am Kotflügel hinunter und hockte da, die Wange gegen das Ende der Stoßstange gelehnt.

Als der Mann im grünen Overall aus dem Wald auftauchte, war es Neal gelungen, eine Zigarette hervorzuholen und sie anzuzünden. Er rauchte allerdings nicht, sondern hielt sie einfach in der Hand. »Bisschen früh am Tag, um besoffen zu sein, was?«, fragte der Mann im grünen Overall. Als er die Form unter der Decke erblickte, wurden seine Augen einen Moment lang seltsam leer. Er setzte die Rehflinte nicht ab, sondern nahm sie in die rechte Hand, den Daumen am Hahn, und hob mit der linken Hand einen Zipfel der Decke an. »Großer Gott«, flüsterte er.

E. F. Bloodworth war aufgebahrt wie ein gestürzter Monarch, wie ein Herrscher, den die Kugel des Attentäters niedergestreckt hat. Dem Bestatter war es nicht gelungen, ihn gütiger oder weniger unnahbar aussehen zu lassen, als er es zu Lebzeiten gewesen war. Bis zum Schluss blieb er eine wild aussehende Leiche, ein zum Untergang verdammter, ruchloser Patriarch mit einer sonderbaren, zur Gewalt neigenden Nachkommenschaft, lag distanziert, mit versteinerter Miene da, in kalter Ferne von seiner Saat, die letztlich giftige, böse Blüten getrieben hatte.

Alle schienen da zu sein bis auf Fleming, doch falls jemand seine Abwesenheit bemerkte, sagte er nichts dazu. Auch Bellwether kam. Die alten Männer, die sich auf Itchy Mamas Veranda herumgetrieben hatten, waren stark vertreten und hatten alle etwas zu verkünden. »So etwas werdet ihr nicht wieder erleben«, sagten sie. »E. F. war einzigartig.« Die alten Geschichten wurden wieder erzählt, der Tod ließ sie neu erscheinen, verlieh ihnen eine Gültigkeit, die ihnen zuvor gefehlt hatte. Albright tauchte mit einer Frau auf, die niemand kannte und die er auch nicht vorstellte. Sie war untersetzt, hatte leuchtend orangefarbenes Haar und betrachtete E. F.s zorniges Gesicht mit einem lachenden und einem bitteren Auge. Dann wandte sie sich ab, ohne jemanden anzuschauen, und verließ von Albright gefolgt das Haus.

Der Leichnam lag in Bradys Vorderzimmer. Während es E. F. zu Lebzeiten verboten gewesen war, über diese Schwelle zu treten, wurde er nun wie ein Ausstellungsstück präsentiert, wie eine Trophäe in einem aufwändigen, teuren Schaukasten. Die alte Frau hatte ihren Stuhl in die Nähe des Sarges gerückt und schaute dem alten Mann gelegentlich ins Gesicht. Das hatte Brady ihr gestattet. Diesmal, schien sein Gesicht auszudrücken, wird er nirgendwo hingehen.

Warren hatte Brady und allen anderen wenig zu sagen. Er schaute auf den rätselhaften alten Mann hinunter, der im Tod ebenso unergründlich wirkte, wie er es im Leben gewesen war. Nahezu unbeteiligt betrachtete er die wieder hergestellte Schläfe des alten Mannes, fragte sich, mit welchen Kunstgriffen der Bestatter gearbeitet haben mochte. Dann wandte er sich ab. Er beugte sich vor, küsste seine Mutter auf die Wange und ging hinaus in den Abend. Er blieb eine Weile unter der Kiefer stehen. Es war sehr kalt, und er roch den würzigen Kieferndunft, der ihn an seine Kindheit erinnerte. Er sah hoch, und die Sterne über dem Baum leuchteten wie immer, die kalten, gleichgültigen Sternbilder schienen sich seit damals nicht ein Jota geändert zu haben. Warren zog eine Halfpint-Flasche aus der Hüfttasche, schraubte den Deckel ab, prostete den Sternen zu und trank.

Drinnen im Haus zeigte Brady sich als vollendeter Gastgeber, eine neue, ungewohnte Würde hatte sich wie ein Mantel um seine Schultern gelegt. Mit leiser, düsterer Stimme äußerte er Belanglosigkeiten. Sorgte dafür, dass jeder eine Tasse Kaffee und ein Stück Kuchen erhielt. Er sagte, ja, es sei eine Schande, aber er sei froh, dass er den alten Mann hergeholt habe, um ihn inmitten seiner Familie sterben zu lassen. »Blut treibt es zum Blut«, sagte Brady. Blut ließe sich nicht leugnen.

Sein Gesicht glühte im Licht der Erlösung. Er war erlöst, der alte Mann sein Erlöser; seht ihn, schien Bradys Gesicht zu sagen, seht, wohin es mit ihm gekommen ist. Er hat sein Leben als Waffe benutzt, und als niemand mehr da war, den er verletzen konnte, hat er sie gegen sich selbst gerichtet.

Von dem Hügel, auf dem er saß, konnte er fernen Gesang hören. Er hatte das Fernglas seines Vaters auf die weiße Doppeltür der Kirche gerichtet, und als sie aufschwang, sah Fleming die Träger mit dem Sarg die Stufen herunterkommen. Vorn rechts ging Albright, dessen helles Haar wie eine Fackel in der Wintersonne leuchtete. Sharp auf der linken Seite. Brady folgte hinter den Sargträgern, die Großmutter am Arm. Sie trug einen Hut mit Schleier, den der Wind ihr vom Kopf riss und über den Kiesparkplatz wirbelte. Ein Kind rannte hinterher und holte den Hut. In der schwachen Sonne wirkte der Leichenwagen düster violett, er schien das ganze Licht zu verschlucken.

Sie bewegten sich zu dem dunklen Rechteck unter der Leinwandplane. Er folgte ihnen mit dem Fernglas. Sie versammelten sich um das Grab. Ein Mann las aus einer Bibel Worte, die Fleming nicht hören konnte. Der Prediger musste im scharfen Wind die Seiten mit beiden Händen festhalten. Fleming fragte sich, was er wohl lesen mochte. Er lächelte bei sich. »Ich habe eine hübsche Frau mit rotem Kleid gesehen«, hatte der alte Mann einmal gesagt. »Und dann ohne. Was sonst kann es geben?« Die Plane flatterte im bitterkalten Wind. Frauen umklammerten ihre Rocksäume, Männer ihre Hüte.

Er senkte das Fernglas, und die Szene schrumpfte zusammen, lebendige Puppen vollzogen unbekannte Riten. Er blieb eine Weile in der Kälte, der Stille sitzen. Die Bäume über ihm schwankten heftig im Wind. Als er wieder durch das Fernglas sah, schaufelten sie das Grab zu. Er stand auf, wollte nicht der letzte Trauergast sein. Er wollte nicht derjenige sein, der den alten Mann, nun, da die Nacht hereinbrach, allein auf dem einsamen Hügel zurückließ.

Er lag auf dem Bett und fühlte sich, als könne er dort für immer liegen bleiben. Eine ungeheure Trägheit breitete sich in ihm aus. Die Welt war zu schwer, um sie zu ertragen, und lastete auf seiner Brust. Er fühlte sich alt, alt. In der kurzen Zeit seines Lebens waren Zivilisationen entstanden und untergegangen. Ihm war, als hätte er die Waffe gegen sich selbst richten sollen, nachdem der Kopf des alten Mannes im Schnee explodiert war.

Er spürte den Drang aufzustehen, ein Feuer zu entzünden, Kaffee zu kochen, Essen zu machen. Blieb dennoch willenlos liegen und lauschte auf das Wispern des Hauses. Es wisperte mit einer Stimme, die er als Kind benutzt hatte, nahm das zischende Murmeln seiner Mutter an, Boyds rauen, monotonen Klang. Alte Verwünschungen und Vorwürfe und Beschwichtigungen erwuchsen und erbebten und verklangen in der toten Luft, als seien Wörter, die zu Sätzen geformt werden, nie verschwunden, sondern würden immer aufs Neue aus sich selbst geboren. Geister vollzogen ihre alten, vorgezeichneten Rituale. Das Haus war von Toten erfüllt, von den Toten im Leben. Die Fenster erhellten sich und wurden wieder dunkel. Er hörte Banjomusik, die wie Nebel der Erde zu entsteigen schien.

Brady kam. Er trug noch seinen dunklen Anzug, als sei er ein professioneller Trauergast, der sich von Fremden für feierliche Anlässe mieten ließ.

»Du hast die Familie entehrt, als du bei der Beerdigung deines Großvaters fehltest«, sagte er.

Der Junge lag einfach nur da, die Hände hinter dem Kopf verschränkt, und betrachtete ihn mit kaltem Blick. »Lass mich in Ruhe«, sagte er. »Verschwinde.«

»Warum hast du kein Feuer hier drinnen?« Bradys Atem hing wie Rauch in der kalten Luft. »Was ist los? Bist du krank?«

»Ich bin krank.«

»Wovon denn krank?«

»Du machst mich krank«, erwiderte Fleming. »Ihr alle macht mich krank mit eurem verrückten Mist. Ich werde es nicht länger hinnehmen. Ich will, dass ihr aus meinem Haus verschwindet.«

Brady blieb gelassen angesichts dieses Ausbruchs, wirkte sogar ein wenig belustigt. »Wie fühlt man sich denn als Handlanger?«, wollte er wissen.

»Was?«

»Wie fühlt man sich als Werkzeug, das meinen Befehlen gehorcht?«, fuhr Brady fort. »Das ich benutzen kann, um etwas zu erledigen, an dem ich mir nicht selbst die Hände schmutzig machen will. Wie fühlt man sich dabei?«

»Ich weiß verdammt noch mal nicht, wovon du redest. Das weißt du vermutlich selber nicht.«

»Der alte Mann hat sich nicht selbst getötet. Ich habe ihn erschossen, mit dir als Handlanger. Erinnerst du dich an die Zigarettenkippe, die ich dir damals gezeigt habe? Die Harwood rausgeworfen hat?«

Erst jetzt bemerkte der Junge, dass Brady eine Papiertüte bei sich trug. Brady holte ein Buch daraus hervor. Fleming setzte sich auf. »Ist das deins?«, fragte Brady. Er reichte ihm das Buch. Auf dem Einband stand Thomas Wolfe, *Von Zeit und Strom*. Der Junge blätterte die Seiten durch, nahm nur das Wort Oktober wahr. Dann holte er unvermittelt aus und schlug Brady das Buch mit aller Wucht ins Gesicht. Es traf ihn kraftvoll wie eine Faust, brach ihm die Nase und riss eine Wunde neben dem linken Augenwinkel. Er taumelte gegen den Nähmaschinentisch und stürzte zu Boden, die Hände nach hinten gestreckt, um den Aufprall zu mildern. Fleming sprang auf und griff nach dem Buch, schlug noch einmal damit zu. Diesmal traf er Brady an der Stirn, sein rotes Haar stand zu Berge, seine Brille wirbelte davon und schlitterte über die Dielenbretter.

Brady schützte die Augen mit den Händen und kroch unbeholfen rückwärts. »Du bist mittlerweile genauso verrückt wie er.«

Fleming hob das Buch auf und legte es auf den Tisch. Er atmete schwer, ihm war schwindlig, er musste sich mit aller Gewalt zurückhalten, um nicht auf Brady loszustürzen und ihn mit seinen Stiefeln totzutreten. Ein Bild wollte ihm nicht aus dem Kopf, die Vorstellung, dass Brady irgendwo im Verborgenen den alten Mann beobachtete, der wie ein Tier im Schnee zu Grunde ging. Selbst wenn Brady es nicht an Ort und Stelle gesehen hatte, war es ihm doch im undurchdringlichen Dickicht seines verwirrten Geistes erschienen.

Brady stand auf und fingerte am Türriegel. »Glaub ja nicht, dass die Sache damit ausgestanden ist«, sagte er, hob die Hand und deutete mit zitterndem Zeigefinger auf Fleming. »Ich habe noch andere Dinge von dir«, sagte er. »Glaub nicht, du könntest mich beschimpfen und wie einen Hund behandeln und damit durchkommen. Der Rest deines Lebens gehört mir. Ich werde dich in der wenigen Zeit, die dir verbleibt, Tag und Nacht verfluchen, sodass dir nichts mehr gelingt. Ich verdünne dein Blut, bis es dir wie Wasser aus den Poren rinnt. Dein Samen wird vertrocknen, du wirst einer Frau nicht mehr nützen als ein Wallach. Du wirst im Krieg sterben, deine Lungen werden in Salzwasser ertrinken.«

Fleming war diesen Wahnsinn so leid, dass er Brady packte und durch die offene Tür auf die Veranda stieß. Er knallte die Tür zu, verriegelte sie, legte die Kette vor und setzte sich wieder auf sein Bett. Brady verschwand nicht sofort, denn Fleming vernahm keine Schritte, die sich entfernten. Er vermeinte, Bradys Atem durch die hölzernen Wände zu hören. Die Zeit verging. Als er schon glaubte, Brady habe sich heimlich davongeschlichen, schrie dieser plötzlich: »Schlaf bloß nicht ein da drinnen! Ich setze die Bude in Brand, sie wird dir auf den Kopf fallen, während du schläfst!«

Fleming lag wieder da und schaute zu, wie der Staub im trüben Licht tanzte, das durchs Fenster hereinfiel. Dann schien Brady eine Entscheidung gefällt zu haben. Er ging die Stufen hinunter. Nach einer schier endlosen Zeit hörte Fleming, wie am Fuß des Hügels ein Motor ansprang.

Er stand auf und machte Feuer im Holzofen. Als es fröhlich prasselte, löffelte er Kaffee in die Kanne, gab Wasser dazu und setzte sie auf. Er nahm das Buch von Wolfe und noch ein anderes, holte unter dem Bett den Lederbeutel hervor, der die Platten des alten Mannes enthielt, entriegelte die Tür und legte Bücher und Platten in einiger Entfernung vom Haus ab. Dann ging er wieder hinein.

Der Kaffee war inzwischen fertig. Er goss sich eine Tasse ein und hielt sie in der linken Hand, während er mit der Rechten die Laken vom Bett zog und neben dem Heizofen auf den Boden schichtete. Er warf Zeitschriften und Zeitungen als Zunder auf den Haufen, den Fotokarton, aus dem die Bilder wie welkes Laub quollen, Menschen, einen Moment lang eingefroren in einem sonderbaren Leben, das nichts mehr mit seinem zu tun hatte. Auf der Veranda stand ein Kerosinkanister, der zu einem Viertel voll war. Er holte ihn, goss den Inhalt über den Haufen und stellte den Kanister beiseite. Er sah sich um, als wolle er sich diesen Ort ein für alle Mal einprägen, und kippte den Holzofen auf den Boden. Das Ofenrohr fiel scheppernd hin, eine Rußwolke stob empor wie anthrazitgrauer Schnee. Das Kerosin fing sofort Feuer, die Flammen leckten hoch, das Papier an der Decke rollte sich glimmend zusammen.

Einen Augenblick lang blieb er neben den Flammen stehen, füllte seine Tasse erneut und verließ das Haus zum letzten Mal. Er holte seine Bücher und Platten und zog sich weiter zurück, da er bereits die Hitze spürte, die von der trockenen Kiefer ausging. Er trank den Kaffee und sah dem Haus beim Brennen zu.

Er saß mit der alten Frau an der Südseite des Hauses, wo das schwache Sonnenlicht hinfiel. Das Wetter war ein wenig milder geworden, der Tag kalt, aber freundlich. Seine Großmutter wollte nicht den ganzen Tag im Haus verbringen, sie schien einen Punkt ihres Lebens erreicht zu haben, an dem das Wetter jegliche Bedeutung verloren hatte. Sie saßen in Korbstühlen an der Wand, und die alte Frau hatte gestattet, dass man ihr eine Decke über die Beine breitete. Der Junge trug einen schweren, dunklen Mantel, der an der rechten Seite tiefer hing, da er die Pistole des alten Mannes geholt und die Absicht hatte, Brady beim ersten Wort zu erschießen.

Außerdem hatte er sich von seiner Großmutter verabschieden oder wenigstens von seinen Plänen berichten wollen, doch dies war einer ihrer schlechteren Tage. Zunächst hatte sie ihn erkannt, doch als er vom Weggehen sprach, verwechselte sie ihn mit E. F. und schien entschlossen, bei dieser Verwechslung zu bleiben.

Sie betrachtete ihn kalt und abschätzig, wobei eine junge Frau auf unheimliche Weise durch die Ruinen ihres Gesichts spähte. »Du bist ein gut aussehender Mann«, sagte sie. »Aber nicht der einzige Mann auf Erden. Ganz und gar nicht. Eines Tages wirst du nach dem Whiskybrennen oder Banjospielen hier auftauchen und dich mächtig wundern.«

Sie verstummte, die Augen blickten wild aus ihrem Raubvogelgesicht. »Ich werde es nicht mehr dulden«, fuhr sie fort. »Gefängnis und auf Polizisten schießen und wie Dreck behandelt werden. Wenn du diesmal gehst, ist Schluss.«

Fleming wandte sich ab, sah in den Garten, der überwuchert war von abgestorbenem Unkraut. Wo der Geist des Sterbenden den Stacheldraht angehoben hatte, um hindurchzuschlüpfen. Ein Schwarm Amseln trieb vor dem blauen Nichts in immer neuen Formen dahin.

»Diese alte Musik«, sagte sie, »sie hat dich verrückt gemacht. Ist in deinen Kopf gedrungen, bis du glaubst, dass nichts mehr zählt außer ihr. Ich nicht und, was noch schlimmer ist, die Jungen nicht. Meinst du, Kinder ziehen sich von allein groß?«

»Nein«, entgegnete Fleming. »Nein, das glaube ich nicht.«

»Und was wirst du tun?«

»Ich weiß es nicht.«

»Das habe ich auch nicht erwartet.«

»Ich kann nur mein Bestes geben«, sagte er.

»Das müsste auf jeden Fall besser sein als das, was du bisher gegeben hast.«

Er stand unvermittelt auf, wandte sich aber noch einmal um, beugte sich über sie und küsste ihre papierene Wange. Sie schaute ihn leicht verwundert an, erkannte ihn, winkte ihn davon. »Weg von hier«, sagte sie. »Verschwende nicht deine Zeit mit einer alten Frau, mach, was immer man von jungen Männern erwartet.« Er grinste und wandte sich zum Gehen, ließ im Vorbeigehen die Hand kurz auf ihrer knochigen Schulter ruhen, spürte noch den Geruch ihrer Haut, die er geküsst hatte. Sie verströmte einen trockenen, scharfen Geruch und den flüchtigen Geruch des Todes, der auf den rechten Augenblick wartet, dazu eine Mischung von Gewürzen, Zimt, Nelken und Muskat, die ihn an ägyptische Mumien in ihren Sarkophagen denken ließ, deren Eingeweide in Krügen verschlossen lagen, deren heiliges Fleisch mit exotischen Gewürzen tief unter der Erde für die Ewigkeit bewahrt wurde, die warteten, während der Sand endlos über ihnen dahintrieb und die Jahrtausende vorüberzogen.

Sie schien ein wenig überrascht, aber erfreut, als sie ihn sah. »Und ich hatte geglaubt, ich wäre dich endgültig losgeworden.«

»Nein, mich wirst du vermutlich niemals los«, erwiderte er. »Wahrscheinlich werde ich dich für den Rest deines Lebens plagen.«

»Daran könnte ich mich wohl gewöhnen.«

Ihr Bauch war noch dicker geworden, und er wollte sich nach ihrem Befinden erkundigen, wusste aber nicht recht, wie er sich in dieser delikaten Angelegenheit verhalten sollte. Schließlich fragte er: »Fühlst du dich unbehaglich?«

Sie lächelte schief. »Ich glaube, ich fühle mich weniger unbehaglich als du.«

Sie saßen vor Raven Lees Haus in dem gelben Dodge. Fleming schaute sich nach ihrer Mutter um, doch sie tauchte nicht auf.

»Ich gehe für eine Weile weg«, sagte er. »Ich habe ein paar Sachen, die du für mich aufbewahren sollst. Komisch, aber es gibt sonst niemanden, den ich darum bitten könnte.«

»Was ist es denn?«

»Ein paar Bücher. Die Platten, die wir damals gehört haben. Das Banjo des alten Mannes.«

»Jesus, Fleming, er ist doch nicht gestorben, oder? Er ist gestorben!«

Und so erzählte er ihr die Geschichte, schaute in Richtung Clifton, wo sich an diesem kalten Dezembertag keine Menschenseele zeigte. Er berichtete ihr alles, und als er fertig war, blieb sie lange Zeit still neben ihm sitzen. Schließlich legte sie ihr Gesicht an seine Schulter und schloss die Augen.

»Was wirst du jetzt machen? Wohin gehst du?«

»Ich gehe zur Marine. Ich bin siebzehn, und Warren hat für mich unterschrieben. Morgen fahre ich nach Memphis.«

»Gott, wenn du dich entscheidest, dann aber richtig. Bist du dir sicher, dass es das ist, was du willst?«

Er dachte nach. Es gab viel zu erzählen, das er nicht in Worte kleiden konnte, und so sagte er einfach: »Ich kann die Schule zu Ende machen, und sie bezahlen das College. Ich muss etwas machen, kein Schritt ist der falsche Schritt, sagt Warren immer.«

»Klingt, als würdest du mich von ganz weit weg plagen.«

Er nahm sechs gefaltete Fünfzig-Dollar-Scheine und legte sie neben Raven Lee auf den Sitz. »Vielleicht kannst du es brauchen.«

»Was, ist das alles?« Sie schob die Scheine fächerförmig auseinander wie ein Pokerblatt und betrachtete den ungewohnt hohen Betrag.

»Das ist für dich, bis ich dir Geld schicken kann. Du wirst es für Ärzte und so brauchen, eben für alles, was kommt.«

»Gott, woher hast du das? Von einem Banküberfall? Und warum um Himmels willen gibst du es mir?«

»Ich habe es mir von Warren geliehen. Eigentlich hat er es mir angeboten, und ich habe es angenommen. Er sagte, er würde es ohnehin nur für Flittchen verplempern.«

»Und jetzt machst du das Gleiche?«

»Nein. Nein, das mache ich nicht, und ich will kein Wort mehr davon hören.«

»In Ordnung.«

Er saß eine Weile schweigend da. Es schien irgendwie ironisch, dass Warren ihm Geld für ein Enkelkind gegeben hatte, von dessen Existenz er nichts wusste, doch das erwähnte Fleming nicht. Er saß zufrieden neben ihr, bis ihn die Zufriedenheit zu stören begann; er empfand sie nur in ihrer Gegenwart, und es würde vermutlich lange dauern, bis er sie wieder genießen konnte.

»Wo hast du das Banjo und die anderen Sachen, die ich aufbewahren soll?«

»Im Kofferraum. Ich hab das Banjo einfach aus dem Wohnwagen geholt. Niemand sonst hat sich dafür interessiert.«

»Das Leben wäre um vieles einfacher, wenn ich dich kennen gelernt hätte, bevor der Unsinn mit Neal anfing«, sagte sie. »Ich wünschte, es wäre dein Baby.«

Fleming schwieg eine Weile. Sie lehnte noch immer an seiner Schulter, und er rührte sich nicht, damit sie dort blieb. »Dann nehme ich es«, sagte er.

»Was?«

»Ich will es. Als sei es meins. Neal will es nicht und dich auch nicht. Außerdem ist er gegen Kaution freigekommen und abgetaucht. Ich will dich haben, egal wie, und ich werde das Baby behandeln, als wäre es mein eigenes Kind.«

»Du bist verrückt.«

»Nein, früher war ich verrückt, jetzt nicht mehr. Endlich bin ich nicht mehr verrückt. Kannst du das glauben?«

»Ich weiß nicht, was ich glauben soll.«

Darauf drehte er sich so abrupt herum, dass sie zur Seite rutschte und sich aufrecht hinsetzte.

»Hör zu«, sagte er heftig, »irgendjemand muss sagen, was er wirklich denkt, und dann auch tun, was er sagt. Diese ganzen Lügen. Diese ganze Scheiße, die Heuchelei. Damit verschwendet man Leben, Zeit, alles wird einfach nur verschwendet.«

Sie schaute ihn neugierig an. »So sind die Menschen eben. So ist die Welt. Was hast du vor, die Welt in Ordnung zu bringen?«

»Ich will nicht die Welt in Ordnung bringen. Scheiß auf die Welt. Ich will nur den kleinen Teil davon in Ordnung bringen, in dem ich leben muss. Du und der alte Mann. Die Leute machen Babys und hauen ab, als hätten sie nichts damit zu schaffen. Die Leute hauen ab, während man schläft, und kommen nie wieder. Hinterlassen einen Zettel. Einen gottverdammten Zettel. Alte Leute wohnen eine halbe Meile voneinander entfernt und wollen sich sehen und sterben, ohne dass es ihnen gelungen ist. Das nenne ich verrückt. Das ist verrückt.«

»Ruhig«, sagte sie und berührte sein Gesicht. »Ganz ruhig.«

Er stieg aus und trat in die kalte Luft. Ein eisgesäumter Wind wehte vom Fluss herüber. Er schloss den Kofferraum auf. Sie öffnete die Tür und rief ihm zu, er solle warten. »Steig wieder ein«, sagte sie.

Er setzte sich hinters Steuer.

»Du bittest mich also, dich zu heiraten, oder? Ich kann dir nicht ganz folgen, es ist ziemlich verwirrend. Meintest du etwas in der Richtung?«

»Ja, genau das habe ich gemeint.«

»Könntest du es dann auch so sagen?«

»Ich möchte, dass du mich heiratest.«

»Gut, ich heirate dich. Siehst du, ganz einfach. Und wann?«

»Nach der Grundausbildung. Sie dauert drei Monate. Danach bekomme ich Urlaub, und wir können heiraten. Wir füllen die Papiere aus, damit du einen Teil von meinem Sold beziehen kannst. Werde ich im Inland stationiert, kannst du überallhin mitkommen.«

»Überallhin«, wiederholte sie. »Das Wort gefällt mir, es sagt alles und gar nichts. Du weißt natürlich, dass wir auch vorher heiraten könnten.«

»Ich habe aus alledem eins gelernt. Wenn ich jetzt nicht gehe, gehe ich nie.«

»Ist das so wichtig? Einfach nur zu gehen?«

»Ich muss weggehen.«

»Vermutlich weißt du, dass wir Krieg haben.«

»Das sagen mir alle.«

»Fleming, trotz all unserer nächtlichen Streifzüge haben wir nicht eine einzige Nacht miteinander verbracht. Wir könnten etwas von dem Geld nehmen und ein Ferienhäuschen am Fluss mieten. Was hältst du davon?«

»Das weißt du doch. Aber wäre das möglich, für dich, meine ich? Mit dem Baby und allem?«

»Wenn es für dich möglich ist«, erwiderte sie.

Er machte sich in der Abenddämmerung auf den Weg nach Memphis. Der Greyhound-Bus fuhr durch endlose, brachliegende Felder, zusammengeflickt mit Stromleitungen, die zwischen den einzelnen Masten durchhingen. Er sah zu, wie die vertraute Welt mit kaltem Unbehagen in der purpurnen Dämmerung verschwand.

Er glaubte nicht, dass irgendetwas von alledem Bestand haben könnte. Seine Erfahrungen hatten ihm gezeigt, dass die Welt nur wenig Trost und Sicherheit bot. Er hegte den Verdacht, dass keine festen Gegebenheiten existierten, keine Landkarte durchs Labyrinth. In der hereinbrechenden Dunkelheit, in der die Welt gleichzeitig auf ihn zu- und von ihm wegrollte, schien alles auf Willkür gegründet. Das Leben schlägt so erbarmungslos zu, dass man den Kupfergeschmack des Blutes im Mund spürt, dann wieder lockt es einen mit der Gabe tiefer, entsetzlicher Schönheit. Es gab Dinge, die er tun musste, für die ihm noch die Worte fehlten, aber den Hunger nach dem Geschmack ihres Mundes empfand er wie eine Sucht, von der er sich nicht lösen konnte. Nicht lösen wollte. Doch er zweifelte, dass er beides haben könnte, und es gab keine Garantie, auch nur eines davon zu erlangen.

Das Glas verdunkelte sich, sein Gesicht überlagerte die ertrinkende Landschaft wie ein Bild, das sich allmählich auf einer fotografischen Platte entwickelt, und Fleming verschloss die Augen davor. Man hatte ihm viel über das Leben erzählt, nur weniges davon konnte er retten. »Tu einfach dein Bestes und lass alles laufen«, hatte der alte Mann einmal gesagt. Das Klatschen von Bradys Karten auf der Wachstuchdecke sprach von einer vorherbestimmten Zukunft, aber der Junge vermutete, dass kommende Ereignisse wie Rauch umherwirbeln und ebenso schwer festzuhalten sind, denn alle Ereignisse sind miteinander verbunden wie die Adern in einem Blatt. Er konnte das Blut nicht aus dem Schnee waschen, und die lose Locke in Raven Lees Stirn formte eine Frage über ihrem linken Auge, die er nicht entziffern, geschweige denn beantworten konnte.

Zuletzt blieb er allein mit den Glühwürmchen, die er in jener Sommernacht in Clifton gesehen hatte, ihr zartes, vergängliches Licht ein endloses Echo des dunklen, bewegten Wassers, unwirklich und zutiefst geheimnisvoll wie ein kurzer Blick ins geheime Uhrwerk dieser Welt.

Boyd war einige Zeit durch ein Land gezogen, an dem die Menschen derart verzweifelt waren, dass sie die Bäume darin gefällt und die Erde umgepflügt hatten, als wollten sie ihm eine fügsamere Gestalt verleihen, danach aber ihre Häuser in Brand gesteckt und das Land fluchtartig verlassen hatten. Sie waren mit ihren Toten gegangen oder von ihnen verfolgt worden, denn er war am ehemaligen Friedhof vorbeigekommen, den er als Wunder empfand. Selbst die Toten waren verschwunden. In einer Welt veränderlicher und ständig wechselnder Horizonte hatte er den Tod als die eine Konstante erachtet, doch anscheinend war auch dies nicht so, anscheinend forderten selbst die fundamentalsten Gegebenheiten des Lebens ein skeptisches Überdenken.

Zurzeit reiste er aus Neigung und Notwendigkeit bei Dunkelheit, und als die Zäune begannen, hatte er das Auto zurücklassen müssen, das nicht auf ihn angemeldet war, aber zu seinen wenigen Habseligkeiten gehörte. Das ganze Land war mit strengen Warnschildern und Drohungen übersät, doch Boyd hatte sich so weit von den Gepflogenheiten der Menschen, ihren Gesetzen und der brüchigen Ordnung entfernt, dass er die Schilder geradezu als ungewöhnlich formulierte Einladung betrachtete und weiterzog.

Als er zum Fuß des Hügels gelangte, stand dort keine Pappel mehr, und auch der Briefkasten war verschwunden. Er sprang über den Graben und stieg den Hügel hinauf, setzte die Füße auf Grund der unzähligen Male, die er dort gegangen war, so sicher, dass sie ohne Hilfe am Pfad hafteten und er mit einem Gefühl, das der Furcht sehr nahe kam, geradeaus ins Halbdunkel schauen konnte. An der Stelle, wo Hausdach und Horizont gewöhnlich aufeinander trafen, war nichts zu sehen. Er sog scharf die Luft ein, das war alles.

Er scharrte mit den Füßen im Schutt, wo einmal das Haus gestanden hatte. Als könne er Knochen ausgraben, Artefakte der sonderbaren Menschen, die einmal dort gelebt hatten. Teile eines Puzzles, die sich zu einem Ganzen fügten, das ihm erklären würde, wie eine Welt sich derart verändern konnte. Einen abergläubischen Moment lang kam es ihm vor, als habe er diesen Ort seiner Vergangenheit in dem Augenblick, da er seine Aufmerksamkeit anderen Dingen zuwandte und ihm den Rücken kehrte, dazu verdammt, zu einer für Menschen nutzlosen, staubigen Kulisse eines Stücks zu verblassen, das schon lange vom Spielplan verschwunden war.

Er saß eine Weile auf dem Fundament und rauchte eine Zigarette. Er hätte gern gewusst, was sich dort abgespielt hatte, stieß aber nur auf neue Fragen, und von Fragen hatte er bis ans Ende seines Lebens genug. Er trat die Zigarette in der Asche aus und stand auf. Die öde Mondlandschaft aus Asche und verkohltem Schutt erfüllte ihn mit rastlosem Unbehagen. Sein Leben bestand nun aus Bewegung, und die Welt bot zahllose Horizonte, die sich in immer neuen Bildern formten, und Straßen, die sich dorthin wanden wie Adern in einem Blatt. Er durfte sich von diesem Ort nicht zurückhalten lassen. Er ging weiter. Als er die Stelle erreichte, an der in einer anderen Welt und Zeit die Kreuzung gewesen war, beschleunigte er den Schritt, als werde er verfolgt oder als stiege schon das dunkle, stille Wasser empor, um ihn zu verschlingen.

Epilog

DER DAMM WURDE IM HERBST FERTIG GESTELLT, DER KLEINE FLUSS ins Staubecken umgeleitet, der Beton gesichert, und das Wasser wirbelte und schwappte gegen den riesigen Sockel. Der kleine Fluss strömte herein, doch das Wasser stieg so langsam, dass es mit bloßem Auge nicht zu sehen war. Erst als das untere Ende des Flüsschens allmählich verschwand, sich selbst ertränkte, konnte man sehen, wie das Wasser tiefer wurde.

Die letzten Toten wurden umgebettet. Die Gegend wurde mit Maschendraht abgesperrt und von der Regierung bewacht, damit die vom Gesetz ermächtigten Grabschänder ohne neugierige Blicke ihre Arbeit tun konnten. Die jüngeren Gräber wurden mit Hacken geöffnet, Bloodworths Sarg schien von der Erde kaum versehrt. Er wurde auf einen Laster geladen und mit einer Plane abgedeckt, die Sicherungsgurte wurden festgezurrt, und bei Einbruch der Dämmerung fuhr der Laster durch den wirbelnden Staub, rotäugige Nachtfalken tauchten im Scheinwerferlicht auf, dann war er verschwunden, als siege E. F.s Vorliebe für Straßen über den Tod.

Die älteren Särge erforderten größere Umsicht, die Erde wurde mit Schaufeln abgetragen. Die billigen Särge aus Holzfaserplatten waren gar nicht mehr vorhanden, und die Knochen lagen in feierlicher Stille da, als erwarteten sie seit langem diese Auferstehung. Schließlich hatte man alles aus den Gräbern geholt bis auf einen feinen Staub, den man nicht in der Hand halten konnte. Die Erde auf dem Hügel war pockennarbig und zerwühlt, als seien die Toten in verzweifelter Hast erstanden, hätten die Erde weggeklaubt und die Flucht ergriffen. Die Grabsteine standen noch, und als der atemberaubend vollkommene, unveränderte Mond über den Rand der leblosen Landschaft stieg, glänzten sie matt, als strahlten sie von innen heraus.

Auch die Kirche stand noch. Die Bänke hatte man herausgebrochen und entfernt, den Altar hatten die Geistlichen vorsichtig davongetragen, sodass sie vielleicht in einer anderen Kirche in einer anderen Zeit ihren Platz finden könnten.

Dann wurde der Wasserlauf vom Strom getrennt, und das Wasser floss murmelnd, stöhnend, tobend den Hang hinunter zum Fluss. Jetzt füllte sich das Becken richtig. Hier gab es kein Leben mehr. Eine Welt erschuf sich selbst, gefangen in der Zäsur zwischen dem Verschwinden der alten Ordnung und dem Aufkeimen einer bisher unbekannten, neuen Form.

Die Bäume waren gefällt und verbrannt worden, doch der Umriss des Hügels, auf dem Fleming gelebt hatte, hielt sich beharrlich. Das Wasser stieg über die felsigen Vorsprünge zum Gipfel, ertränkte alles, den Pfad und die Fußabdrücke, die einander unsichtbar und ungezählt überlagerten, die Asche, die das Wasser kurz verdunkelte und dann verschwand. Alte Stimmen hallten hartnäckig wider, bevor sie ertranken, Vorwürfe und nörgelnde Klagen und alte, abgenutzte, sinnlose Koseworte, die das steigende Wasser für immer zum Schweigen brachte.

Das Wasser stieg unablässig, bis es die Kreuzung erreichte, und als das Licht spät am Tag in einem bestimmten Winkel fiel, konnte man den Anfang der Straße sehen, die von der Kreuzung wegführte, konnte sehen, wie sie im tiefen Wasser den Blicken entschwand. Diese Unterwasserstraße wirkte unerklärlich, voll verlorener Bedeutung, angelegt von einem Geschlecht der Vorzeit, hin zu einem Ort, den es nicht mehr gibt.

Don Snyder

Peggys Geheimnis

Die Geschichte einer Liebe

Aus dem Amerikanischen

von Marion Kappel und Astrid Becker

Band 15171

Pennsylvania 1950. Peggy Snyder schenkt den Zwillingen Don und Dave das Leben. Zwei Wochen später stirbt Peggy, und die Familie beschließt in ihrer Trauer, nie mehr über sie zu sprechen. Es dauert fast fünfzig Jahre, bis Peggys Sohn Don versucht, mehr über seine Mutter herauszufinden. So entdeckt er die große Liebesgeschichte seiner Eltern und das Geheimnis seiner eigenen Existenz.

»Eine bittersüße, ungewöhnliche und wahre Liebesgeschichte. Hautnah erzählt.«
Journal für die Frau

Fischer Taschenbuch Verlag

fi 15171 / 1

Suzanne Matson

Die andere Seite des Mondes

Roman

Aus dem Amerikanischen von Simone Wilhelms-Kind

Band 15004

Renata verlässt mit ihrem Baby Charlie Kalifornien und trifft in einem Bostoner Mietshaus auf Eleanor und June. Wie die drei jungen Frauen ihren Alltag organisieren, knapp an der Katastrophe vorbeischliddern und sich schließlich doch fast alles zum Guten wendet, davon erzählt Suzanne Matson in diesem ungewöhnlichen Roman einer Freundschaft voller Wärme, Melancholie und Witz.

Fischer Taschenbuch Verlag

fi 16 / 1

Malachy McCourt

Der Junge aus Limerick

Erinnerungen

Aus dem Englischen von Claudia Feldmann

Band 14972

Während Bruder Frank als Englischlehrer arbeitet, macht sich der jüngere Malachy auf, New York zu erobern. Er arbeitet als Hafenarbeiter, wird Barkeeper, spielt Theater und verdingt sich als Goldschmuggler nach Indien. An Geld und Frauen mangelt es ihm nicht. Aber die Erinnerung an die Kindheit in Limerick und an seine Eltern bleibt lebendig.

»Beste Unterhaltung und oft zum Brüllen komisch.«
Frankfurter Rundschau

Fischer Taschenbuch Verlag

fi 14972 / 1

Stephen Dobyns

Die Kirche der toten Mädchen

Roman

Aus dem Amerikanischen von Rainer Schmidt

Band 14404

Nach und nach verschwinden drei junge Mädchen in der kleinen Stadt Aurelius im Staate New York. Als das erste Mädchen verschwindet, richtet sich der Verdacht der Bewohner zunächst auf alle Außenseiter der Stadt. Als das zweite Mädchen auf die gleiche mysteriöse Weise verschwindet, nehmen Angst und Mißtrauen zu, verdächtigen sich Menschen, die seit jeher Nachbarn sind, gegenseitig. Als das dritte Mädchen verschwindet, spitzt sich die Atmosphäre alptraumhaft zu. Keiner der Bewohner bleibt verschont von den zerstörerischen Auswirkungen der Denunziationen und Verdächtigungen – weder der angesehene Chefredakteur der Regionalzeitung noch der prüde Apotheker; nicht einmal der Erzähler, ein Biologielehrer, weil er dabei beobachtet wird, wie er mit Mädchen aus der Nachbarschaft Plätzchen backt. Denn das ist allen klar: Der Perverse, der sie mit seinen Taten in Atem hält, das ist einer von ihnen.

Fischer Taschenbuch Verlag

fi 2072 / 8

Stephen Dobyns

Die zwei Tode der Señora Puccini
Roman
Aus dem Amerikanischen von Bernhard Schmid
Band 14387

Die Kirche der toten Mädchen
Roman
Aus dem Amerikanischen von Rainer Schmidt
Band 14404

Jimmys Fehler
Roman
Aus dem Amerikanischen von Rainer Schmidt
Band 14858

Der Junge im Pool
Roman
Aus dem Amerikanischen von Rainer Schmidt
Band 14884

Sams Falle
Roman
Aus dem Amerikanischen von Gabriele L. Ulrich-Hunter
Band 14547

Fischer Taschenbuch Verlag

fi 1218 / 2

Louis de Bernières

Corellis Mandoline

Roman

Aus dem Englischen von Klaus Pemsel

Band 13657

Kephallonia ist eine griechische Insel im Ionischen Meer, berühmt für ihre Anmut und den Zauber ihres Lichts, als Knotenpunkt vieler Schifffahrtsrouten seit jeher ein bevorzugtes Ziel von Invasoren jeglicher Herkunft. Im Zweiten Weltkrieg landeten hier die Italiener, dann die Deutschen. Im Mittelpunkt dieses magischen, ergreifenden Romans steht Pelagia, die schöne, stolze, eigenwillige Tochter des Arztes, die sich zwischen zwei Männern entscheiden muss: Mandras, dem jungen Fischer, der die Delphine aus den Tiefen des Meeres hervorzulocken vermag und sich den Partisanen anschließt, und Antonio Corelli, dem Offizier der italienischen Besatzungstruppen, der die Frauen und die Musik mehr liebt als den militärischen Drill. Aber der Krieg gestattet keine idyllische Abgeschiedenheit. In Zeiten der Barbarei treten Treue und Verrat offen zutage, große Gefühle werden vom Wahnwitz der Geschichte bedroht. Auch in Kephallonia gerät die Landschaft der Götter und der Phantasie in die Klauen der erbarmungslosen Zeitläufte.

Fischer Taschenbuch Verlag

fi 13657 / 1

William Trevor

Felicias Reise

Roman

Aus dem Englischen von Thomas Gunkel

Band 13865

Nach ihrer ersten Liebesnacht wird die junge Irin Felicia schwanger, der junge Mann ist allerdings rasch wieder nach England verschwunden, um dort Arbeit zu suchen. Felicia nimmt ihren Mut zusammen, macht sich mit etwas gestohlenem Geld und zwei Plastiktüten auf nach England. Es wird eine trostlose Reise durch eine gesichtslose Industrielandschaft, bröckelnd in der Krise des Nach-Thatcherismus, bis sie Mr. Hilditch trifft, einen ausnehmend aufmerksamen, besorgten ältlichen Herrn. Er ist stets zur Stelle, wenn sie ihn braucht, unaufdringlich, aber unausweichlich, bis sie schließlich in sein Haus einzieht. Immer stärker verdichtet sich die bedrohliche Atmosphäre. Es gibt flüchtige Momente des Unheimlichen, doch die Sicherheit, in der sich Felicia wiegt, beruhigt auch den Leser, läßt ihn an seinem eigenen Verdacht zweifeln, bis sich doch Stück um Stück das grausige Bild zusammenfügt.

Fischer Taschenbuch Verlag

fi 642 / 9

Roddy Doyle

Henry der Held

Roman

Aus dem Englischen von Renate Orth-Guttmann

Band 15146

Henry ist arm, hungrig und ein wahrer Prachtkerl – der König der Straßen von Dublin. Schon mit vierzehn mischt er beim Osteraufstand 1916 mit. Er ist ein Rebell auf einem gestohlenen Fahrrad, ein Freiheitskämpfer – eine irische Legende.

»Ein pralles Meisterwerk.«
Die Woche

»Roddy Doyle erzählt eine wunderbare Liebesgeschichte ... ein großes Kapitel der irischen Literatur.«
Süddeutsche Zeitung

Fischer Taschenbuch Verlag

fi 15146 / 2